U0526615

解缙

曾 经 著

中国文史出版社

目 录
CONTENTS

第一章　把酒，我们不哭 / 1
　　"虽死无憾，岂肯降矣！"一曲壮歌，道出了解子元的悲愤填膺。从他身上透露的那副铮铮铁骨，才发现后世解家人的秉性原来出自祖上。

第二章　解夫人听书 / 8
　　说书人，把一个冰冷了许久的解家说得暖融融的，解夫人笑了。

第三章　读不懂的解开 / 15
　　解开做梦也没想到，朱元璋一道圣旨，把他从地方直接调入大明帝国的最高权力机关。这突如其来的皇恩，按常理解开应当欣喜若狂，可他偏偏没领朱元璋这个情……

第四章　闹腾吧，豆腐坊 / 24
　　"文峰山长一根山竹，吉水就出一位人杰。"这话由来已久。这年，文峰山上又有山竹破土而出，解家的豆腐坊一个声音也跟着呱呱坠地，这声音是巧遇，还是……

第五章　奇迹从这里开始 / 32
　　解缙一身赤色来到这世界，活像一个衣锦还乡的朝廷命官。原来叫他解缙，就出自这个缘故。还别说，这小子真像个做官的种。

第六章　成大器者，少年强 / 37
　　"我女奇才，恨非儿男。"这是高妙莹父亲一个未了的心愿，也是高妙莹最不甘心的一件事。为此，高妙莹只有把这个注押在解缙身上。

第七章　最高的夸奖 / 48
　　解缙院试拿了第一，乡试又拿了第一。知府在夸他，布政在夸他，大明的最高长官也在夸他。难道还真印证了那句话:"凡是浓缩的都是精华。"

第八章　举不胜举／59

　　解缙中了举人,王艮、胡广中了举人,又传曾笃序也中了举人,还有一个刘举人……可谓举不胜举。举人离进士只差一步,迈过这一步,那就叫一举成名。

第九章　这事,谁说了算／68

　　解缙的天性用一个字就可概括——倔。母亲提起他的婚事,一句话,我的事情我做主。可高妙莹偏不吃这一套,认定自己就是儿子的车把式,叫你走哪就走哪,父母之命不可违,这是天规。两个人最终谁是赢家……

第十章　应天府走来解学士／79

　　十九岁的解缙,才高八斗。从院试、乡试、会试、殿试,可说是一马平川,直达终点站。

　　他被洪武大帝看好,这预示着,大明王朝的星光大道上将又出现一颗耀眼的政治新星。

第十一章　精　彩／95

　　有人说,人生就是一出戏,看你怎么演。解缙走进的是一个政治舞台,而且充当了主角,他上演的一出又一出,让朱元璋看得欣喜若狂吗?

第十二章　洪武帝的恨与爱／119

　　在所有的恶行中朱元璋最恨的是两种人:其一,是那些日夜想着取他而代之的人,即谋反。其二,是那些满身铜臭味的人,即贪腐。对这两种人他只用一个字回应,杀!

第十三章　摸一回老虎屁股／127

　　解缙冒天下之大忌,一纸"万言书"直谏洪武大帝。都说老虎屁股摸不得,然而;他摸了。面对解缙的这一摸,朱元璋他将如何……

第十四章　西宫秘事／138

　　生爱江山,死亦爱江山,这就是朱元璋。他要在谢世前为谢世后做一番仔细考量。计划用十年时间打磨一个辅佐朱允炆的儒臣……

第十五章　鄱阳湖寻找陈元莲／142

　　回想鄱阳湖一仗,开局失利,他的对手太强大了。朱元璋被陈友谅逼到绝境,朱元璋跳水而逃。不会水性的他在水中一沉一浮拼命挣扎,浩浩湖水，茫茫黑夜，就在他感觉在劫难逃时，突然，一条渔船向他驶来，死亡中，一双粗大的手向他伸去……

第十六章　归　乡／159

十年，三千六百五十天。对解缙而言，这是一场马拉松，是时间对他的挑战。可这个十年计划是大明帝国的丹书铁券，解缙别无选择，只有照着葫芦画瓢。

第十七章　爷爷走了，孙儿来了／172

曾经被人叫了几十年万岁的朱元璋，他没有走完这个称谓的百分之一，便撒手人寰。他最不甘心的一件事，就是没有把孙儿扶上马，再送他一程。

第十八章　奇诗·奇事·奇迹／182

建文二年殿试，朱允炆对王艮、胡广舍取难定，令二人以神、真、人、尘、春为韵，作百首梅花诗，以分高下。这二百二十首梅花诗闻世，古今中外，绝无仅有。

胡广、王艮、李贯，状元、榜眼、探花，吉水人全揽，这不是奇事，简直就是天下奇迹。

第十九章　小朱吓跑了，俺老朱来了／199

朱允炆仁慈、宽厚、善良……是个好人，但他却不是好皇帝。朱棣冷酷、霸道、残忍……他不是个好人，可他就是一个实实在在的好皇帝。

第二十章　朝士半江西　翰林多吉水／209

朱棣的新班底内阁七人，五人江西籍。更让人惊诧的是，皇帝身边的一个翰林院，众多的文侍官又都是吉水人。

第二十一章　帝王的宠儿／216

在朱棣眼里，解缙是上天对他的眷顾，不然一个冷酷、残忍的朱棣，怎么会说出了一句很谦恭的话："天下不可一日无朕，朕则不可一日无解缙。"

第二十二章　惊世大典／229

一部《永乐大典》横空出世，中国人持七寸狼毫，写出了一个让世界瞩目的人类奇迹！

从此，一个人与《永乐大典》比肩而立……

这部以永乐帝号冠名的旷世巨著，后来人没有把荣耀记在永乐帝身上，却让世界记住了另一个人的名字，《永乐大典》总撰官——解缙。

第二十三章　世道难　官道更难兮／240

脚下道路千万条，唯有官道路难行。解缙终于悟出了这个道理。

第二十四章　致命的错误／253

有人说解缙是在错误的时间，错误的地点，参加了一场错误的赌局，才沦落到囚徒。

话要说回来，就算没有这三个错误，解缙同样避免不了这场厄运。他才子的疏放，做事不瞻前顾后。他敢说敢谏，对人不投其所好。也许，这些才是最致命的。

话又要说回来，如果解缙是个循规蹈矩的人，小心行事的人，那他也就不是那个名震千古的惊世怪才了，所谓成功的官僚往往做不了成功的文人，成功的文人往往做不了成功的官僚。

第二十五章　春去春又来／259

他曾经是朱元璋身边走红的人，他曾经是朱允炆身边看好的人，他曾经是朱棣身边最得意的人，最后却被打入天牢。

他总在想，自己并不缺乏政治斗争的权谋手段，却为什么成为政治斗争的牺牲品，自己也没做错什么，却为什么落得如此下场。

但历史是公正的，还了他一生的清白；老天是公正的，用雪祭奠了他；他终于清清白白地来，清清白白地走。

附录：解缙诗选／270

第一章　把酒，我们不哭

"虽死无憾，岂肯降矣！"一曲壮歌，道出了解子元的悲愤填膺。从他身上透露的那副铮铮铁骨，才发现后世解家人的秉性原来出自祖上。

寿　　辰

这日子拣得挺吉祥，元顺帝主政的至正十二年五月十六日。赣江边上一户书香人家，正在为主人张罗六十寿辰。

这人家姓解，家住江西吉水，一个享誉江南的才子之乡。

吉水，取意吉人天相，水到渠成。素有"文章节义之邦，人文渊源之地"美誉。那句"一门三进士，隔河两宰相，五里三状元……"连三岁孩童都背得滚瓜烂熟。

几代土著人流传"早知天下有吉水，又何人前问苏杭"的古谚，把美丽的吉水城裹藏其中。

先读读它吧：

一条古老的赣江绕城而过，江中有个小岛，传说是王母娘娘在一次蟠桃会上随手把一个蟠桃向赣江抛去，那蟠桃后来就成了桃花岛。阳春三月，满岛的桃花争奇斗艳，把赣江映得粉红。

小城东边有座大山，人称东山，看上去很像弥勒佛打坐，每天悠着一个笑脸，看护着它身边进进出出的行人。

朝南望去，形如橡笔的文峰山悬空竖起，如大家向天挥动大手笔。山下有个鉴湖，恰如一方墨砚临笔而放。按中国风水学，这地方天生就是一个书香胚子。

始建于唐乾符五年的古城墙，千百年来围着这座小城忠于职守。在小城西南面挨着城墙处，有座高高的楼房，人称四牌楼。登上四牌楼，恩江、赣江交汇的胜景尽收眼帘。

城里有条鹅卵石小街，它曲了几曲向南北伸展，挤在街两旁的各种老字号店铺，把一条原本就古老的小街装扮得越发古色古香。

东湖、南湖、西湖（《永乐大典》载：天下西湖三十六，江西有两处，一湖在铅山，一湖在吉水）、北湖、青湖，湖上古亭林立，荷花出水。

一条小江穿城而过，江上有座白色小桥，人称义路桥。桥上留下了一个美丽的传说。相传很久以前，每年的正月十五，义路桥两边会站着两排手持竹梢的童子，如有女人打此经过，不分青红皂白上前便是一顿抽打。有趣的是，被打的女人不但不怪罪，还一个个偷着乐。原来事出有因，那些从未生养的女人，只有在这天挨了童子的竹梢才会怀胎生崽，城里人管这叫"打崽"。

在离鉴湖不远的小山冈上，两座建于唐宝历二年的龙华、盘龙宝塔，一南一北遥相呼应。小城，大有画匠手下一幅"桃花流水窅然去，别有天地非人间"的模样。

鉴湖身边有个叫盐仓岭的地方，这里住着几十号解氏人家。

有栋青砖黑瓦马头墙的房子看上去格外抢眼，房前是个大庭院，门庭上悬挂着一块木雕进士第牌匾，虽然年岁已久，仍然闪闪发亮。走进正厅，那块黑底金字的"二解两魁"皇匾高悬在堂楣，像在显示这人家的不凡身价。

这是一户官绅人家，主人解子元，至正乙酉年中进士，被朝廷派往江西安福做了州判，后又出任广东东莞知尹。

不知是路途遥远还是公务缠身，解子元这一去，四年没回家。直到六十有三才知自己是年逾花甲。这时，他想起了盐仓岭，想起了落叶该归根，便给千里之遥的妻子徐氏书信一封。

徐氏，城里徐家人，富商徐云瑞的女儿。徐氏嫁到解家，做了解夫人，也算是门当户对。

自打收到丈夫的书信后，解夫人夜夜难眠，扳着手指数日子。

这么多年不曾回家的子元他老了吗？他瘦了吗？都说少年夫妻老来伴，有个伴多好，相互有个体贴，有个照应。明天这个伴就要回家，就要回到自己身边，解夫人越想越高兴。

丈夫年逾花甲，因国事在身，择日回家弥补花甲之庆，寿辰理当办得体面一些。解夫人吩咐下去后,自己又戴起老花镜,打开了这封不知看了多少遍的丈夫书牍。

她看着看着,竟高兴地读了起来:

夫人:千里之遥,四载未归,念妻切切,怨老夫不仁。老夫与夫人同庚,已六十有三,方知年过花甲,只因为官一方,身不由己,还望夫人大谅。老夫择五月十九日回家与夫人弥过六十之庆,以示花甲之纪。

从此,老夫辞官归家,与夫人含饴弄孙,颐养天年……

解夫人读完后,笑着说:"这个子元,都六十有三了,才知道自己年逾花甲,真是老啰。"

大儿子解开走了过来:"娘,你老还是歇着吧,家里的事有我呢。"

解夫人说:"开儿呀,娘身体还硬朗呢,你父亲补过六十寿辰,马虎不得,你们年轻人忘这忘那,我不放心。就说你这孩子,读了那么多史书,娘总想听你讲讲解家的那些个事,你今天不是说忘记,明天就是说没空,总是让娘空等着。"

解开说:"娘,孩儿也是公务在身,等以后空得,我和弟弟找个时间给你说上三天三夜好吗?"

解夫人说:"开儿呀,别哄你娘啦,谁叫咱解家都是些有官有位的人呀,哪有这份闲心,娘不怪你们。开儿,今天不谈这个,你叫人到四牌楼纸花店买两个大点的红灯笼挂在大门口,你爹从来就喜欢红色,这颜色喜庆。"

解夫人来到正厅,这儿看看,那儿瞧瞧,挂在厅堂上的"二解两魁"牌匾叫人擦了一遍,那块黑底金字牌显得格外明亮,这是两个儿子至正辛卯年双双考入大学堂的皇赐牌匾,是夫妻俩一生为之骄傲的皇恩。皇匾中间挂上了一个用红绸缎扎成的大红球,把中堂映得亮丽。那个长年累月挂着"天地君亲师"的神位,被一个金色的大寿字取而代之,寿字两边贴着一副寿联:

太刺史,祖知州,父进士,子胄监,二解京城夺魁首
出平阳,徙雁门,避蕲州,转金陵,五迁吉水迎知非

东房、西房、厨房、桌子、椅子、柜子都贴上了用红纸剪的寿字。庭院大门那块"进士第"牌匾被两个红灯笼映得通红通红。解府上上下下,装点得红红火火,按当地人的说法,这叫办红喜事。

解夫人里里外外看了一遍,点了点头,才回房歇息。

3

酒　　祭

是上了年纪，还是思念着丈夫，这一夜，解夫人翻来覆去睡不着。

都说人老心不老，这话有它的道理。已年过花甲的解夫人，她真想光阴逆转四十年，让她再过一回年轻的时光。但想归想，那个不以人的意志为转移的客观规律谁也拿它无奈。

解夫人有些不甘心，自己六十有三，虽然岁月不饶人，可也不算太老吧。她对着镜子，总想找回当年出嫁的感觉。

这天，解夫人起了个大早，在房间里磨蹭了半个时辰。

眼下的解夫人像似换了一个人，那头夹着几根银丝的乌发，抹了些茶籽油，显得更加光亮。一支镶着绿玉石的银钗在盘发中，越发凸显女人的端庄。身上是一套正好二、四、八月穿的淡绿色缎面外装，脚下是一双银灰色的绣花鞋，看上去有个大户人家的样儿。虽然年逾花甲，但那丰腴的体态和那张白里透红的脸，让人不得不信，天底下还真能梅开二度。

解夫人久久地望着远方，嘀咕着："按说后天的寿辰，子元这会也该到家了吧。"

"娘，大清早的，别着凉，也许爹昨晚留宿吉安府，今日乘船而归，上午我会去西门码头看看。"解开走过来说。

"那你就早点去吧，我在家里等着你爹。"解夫人说。

解开去西门码头后，解夫人坐也不是，站也不是。

一晃两个时辰过去了。

"娘，该吃午饭了。"儿媳妇走到解夫人面前轻轻地说。

"不慌，等你爹回来一道吃。"解夫人说。

又是半个时辰过去了。

这回夫人有点着急了，她大声说："合儿，你哥怎么到现在还没把你爹接回来呀？"

还没等解合回话，只听见有人高声呼着："夫人，夫人，人来啦！"

解夫人赶忙用手理了理头发，一脸笑容地说："快去准备鞭炮迎接老爷。"

只见远处一匹白马朝解府飞奔而来，一个身穿"勇"字衣的兵差从马背上一跃而下。

解夫人笑着说:"我说开儿怎么没有把老爷接回家,原来老爷不乘船,而是打马回府,你看看,前头兵都来报啦。"

兵差下马跪在夫人面前,双手将一封信递给夫人。

解夫人一愣,莫非老爷公务缠身,又要推迟寿辰日期,解夫人接过信说:"快快请起。"

兵差说:"小的不敢。"

解夫人说:"我说呀,在老爷手下当差的就是不一样,一个个都是彬彬有礼。官差呀,快快请起哟。"

一心想着老爷就要回到自己身边,一心想着如何把寿诞办得风风光光的解夫人,她无论如何也不会想到,就在解府上上下下装点得红红火火的时候,就在她等着老爷衣锦还乡的时候,一个噩耗,惊天噩耗,将要降临解家。

"夫人,你还是先看看书信吧!"兵差说话的声音有些嘶哑。

看到兵差这副模样,解夫人似乎没听清,忙问:"你说什么?"

"夫人,大人为国尽忠了!"兵差含着眼泪说。

解夫人呆呆望着跪在地上的兵差,脑子一片空白,动了动嘴唇说:"这不是真的,不是真的!"说着噗的一声昏倒在地。

朗朗晴空一声惊雷,天空乌云翻滚,大雨倾盆而下,似乎天地与之同悲。

惊魂噩耗,把一个原本喜庆的场景搅得黯然失色。如此之大的红、白两事的反差,使得解家大院分不清什么是哭声,什么是雨声。

解府,陷于极度悲痛之中。

那块"二解两魁"牌匾似乎少了先前的风采,上面的红绸花改成了龙头布做的白花,堂上的金色大寿字被一个黑色"奠"字紧紧覆盖着,"奠"字两边贴着一副挽联:

震朝野,哭百姓,感粤地,壮矣破寇就义;

摇鉴湖,撼东山,掀文江,悲乎英魂归乡。

门楣那块黑底金字的"进士第"牌匾也披上了一块白绢,旁边两个红灯笼用白纸贴得严严实实,解府像是过早地迎来了一场大雪,屋里屋外笼罩在一片白皑之中,这颜色看起来很恐怖,城里人管这叫白喜事。

解府前厅中堂上摆着一块灵牌,上面写着"严父解子元之灵位"。跪在灵位前的是一对披麻戴孝的兄弟解开、解合。

一旁的椅子上,坐着一位头插白花、身穿白素的老者,她就是解子元的

5

夫人徐氏。

　　解府一改先前的喧腾，厅内除了烧纸钱时隐时现的一丝火光外，显得格外阴沉。灵台上那对淡淡的白色烛光闪得叫人发瘆。平日好舌的人也一个个呆若木鸡，连回话也是用摇头或点头所代替。最忙的是灵堂礼生，他负责整个祭祀的规规矩矩，每件事都应得到他的应允后才能行事，一是灵堂的安排，一是祭拜的步骤……只听得他特有的声调在发号施令。嘭……嘭……远处传来阵阵沉闷的锣声。只见前面两人抬着一块挂着白绢的金字大匾，上面写着"摅忠尽节"四个大字。走在牌匾后面的是吉安府王大人，他身后跟着两排长长的列队，是前来参加祭拜的各县官员。

　　王知府在解子元的灵堂前三叩首，然后走到解夫人跟前说："夫人，解大人为国尽节，下官悲不自胜，解大人为民族之英雄，我等之楷模，还请夫人节哀顺变。"

　　解夫人什么也没说，只是点了点头。

　　灵堂一片肃静，王知府打开江西布政司的一卷绢写祭文，念道："解子元，字真我，号竹悟。元至元庚寅年七月初二生江西吉水文峰镇。至正乙酉登进士，授安福州判，大史院校书郎，后出任广东东莞知尹。元至正壬辰年五月十三日，乱兵入侵，解子元率民众抗敌，因寡不敌众，被贼所执。贼曰：'降则已，不降则亡'。子元曰：'虽死无憾，岂肯降矣！'[①]行刑时，大骂乱贼。惨遭剖腹而卒。壮哉，今赐'摅忠尽节'牌以示后世……解子元千古。"

　　王知府读完祭文，祭祀礼生用悲悯的声音传呼：

　　吉安府王大人祭拜

　　东莞县庄大人祭拜

　　吉水县刘大人祭拜

　　吉安县刘大人祭拜

　　永丰县田大人祭拜

　　峡江县陈大人祭拜

　　安福县何大人祭拜

　　永新县曾大人祭拜

　　莲花县叶大人祭拜

---

　　① 解缙家谱。

泰和县周大人祭拜

遂川县曹大人祭拜

万安县沈大人祭拜

他们一一来到灵堂，为英灵烧纸、鞠躬、送行。

王知府走到解夫人跟前，轻轻说道："夫人，你可要保重身子骨呀，早点回房歇息吧。"

"不！"解夫人说着突然站了起来，她形态肃然，双手理了理头发，正了正上衣，亮着嗓音说："我们吉水有句老话叫顺顺遂遂，我便在张罗寿辰那天选了个五月十六日的日子，就图个顺遂，可它就没给解家带来顺遂。我们吉水还有句老话叫长长久久，老爷寿辰，他便选了个五月十九日的日子，也就想图个长长久久，结果他也没长长久久。但是，解家虽没顺顺遂遂，却带来了国家的顺顺遂遂；老爷虽没有长长久久，却带来了国家的长长久久，这个账值！解家上下都听着，老爷用性命给民族，给解家长了脸，当着这块'撼忠尽节'牌，今儿个，我们不哭，把酒，为老爷送行！"

解夫人端着一碗酒来到丈夫的灵位前，把酒往地上一洒，大声说："老爷，一路走好！"

从此，每天早上，解夫人都会来到灵堂前，为丈夫点灯上香。

解夫人望着摆在中堂的祭文，上面写着解子元最后的豪言壮语：

　　虽死无憾，岂肯降矣！

想想，这悲歌慷慨似乎在宋时就有人唱过，原来解子元的老乡文天祥也留下同样的壮歌：

　　人生自古谁无死，留取丹心照汗青。

吉水称"文章节义之邦，人文渊源之地"。但这称谓不单单是凭读书破万卷，还得用性命去搏。

第二章　解夫人听书

说书人，把一个冰冷了许久的解家说得暖融融的，解夫人笑了。

他把解家说暖了

时值秋分。解家庭院的柚子熟了，石榴红了，对着大门的那丛月季一朵朵含苞破蕾。偶尔又闻得阵阵桂花的芳香，解夫人的心情自然好了许多。这天，解开、解合兄弟俩特意从吉安府请来一位说书的先生逗母亲开心。

解府大院迎来了久违的热闹。

解子苍夫妇、解子文夫妇、解子期夫妇、解子雨夫妇带着孩子早早地来到大院。

庭院两边摆满了椅子，中间摆的是解夫人坐的太师椅。一旁的桌子上放着几盘红石榴，对面是一张供说书人用的书桌，书桌上放着一把大折扇和一方醒木。

解开陪母亲用完早餐后，便说："娘，你不是常对儿说想听听解氏家族的渊源吗？"

解夫人说："你这孩子，怎么今天想到这事呀？你还是想想你自己的正事吧，你弟解合的孩子都十岁了，什么时候你也娶个媳妇，给娘添个孙子。"

解开说："娘，这娶媳妇、生孩子还不是早晚的事，我们不谈这些，今天我请来先生专门为你说书。"

解夫人说："开儿，你别哄娘，这巴掌大的吉水城，哪来的说书先生呀！"

解开说："娘，孩儿特意从吉安府请来一位正儿八经的说书先生。"

"还真是请了先生啦……"解夫人愣了一下，接着又说，"开儿，既然是说家史，那就把解家的大大小小都叫来听听吧。"

解合说:"娘,家里的人都来啦,就等你老呢。"

说着,儿媳黄氏扶着解夫人来到前院。

解夫人坐了下来,看着这一大家子热热闹闹,有说有笑,享受着这份独有的天伦之乐。她又望了望那两棵挂满了果的柚子树,才知道时已进入仲秋。此情、此景,解夫人一张沉默了许久的脸也露出了久违的笑容。

她笑着说:"你看看,我们解家这么大的一家子聚到一起,真让人高兴啰。"

这时,子苍、子文、子期、子雨夫妇一一走到嫂夫人跟前,给嫂嫂请安。突然,解合的儿子灵机一动,学着大人们说:"孙儿给奶奶请安。"

解夫人高兴地说:"呵呵,你看看,一个个都知书达理,不愧是书香家传呀,都免了,咱们祖孙三代还是听先生说书吧。"

"解夫人,你老万福。"说书先生鞠了一躬说。

"先生,哪有那么多礼哟,还是请快快说书吧!"解夫人笑着说。

"解氏人丁旺,家史渊源长。今天不把别的说,单说平阳府授姓解良。"

"啪、啪",说书先生敲响了两声醒木,一部解家渊源开始了:

话说山西平阳(今山西临汾县西南),左指太行,右眺吕梁,汾水绕平阳。故曰:地肥水美,五谷溢香。

这里有一支从古老的部落延续下来的家族,称解姓。

公元前一〇六六年,文王的儿子姬发讨伐商纣王,建立了他的独立王国周朝,称武王。武王传位姬诵,称成王。成王封胞弟叔虞于唐(今山西曲沃)称唐侯。就这样王位传至子燮夫后,迁都晋邑(今山西太原),改国号为晋。唐侯的次子良被封于解邑(今山西临汾县西南)。多以邑得姓,自然解姓也不例外,做了爵王的良便以解邑授予解姓,从此,解良成为天下第一解姓人。"

这时解夫人发话了:"我说先生呀,听说这天下对解姓还有其他的说法,是吗?"

"啪、啪",又是两声醒木响。

说书人又说开了:"解夫人问得好,虽然解良为解氏授姓人,但历史上对解姓人有三种说法。"

其一,说解姓源于地名,出自东周初期成周城垣解[1],属于以居邑地名为氏。

其二,又说解姓源于鲜卑族,出自南北朝时期鲜卑拓跋部,属于汉化改

---

[1] 城垣解,是古代城郭建筑群体中的一个组成部分,曰"严城解扉"。

姓为氏。南北朝时期，鲜卑拓跋部中有解毗氏（解枇氏）部落。

其三，还说解姓源于满族，属于汉化改姓为氏。据史籍《清朝通志·氏族略·满洲八旗姓》记载：

>满族乌拉氏，亦称吴拉氏、乌喇氏，世居郑家堡（今吉林双辽郑家屯）、乌拉街（今吉林永吉乌拉街至辉发河口、拉发河流域、双阳县境）、黑龙江两岸等地，后多冠汉姓为解氏、吴氏。

>满族解乌拉气氏，亦称锡勒尔吉氏，世居吉林乌喇（今吉林永吉），后多冠汉姓为解氏、李氏。

这时解夫人突然又发话了："先生，那我们解家属哪个解呀？"

说书人说："夫人，尽管历史上对解姓有各种说法，但自古解氏后裔都称解良为解氏正宗，史称山西宗解，你们是正宗的解氏传人。"

"都听见了吗？我们解家是解氏正宗，是山西宗解。"解夫人高兴地说。

说书人接着说："自解良授姓后，解姓人一直居住在山西平阳府解州城（今山西运城解州），直到秦汉时期，他们举家来到雁门郡（今山西代县）。

"唐天宝戊子年，一个叫解讳隐的朝廷命官举家远离雁门，打道蕲州府，做了司户。此时，正值安史之乱，一家人只好暂住蕲州，不久，又迁至金陵（今南京）。

"解郚与父亲解讳隐于唐天宝戊子年同登进士。一日，解郚接到朝廷出任吉州刺史圣旨，便带着一家老少，赶赴吉州，住进了同水乡瑧善里（今吉水盘谷、阜田一带。）

"解讳隐是解氏第一个登岸吉水的长者，称解讳隐为吉水解氏一世祖，自然也就顺理成章。"

说书人凭着他那三寸不烂之舌，把一个冰冷了许久的解家说得暖融融的。

解夫人笑了

午后，解夫人一觉醒来，气色特好，便说："快请说书先生。"

说书人来到前院，他一边喝着茶，一边和解夫人拉着家常。解夫人意犹未尽，她说："先生，请你说说解家先祖解世隆修城墙的那些事吧。"

先生站了起来，向解夫人躬了一躬说："夫人，那我就恭敬不如从命。"

说书先生扬起了手中的醒木，"啪、啪"两声，他那三寸不烂之舌又派上了用场：

唐乾符五年，兵荒马乱，人心惶惶。这时，吉水解家一个叫解世隆的读书人荣登进士榜，此刻，正是朝廷用人之时，解世隆奉旨出任江西吉水县令。

话说吉水县城这名字历史上改了几次，有称吉水镇，有称招义寨。自打解世隆来到这里，仍取吉水之阳，改为吉阳寨。

解世隆走马上任，他办学校、建粮仓、筹钱库、设饭庄，把一座小县城安排得有模有样，老百姓安居乐业。民曰："世隆、世隆、世代兴隆。"

一天，城里一纸安民告示，"民众有钱出钱，无钱出力……"解世隆下令修城墙。全县民众一呼百应，个个一鼓作气，围城筑墙。

三年劳作，一座高六尺、长四里、宽五尺、方方正正、四门耸立的土城墙拔地而起。

这时，吉安府李太守打道吉水，解世隆陪李太守察看城墙。

李太守说："城墙南有恩江，西有文江，北有北湖，可为天然城池，但城墙东面少了一道城池，解大人，你还得把东面的城池补上喏。"

这么大的一个城池谈何容易，解世隆犯愁了。民众修城墙三年，也得休养生息，若下令再挖城池，实在于心不忍，但上峰的话又不得不从。夜半，解世隆为修城池而愁眉不展。

说时迟，那时快，只听得一声巨响，尘烟四起，地动山摇，城东面顺着城墙，地陷六尺，天造一个城池，解世隆忙跑到城外看个究竟，只见得一湖从天而降，他不由自主地高呼："天助我也。"

地陷成湖，即曰陷湖，陷湖就这样叫开了。

自打解家迁居陷湖旁，都说这名字不太吉利。解世隆请来本家的几个读书人，合议之后，取名鉴湖。

从此，鉴湖才算正名了。

解夫人高兴地说："原来吉水的古城墙还是我先祖修的，这鉴湖是天造的，真是不说不知道呀。"

话到这里，说书先生卖了个关子，他拍了一下醒木说："要知解家后来如何，且听夫人说分晓。"

"嘿，先生，你今儿个怎么把我给扯进去啦！"解夫人说。

先生说："解夫人是才女，能说会咏，不妨让我也好长长见识，解夫人您看如何呀？"

"呵呵！今日我高兴，既是先生抬举，那我只有献丑了。"解夫人说。

解夫人喝了一口茶，一个谁是鉴湖解家始祖的故事开始了：

听先辈人说，宋仁宗嘉祐丁酉年间，我解家一个时任茂州司户的参军，叫解希孟。按今天的说法也是个朝廷七品官，都说他是我解家登上盐仓岭的第一人。

盐仓岭，它连着东山、老虎痕，面对文峰、文江、龙王庙，可谓有水、有龙、有山、有虎，按风水说，这可是一块山环水抱、龙腾虎跃的风水宝地。

城里有户姓史的生意人，早就看好盐仓岭，不久，请来工匠，破土动工。一年后，史家十几号人喜迁新居。

但老天有时总不遂人愿，几个月后，史家好景不长。一天夜晚，一伙山寇冲进史家，史家积蓄多年的财物被洗劫一空，险些搭上了一家老少的性命。

一天，盘龙寺方丈路过史家，史老板赶忙上前求见。

"长老，请寒舍小坐，小民有一事相求。"史老板躬着腰说。

方丈见此人一脸沮丧，即曰："施主不必惊慌，有事且慢慢说来。"

史老板把发生的事一一告诉了方丈，方丈闭目沉思片刻说："盐仓岭右靠东山，东山乃帝王之气也。"大唐诗人白居易有诗为证：

  白云山上白云泉，泉本无心云自闲。

  何须奔流山下去，又添波浪在人间。

老方丈又说："盐仓岭左靠文峰，文峰乃神椽凌空也。"大宋诗人杨万里有诗为证：

  笔峰插霄汉，云气蘸锋芒。

  时时同挥洒，散作甘露香。

"此话怎讲？请大师指点迷津。"史老板急着问。

方丈说："帝王之气，只容官宦之身，神椽凌空，只纳读书之人。你一生意人家，此地不可久留，否则，这次是破财免灾，下一回则会招来杀身之祸。"说着便念着他的南无阿弥陀佛离开了史家。

听了老方丈的这番话，无奈，这一家老小也只好搬回乡下老家去了。

盐仓岭自史家人去楼空后，这里再也没有人敢越雷池一步。种种说法也就有了，有人说看见天兵天将来到盐仓岭，把史家翻了个底朝天；又有人说，盐仓岭旁边有个月神塘，广寒宫玉兔精下凡月神塘，搅得史家鸡犬不宁。各种传闻不胫而走，从此，盐仓岭再也无人问津。

一日，解希孟携夫人赵氏回县城东门度假，夫妻俩来到鉴湖边。

六月的鉴湖，杨柳青青，荷花含蕾，偶尔，几只燕子在柳中穿来穿去，好一幅仲夏花鸟图。

解希孟与夫人漫步鉴湖，望着鉴湖这迷人的景色，两个人心都醉了。

走着、走着，解希孟忽见对面山冈上几栋青砖黑瓦房，那雨后的淡淡白云犹如盖上了一层面纱，使得绿阴中的青砖黑瓦时隐时现。他想，这不就是传说中的海市蜃楼么。

解希孟夫妇来到盐仓岭，看个究竟。这地方前有鉴湖水，后有盘龙山，心想，此乃有福之地。但好端端的房子怎么一片狼藉，眼前的一切又使人不解，二人合计了一番，决定问清缘由后，再作安排。

中午，夫妻俩来到县城北坊的小舅赵青山家。

"二弟，先别忙，姐有一事相求。"夫人说。

"姐姐，有事吩咐就是。"赵青山一边回答一边倒茶。

"盐仓岭几栋好端端的房子，怎么人去楼空，一片萧条啊？"夫人问。

赵青山说："姐夫、姐姐，你们提这地方做甚？"

"我和你姐这次回来想找个安身地方，看来看去总觉得盐仓岭这地方风水好，我们想借这方宝地，筑巢栖身。"

赵青山急着说："这可使不得，千万使不得。"

"这话从何说起？"解希孟问。

"这房子原本是史家的，后来史家人弃屋而去，这地方晦气，闹鬼呀！"

解希孟说："二弟，我是带兵打仗之人，只图山水风光，不信鬼神。"

话虽这么说，但闹鬼的传闻也不可不信。这时，解希孟在妻子耳边轻轻地说了几句。

次日上午，解希孟携夫人走进了盘龙古刹。

盘龙寺方丈见解希孟一副做官人模样，忙说："大人、夫人光临寒寺，老衲有失远迎，多有得罪，请后堂用茶。"

解希孟还没来得及坐下就忙说："下官今日有一事相求。"

"大人尽管吩咐。"方丈说。

解希孟说：下官看好盐仓岭，想借居此地，不知当否，还请大师指点。"

"大人，盐仓岭自史家弃房而去后，为此常有人前来寒寺，问卦测风水，但都未能遂愿。盐仓岭乃贵人之地，非官宦人家、书香门第不可及也。既然大人看中此地，请大人将府上家世慢慢说来，老衲竭力为大人破译。"

解希孟把解氏渊源说了个原原本本。

方丈听后即曰："大人先祖这般风光，今择盐仓岭可谓贵人达福地也。"

解希孟忙说："多谢长老夸奖，下官还有一个藏在心里多年的隐衷，下官寓居县城东坊多年，虽有二子，不曾有孙，实在是难乎为继，有愧列祖列宗，还请长老赐教。"

"大人若不介意，请前堂卜卦祈祷吧。"说着方丈领解希孟夫妇来到前堂。

方丈举起手掌，低着头在菩萨面前轻轻地说了些什么，然后对解希孟夫妇说："大人，夫人可以卜卦了。"

解希孟夫妇下跪堂前，面对菩萨三叩首，默默祈祷后，双双将卦一抛。

"大人、夫人，阴阳双卦，好兆头，好兆头啊！"方丈高兴地说。

解希孟说："多谢长老指点。"

解希孟夫妇辞别盘龙寺后，择吉日破土开基。

次年年初搬进盐仓岭，九月，长子解安媳妇项氏生下一子，取名世献。

解安媳妇分娩的消息一下传遍了吉水县城。

这人呐，就是这样，听到解家添了孙子，盐仓岭又有了新的传闻，有人说："亲眼看见送子观音下凡盐仓岭，把玉兔精吓跑了，送子观音还说，盐仓岭四季福地、解希孟五子登科。"

传闻虽有些悬，后来还真对上号了，自解安夫妇有了解世献，以后又生下了世贡、世正、世维、世鹏。城里人说，解家今日五子登科，说不定今后还会招来龙子龙孙，都说盐仓岭福地啊。

打那后，解家世代书香，什么父子进士、兄弟进士举不胜举，就先祖解皋谟中进士后，他的五个儿子文灿、文浪、文彬、文鸣、文昭，除文彬、文鸣外，其他三子皆中进士了，当时被城里人叫作五子三进士，可风光呀。"

这一说就没完没了，解夫人说得有点累了。

李氏为解夫人端来一杯清茶，解夫人望着解开说："什么时候我身后能跟着两个儿媳妇，让我也看个'五子登科'，那我就知足了。"

解合媳妇说："娘，大哥会托您老的福，您等着抱孙子吧。"

解夫人说："那就借你的吉言吧。"

这一家子人在一起，听家史、叙亲情，把解夫人逗得乐呵呵的。

第三章　读不懂的解开

解开做梦也没想到，朱元璋一道圣旨，把他从地方直接调入大明帝国的最高权力机关。这突如其来的皇恩，按常理解开应当欣喜若狂，可他偏偏没领朱元璋这个情……

这 是 天 意

十八岁的解开，早已到了娶妻生子的年龄，可他自己一点都不着急，但做母亲的徐氏是急得团团转。

徐氏不经解开同意，她请来媒人在城里刘家为解开攀了门亲事。

徐氏一不做二不休，当年就吹吹打打为解开娶了刘氏，谁知好景不长，不到一年，刘氏便撒手人寰，被克了。

一年后，徐氏想孙子心切，她又一次未经解开的同意，摆着一副高堂的架势为解开娶了黄氏，谁曾料到解家祸不单行，又不到一年，黄氏驾鹤西去，又被克了。

从此，解开消沉了，他誓言终身不娶。

几年后的一天，盘龙寺破天荒来了一位才貌双全的女子。这女子叫高妙莹，是城郊坝溪村进士高若凤的女儿。家父在世时，常叹曰："我女奇才，恨非儿男。"

高妙莹来到庙堂，见过方丈。方丈忙问："请问女施主有何吩咐？"

高妙莹说："小女子想求姻缘签。"

方丈顿感疑虑，这年龄尚未婚配的女子我还是头一次遇到。便问起高妙莹的生辰八字。

"敢问女施主，芳龄几岁。"

高妙莹说："不怕方丈笑话，我已而立之年，出书香门第，乃城郊坝溪村高若凤之女。只因父母兄长为国捐躯，在家守孝多年，至今未婚。"

高妙莹话音刚落，老方丈赶忙上前行礼。

"久闻令尊高大人英名，今日见得高府千金，幸会、幸会。"

说罢，将一筒竹签交与高妙莹。高妙莹跪拜在菩萨门面前，心里默默许愿摇签。

高妙莹把求来的签交与方丈说："民女恳请方丈解签。"

老方丈拿着签，一一给高妙莹解读。

"妙莹姑娘，好兆头，上上签。"方丈拿着签高兴地说。

　　男才女貌两双全，老树生花总是缘。
　　咫尺方有月老在，天造地合终成眷。

老方丈在盘龙寺多年，也解过不少离奇之签，但就是没见过巧到这步田地。他高兴地说："签撮合，这是天意，天意啊！"

老方丈想，这解家不就明摆着一个才子吗，这个媒我做定了。但想归想，解开长妙莹十几岁，合适吗？不管怎样，先问个仔细。

老方丈说："本地解家有一才子，在县里做司训，妻子早年去世，膝下无儿无女，只是年龄稍大一些，不知姑娘意下如何？"

听说是才子，高妙莹一张沉没了多年的脸随着方丈的这番话浮起了红晕，便羞答答地说："天意不可违。"

老方丈又赶忙来到解家，对解夫人说明来意，解夫人兴奋不已。

她把解开叫来，可解夫人怎么也不曾想到，解开竟摇了摇头，决意终身不娶。

无奈，老方丈只有将那上上签递给解夫人，说："此乃天意啊。"

解夫人看后大为惊喜，便对方丈说："既然是天意，那就由不得他了，天意不可违。"

徐氏急着想抱孙子，第二天也不管解开愿意不愿意，她连推带拉领着解开往高家提亲。

"娘，别的事我都可听你的，唯有这事请你原谅孩儿的不孝吧。"一路上解开说。

娘俩进了高家，高妙莹的叔叔高若霸在中厅招呼他们坐下后，几个人寒暄了一番，就直奔主题。

高若霸说："解夫人，令郎的名字早有耳闻，解家'二解夺魁'是名声在外哟。"

徐氏说："高大人过奖了，我解家哪比得上你们高家，方圆十里，谁不知府上兄弟二人同登进士榜，且令兄又是抗倭英雄，真叫人敬佩。"

一旁的解开哪有心思听这些，他心里还在想着法子怎样离开高家，要不两个老人一拍板，不就成了父母之命……解开主意已定，就算是母亲不高兴，他也必须离开高家，因为他要对得起这个"终身不娶"的誓言，况且这地方还有个二不过三的说话，我已克了两个，总不能叫我去克第三个吧。

解开显得有些坐立不安，这些被徐氏看得清清楚楚。做母亲的曾几次用眼睛告诉他，高家也是有头有脸的人家，你不可乱来。

就在解开正想起身撒个谎离开高家这一刻，突然高若霸笑着说："妙莹，快给客人上茶。"

只见一女子从后堂端着茶慢步走来，这女子一身素妆，虽然没有少女般的娇气，但她那端庄的气质，修长的身段，端正的五官，咋看咋就像个才貌双全的女子。

高妙莹红着脸给徐氏端来一碗茶，徐氏哪有心思喝茶，两眼总是盯着眼前这个未来的儿媳妇，她拉着高妙莹的手说："多好的姑娘呀，一看就是个知书达理的大家闺秀。"

这时高夫人在后堂说了声："老爷，有话待会儿咱们边吃边聊，你和妙莹帮我到厨房打个下手。"

徐氏见高若霸和妙莹离去，她故意拉着解开说："开儿，刚才高大人在厅堂时你就急着要走，你也不选个时候，叫人家的脸往哪搁呀。现在是时候了，趁他们都不在，我看还是赶快走吧。"

"娘，怎么说走就走呢，高家会多没面子呀。"解开急着说。

"嘿……开儿，我说你这孩子怎么啦，刚才都急着要走，现在又说不走，你唱的哪出呀？"徐氏装出一副不解的模样说。

"娘，刚才是刚才，现在是现在嘛。"解开说。

徐氏说："那我们不走啦。"

解开说："不走啦。"

徐氏逗着又说了一句："真的不走啦！"

解开说："娘，真的不走啦！"

徐氏笑着说："开儿，娘早就知道你不想走啦，看你刚才贼眼似的盯着人家妙莹姑娘，娘就知道你心里在想什么了，娘故意逗逗你。"

解开说："娘，你都说些什么呀。"

徐氏说："好啦，你快到厨房去帮帮，让高大人歇歇。"

"哎！"解开这句答应得特别爽快。

饭桌上，高妙莹由叔叔高若霸做主，许了这门亲事。

十二月解开随花轿把高妙莹娶回家。一对沉默了许久的大男、大女，终于缘定今生。

朱元璋的调令

洪武二年初，在吉水干了这么多年知县的迟贺，他得到消息，朝廷要从鄱阳县调费震来接替他县令一职。

从来不读书、不理政，吃、喝、玩却是把好手的迟贺，他感觉自己在位的时间不多了，这回他要放开胆子玩个痛快。一天，迟知县又邀了几个同僚在衙门玩牌，正玩在兴头上，衙差突然来报："大人，解开求见。"

"又是这个解开，真烦人，你就说我公务在身，不见。"说着迟知县哈哈一笑，这牌局，他和了。

衙差的回话，让解开进退两难。进，则会讨个没趣；退，办书院一事则会落空。

成败在此一举，顾不得这么多了，我只有当一次过河的卒子。一向不太声张的解开，这回他斗胆闯了进去。当着这些牌友对迟知县说："大人，眼下你没空……下午能否抽点时间议议办书院的事，不能再拖下去了。"

迟知县急了："混账东西，我的时间还要你来安排，给我滚。"

"大人，你天天正事不做，只顾吃、喝、玩、乐，你对得起吉水的黎民百姓吗？"解开终于忍无可忍。

迟知县动怒了："好你个解开，敢在太岁头上动土，来人，拿下去，重罚五十大棍。"

就在这一刻，嘭……嘭……衙门口响起了阵阵锣声。

迟知县才放下手上的功夫，赶忙走到前厅。

钦差问道说："谁是解开。"

解开答曰："大人，正是下官。"

只听得一声："解开听旨：奉天承运，皇帝制曰，解开少年得志，京城夺魁，为国家之栋梁……诏解开进京……"

这道圣旨来得也真是时候。解开接过圣旨，转身看了看迟知县说："迟大人，我这五十大棍还没杖呀。"

迟知县像一条丧家犬，求着说："解大人，下官一时糊涂，有眼无珠，你大人有大量，还请大人宽恕。如大人不介意，今晚下官备酒宴，为大人送行。"

看到迟知县这番模样，想到世态这般炎凉，他对着迟知县一笑，但笑得很勉强。

一个地方司训，照当时的说法，还不能算个官，只能是个吏。

这个解司训是何方神圣，一纸公文直奔朝廷。解开怎么会收到了这张顶级调令，此事还得从大明王朝的一把手——朱元璋说起。

朱重八（朱元璋十七岁前的名字）早已不是和徐达、汤和、周德兴一起把牛尾巴弄进石缝里的那个放牛娃，也不是那个慌慌张张"突朝烟而急"的小僧，更不是濠州节制元帅郭子兴的贴身侍卫了。如今的他要风得风，要雨得雨，朱重八就是跺一脚，应天府都会咯咯响。

公元一三六八年正月初一，这位其貌不扬甚至有些丑陋的朱元璋，谁敢说他没有皇帝像，他戴着早就为他做好的那顶金丝皇冠，堂而皇之地走进了应天府金銮殿，满朝文武山呼吾皇万岁、万岁、万万岁后，霸气十足地登上了皇位，称帝洪武。

朱元璋做梦也不曾想到，原本只想有口饭吃，顶多能有间破草屋，而后在里面娶妻生子就心满意足了。然而是残酷的现实造就了他，把他从一个放牛娃带到金銮殿上那把金光闪闪的椅子上。

洪武元年八月，徐达攻克京城大都（今北京），元顺帝被迫出逃，朱元璋终于圆了统一中国的梦。

自古以来，建立一个王朝比推翻一个王朝要难得多。如何才能使大明江山永远姓朱，让朱家皇室香火不断，这是朱元璋最在意的。

这位五大三粗的洪武帝，对于权势他却很细心。为着这朱家天下，他兵分三步。

第一步，立储封王。朱元璋生有二十六个儿子，十六个女儿，除朱楠夭折外，他对二十五个儿子一一加封。长子朱标立皇太子、次子朱樉封秦王、三子朱㭎封晋王、四子朱棣封燕王……这样朱家的二十五个儿子就像一张绝大的蜘蛛网，把整个中国都把握在朱元璋的手心之中。

第二步，设公封侯。这些和他打天下的文官武将，都是有才能的人，他们可以成为朱王朝的外围，维护他的政权。他们虽不姓朱，但和朱元璋却是同一条战壕里的战友，朱元璋对他们知根知底，不需再做考察，也不需为期一年的试用。这样，两个和朱元璋儿时的放牛娃汤和、徐达就分别封信国公和魏国公，常遇春封鄂国公、李善长封韩国公……其他随朱元璋起兵的二十四将全部封侯。

话要说回来，朱元璋对这些人又不得不防，他们虽是自己南北疆场出生入死的战友，但这些人一个个都劳苦功高，武功非凡，指不定哪天心血来潮，给自己一个翻脸不认人，再取自己而代之。于是朱元璋又使出一招，也就是他的第三步，招贤纳士。

朱元璋下旨各地广招贤士，但这只是朱元璋打着的一个幌子，实为培植亲信。这些亲信，将成为朱元璋安插在各国公、王侯身边的卧底，有朝一日可取代那些和自己一起打天下而居功自傲的功臣，为后来对那些不听使唤的甚至对着干的人大开杀戒而埋下伏笔。

解开就是朱元璋看好的一个。

次日，解开手持朱元璋那张令他高兴不起来的调令，随钦差向应天（现南京）府方向扬帆驶去。

出乎意料的较真

金銮殿上山呼万岁后，又迎来了朱元璋新的一天。

随着一声"宣解开进殿"的公公腔，解开来到了这个与自己一身布衣不成匹配的大明朝廷。见过万岁爷后，解开站在一旁。满朝文武大员瞥了解开一眼，引起了一阵骚动，一个个在窃窃私语，这小小司训，是哪路风把他给吹来了。

能站到朝堂之上的人，有跟着朱元璋戎马一生、刀光剑影的兄弟，有扶着朱元璋登位的师爷，有朱元璋的皇亲国戚，当然也有绞尽脑汁、用尽机关一步一步爬到这个位子上的。在他们眼里解开算个啥。

只有朱元璋心里有数，他终于发话："解爱卿，朕闻你才学出众，却与世无争，隐居乡野多年，令朕钦佩。特赐你为翰林院庶吉士，你看如何？倘若这五品官你觉得不妥，朕网开一面，你尽管开口。"

人能活到这个分上，这辈子算是没白走一趟。多少人曾为一官半职而徒劳一生，今日这位万岁爷对解开这般盛情，这光宗耀祖的皇恩，解开能不感动吗。

这个时候的解开，似乎世界上的荣幸都归他一人所有，他的嘴只要稍稍一动，或是说只要他点点头，就有享不尽的荣华富贵，受不完的至尊体面。

这个时候的朱元璋，他正等待着解开封官后的那份喜悦，等待着他五体投地谢主隆恩。

但解开就偏偏没领朱元璋的这个情。此时，他想到更多的是官场的炎凉与险恶，一个小小的县衙都弄得自己颠三倒四，何况这里是大明的顶尖机关。他心里在说，朱皇帝，放过我吧，我虽有能，但无力。

解开总在想，今天你召我入朝为官，去帮你整治那些不听话的文武百官，有朝一日你认为我也不是百依百顺，让别人又来取代我，把我打下十八层地狱。

大朝之上，他说出了一句让天下人听着都发愣的话。

"万岁，恕奴才不忠。奴才为文尚可，为官却不是这块料，实在难负重托。奴才有违皇恩，罪该万死。"解开出语惑人。

金銮殿上解开揭开自己的面纱，让洪武帝看个清楚。

"解开，你身为朝廷命官，万岁恩典，理当顺从，然而你藐视朝廷，公然抗旨，你可知罪。"朱元璋身边一近臣说。

"启禀万岁，解开大逆不道，抗旨不遵，罪不可赦。"又一臣子说。

"混账东西，三六九等你算哪根葱，圣上的话就是最高指示，你却给脸不要脸。皇上，依下官之见，还不如把他灭了。"一武臣又露出了他那江湖嘴脸。

朱元璋想，这就奇了怪，朝上的文武百官哪个不是为一官半职争个你死我活，这个解开打的什么算盘，是有意让朕难堪，还是另有隐情。

朱元璋看上去有点不高兴。他看了看解开说："解开，你当着满朝文武还有何话可说？"

老朱有个不成文的规则，凡是不听使唤者必死无疑。眼看朱元璋对解开下了最后通牒，让他说出临死前的遗言。

朱元璋这个规则解开早有耳闻，君要臣死，臣不得不死。又想想那些个要置自己于死地的大臣吐出的那些话，自己还有什么好顾忌，这个时候的解开明知山有虎偏向虎山行，他一反常态。

解开站了起来，他用轻蔑的眼光扫视着殿上的每一张面孔，他已抛开一切，此刻的他再也不是那个"人为刀俎、我为鱼肉"任宰割的解开了。

解开终于亮剑。

他理了理衣冠，义正词严地说："启禀万岁，金銮殿上那些个文官武将，说出话来忠呀、良呀。可真正忠君爱国的能有多少？他们拿着皇上的丰厚俸禄，又为皇上做了些什么？他们有什么资格与我这一介布衣谈忠论良……"

解开一发不可收拾。

他的这番话，却让朱元璋越听越高兴，他多么想对解开说，你继续往下说，但说无妨，朕爱听。这话是朱元璋长时期憋在心里想说而没有说的话，今天你替我说了，正好给他们提个醒，让那些文官武将们好好掂量掂量。

殿上站着的文武大员，一个个摩拳擦掌，欲欲发作。

谁也不曾料到，这时的朱元璋没有按他的规则走程序，却显得很仁慈，他摆了摆手，自言自语地说："人各有志，由着他吧。"

朱元璋虽然讨了个没趣，但他没当回事。

此时，朱元璋也不能不顾及朝堂百官的脸面，计谋多端的朱元璋卖了个乖，想出了一个万全良策。

朱元璋说："解开，满朝文武一个个都说要治你，朕今天就为你说个情，免你一死。但这个情不能白说，你既能说了'为文尚可，为官却不是这块料。'那朕就依着你，你将如何为文于大明，说出来给朕听听。"

解开终于松了口气，他说："谢吾皇不杀之恩，奴才辞官离朝，致力理学、兴办书院，为我大明尽微薄之力。"

让解开始料未及的是朱元璋不但没怪罪他，还要赏赐他。

朱元璋说："好！撰书办学，这话正合朕意。朕赐你纹银一千两，你回乡后，一边撰书，一边施教，兴我大明，振我国邦。"

解开忙下跪说："解开领旨谢恩。"

解开怎么也想不到，朱元璋不但没要自己的命，还让自己如此风光。解开不解，朝堂的百官也不解，只有朱元璋却不以为然，没有这两下子，还叫朱元璋吗？

身为一介武夫的朱元璋，但他似乎对没有文化的可怕领悟得更多。

第四章　闹腾吧，豆腐坊

"文峰山长一根山竹，吉水就出一位人杰。"这话由来已久。这年，文峰山上又有山竹破土而出，解家的豆腐坊一个声音也跟着呱呱坠地，这声音是巧遇，还是……

拜谒盘龙寺

解开在应天府捡了一条命，风尘仆仆回到吉水。

可心里他总想着前些天发生的事。

自古抗旨者，谁不是株连九族，身家不保。独我解开，金銮殿上，天马行空，风光返乡。虽然如此，但想起来解开的心仍在扑通扑通地跳，倘若朱元璋要使性子，取自己的性命，不就是一句话，可朱元璋偏偏就没这样做，解开真有点弄不懂。

回家后，听得夫人说，自他进京后，夫人每天去盘龙寺为他烧香拜佛，求菩萨保佑丈夫平平安安。读书人对菩萨神灵本来是半信半疑，夫人这么一说，解开还真有点信了，心里老想着什么时间有空，一定要去趟盘龙寺。

解开辞官回家的消息传到迟知县耳里，这位迟大人听了不知道有多高兴。世事就是这样，一个月前还在求着解开放他一马的迟知县，这回气高胆壮了。既然你朝廷大员都不愿做，那我就给你来个完全彻底吧。迟知县一下手，把解开的教谕也免了，也许，这就叫世态炎凉。

转眼，几年过去了。

解开没日没夜，一部《解文集》共四十卷终于撰写成书，之后他又按照朱元璋吩咐办起了鉴湖书院。

一天夜里，高妙莹对着灯下的丈夫说："我嫁到解家已十三个年头了，说起来让人笑话，只为解家留下解纶这根独苗苗，实在愧对解家列祖列宗。"

解开说："妙莹，天下孤儿寡女的也不是我们一家，想开点，我们一家三口不是过得蛮好吗。"

高妙莹又说："皇上赏赐的银两，这几年你撰书、办书院所剩无几了，你官也不当了，俸禄也没了，我们得另谋生路。我在家守孝时，学得一手做豆腐的好手艺，如你不介意，我们可否开个豆腐坊。"

夫妻俩一拍即合，从此，两个人每天起早贪黑忙在豆腐坊，虽然苦点，但一家三口过得还是其乐融融。

这天，街上的豆腐好卖，解开也就早早收摊回家。

突然，解开又想起夫人几年前的话，他能从应天府平安回家，是菩萨救了他，便对妻子说："夫人，几年前不是菩萨庇护，我这条命恐怕就留在京城了，今天得空，我想去趟盘龙寺还个愿。"

夫人说："怎么今天才想起了要还愿呀。"

解开说："这些年只是忙着在为朝廷撰书，挤不出时间，有礼不怕迟嘛。"

解开带上银两、香烛，临行前，夫人一再叮嘱解开为全家求支平安签。

盘龙古刹，几十棵不成排行的苍松古樟把它绕在中间，一座盘龙宝塔犹如一根定海神针，为古刹站岗放哨。寺庙虽然很旧，但显得整洁肃穆，给人一种神圣不可侵犯的感觉。

走进寺庙，一股烧香后留下的淡淡清香扑面而来，庙堂静得能听见外面的蜂鸣鸟叫。中堂，一尊千手观音打坐，像是在拯救人世间的生灵，使得前往烧香拜佛的人无不敬畏。

解开与老方丈是金兰之交，拜过菩萨后，老方丈用刚刚做好的野山茶为解开接风洗尘。解开喝了一口茶说："几年前从应天府平安归来，全仗菩萨庇护，只是没来得及给菩萨还愿，还望方丈见谅。"

方丈说："大人看破红尘，不图名利，不求富贵，甘做庶民，老衲十分敬佩，解大人只要有这份心就够了。"

解开只想着还愿，便转了话题说："我解家迁居盐仓岭，便与盘龙寺朝夕相处，看来盘龙寺有些年代了。"

方丈说："据本寺记载，盘龙寺建唐宝历二年，虽历代修复，但仍然有负众望，实在惭愧。"

解开说："巧妇难为无米之炊，方丈不必自疚。今奉上纹银十两，以备寺庙修缮，请方丈笑纳。"

方丈说："小寺无功受禄，多谢解大人了。"

解开说："建寺修庙，路人有责，区区小数，不成敬意。"

解开一生不图名，不图利，只求平平安安也就心满意足了。此时，他又想起了夫人临行前说过要为一家三口求支平安签，便随方丈来到前堂。

他跪在菩萨面前，将签筒摇了摇，双手把摇出的竹签交与方丈。

方丈拿着签笑笑着说："解大人，好运气，上上签，上上签呀。"

解开高兴地说："全托菩萨的福，还请方丈快快解来。"

方丈一看签，愣住了，心里慢慢念着：

　　是福是祸无须求，只念此生善与丑。

　　老树开花古来少，求豆得瓜亦是修。

老方丈看完后呆呆望着解开，他一直摇着头，这签像是在打哑谜呀，打头两句还好解，怎么说来说去说到老树开花，求豆得瓜呢？前后两句太不搭了。方丈又生疑虑，莫非解夫人有喜了，他看了看年近花甲的解开，又摇了摇头。

无奈，老方丈把签递给解开说："解大人，菩萨有时也会逗你乐，你求的是平安签，却中了支喜签，你是读书人，还是自己拿回去慢慢读吧。"

解开看着这签，哭笑不得，菩萨的玩笑也开得太大了吧。

解开带着谜团，辞别方丈，走在了回家的路上。

对妻子从来惟命是从的解开，还没进家门，心就像打鼓一样咚咚地响，倘若夫人问起求签一事，我如何回答，是照实说了，还是编个说法糊弄妻子一番，两者总觉得都不好使。不管它了，车到山前必有路，也许夫人没把此事放在心上。

一进家门，解开做贼似的叫了一声："夫人。"

许久，没人搭理。这颗扑通扑通的心总算镇定下来，也许夫人事多，说不定她把求签的事给忘了。

但解开无论也没想到，他刚进家门，还没来得及坐下歇歇，只听得远远就传来夫人一声声急促的叫声，瞬间，解开乱了方寸。

看到解开坐也不是，站也不是，夫人急着问："看你这六神不定的，准是求了支下签。"

解开说："你说些什么呀，是支上上签。"

听说是上上签，夫人笑着说："既然是上上签，还不快说来听听。"

"说是上上签，但又叫人费解……"解开吞吞吐吐地说。

夫人见解开说话支支吾吾的，她一口咬定解开准是在骗自己，便二话不说，伸出手向解开要了那支签。

夫人看过签后，羞得无地自容，便冲着解开说："我要你求支平安签，你倒好，求了支喜签，真是羞死人喽。你准是在菩萨面前说错了什么话，菩萨才羞辱你。"

"没……没有呀，菩萨说话不也一定句句实在，它也有走神的时候。"解开抢着说。

"亏你还是个读书人，敢说菩萨的不是，造孽呀。"夫人说。

解开生怕夫人会说个没完没了，随手拿起一把锄头对夫人笑了笑，朝菜园里走去。

豆腐坊的笑声

中国自古有个旧传统，所谓多子多福，高妙莹自嫁到解家算算已十三个年头了。只给解家留下解纶这么一根独苗苗就再也没有生养了。此事让高妙莹很是揪心，但解开却没当回事，凡事总是顺着妻子。

丈夫越是这样，高妙莹越是过意不去。但又有什么办法呢，生儿生女天注定，此生也不可能再有一儿半女了，只有好生把解纶培养成人。

日复一日，解开在大街小巷里喊着卖豆腐，高妙莹在家教解纶识字读书，日子虽然清苦，但过得还是蛮开心。

这天大清早，解开又挑着豆腐在大街上吆喝。只见解纶慌张跑来说："爸，不好啦，我娘一阵阵呕吐，你快回吧。"

解开二话没说，一口气跑回家中，看到夫人仍在呕吐，吓得不知如何是好，他一边吩咐人去请郎中，一边扶着夫人回房休息。

解开对高妙莹说："都是我不好，这没日没夜地卖豆腐，把你累成这样。"

郎中三步并两步进了解家，解开在一旁不敢吭气地看着郎中给夫人把脉，生怕郎中嘴里说出什么不祥之兆。

郎中转身向着解开，解开慌张地问："大夫，我夫人无大碍吧？"

郎中生气地说："解开，不是我说你呀，夫人都这样了，你还不当回事。"

解开说:"我真该死,大夫,我夫人得的什么病?请给好好治治吧。"

郎中说:"夫人得的不是病,得的是命。"

解开听了身也凉了半截,忙说:"大夫,请你把话说清楚,人命关天,可不是闹着玩的呀。"

郎中突然大笑一声,把解开弄得晕头转向。

解开忙问:"大夫,你何为发笑?"

郎中说:"亏你还是个读书人,我说夫人得的是命都没听出来,夫人有喜啦!好你个解开,老来得子,可喜,可贺。"

解开忙说:"大夫,我没听错吧,我夫人有喜啦!我夫人有喜啦!"

解开暗中自责,心想,盘龙寺的签还真管用,老树开花,求豆得瓜,嘿,菩萨说话讲信用。有了好还想好的解开突然又想起,这喜是否与文峰山的竹子挨上了?

吉水可谓万山千水,众多的山头峰巅都未曾留下什么传说和典故。唯有解家西南方向的文峰山,远远望去,犹如椽笔倒写天书。文峰山的故事在民间是一个接一个:吉水读书的人多是文峰山带来的灵气。又说,文峰山长一根小山竹,吉水就要出一位人杰。传说虽是真真假假,但后来也对上了。宋时,这山上先后长了三根竹子,那时便出了欧阳修、杨万里、文天祥。可文天祥降生后,文峰山已有二百多年都不见山竹。

解开年近花甲,夫人事隔十三年后竟枯木逢春又怀上了,这个喜讯来得太突然。此事不得使他又想到了文峰山的竹子,可想想,自己一介布衣,怎攀得上这个福分。不去想了,该是你的就是你的,不该你的想也没用。

话虽这么说,解开还是来到父亲解子元的灵位前磕了几个响头,求父亲在天之灵,保佑文峰山上山竹破土,也好沾沾文峰山的灵气。

正当解开跪在父亲灵位前默默许愿,只见小儿解纶拼命在喊:"爸……爸……"

解开忙起身对解纶说:"纶儿,你这样大呼小叫,没规没矩,不知道爸在爷爷的灵位前跪着吗?"

解纶还是一个劲地说:"城里人都在说今天有砍柴人在文峰山上看见长出三根竹子啦。"

解开说:"小孩童不可信口开河。"

解纶说:"不信你可去菜市场卖柴人那儿问问。"

孩子说话，有根有据，解开二话没说，一口气就往外跑去，他没有去菜市场，而是直奔文峰山。

天下哪个做爹的不是望子成龙，解开当然不例外。他来到文峰山，又是三个响头，求山神保佑他能找到这三根龙竹凤叶。

也许这就是缘分，解开刚行至山腰，老远就看见，离山顶不远的青石岩旁，从石缝里硬是长出三根山竹，它像三炷烧香，供奉着天地。解开心里琢磨着，这姗姗来迟的山竹，打宋朝破土拔起的三根竹算起已有二百个年头了。都说王母娘娘的蟠桃是五千年开一次花，五千年结一次果，没想到这文峰山上的山竹是二百年一破土，二百年才长一次竹，真是千年等一回呀。

从此，他再也不让夫人与自己一道起早贪黑在豆腐坊。虽然是一个人要做两个人的事，但解开只要想起文峰山的竹子，想起这新生胎儿就全身来劲，他一边磨豆腐一边笑着说："哈哈，老树开花古来少，求豆得瓜亦是修。"

从此，解开卖豆腐的吆喝声似乎比往日喊得更响了。

豆腐坊的哭声

转眼九个月过去了。

这些天来，解开满脑子就是文峰山上的山竹青翠挺拔，节节攀高，让孩子出生撞个好兆头。

眼看夫人就要分娩，解开让弟媳李氏晚上陪着妻子，自己和东厢房的弟弟解合搭个铺。

卖了一天豆腐的解开，倒床便入睡了。

这是一个大清早，解开打开大门，只见太阳从东山冉冉升起，一只凤凰从文峰山朝解家方向慢慢飞来，落在他家庭园内的柚子树上。凤凰跷起尾巴，对着那轮朝阳三声鸣叫，解开高兴得跳了起来，一个劲叫着："我家凤鸣朝阳啦！我家凤鸣朝阳啦！"

这一嚷，把身边的解合吵醒了。

"哥，你在做梦呀，什么凤鸣朝阳，才上半夜呢。"解合说。

似梦似醒的解开不信，拉着解合往大门走去，急着说："老弟，你看看天上的那一轮太阳，你再看看树上的那一只凤凰。"

解合说："哥，天上挂的不是太阳，那是月亮。树上站的也不是凤凰，那是我们家那只大公鸡。你是让梦弄蒙了，睡觉去吧，不要把嫂子给吵醒了。"

这一夜，解开没入睡，总在琢磨着这个梦。我儿倘若在辰时出生，那该是一个多好的兆头呀。

突然，他听到东厢房一阵骚动，忙来到东厢房。

"你嫂子快要生了吧？"解开问着。

"哥，快去豆腐坊烧水吧，解合，你赶快去请接生婆。"李氏一边忙着准备孩子出生的东西，一边吩咐着。

解开手里忙着烧水，心里却在想着这太阳怎么还不出来呀，孩子，你等一下吧，一定要等到太阳出山，不都是说，女生子时男生辰，先在娘肚子里憋口气吧，就算为老爹，别急着出来，外间漆黑一团，别撞坏彩头。解开心在扑通扑通跳着。

一个时辰过去了，又一个时辰过去了。东边渐渐吐白，接着一道霞光冲出东山，接着太阳露出一点红。解开此时又是一番心绪，孩子快出来吧，急死老爹了。

他忙走到东厢房门口轻轻地问："快生了吧？"

接生婆说："生的不急，你急什么呀？"

解开又跑到门外，望着东边，太阳已露出一半，都这个时辰了，怎么还没动静。他耐不住了，跑进东厢房看个究竟，又被一旁的弟媳挡了出去。

"女人生孩子，男人不能看。"弟媳妇说。

解开刚走出大门，一轮红日东边升起，树上的那只雄鸡对着朝阳"咯咯咯"三声鸣叫，此时，东厢房传来一声婴儿的啼哭声，这声音像一匹脱缰的烈马，嗷嗷直叫。再说这个解开站在门口却不敢作声，他似乎呆了，傻了。眼下他最想知道的是这婴儿是凤还是凰。他没敢问，只是呆呆地望着接生婆。接生婆给婴儿穿完衣服，把他抱到解开面前，用她那习惯了的语言说："解家又多把酒壶。"

洪武二年阴历十一月初七，己酉鸡年。自古鸡为凤，孩子辰时出生。

解开接过孩子高兴地说："我家凤鸣朝阳啦！我家真的凤鸣朝阳啦！"

当他看到孩子一身通红，忙问接生婆："我儿怎么全身通红呀？"

接生婆打趣说："你儿子在娘肚子里就穿上了官袍，这叫衣锦闻世，能不红吗？"

十三年后又盼来一个孩子，解开高兴得几晚都没睡，上天给了他两个儿子，这叫好事成双，他能不高兴吗。

人就是这样，有了好还想好，解开异想天开地琢磨着，如老天能再帮自己一次，赐给自己一个女儿，那自己就晴也有，雨也有。

想想自己都这把年纪了，他摇了摇头。

第五章　奇迹从这里开始

　　解缙一身赤色来到这世界，活像一个衣锦还乡的朝廷命官。原来叫他解缙，就出自这个缘故。还别说，这小子真像个做官的种。

爹娘给的代号

　　姓名，凡人的一个代号。

　　按说不就是取个名，可这事到了解家就有说法了。有人想后辈人知书达理，有人想后辈人荣华富贵……谁不想为自己的香火留下个沾光带彩的名字。

　　解家祖上有个老规矩，给后辈人取名要在受名人百日那天。说什么"百日取名，万般皆成"。但这百日取名又有规矩，说是小孩百日那天，逢春则要雨，逢夏则要风，逢秋则要月，逢冬则要阳。本来一个很简单的事，弄得起灶码锅。

　　解家这孩子却挑了个好时节，百日那天正是春季，谁不知"春无三日晴，冬无三日雨"。孩子百日撞个下雨天也就是个顺理成章的事。

　　无奈，洪武三年，偏偏吉水遭春旱，眼看就要到"懵懵懂懂、清明浸种"的时节，可老天就是不下雨。

　　把全部希望都押在这孩子身上的解开犯愁了，每天望着那个太阳，心里熬油一样。

　　他对着孩子好像在说，崽啊，这是天意，不能怪爹，轮到谁都没法子。

　　夜里，解开蒙眬入睡。

　　他带上香烛爆竹，从文江渡上船来到龙王庙。解开跪在龙王菩萨面前说："明天是小儿百日取名，求菩萨开恩降雨。"

　　话音刚落，只见万里晴空，一声霹雳。顷刻，大雨倾盆。解开大声喊着：

"下雨啦！下雨啦！"这一喊，把一旁的妻子高妙莹吵醒了。

"别吓着孩子，你这样大呼小叫的，哪来的雨呀。"高妙莹说着，解开才知道自己又是在做梦。

转眼就是孩子百日了。

这天，解开起得很早，他赶忙跑到门外，望着东边山上升起的那个太阳，那个红得似火的太阳，他心灰意冷了。

解开对着正在房间给孩子喂奶的高妙莹唉了一声说："孩子他娘，既然是天不作美，就认命吧。"

还没等解开把话说完，突然，一阵风把房门吹得吱吱响。他跑到门外，只见一片乌云盖住了日头，大雨自东往西慢慢朝解家降来。

解开一个劲地叫着："老天下雨啦……"

这时，解合也和妻子来到上厅，忙说："大哥，侄儿百日天降春雨，好兆头呀。哎，准备给孩子取个什么名字？"

解开站在雨中说："这事还得问问你嫂子。"

高妙莹抱着孩子来到上厅，高兴地说："你这国学士，孩儿取名，还得听你的。"

"夫人说到这个分上，我看恭敬不如从命了。"解开说。

解开想到孩子出生时一身赤色，为衣锦闻世。接生婆当时说的那句话又在他耳边响起，"你儿子出生就穿着一身红袍，是个当官的种。"

他说："我看就取名解缙，你们看如何？"

高妙莹说："缙，喻为红色的帛缎，这孩子出生就红得像帛缎，自古红色为喜庆，就叫解缙吧。"

解合说："既能有缙，必能有绅，我看侄儿的字就叫缙绅，你们看如何？"

高妙莹笑着点了点头说："久旱逢春雨，那孩子就号春雨吧。"

解开说："就这样定了。"

打那起，中国就有了解缙，有了缙绅，有了春雨。

周年的选择

洪武三年十一月初七。

这天，解开没进豆腐坊。解缙来到这个世界已是三百六十五天了，按当地习俗，他忙着给孩子准备抓周。

解家，早早把一张大方桌放在上厅。桌上依次摆着三件东西，一支毛笔、一方印泥、一枚铜钱，解开有他的取意。这一支笔、一方印泥、一枚铜钱，即读书、做官、挣钱。这辈子自己只是读书却不想做官，也没挣钱，只落得个豆腐郎，想想真有点不甘心。可自己年近花甲，不甘心也没法子，只指望下一代发奋读书，将来弄个七品、六品干干，也算光宗耀祖。

解家人挤满了上厅，谁都想看看这个在娘肚子里"憋了十三年"的解缙今天会选个啥东西。

解开有意把自己那支京城夺魁的毛笔放在中间，这位置离孩子的视线最近，总希望孩子一眼就看到这支毛笔，把它牢牢地抓在手里，让大家看看我解家那个书香门第后继有人。

高妙莹抱着孩子来了厅堂，解开接过孩子，把他放在桌子中间，他有意将孩子对着那支笔，那支曾经光宗耀祖的笔。

解缙坐在方桌中间，他看着桌子上摆的三件东西，笑了笑，朝着那支笔的方向慢慢地向前爬去。解开好像心里在说，孩子，向前进，向前进，你的责任重啊，快抓住那支笔。解缙的身体慢慢地向那支毛笔靠拢，到啦，他把小手伸了过去。这时，人群里有人在说："到底是书香人家，他只认这支笔。"

解开大声叫着："缙儿，快抓，快抓呀。"

解缙似乎没有听懂父亲的话，他往左边一滚伸手抓住了这枚铜钱，接着又往右边一滚伸手抓住了那方印泥。

解合说："哥，这孩子怎么啦，铜钱乃财，印泥乃色，贪财、贪色，缙儿怎么会是个财色之徒啊。"

解开说："缙儿，你会气死爹了。"

突然，解缙高兴地举起抓到的那枚铜钱，对着解开说："不……要。"说完把手中的铜钱往地上一扔，转身朝着那支笔爬了过去，抓着它坐了起来，对着大家晃了晃。

"神了、神了呀。"不知是谁喊了一声。

一族叔走到解开跟前说："我见过多少孩子抓周，还从来没见过缙儿这般抓周，一支毛笔，一方印泥，这孩子是个读书的种，是个做官的料啊。"这方印泥和这支毛笔搭在一起却又是一种说法了。

解开仔细掂量着，从凤鸣朝阳，到百日取名，到神奇抓周，孩子来到这世界，步步离奇，又步步如意，莫非这小子还真是个"龙种凤胎"。

有个女儿多好

都说一个"女"字与一个"子"字才写成好字，又说有儿有女才叫有晴也有雨。解开这辈子最不开心的一件事就是没有生下一个女儿，想想自己已五十九岁了，好字是写不成了，雨字也写不成了，都这把年纪，再想不通也没用。

按地方风俗，生辰做九不做十。一家人热热闹闹为解开操办花甲生辰酒席。

解开正要举起酒杯，突然有人急急跑到解开跟前说："不得了啦，解夫人一阵一阵呕吐。"

解开赶忙跑到卧床的妻子身边，怨着自己说："夫人，都怪我不好，只想着准备生辰酒席，这几天可把您累坏了。"几年前说过的那句话，解开又照着说了一遍。

高妙莹说："是我不好，你好端端的花甲寿辰，我不该如此冲撞你。这病来得很突然，来得又不是时候，解开呀，这回我恐怕是在劫难逃，这是天意，只是苦了你和两个孩子。"

解开在高妙莹耳边轻轻说："夫人，别乱想了，郎中马上就到，你这是偶感风寒，并无大碍，吃上几服药就会好的。"

说来也巧，请来的又是前几年给高妙莹把脉的郎中。

从解开的眼神中可以看出他此时的心思，大夫，千万别说出我夫人有什么不测，不然，大家都会说我的花甲寿辰与夫人相克，那我就造孽了。

郎中一边把着脉，一边在摇着头，郎中的神态解开看得最清楚，望着郎中一直在摇头，他几乎站不住了，无奈中解开顾不得男儿膝下有黄金，对着郎中他"扑通"一声跪下了那只跪上天和娘亲的双膝。

"大夫，求你救救我夫人吧。"解开哭着说。

郎中说："夫人得了这种病，别说我是人，就是神都没法子。"

郎中既然说到这个分上，解开看着身边的妻子六神无主，一脸无奈。

就在这时，突然郎中哈哈大笑。

解开见郎中如此神态，又想起几年前高妙莹怀胎，也是这郎中把的脉，也是哈哈一笑，解开摇了摇头，这不可能，绝对不可能，自己已是花甲之年了，夫人也年近半百，解开呆呆地望着郎中，难道是天上掉下来的喜事。

郎中笑着说话了："解开呀解开呀，怎么在你身上尽出奇事哟，花甲之庆，喜上加喜，夫人又怀上啦。"

郎中的一句话让解开哭笑不得，望着卧床的夫人，他笑了笑轻轻地说："夫人，你又有喜了。"

高妙莹红着脸说："别说啦，听着怪不好意思的。"

解开轻轻地说："要是个女儿那该多好呀。"说完解开端起酒杯大步朝寿辰宴席上走去，他当着客人大声说："我解家今日双喜临门，大家一醉方休。"

又是一个春天，豆腐房里传来婴儿急促的哭声，有邻居问解开：夫人生的是男还是女，解开高兴地答：我解家是晴也有雨也有，圆满了。

圆满了，圆满了，后来解开也就为女儿取名圆圆。

第六章　成大器者，少年强

"我女奇才，恨非儿男。"这是高妙莹父亲一个未了的心愿，也是高妙莹最不甘心的一件事。为此，高妙莹只有把这个注押在解缙身上。

她把这个注押在解缙身上

洪武壬子年，解缙满三岁。他后面的路该怎么走，还得从母亲高妙莹不凡的身世说起。

一份高氏家谱记述：

　　姓名：高妙莹，字淑婉。

　　性别：女。

　　出生：元泰定乙酉年十月初十。

　　家庭成员：父亲，高若凤，进士，朝列大夫。因讨贼牺牲在战船。

　　母亲：周氏（名不祥）随军队，死于战船。

　　哥哥：高文海，与山寇交战，被贼杀害。

　　社会关系：舅舅：周校书（不知是人名字还是官名），死于战场。

倘若这家谱记载没有偏差，高家可算得上是满门忠烈。

　　学历：相当于现在的博士。

　　学科：经史、传记、天文、地理、医学。

　　特长：精女工、善小楷、晓音律。

按这家谱上说的，高妙莹可称得上是一个全才。

但这个全才却是个女儿身，用句老辈人的话，叫拉尿起不了三尺高，你就是有再多的才，也成不了大气候。这是高妙莹最不甘心的一件事。

解缙的出生，遇到这么多离奇之事。她似乎从中看到了希望。不管怎么，她必须赌一把，高妙莹把自己身上这个未实现的注全部押在解缙身上。

一天，高妙莹来到前院，只见解缙拿着一根树枝在地上画，虽然没画出个什么名堂，可这架势还真有点像在写字。高妙莹看得很出神，就在这时，解缙跑到高妙莹身边叫着："娘，教我写字。"这突如其来的问话，把高妙莹高兴得不知如何是好，他才三岁，才三岁呀。

高妙莹说："缙儿，你怎么会想起要学写字。"

解缙说："你不也是天天晚上在油灯下写字吗。"看来言传身教这句话是有它一定的道理。

高妙莹趁热打铁，她在前院弄了个小沙坑，从此，每天用一根筷子手把手教解缙写字。

一年后，高妙莹把那个小沙坑填了，开始教解缙学用毛笔，且每天唐诗、宋词不断。

解缙如此好学，引起了高妙莹的关注。一天下午，高妙莹吩咐解缙扫前院，解缙即对母亲说："孩儿遵命，打扫院庭。"

高妙莹听了责备地说："缙儿，谷司、米司有个格，吟诗就更应有格，不能太随意。"

解缙听了母亲的责备笑着说："太阳斜西，我去喂鸡。"

又是一句打油诗，高妙莹听得很不是味道，便厉声说："刚还教你吟诗要有格，怎么又胡乱一番。"

高妙莹虽是责备，但心里总想着就算是不成诗体的打油诗，可他才几岁呀，莫非这孩子真是块做诗文的料。从此，高妙莹总是在油灯下教解缙作诗如何把握平仄韵律，如何写景抒情。

母亲的教诲，解缙很有长进。一天，高妙莹拉着解开叫来解缙，以"小儿何所爱"为题，命解缙赋诗一首。

解缙不假思索，脱口而出：

　　小儿何所爱，爱此梅兰室。
　　更欲附飞龙，上天看红日。
　　人道日在天，我道日在心。
　　不省鸡鸣时，冷然钟磬音。
　　小儿何所梦，夜梦笔生花。
　　花根在何处？丹府是吾家。

圣人有六经，天地有日月。

日月万古存，六经终不灭。

听了解缙的吟诗，高妙莹和解开打心里高兴，此时还有什么事能比《小儿所爱》更打动父母呢，夫妻俩对着眼笑了。

后来，高妙莹又把文天祥如何在狱中写下"人生自古谁无死，留取丹心照汗青"讲给解缙听，把杨邦乂面对金兀术的诱降，他又是如何写下"宁做赵氏鬼，不为他邦臣"的豪言壮语。

转眼又是一年的端午节。

吉水这地方，有个乡俗，每逢端午节就要在赣江赛龙舟。

那天，解开、高妙莹带着解缙去江边看赛龙舟。行至东门街，遇见一老者向解开打听福瑞祥药店怎么走。

机灵的解缙忙抢着说："大爷，打此一直走，拐弯四牌楼，过了迎宾栈，便是福瑞祥。"

解缙这一说，把老者弄蒙了，这小小年纪，说话像诵诗一般。解开夫妇辞别老者往西门方向走去，老者还呆呆地望着他们的身影，嘴里嘀咕着："神童啊！"

解缙跟着父母到来西岸，这里早早就挤满了观看赛龙舟的人群，解缙第一次见到这热闹的场面，只听得一声鼓响，他跟着大家一起吆喝。

这时从南边飞来一群大雁，排人字形。当着这场景，高妙莹必须抓住每个时机启发解缙，她用手指着天上，问解缙天上飞的大雁像个什么？

解缙说："爹、娘，天上一个人，不说话；地上一群人，闹得欢。"

解缙的话，让做爹娘的欣喜若狂，他们久久地望着解缙，心里琢磨着，这哪是个小孩在说话，分明就是在和大人对句呀。

可没过多久，解缙又看到近处一条小船上的风帆，上面由三根横竹和一根直木撑起，活灵活现的一个手字。他又对父母说："爹，娘，水上一只手，不动；岸上千双手，狂摇。"夫妇俩看看解缙，此刻他们的心都醉了，这小小年纪，怎么会这般……

在回家的路上，解缙叫着说口渴了，解开看到路边的水井旁有人吊水，便走过去讨口水喝。解缙看到四个人有说有笑地在吊水，他突然又说："爹、娘，上面四张嘴，不停；下面一张嘴，不语。"

这回让做爹、做娘的惊呆了。解开忙问："缙儿，你让爹、娘猜哑谜呀？"

解缙说:"爹、娘,井上吊水的四个人嘴里不是说个不停么,他们脚下那口字形的方井,却默默不语。"

这个时候的解开、高妙莹,有什么事比今天发生的事更开心。打这日起,他们似乎看到了解缙的明天。"神童啊!"问路老者的话,又在他们耳边回响。

从老者问路、大雁排字、船帆如手到方井如口,这一个接一个的事,解开边走边想,便问起:"缙儿,这些是谁教给你的?"

解缙说:"都是跟我娘学的。"

高妙莹说:"缙儿,不可胡言,娘什么时候教过你这些呀?"

解缙说:"娘,你在磨豆子时不常念着一句逗父亲开心的打油诗么:

　　清清鉴湖旁,有个读书郎。

　　不仕朱元璋,偏开豆腐坊。

这只是解缙说的一件事,其实,高妙莹平时的一言一行,一直在影响着解缙。

都说一颗好的种子,还得有好的土壤,它才能生根、发芽、成长,这话很有道理。神童,也不例外。

李知县出题

吉水有个祖传规矩,每年书院招生,总是先人一步。

走马上任的李恒甫,听说这天竹林书院设考场招童生,李恒甫抽身去了竹林书院。

只见书院大门贴着一张告示:

　　凡年满九周岁,经考试合格者,方可入本书院就学。

李恒甫对着作陪的县教谕刘秉哲说:"我看这告示,定在九岁,是不是偏小了点。"

"回大人话,竹林书院以背诵唐诗十首、宋词十首为录取条件。据下官所知,本县已满九周岁的孩童,都能读个唐诗、背个宋词,因此才定在九岁。"

这天,解开没去卖豆腐,他带着解缙也去了竹林书院,好让解缙去感受一番,为他几年后考书院早做准备。

五岁的解缙,天生个小,解开一路上领着他慢慢走,他生怕耽搁了时间,便背起解缙往书院跑。

竹林书院门口，站着一个个身着红袍的童子，别看他们只有十岁开外，来到这考场不是骑马，便是坐轿，看这派头就知道是地方上的大户人家。

解开背着解缙刚刚来到书院大门，就引来这一声声嘲笑。

不知是谁说了一句："子把父当马。"

解开却没当回事，小小解缙噘起嘴巴说："父望子成龙。"

"穷小子，我看你是成蛇都没门，你来凑哪门子热闹？快滚吧。"许金斗牵着父亲许员外的手说。

解开生怕惹出什么祸来，轻轻对解缙说："缙儿，往边上靠靠，我们惹不起。"

这时，许员外见解缙一身布衣，用轻蔑的口气说："出水蛙儿穿绿袄，拜天般兮。"

解缙不服气地指着许金斗身上那红袍说："落汤虾子着红衫，鞠躬如也。"

许员外觉得自己吃了亏，又回了一句说："细颈壶儿，敢向腰间出嘴。"

解缙立马应曰："平头锁子，却从肚里生锈。"

"别跟他费嘴舌，打他。"说话的人看上去有些来头。

许金斗卷起衣袖说："看我来收拾他。"

解开急得拱起双手说："各位公子、少爷，请息怒，我给你们赔不是。"

野蛮成性的许金斗这时已高高举起拳头，正要朝解缙动手。

"住手，是谁家的孩子在此撒野啊！"人群中李知县忽然发话。看到是县太爷，一个个都退了过去。

李知县说："许金斗，给解家父子赔礼道歉。"

当着李知县，许金斗只有这样了。

李知县对大家说："你们不要仗着家里有钱有势，就可横行乡里，往后如谁再欺负穷人家的孩子，看我怎么治你。"

说着便转身问解缙："你小小年纪，莫非也是为考书院而来？"

解开忙说："李大人见谅，是小人带孩子来长长见识。"

解缙指着这张告示说："李大人，这告示上说，经考试合格，方可入本书院就学，如不满九岁，可参加考试吗？"

李恒甫故意问道："你这小小年纪，能过考试这一关吗？"

"但不知要考些什么呀。"解缙打趣地说。

李恒甫示意一边的刘秉哲："你给他说说。"

"凡背诵唐诗十首、宋词十首，方可入院。"

解缙说："我可各加九十首，能让我入院吗？"

解开急着说："缙儿，县大人面前不得无理，你还不到九岁呢。"

李恒甫早就听说解缙五岁能诵，且过目不忘，便说："解开，你家解缙我早有耳闻，今天本官要考考他，如果过了本官这关，本官做主，破格录取，你看如何？"

解开说："既是大人为小儿开恩，小人感激不尽。"

李恒甫知道解缙能诗善对，便对解缙说："解缙呀，考试的事先不慌，我给你出个对。"

他看了看书院对面，正当有个篾匠在开竹破篾，即曰："举旧刀，开新竹，破直篾，编圆篓，装东装西。"

解缙看了看李知县，思忖片刻回了下对："执短笔，写长文，居高官，坐大位，管南管北。"

解缙的对答叫李恒甫高兴得不得了。

他又生对意，即曰："上旬上，中旬中，朔日望日。"

解缙张口就应："五月五，九月九，端阳重阳。"

李恒甫在刘秉哲耳边轻轻嘀咕了几句说："解缙，现在开始考你，你可要认真应考哟。"

说着刘秉哲找来笔墨，在桌子上放了一张十六开大的宣纸，然后对李知县说："大人，请命题吧。"

谁都不知道李知县藏着什么机关，是要解缙作诗？还是作词？

李知县不慌不忙地对解缙说："解缙，这方小小宣纸、本官令你抄写唐诗一百首，你只要写出六十首，就算考试合格，你便可入本院就学。倘若能写出一百首唐诗，你在竹林书院的全部学费都给免了。"

解开在一旁急出了一身汗，县太爷，你这不是叫小儿在众人面前出丑吗，这小小一张宣纸就是十首唐诗也写不完啦。

站在一旁的许金斗，心想，这县太爷刚才让我受了口气，这回又让我出了口气，解缙呀解缙，我看你怎样写。

解缙愁了一下眉头，许金斗得意地叫着："解缙，快写呀，不要让县太爷给脸不要脸。"

解缙漫不经心拿起毛笔，走到李知县跟前说："大人，你说话可要算数。"

李恒甫说:"我堂堂知县,一言九鼎。"

解缙提笔,一行正楷,一挥而就。

这方小小宣纸上出现了"唐诗一百首"五个大字,原来李恒甫玩的是脑筋急转弯。

李恒甫走了过去,呆呆地看着解缙,牵着他的小手对着大家说:"大明,后继有人啊。"

从这天开始,解缙走进了竹林书院。

跌跤也有学问

解缙上竹林书院快两年了,解开总想找个空闲问问解缙读书的事,但苦于生计,每天从早到晚忙于做豆腐、卖豆腐,把这事给耽搁了。

这天,机会终于来了。

赶上个六月十九日,观音菩萨生日,敬佛的人多,买豆腐的人自然也就多了。解开早早收摊回家。

累了一天的解开,一身汗味,正想去文江洗个澡,碰上解缙放学回家。便说了声:"缙儿,你也一身汗臭了,跟爹去江边洗洗。"

河边上的城里伢仔,只要说是去文江洗澡,谁不是一跳三尺高。解缙便调皮地应声说:"孩儿遵命。"

父子俩匆匆来到江边,解开把衣服往文江边的老树上一搭,早有准备的他对着解缙说:"缙儿,为父对这老树好有一比。"

"莫非爹又要出对考孩儿了。"解缙一边脱衣服一边说。

解开望着那搭在树上的衣服出口开对:"千年老树当衣架。"

解缙一跃下水,一边游一边喊了一声爹说:"万里江河作浴盆。"

要说解开出口成对那是自然的,这豆腐郎可是当年京城夺魁首的大学士。可解缙只有七岁,就能对出这样的好对,一个出"千年",一个应"万里",一个出"当衣架",一个对"作浴盆",解开满意地笑了。

两个人走在回家的路上,解开有心继续试探。见鉴湖湖心亭有女子在吹箫,他拍了一下解缙的肩膀,指着那吹箫的女子即曰:"仙子吹箫枯竹节边生玉笋。"

此时,天下起了雨,解缙见一女子忙在湖边摘了一片荷叶挡雨,解缙即曰:"佳人撑伞新荷叶底露金莲。"解缙应对不能说是天衣无缝,也可说是妙笔生辉。这一老一小，你出对，我应对，出对的得心，回对的应手，父子俩有说有笑往回家的路上赶。

解开、解缙高高兴兴回到家中，没想到高妙莹给了他们当头一棒，从来都不爱大声嚷嚷的高妙莹，这回也顾不得她的才女斯文，骂着说："这大半天两个人跑哪收魂去啦！"

解开笑着说："夫人息怒，有话慢慢说来。"

高妙莹说："还慢慢说来，都快急死我啦，晚上一锅豆腐等着点浆，可家里没石膏了，你说怎么办。"

"我当是怎回事哟，不就是没石膏吗，缙儿，去趟四牌楼，买五斤石膏回来。"解开说。

解缙冒雨转身就往街上去了。

高妙莹急着说："这孩子，斗笠也不戴上，缙儿……"

四牌楼，一条六尺宽的鹅卵石小街，街两旁挤满了躲雨的行人。解缙急急忙忙在这条鹅卵石小街跑着，临近石膏店时，一不留意跌了一跤。人群中也不知是谁说了一句："矮子跌跤了……"引得满街的人哈哈大笑，躲雨人都以为这下解缙会破口大骂，解缙站了起来，他拍了拍衣上的泥水，慢条斯理地曰：

细雨落绸缪，街坊滑似油。

凤凰跌在地，笑杀一群牛。

只听见有人在说："这小子才七八岁，连跌跤都有学问，后生可畏。"

望着跌跤的解缙，躲雨的人一个个目瞪口呆。

许员外发难

事情虽然已过两年。

镇上的员外许守财自打儿子许金斗在书院门的跌了面子，心里很不痛快，总想给解缙来点颜色。这天，许员外朝自家果园走去，说是去果园遛遛，其实就是冲着解家而去。

许员外的果园与解家一路之隔，到了果园也就到了解家。解开忙把许员外迎进里屋，又是让座，又是上茶。

许员外直抒胸臆："解开，听说你家解缙出口唐诗、闭口宋词，能否让我见识见识。"

"许员外过奖了，小儿管教不严，不识体统，还望许员外多多包涵。"解开说。

正巧，解缙在鉴湖割了一捆菖蒲提回家中。解开忙说："缙儿快快拜见许员外。"

许员外说："不必多礼，解缙，听说你能诗善对，能否与老夫对上一对？"

"许员外请便。"解缙随便说了一声。

许员外看了看解缙手中的菖蒲，又看了看他家果园种的桃树……即曰："蒲叶、桃叶、葡萄叶，草本、木本。"许员外得意地摸了一下胡子说："解缙，应对吧。"

解缙把手中的菖蒲放下，他指着自家庭园说："梅花、桂花、玫瑰花，春香、秋香。"

许员外听着，顿时心都凉了，我儿无能不及解缙，倒还说得过去，可我是读了大半辈子的书，都难不倒这小小一童生。这回他不但没挽回面子，反倒又碰了一鼻子灰，许员外也只好背着一双手离开了解家。

但不能说就这样完事，谁不知道许员外是个没事找事的人，只是时候未到……

好容易盼了个除夕，许员外觉得是时候了。吉水人过年，都习惯除夕上午要把春联贴好。许员外就在这春联上做文章。那天他找来几个读书人一道来到解家，总想在解家的春联上找碴，让你过年都不得消停。

快到解家了，许员外说："唐秀才，几个读书人数你学问最好，你先去看看解开家今年的对联写些什么，然后我们再商量对策。"

唐秀才来到解家举目一望，吓得直冒汗，他抖牙读着：滔滔赣江吉水藏龙；巍巍东山文峰卧虎。横批：藏龙卧虎。

唐秀才上气不接下气来到许员外身边，许员外说："唐秀才，你急什么，慢慢说来。"

"大人，绝对，千古绝对呀。"

"此对怎讲。"

"上联：滔滔赣江吉水藏龙；下联：巍巍东山文峰卧虎。横批：藏龙卧虎。"

许员外琢磨着说："赣江之水谓吉水，可曰藏龙。东山之峰谓文峰，可曰卧虎。你说这山名、水名、地名为什么就叫得这般巧，竟然让解缙给用上了。"

他当着几个秀才的面又说:"解缙小小一个童生,没什么了不起,谁能从他的文笔中找出差错,我重重有赏。"

"大人,此乃绝对,恕小人无能,你还是另选高明吧!"唐秀才说着一溜烟走了。

其他的几个秀才也跟样学样,离开了许员外。

许员外骂着:"一帮酒囊饭袋。"

他又一次在解家跌了面子。

今天许员外横下一条心,一定要难倒解缙,连个孩童都对付不了,还做什么员外。

他叫人对着解家大门种上一片竹林,让解家从此看不到赣江,望不到文峰。许员外瞧着这片竹林冷笑一声说:"我看你往后怎么对。"

许员外此举,解家人却没当回事,解开每天还是肩挑一担豆腐四处吆喝,解缙每天还是上书院读着他的之乎者也。

又是一年除夕。

解缙手拿着几张红纸说:"爹,今年春节你看写点什么好?"

"既然许家的竹林把我们家给挡了,那就写点别的吧。"解开应了一声,又挑起了豆腐担。

解缙手持七寸狼毫,望着许家的那片竹林,心想,那我就借你许员外的竹林命对了。

这天,许员外又抽身去了解家。心里又琢磨着,解缙呀解缙,今年我看你写什么。要不我给你们解家献上一副:往前看许家千根竹节节攀高;朝后望解家百行瓦片片往低。横批:高低不就。他正想叫声解开说,你家的对联我给想好了。

可抬头望去,解家大门贴着一副五字春联:门对千根竹;家藏万卷书。横批:千竹万书。许员外读着解家的对联哭笑不得。

许员外无论如何都咽不下这口气。回到家里,他心生一计。我把那片竹林拦腰砍断,看你那"门对千根竹"怎么个对法。

许员外带上七八个下人,把一片竹林的上半截全砍了,望着那片无头的竹林,许员外又得意地笑着说:"解缙,是你的笔厉害还是我的刀厉害,出来瞧瞧吧!"

听见有人在外面喧哗,解缙出来看个究竟。许员外见解缙走出门外,便出言不逊:"解缙,我家这竹子和你一样不长个头。"

　　解缙接着说:"是呀,自古狗眼看人低,看样子我这春联又得改了。"

　　许员外洋洋得意地说:"解缙,你不改,那门前怎么个对法呀?"

　　解缙说着,在上联加了个"短"字,在下联加了个"长"字,便进屋去了。

　　许员外仔细看着:门对千根竹短,家藏万卷书长。

　　两个字把许员外给气坏了,但他并没有为此打住,许员外又叫来家丁,把这片竹子连根挖起,就是不让你在竹子上做文章。

　　"哈哈,解缙,你家门前的千根竹没有了,我倒要看看你又有什么新招。"许员外又一次得意扬扬了。

　　谁料解缙早有准备,许员外话还没说完解缙在上联加了一个"无"字,下联加了一个"有"字。

　　瞬间,一副"门对千根竹短无;家藏万卷书长有"的对联出现在许员外眼前。不知是哪个家丁轻轻说了声:"奇联,奇联呀。"气得许员外骂了一声。

　　许员外感觉有点站不住了,家丁们慌慌张张把许员外送回家中,他嘴里还在嘀咕:"天意,天意呀。"

　　这回许守财真没辙了。

第七章　最高的夸奖

　　解缙院试拿了第一，乡试又拿了第一。知府在夸他，布政在夸他，大明的最高长官也在夸他。难道还真印证了那句话："凡是浓缩的都是精华。"

解童生应对何知府

　　何令正，受命吉安府。

　　他，进士出身，督察干了三年，朝廷不少大案、要案侦破都出自他手。是个出了名的朝廷清官。朱元璋对他很是看重。不是近年来吉安府重案接二连三，朱元璋也不会忍痛割爱，把何令正派往吉安出任知府。

　　一条赣江把吉安与吉水连在一起，自然解缙的传闻也顺着这水路不时传至吉安府，让这位新来的何知府洗耳恭听。爱才如命的何令正上任虽不久，他还真想抽个时间去看看这个小神童。

　　眼下一年一度的院试就要在各县紧锣密鼓，一天，兵差来报："大人，李教谕求见。"

　　"快快有请。"何令正说。

　　李林轩见过何令正后，将一份察看各地院试的名单递给何令正说："大人，各地院试察看名单已拟，请你过目。"

　　何令正打开一看，上面依次排列：

　　　　何令正　吉安府
　　　　李知理　泰和县
　　　　周隆兴　安福县
　　　　李林轩　吉水县

　　何令正说："李大人，能不能行个方便，本官想去趟吉水，我能否与你换换。"

李林轩说："何大人，下官实在不敢高攀，按历年院试规矩，只有何大人你才有资格坐镇吉安府。"

"这次院试本官就破一回这规矩，下不为例，你看如何。"何令正说。

"何大人，恕本官多嘴，请问大人何以对吉水这般偏爱。"李林轩说。

"不瞒你说，早在朝廷就耳闻吉水县是'文章节义之邦，人文渊源之地'。近日又听得吉水县出了个神童，本官还真想借此机会去吉水见见这少年。"

三月的吉水，花红柳绿。

何令正起了个大早，乘船而下。驶入吉水境内时，何令正站在船头，一饱两岸景色，突然间，望见不远处有个小岛，把一江水映得粉红，他顿生雅兴。

一随从走近何令正身边说："大人，此乃吉水远近闻名的桃花岛，眼下正是桃花盛开的时节，时候还早，可上岛小游一番。"

何令正点了点头。

何令正一行登上桃花岛，只见得老树上的点点桃花争奇斗艳，偶尔飘来几团晨雾，还真有点像走进了王母娘娘的蟠桃园，把人带入梦一样的世界。又见得众多的文人墨客在桃花下作画、咏诗，此时的何令正触景生情，赋诗一首：

　　天种一个桃花岛，风月万千赣江上。

　　早知天下有吉水，又何人前问苏杭。

作诗完毕，何令正心有感触地说："真不愧是人杰地灵的好地方啊。"

四牌楼码头上，李恒甫已恭候多时。何令正匆匆上岸，见过李恒甫说："李大人，本官只因在桃花岛逗留片刻，耽搁了时间，让你久等了。"

"何大人说哪里话，你能踏上桃花岛是本县的福气，就是怕请都请不来哟。"李恒甫边说边为何令正掀起轿帘。

何令正说："李大人，大可不必，你我同伴而行，一则可以饱览市景，二则可以动动筋骨，这轿我就不坐了。"

一路上何令正边看边说，不觉来到竹林书院。书院内童生试正在进行，何令正示意不要过去打扰应试的童生，李恒甫陪着他在院子里转了转。

这时，解缙早早做完试卷，一个人来到书院的花池旁。

李恒甫见得一个身段矮小的童生在一旁赏景撷花，他指着解缙轻轻在何令正耳边说："大人，这就是你想见的解缙。"

何令正说:"快快叫来我看看。"

李恒甫转身对解缙说:"解缙还不快快拜见何知府。"

听说是何知府,解缙赶忙把摘来的几朵花往袖中一放,上前拜见何令正。

何令正笑着对解缙说:"解童生袖藏春色。"

解缙想,这位大人定是个读书人,不然怎么张口成对。

解缙也笑着回敬了一句:"何知府明察秋毫。"

何令正想,他与解缙未曾相识,解缙与他却像老友重逢,无拘无束,对答如流。他点了点头,很高兴地对着解缙又说了一句:"解童生脚下添走底,邂逅相逢如故知。"

解缙望了何知府片刻,何知府做官清正廉洁早有耳闻,解缙也学着说了一句:"何知府头上加草头,荷花淤泥而不染。"

下午,解缙随何知府、李知县来到老街,只见前面有一当铺,此时,何知府对意未尽,他对着解缙即曰:"东当铺,西当铺,东西当铺当东西。"

解缙转身指着一书店曰:"春读书,秋读书,春秋读书读《春秋》。"

何令正听了,大为惊奇,他为官这么多年,不是来到这才子之乡,怎么会听到如此绝对。

何令正打道回府,他站在船头指着眼前的山、水、城墙说:"李大人,这山叫文峰,这河叫文江,东城门曰文明,南城门曰文沙,西城门曰文山,北城门曰文水,外加一个小东门曰文昌,天底下的文字都让你吉水县占尽了,不出才子才怪呢。"何令正的一番话道出了吉水的神奇。

这一年,解缙院试拿了个第一。

布布政与解解元

江西布政使大堂,这地方绝顶的权力机关。

何令正正在拜会江西布政使布任贤。谈完公事后,他便对布任贤说起了解缙。这随便一说倒不要紧,哪晓得布任贤对新鲜事特感兴趣,来了个刨根问底。何令正只有把解缙从头到尾说了个原原本本,让布任贤越听越来劲。

做了这么多年布政的布任贤,还是头一次听到在他管辖的吉水县有这么一个小神童,且说得有头有脑。时下朝廷器重人才,今后万岁若与他谈起心事,不又多了一个让万岁开心的话题,或许,这个资本能为他的仕途增砖添瓦。

布任贤不但要听,还要去吉水看看,亲眼看看这个小解缙到底是人还神。此时,布任贤萌发了一个念头。

乡试在即。

按大明朝纲,院试设在县,乡试设在省。布任贤这回破了个例,他要把乡试设在吉水县。

这可是破天荒的事呀。当然,布任贤自有他的理由:第一,吉水是江南才子之乡,何况还出了个叫解缙的神童。第二,要使大家晓得我布某对读书人的看重。

乡试设吉水,就这样办吧,布任贤一锤定音。

四百里逆水行舟,布任贤已在船上熬了两天两夜。好在这是供布政使专用的官船,它高大、宽敞、豪华,要不布任贤会熬不住的。虽说是这样,可总不如在布政使大堂那么自在,布任贤走出了船舱,站在船头,伸了伸腰板,跟着帆船乘风破浪。

布任贤见前岸有个闹市,便问起船夫:"此乃何地?"

"回大人,岸边是五十六都三曲滩圩,属吉水管辖,距县城还有十里水路。"

待惯了大都市的布任贤,望着这喧腾的小镇,听着老百姓喝茶饮酒的欢乐声和小摊小贩的叫卖声,感觉又是一番情趣。不是公务在身,不是身居要职,他真想上岸小憩片刻,到民间的酒肆茶楼坐坐,和老百姓面对面聊聊,感受一下这乡土风情。可此刻,他只能随这艘特别威严的虎头大船,远远看着这圩上人来人往,听着这圩上的声声吆喝,布任贤自然也明白,这呼风唤雨的红顶,也有身不由己的时候,他不由得自叹一声:"还是做老百姓自在啊。"

另一边,从来没有这样热闹过的四牌楼码头站满了各地的大小官员,挤满了前来凑热闹的人群,码头上头一回迎来这少见的场景。

码头正中央,摆着一顶红顶大轿,前面站着八个配刀的卫士和四个手擎"回避、肃静"衔牌的兵差,看这排场,就知道来者身份的特殊。

虎头大船慢慢靠近码头,在码头守候了两个时辰的何令正、李恒甫快步来到大船后舱拜见布任贤。

寒暄一番后,布任贤随何令正、李恒甫下了船。四个举着"回避、肃静"衔牌的兵差和配刀卫兵异口同声发出了一声沉闷的威武……

嘭……三声铜锣响,为布政大人鸣锣开道。一路上,布布政不时掀起窗帘,看着两边的市景,当一排排书院迎面而过时,布布政语重心长地说:"难怪都说吉水书院，江西第一，天下第二呀。"

布任贤坐镇县衙，三年一次的乡试从考试、阅卷，三天后结束。

县衙大门的红榜上，"解缙"二字格外耀眼。他名列榜首，授解元。布任贤指着那红榜说："何大人，李大人，解缙果然在我意料之中，是块好料呀。"

此时，解缙挤在人群中伸着脖子看榜时，和李恒甫撞了个正着，李恒甫叫了一声："解缙，还不快快拜见布大人。"

"布大人在上，受小人一拜。"解缙不敢怠慢。

"解缙，快快请起，哦，该叫解解元了。"布任贤半开玩笑地说。

"布大人，小人解缙，实在不敢当。"解缙红着脸说。

布任贤和一旁的何令正、李恒甫轻轻地说了几句，李恒甫转身对解缙说："解缙，布大人很欣赏你的才华，想与你对对，你真是好福气呀。"

布任贤看了一眼红榜上所标出的县、府名称，对解缙说："解缙，你我就以这红榜上所标出的吉安府和它管辖的县名命对，我以山出对，你以水应对，你看如何？"

"小人遵命就是，请大人出对。"解缙说。

布任贤即曰："遂川宁冈，永丰永新。"

解缙细细推敲，遂川宁冈，川、冈为山，山川安宁，后面又以两个永字加以衬托。心想，此乃佳对。布布政面前，自己该好生应对，不能有半点马虎，一来讨布布政一个心欢，二来也不能丢了这才子之乡的脸面。

解缙瞟了一下红榜，布大人以山出对却取了个川字，我就以江为水。解缙即曰："峡江新淦，吉水吉安。"

布任贤久久望着解缙，又望了一眼何令正、李恒甫，心里纳闷，是这地方的名字生得巧，还是解缙对得妙，以江为水，水谓新淦，吉水吉安，既加重了对文江①的祝福，又应对于我的永丰永新，"嘿！好对。"布任贤笑着说。

布任贤意犹未尽，他真想把解缙读透，下午又与何令正、李恒甫、解缙一道登上四牌楼。

布任贤站在四牌楼，眼饱恩江流入赣江之胜景。他见景生情，把四牌楼问了个仔细。

"这城里都是些平房，为何四牌楼鹤立鸡群，三层之高呀？四牌楼又是

---

① 文江即赣江古时吉水段旧称。

因何而得名呢？李大人不妨说来听听。"布任贤说。

李恒甫被布任贤这突如其来的话问蒙了，便匆匆地说："回大人，下官上任吉水不久，实在不知其所，还望大人恕罪。"

解缙见状，立马对布任贤说："布大人，小人略知一二。"

李恒甫说："解缙，还不快快给布大人说来。"

"听我父亲说，四排楼是洪武元年一个叫费震的知县所建，主要是一个用来聚会娱乐的场所。后来因此楼临近城墙，站在楼上可一览恩江、赣江交汇胜景。凭借水路方便，引得上下的泰和、庐陵、永丰、峡江等县的官员常相约在城楼打牌赏景。时间一久，老百姓经常看见四官员在楼打牌，便把它叫四牌楼了。

许多年后，何大人上任吉安府，得知常有官员在四牌楼打牌赏景，便在四牌楼立了个禁止在四牌楼打牌的规矩，以后也就没人敢上四牌楼打牌了，三位大人，恕小人唠叨这么久。"解缙说。

布任贤看着何令正说："何大人，你这规矩立得好哇，把四牌楼当成一个警示牌，也好给我们这些为官的提个醒。你看看我们光顾着说话，把主题都给忘了，李大人，你说说吧。"

"解缙，都说你是吉水才子，布大人今天有意想考考你，要知道布大人可是博学多才，你要好生应对哟。"李恒甫说。

解缙走近布任贤说："布大人，请您出对。"

望着恩江、赣江，布任贤老有兴致地说："恩江排，赣江帆，酒肆茶楼三曲滩。"

李恒甫接着对解缙说："解缙，布大人出对可有讲究，他出动态的，你可得应静态的，他出远的，你可得应近的，他出近的，你可得应远的。"

听了李知县的话，解缙略想片刻即曰："东山寺，珠山桥，车水马龙四牌楼。"

解缙先以远对近，以静对动，后以近对远，以动对静，且以四对三，不偏不离，恰到好处。

布任贤不由自主地说："后生可畏啊。"

回到县衙，布任贤想起了下棋。便对解缙说："解解元，本官想与你切磋一番棋艺，不知你意下如何？"

"大人既然发话，小人自然从命。"解缙说。

四个人来到后堂。布任贤、解缙上下而坐，何令正、李恒甫左右观阵。一老一少，一官一民，开棋对峙。

布任贤不愧是棋场老手，几个回合，将解缙步步紧逼，眼看解缙有点招架不住。但解缙不慌不忙，起手走车，来了个一车双挑，反守为攻。这棋，让布任贤紧锁眉头。

"这车用得妙。"布任贤一边想着什么一边说。

"布大人，该您出棋了。"解缙像是在提醒布任贤。

布任贤举起一马说："不慌，不慌，我先出对，后出棋。"

布任贤曰："解险棋，解解元一车双挑。"

布任贤说完将马一放，布下新阵容，让解缙有些措手不及。布任贤看了一眼解缙说："解解元，该你出棋了。"

解缙全盘瞟了一眼，自然胸有成竹，他又举起一车说："布大人，我也先应对，后出棋。"

解缙曰："布新局，布布政二马连环。"

眼看解缙手中的车就要把布任贤逼到绝路，李恒甫急出一身冷汗，他必须顾及主子的面子，否则还真不好收场。

"解缙，不能动车，只能走马。"李恒甫说着又向解缙使了个眼色，解缙领悟了李恒甫的意思，收回手中的车，起马走日。

李恒甫笑着说："一盘和棋……解缙，不是我在一旁提醒，你今天是输定了，你哪是布大人的对手啊。"

但最清楚不过的是布任贤……兴许，这就叫官场。

奉天殿邂逅胡子祺

虽然解开总是在"卖豆腐"的吆喝声度过每一天，但脑子里总忘不了他前几年答应朱元璋的一个事。近几个月，他把卖豆腐的事交给高妙莹打理，自己却没日没夜把近几年撰写的四十卷理书《解文集》重新整理了一遍，他要把这部巨著送往应天府，亲手交给朱元璋。

就在解开准备动身时，解缙从母亲那里得知父亲要去应天府，这个天底下最大的都市，机会不能错过，小小解缙有了一个大胆的想法，跟着父亲闯一回大应天。

解缙缠着父亲,要跟着他去应天,解开不允,解缙只有去找母亲。

按照常理,男人没答应的事女人会照样跟样,可高妙莹就是不一样,见到孩子对大都市这般感兴趣,便一口答应了。

"他爹,缙儿吵着要跟你去应天,我答应了,让孩子长长见识。只是你一路上小心关照就是。"高妙莹说。

夫人既然发话,解开只有依了。

次日,解开挑着四十卷《解文集》,带着解缙,登上了驶往应天府的大帆船。

奉天殿,又是一个早朝的开始。

朝拜后,何公公又发出了一声:"传彭州府胡子祺觐见。"

四川彭州知府胡子祺迈入朝堂拜见朱元璋。朱元璋一向对胡子祺特别看重,早年胡子祺跟着朱元璋起兵攻打陈友谅,为朱家坐天下立下汗马功劳。

洪武三年,胡子祺任御史,后又任广西按察佥事,再后来又派往四川彭州做了知州。胡子祺为人为官正直,深得百姓爱戴。今日朱元璋诏他入朝,当然另有安排。

再说解开带着解缙在水上颠簸了几天,来到应天府,住进客栈后,便带着解缙逛应天。

在小地方待惯了的解缙来到皇城根下的大都市,被眼前的市景惊呆了,天底下竟有这么好的地方,简直可以说是仙境。他不时地东瞧瞧、西望望,见什么都新鲜,看什么都要看个够。从来很机灵的解缙,今天这模样还真有些像跟着刘姥姥进荣国府的那个"板儿",显得有点呆头呆脑。

第二天,解开想让解缙跟着进皇宫,老实了一辈子的解开,这回也玩起了花花肠子,他故意把这两箱书给解缙挑,让他装扮成书童的样子,自己背着一双手,大步踏进皇宫。

进宫后,解开一路上总是叮嘱解缙在宫里别像昨天逛应天那样随意,不可东张西望,更不可随便说话,解开一遍又一遍地重复着,生怕解缙坏了皇宫规矩。

解缙虽然挑着两箱书,可皇宫的红墙黄瓦,五光十色使他更入迷了。这里怎么一处比一处好,一处比一处亮,他真想讨父亲问个究竟,但想起父亲一路上交代的话,也只好一声不吭地挑着担子跟在父亲后头,朝奉天殿走去。

正当胡子祺接过任延平知府御旨,一旁的何公公在朱元璋耳边轻轻说:"万岁,解开求见。"

朱元璋听说是解开来了，好心情也再一次跟着上来。

怎么好事都打一处来，刚刚来了一个胡子祺，现在又来了一个解开，两个都是朱元璋看好的人。这么多年来，他为理学撰书有结果了吗？他过得还好吗？这些都是朱元璋心里想知道的。

朱元璋对着何公公点了点头，一声宣解开觐见的公公腔，把解开迎到奉天殿。

"奴才解开叩见吾皇，恭祝吾皇万岁，万岁，万万岁。"解开说。

"解爱卿，这么多年了，你还好吗？倘若朕没猜错，这箱子里装的都是书吧。"朱元璋说话很亲和。

"启禀万岁，蒙万岁恩典，解开回老家致力理学，一心撰书，今向吾皇献上《解文集》四十卷，请吾皇御览。"解开说。

朱元璋看着解开，一个才华横溢的人丢下官不做，在家卖豆腐，还抽出时间为朝廷撰书，天底下恐怕只此一人了。倘若朝士们都学学解开，我这个皇帝也当得轻松多了。他又在想，我留得住江山，怎么就留不住一个解开呢；我喝令三山五岳，怎么就说不了一个解开呢。大朝之上，哪个不是把头上的这顶官帽看得比性命还重，唯有解开，朝廷给官都不要，还要为朝廷撰书。一连串的问号在朱元璋脑子里打转。

"众卿，尔等仔细琢磨琢磨吧，能否抽出一点心思学学解开。"朱元璋声东击西地说。

解开忙说："万岁，您过奖了。"

一旁的胡子祺听到了久违的吉水乡音，几次想插话都打住了，因为这是朝廷，倒是朱元璋这会儿想到了胡子祺也是吉水人。

"哎唷唷，我怎么把这事都给忘了，胡爱卿呀，解学士也是你吉水人喽。"朱元璋说。

胡子祺忙走上前去很恭敬地说："下官胡子祺见过解大学士。"

解开说："胡大人，解开一介子民，今日朝廷见得胡大人乃三生有幸。"

胡子祺说："解大人，下官家住吉水大州上胡家边村。在家时就听得解大人兄弟京城夺魁，今日你我邂逅大朝，缘分，缘分啊。"

一个是与朱元璋出生入死的兄弟，一个是满腹经纶的才子。这一文一武是朱元璋常念叨的人，朱元璋一高兴，竟要陪着胡子祺、解开溜达一番。

朱元璋说："胡爱卿，解爱卿，见到你们俩朕又是一个好心情，朕与你俩，呵……还有一个小书童解缙哟，今日就在御园散散心，边看边谈，你们看如何？"

"多谢万岁恩典。"胡子祺、解开说。

朱元璋、胡子祺、解开、解缙跟随何公公来到金水河边。

朱元璋见小解缙是个读书人模样，便问："解缙哪，你多大呀？长大后想干什么呀？"

解缙初生牛犊不怕虎，即曰：

甘罗十二为宰相，我比甘罗长二春。

只怪树小不成材，他年长大伴王君。

解开一旁听了急得要命，忙说："缙儿，小小年纪，万岁面前，不得无礼。"

朱元璋说："小解缙哪，有志气，朕就等着你最后这一句了。"

君臣你一句，我一句来到金水河边。何公公扶着朱元璋上了游船，其他几个人也都跟着上了船，只剩解缙还在岸上，解开叫着："缙儿，快快上船，别让皇上等你啊。"

解开刚说完，解缙慌忙一跃，只听得"扑通"一声，落入水中。

朱元璋大声说："快快救解缙。"

解开抢着说："万岁，大可不必，吉水伢仔，在赣江泡大的。"

解缙被浸得像个落汤鸡，朱元璋不禁哈哈大笑，在场的人也跟着笑了。

可解缙却没事一样，他怡然自得，吟诗一首：

脚踏船头忽两开，天公与我洗尘埃。

君王莫笑衣衫湿，才从龙门跳出来。

朱元璋不笑了，他惊了，小小年纪，如此才华，朱元璋一声惊叹："果然是才门子弟呀。"

玩了一阵子，朱元璋和胡子祺、解开、解缙等在船上用完晚餐，突然月牙从云里露出来，朱元璋很高兴，便对解缙说："小解缙呀，月牙出来了，你可为它作诗一首？"

解缙即吟：

初三浮云月朦胧，不是峨眉不是弓。

似把玉镯敲两半，半沉沧海半沉空。

朱元璋转身对解开说："别说他只有十四岁，就是四十岁的人也未必能作出此诗，奇才，奇才啊！"

解缙吟诗，引起胡子祺的诗兴，在胡子祺眼里，解缙虽小，可说起话来非同一般同龄人，此刻，胡子祺想给解缙出对子，还没等解缙答应，胡子祺便对解缙吟曰："金水河边金钱柳，金钱柳穿金鱼口。"

胡子祺话声刚落，解开忙说："胡大人，小儿实在不敢高攀啊。"

此时，几个人正行至金水桥上，解缙看到白玉栏干那头一群公主头戴玉簪，身着缎裙有说有笑，打打闹闹。

解缙即曰："玉阑干外玉簪花，玉簪花插玉人头。"在场的人一个个都伸着拇指称奇。

解缙的应对，叫胡子祺佩服得五体投地，真是什么花结什么果。此刻，胡子祺又想起老家胡家边，想起了小儿胡广。

胡广生于洪武三年，解缙长他一岁，在家虽受胡子贞（胡子祺之弟）的教诲，可断不能与解缙相比，胡子祺有想法了。

"解大人，令郎解缙长小儿一岁，往后他们就兄弟相称，不知大人意下如何？"胡子祺说。

解开高兴地说："胡大人，这么说我家解缙又多了一个贤弟，何尝不可呀。"

胡子祺还有下文，他接着又说："解大人，胡家边离县城也不远，他们兄弟二人可经常来往，好让胡广也沾沾你解家的文气，恕我冒昧，若你不嫌弃小儿，我就替小儿拜你为先生，不知可否？"

"这先生我就不敢当，若今后用得上我，我愿效犬马之劳。"解开说。

从此后，胡广就拜读在解开门下。

第八章　举不胜举

　　解缙中了举人，王艮、胡广中了举人，又传曾笃序也中了举人，还有一个刘举人……可谓举不胜举。举人离进士只差一步，迈过这一步，那就叫一举成名。

三举人相聚带源

　　有句老话说得透：人不可貌相，海水不可斗量。

　　王艮，其貌不扬，还破了点相，可他就中了举人，照这样下去，说不定今后中个进士，或是弄个状元当当，也不是没有可能。

　　都说分水岭下那个叫带源村的地方像似藏着什么好风水，要不就这样平白无故出了一个举人。举人这称号，当时的带源村别说是想，就连听也从未听说过。

　　先看看这个村子的地理地貌。带源，取名于带水源头，说是唐末一个叫王仕明的种田人从兴国鼓楼白茅西坑来到带源垦荒安家。让人不解的是，一个山野僻乡竟然也出现八景：推车进宝、摇船进宝、南华仙境、天马驰封、带水萦绕、巽峰拱秀、七星伴月、游鱼濯锦。或许，有八景的地方就一定是好风水，不然胡广的村里有"江头八景"，解缙的家乡又有个"吉阳八景"，加上一个"带源八景"。三个八景成就了三个举人，但金滩兰厦还有一个曾举人，可曾举人的家乡从未听说过有八景，还有一个刘举人，他的家乡也没听说有八景，几位举人今后的路怎么走，只有凭各自的能耐了。

　　王艮祖上，代代官绅。少年的王艮，一家人随父亲王其尹落户吉安府。这个王艮长相虽不出众，但他投了个好胎，祖祖辈辈都是读书做官，所谓龙生龙、凤生凤。

王艮从小受精通《尚书》、撰著《书经管见》的太祖父王与勤指点，通读《论语》等儒家经典。

父亲王其尹去世后，王艮随母亲带着三个弟弟回到吉水带源村。从此，他和母亲一道挑起了一家生计。

王艮与解缙、胡广是白鹭州书院的同窗好友，自打回老家后，与二人音信不通，此时，他想起了解缙、胡广，便书信二封，邀二人前往带源。

一天，解缙来了，胡广来了。

王艮这股高兴劲就不用说了，他做的野山茶自己平时舍不得吃，这回该出手了。

解缙细细品着山茶说："艮兄，这自家做的野山茶口味就是不一样，好喝，好喝。"

王艮知道解缙平日好几口，而且要自家酿的吉水冬酒，便贴近解缙说："缙兄，好喝的还在后头呢。"

"艮兄，又揭我老底了。"解缙笑着说。

"莫非艮兄家存有吉水老冬酒。"胡广问。

"广兄，我娘早已把它放在锅里暖着呢。"王艮说。

"哎哟！早知你家有老冬酒，我还不带上几块我家做的新鲜豆腐，那才过瘾呀。"解缙幽默地说。

"缙兄，此话怎讲？"胡广问。

"亏你还是吉水人，谁不知滚酒热豆腐，不醉亦不休。"解缙说着咽了一口口水。

"缙兄，你看你，还没吃就馋了。"胡广风趣地说。

"艮儿，请客人用饭吧。"厨房内传来母亲的声音。

解缙望着这一桌丰盛的好酒好菜，当着王艮母亲说："伯母，又让你受累了。"

"一家人，不说两家话，你们兄弟这么久没见面，边吃边聊。"她一边说一边忙。

解缙看着那一碗冒着热气的老冬酒，他闻着喉咙就痒痒。

他端起一碗酒说："艮兄，广兄，我先喝为敬。"

胡广有意逗着解缙说："缙兄，还是先出个对，再喝酒也不迟。"

"哎，广兄，读书人还是多学学李白，没有酒兴，哪来诗兴啊？"说着一碗老冬酒一饮而尽。

看到解缙过了酒瘾，胡广提议解缙与王艮以吉水三个地名出对，谁输了谁喝酒。

"缙兄，你先出吧。"胡广有心让解缙输一把，让他喝个够，才决定让解缙先出对。

"那我就恭敬不如从命。"解缙说。

解缙仔细琢磨，吉水有两个姓氏大村庄，一个是银村谢家，一个是谷村李家，外加一个双村，我不妨就以这三个村庄为主题，反正输了也没关系，无非就是多喝一碗酒，我求之不得。

解缙放下筷子，站了起来慢条斯理地说："银村，谷村，双村九百烟。"

胡广看了王艮一眼说："艮兄，该你了。"

王艮心里早有底了，我家山后有个金城，水西有个松城，水东有个连城，就在这个城字上做文章。

王艮也站了起来曰："金城，松城，连城一千里。"

胡广站了起来说："缙兄，当你喝酒了。"

胡广说话有他的道理，解缙用银村、谷村、双村三个地名连成一句，可谓文情并茂。王艮用金城、松城、连城三个地名成一句，可谓妙笔生花。解缙第一个字为银，王艮第一个字为金，解缙说的是村，王艮指的是城；解缙九百烟，王艮一千里。胡广裁判，金胜银、城胜村、一千胜九百，三比零。判解缙喝酒。

解缙不服输，却是装出来的，这事胡广心里最有数。当然也有他装的道理。解缙说的九百烟是谷村六百户，银村三百户，实打实的九百烟。但王艮的金城、松城，连城一千里就不是这么回事了。

解缙说："广兄，你可不要偏心喽，谁不知金城至松城百余里，怎么说成是一千里呢。"

胡广半开玩笑地说："缙兄，你是真不懂还是装不懂呀？金城在水东，松城在水西，中间隔着一条文江，隔河一千里，自古至今就是这样说的。"

胡广的话还没说完，解缙便端起酒咕噜咕噜地喝上了，他实在太爱这口了。

三个同窗过足了酒瘾，也过足了话瘾。

两举人对句

次日，胡广、解缙、王艮从泷江顺水而下，来到赣江边大洲上一个叫胡家边村的地方，这是胡广的家。

上岸，远远就看见一栋写有"长林书屋"四个大字的砖瓦房，是胡广父亲创立的一家书院，或许，这个书屋，就是为后来胡广仕途铺就基础的地方。

胡广，八岁丧父，是母亲一手把他带大。他有个博学多才的叔父，叫胡子贞，打小胡广拜读在叔父门下，胡子贞教他作文作诗，也教他处世做人。何况胡广还拜了解开为师，后来他中个举人也就是水到渠成的事。

胡广领解缙、王艮进了"长林书屋"。那书桌上摆着胡广前几日作的一首七律《江头八景》（描写赣江吉水境内的两岸风景）。王艮很有兴趣地读着：

江头八景

（一）

芙蓉隔江罗翠屏，孤峰独拥金螺青。
两山秀色抱青翠，千古气入秋暝暝。

（二）

锦鲤洲前芳草生，澹烟起处雨初晴。
独倚斜阳看烟景，春风芳草几多情。

（三）

空山无处不樵歌，伐木丁丁隔薜萝。
此处从来近城郭，樵歌乍听野情多。

（四）

盘洲幽深无四邻，白沙清水堪垂纶。
欸乃时时闻一曲，也知别有钓鱼人。

（五）

石桥底下水通江，江涨生时没石矼。
几度渔舟乘水入，柳边击得桨双双。

（六）

几年种竹今成坞，剩有林亭十亩阴。
更在傍边开隙地，年年春雨长森森。

（七）

霜风叶丹江渚秋，夕阳遥带沧波流。
孤舟野水行人少，一雁飞起横高楼。

（八）

石矶集嵝障回澜，秋月混漾澄清寒。
此中幽绝波浪少，八月好似钱塘看。

既然是"长林书屋"，解缙有话要说："广兄家的好酒我们不能白喝，读书人来到书屋，总得有个交代，长林书屋挂着一幅画，画中有秀山，有古人，我看就以这"秀山、古人"为题，对上一对，二位看如何？

王艮说："谁出主意，谁先出对，今天轮到我做把裁判。"

解缙不好推迟，想了片刻，即曰："文峰山，天玉山，祥云山，文天祥乃吉水天祥也。"

王艮说："解缙出对有山，有古人，且比喻恰当，好对，好对，广兄该你了。"

胡广在自家书屋，自然很有底气，张口即曰"杨公山，万华山，里家山，杨万里亦文江万里乎。"

王艮说："缙兄，广兄你们的脑子就这么好使，六座山叫出两个名人；打了个平手，一团和气。"

下午，三人来到吉水城边的鉴湖旁。

鉴湖中间有个湖心洲，洲上有家小茶馆，这春色，这雅景谁不愿去体验一番。三人登上小船，一个姓周的老船翁把三人送到湖心洲，正准备上洲，胡广看到这如诗如画般的景色，顿生对兴，即曰："周翁撑舟，一周一舟一洲。"

王艮说："缙兄，鉴湖就在你家旁边，应对非你莫属。"

王艮的这番话，解缙早就料到，便说了声："进了茶馆再说吧。"

店家沏好一壶热腾腾的茶放在茶桌上，解缙即刻提壶倒茶，胡广忙抢过茶壶说："缙兄，三人属我最小（小月份），该我掌壶。"

胡广接过茶壶，引发解缙即兴，解缙忙说，该我应对了，即曰："胡兄提壶，一胡一壶一湖。"

王艮高兴得叫起来："绝对，绝对呀。"

三个举人，你一句，我一句，喝着、聊着、乐着。

一对表亲举人

老辈人都说:"姑母见到侄儿就是命,舅母见到外甥就是病。"这话虽然不完全说对,但也有它一定的道理。

解缙中了举人,他的表弟曾笃序中了举人,就兰厦村而言,那是开天辟地第一回。一天,姑母捎来口信,说是请侄儿吃莳田饭,其实是她很久没见到解缙,心里怪想着。

解缙送别王艮、胡广后,独自来到兰厦村。

不知是因为自己中了举人,还是因为解缙的到来,曾笃序今日的心情就是不一样,他一边让座,一边倒茶。做姑母的就更不用说了,又对着解缙嘴里左一个"崽"右一个"肉"地叫个不停,这就是血缘。

解缙拱起双手说:"恭喜表弟中了武举人。"

曾笃序说:"表兄,见笑,见笑了。"

两个寒暄了一番,曾笃序说:"哎,表兄,你小时候最爱抓螃蟹,要不我们今天到下面小溪边再去弄一身泥巴,你看如何?"

"好哇!"解缙满口答应。

两个从穿开裆裤就在一起打打闹闹的鬼人精,不一会儿,提着一篓螃蟹高兴地回家。刚走到村口,突然一只白鹭立在罾竹树上,此刻解缙想在这武举人面前显摆文举人的才华,便对着白鹭,口出一对:"白鹭脚踩罾竹树(曾笃序)。"

曾笃序想,你今天也别想占我的便宜。这时两人走到家门口,恰好他家的那条黄狗跑到解缙身边,摆摆尾巴,又嗅嗅解缙手里提着的螃蟹,曾笃序即曰:"黄犬摆尾迎蟹进(解缙)。"解缙看了他一眼,心想今天我一堂堂文举人竟被一武举人难住,而且表弟还把我的到来比作家犬迎螃蟹,他心里也暗暗琢磨着。

下午,两人散步来到曾家祠堂大门口,解缙一眼看到祠堂大门悬挂一块大横匾,上面写着"武城世家"四个大字,但"武城"二字上面的各一点都点在一横的下面,心想这不成了两个"白"字么?这下正好解解上午的对气,便当着表弟曾笃序说:"我可否对曾家这'武城世家'牌匾赋诗一首?"

曾笃序说:"当然可以。"

解缙慢条斯理地念着：

　　武城世家少书吏，白字一对挂门楣。

　　两眼（两点）落在横沟（勾）中，难怪不出文举人。

曾笃序望着表兄解缙如此贬低自己，很生气，随后对解缙说："表兄，我兰厦村如果以后出了文举人，你将如何啊？"

解缙说："兰厦村若出了文举人，我愿为兰厦扫地三年。"

凡事不能说绝。一年后，曾笃序果然中了文举人。消息传到解家，解缙喜忧参半，喜的是表弟中了文举人，忧的是自己曾经的许诺。

解缙只有带着扫帚来到兰厦村。他在后龙山上用力扫了三下，并曰："解缙扫后垅，五谷不生虫。"

解缙这一说，兰厦的五谷从此还真不生虫了，种田人有什么比五谷不生虫更开心。打那起，每年兰厦村正月十五都要在村里的后垅山上闹一次花灯，来答谢这位表亲。

解举人、刘举人"闹"寿辰

解缙正在帮着母亲磨豆腐，有人送来一张寿庆请柬，邀请人落款：陈世文。

陈世文，镇上的绅士，这名字是他爷爷取的，祖上总想为陈家能书香传世。然而，他们的子孙总不争气，没有一个照老祖宗的话去做。无奈，陈世文只有指望下一代了。

陈世文自己虽读书不多，可就喜欢与饱读诗书的人打交道，要不这镇上的农夫、樵夫都开口唐诗，闭口宋词，我一地方绅士，若不沾点文气，会被人笑话。再则，也想让几个儿子与这些文人靠个近乎，长点学问，以了却祖上这个书香传世的心愿。

这天，正是陈夫人六十寿诞，陈世文邀请城里的文人达士参加陈府寿庆，解缙自然首当其列。

饱读诗书的解缙，陈世文早有耳闻。今天他想让几个儿子领教解缙的才学，几番思考后，便想出了一招。

解缙朝陈府走去，远远就看见门上贴着一副对联：

　　闲人免进；

　　盗者休来。

心想，陈府既然请我们而来，却又如此无理。这个陈世文到底想做什么。

突然，解缙发现对联下方尚留下空白，还有笔墨摆在一旁，心想，好你个陈世文，考我呀。

解缙不假思索，提笔续联：

闲人免进贤人进；

盗者休来道者来。

陈世文见解缙来了，便领着几个儿子半开玩笑上前一问："解举人，我家门前不是写了吗，怎么就进来了呀？"

解缙指着门前的对联笑着答："我非闲人，也非盗者也。"

陈世文举头一望，呆了，不愧是才子啊，便笑着说："解举人果真高人一筹，佩服，佩服。"

陈世文很热情地把解缙领到主宾席入座，又是倒茶，又是上点心，没想到怠慢了一旁的刘举人。刘举人看着不舒服，同是举人，解缙凭什么上坐主宾席。

他拉着陈世文走到解缙跟前说："既然你今天请的都镇上的读书人，那么主宾席就得凭才学入座，我与解缙同是举人，只有出对论高下。如果我出对给解缙，倘若他应不出来，这上座就归我。他出对给我，而我也答不出来，这上座自然归他。"

陈世文怕伤了两个举人的和气，正要劝说刘举人，却被解缙拉住。

解缙忙说："陈大人，就按刘举人说的办。"

刘举人看了解缙一眼，便道出上联："蛤蟆蝈蝈闹庭园，蹦东蹦西讨人厌。"

解缙听了，觉得很不是滋味，此人怎么出口就伤人，哪像一个举人说出来的话。他来了个以牙还牙，便一笑应了下联："疯狗汪汪对门叫，摇头摇尾惹客笑。"

解缙的应对，弄得客人们捧腹而笑，陈世文来到刘举人身边问了一句："刘举人，这主宾席是你坐还是解举人坐呀？"刘举人像似打了他的七寸，只有低着头离开了。

此时，陈夫人来到前厅，见是寿星来了，客人们都迎了上去。

陈世文想化解刚才的尴尬场面，把解举人和刘举人请到跟前快言快语地说了一句："解举人、刘举人，今天是我夫人六十大庆，二位光临寒舍，机会难得，请二位为我家寿星献上一联吧。"

刘举人被陈世文这么一抬举，刚才的事也就忘了，他有所思地抢着说："手下多种忘忧草；头上新簪益寿花。"

陈世文高兴地说："刘举人说得好，说得好呀。解举人，该你哟。"

解缙看到几个儿子扶着老寿星走过来了，上前躹了一躬说："这个婆娘不是人……"

解缙有意停了一下，这一停，把老寿星气昏了，她对着几个儿子大声喊着："解家这小子是在折老娘的寿啊！"大儿子正想使性子，解缙却不慌不忙地说："大家息怒，我的联还没说完呢。"

说着又补了一句："九天仙女下凡尘；"

听了后一句，老寿星才平静下来，陈世文一旁也捏了一把汗。

大儿子接着问："解举人，还有下联呢。"

他即刻指着寿星身边的几个儿子说："几个儿子都是贼……"

还没等解缙说完，这下大儿子真要动手了，解缙见状忙说："偷来仙桃献寿星。"

解缙的幽默使得陈世文一家转怒为喜，在场的客人一个个都伸出了大拇指，更高兴的是陈世文，解缙让他全家都长了见识。

陈世文当着解缙一叹："有金、有银，不如有才呀。"

第九章　这事，谁说了算

　　解缙的天性用一个字就可概括——倔。母亲提起他的婚事，一句话，我的事情我做主。可高妙莹偏不吃这一套，认定自己就是儿子的车把式，叫你走哪就走哪，父母之命不可违，这是天规。两个人最终谁是赢家……

逼　　婚

　　婆婆爱长孙，做娘的痛脚崽，这是骨子里留下来的血性。高妙莹把解缙当作自己一生的指望，为着解缙的婚姻大事，高妙莹是火急火燎。可解缙却装作没事一样，将终身大事一拖再拖。

　　皇帝不急，急了太监。为着这事，做母亲的高妙莹每天当着解缙重复着吉水的一句老话："女儿十五当家理事，男儿十五当门抵户。"解缙把娘的话当成耳边风，当没说一样。高妙莹急得托人四处提亲，都叫解缙给吹了，做娘的真要急疯了。

　　解家急着给解缙提亲的事传到四牌楼福瑞祥药号沈大仁耳朵里。他仔细琢磨着，解缙今年中的举人，明年将去京城参加殿试，这小子满腹经纶，说不定能中个一甲、二甲，今后再当个五品、六品那还不是早晚顺风顺水的事。想想自己的女儿池莲，芳龄十六，论才有才，论貌有貌。若攀上解家这门亲，用不了多久，这城里有钱有势的就要轮到沈家了。

　　沈大仁拿定主意，顿生一计。

　　他选了个黄道吉日，夫妇俩带着女儿，说是去盘龙寺为女儿求签，其实就是奔着解家去的。

　　回家的路上，行至解家，沈大仁敲响了解家大门。高妙莹见是福瑞祥的沈老板，忙打趣地说："哎哟，沈老板，今天是哪阵风把你们给吹来了呀。"

沈大仁说:"你看你,你这举人家我们就不能来吗?"

"哪里话,像你们这等贵客,我只怕是请都请不来哟。"高妙莹高兴地说着。

"解夫人,不瞒你说,我们前往盘龙寺烧香拜佛,归途中到府上讨口水喝。"沈大仁装得很像,高妙莹一点都没察觉到。

"什么讨口水喝,像你这有头有脸的人家,怕是我端着上好的茶,你也不一定肯赏脸喽。"高妙莹一边倒茶一边说,可心里头不时看着眼前那个如花似玉的姑娘。

几个人说了一阵子,高妙莹实在憋不住了,急着问:"如果我没猜错,这位貌似天仙般的姑娘该是府上千金吧。"

"正是小女,池莲。"沈夫人说。

高妙莹眼睛一亮,也就顾不了往日的那么多面子,她一竿子插到底:"敢问池莲姑娘芳龄多少?"

沈大仁见高妙莹的话说近了,也毫不顾忌地答着:"小女刚满十六。"

说完,沈大仁又加了一句:"尚未许亲,尚未许亲。"

这语言俗,太俗,它掩盖了沈大仁平时那种城里头号药商的威风,倒像一个地地道道的下人在跟他的主子说话。但眼下的沈大仁,他是要告知高妙莹,这就是我今天奔解家的主题,让你听个明白。

沈大仁这一说倒不打紧,把一旁的女儿羞得不知如何是好,便说了声:"爹,看你都说些什么呀。"

高妙莹见池莲害羞了,她卖了个乖说:"你看我光顾着和大人说话,却忘了身边还有一个池莲姑娘。"忙转身向屋里叫了一声,"圆儿,你带姐姐去鉴湖边玩玩。"

圆圆领着池莲走了,三个老人也就畅所欲言。

"咱们池莲也该谈婚论嫁了吧。"高妙莹的这个咱们,让沈大仁夫妇听得心里热乎乎的。

沈大仁忙答话:"可不是嘛!但女大不由爹呀,城里几个大户人家上门提亲,她都看不上,说她什么都不图,就图一个才,你说这小小的县城,有钱的又不会读书,要找个才子有多难呀。"说完,沈大仁别了高妙莹一眼。

话都说到这个分上,高妙莹也就不用投石问路了,她直竹筒倒油菜籽:"恕我直言,倘若二位不嫌弃,我家倒有一个略通经书的小子,今年中的举人，明年还要进京殿试，但不知二位意下如何？"

沈大仁就等高妙莹的这句话。

他急着说："解夫人，方才盘龙寺为小女求的姻缘签上说，小女姻缘远在天边，近在眼前。解夫人，此乃天意呀！"

一句此乃天意，高妙莹又想起了她十几年前在盘龙寺求签时的情景，老方丈也是一句此乃天意，怎么凡在这寺里求签的女子老天都在帮忙，不去想了，但愿信其有。

高妙莹说："这就对上号啦，都男大女大了，既然是天意，那这婚事就这么定了，我下月请媒人到府上提亲。"

三个老人，一拍即合。

但解缙这个倔脾气，高妙莹是早就领教过了，可这回是天意，由不得他了。

晚上，高妙莹准备给解缙下最后通牒，她和解开悄悄说了几句，两个人坐在了厅堂的太师椅上，摆出了一副高堂的架势，一副神圣不可侵犯的模样。

圆圆把解缙叫到厅前，解缙见过父母一旁而坐。

解缙看了一眼，这哪像是在家里，简直就像在县衙过堂。父母如关老爷般的那张脸，解缙还是头一次见过，这回要动真格了。

高妙莹终于发话："缙儿听着，你也老大不小了，这婚事不能一拖再拖，要珍惜这份青春年少。今天当着你爹，我替你作回主，四牌楼福瑞祥大药店沈大仁老板有一女儿，年方十六，是城里屈指可数的姑娘，论才，通"四书五经"，熟《论语》《大学》。论貌，可算是羞花闭月，沉鱼落雁。是打着灯笼也难寻的姑娘……"

解缙像似有什么苦衷，打断了娘的话说："爹、娘……"

"缙儿，今天爹娘只是告诉你一声，容不得你多说，过了年，请媒人往沈府提亲，好了，歇着去吧。"不由解缙分说，高妙莹像快刀斩乱麻立下军令。

解缙知道，这回你就是九牛二虎也别想收回母亲的话。

我真不能自己做主吗？

鉴 湖 借 伞

洪武二十年三月。

江南的春天格外早，桃花红了，解家大院的那丛玫瑰红得越发耀眼。

在通往盘龙寺的路上，走来了第一个踏春人，那人叫徐子开，县城里竹林书院的先生。每年的这个时候，他都得去趟盘龙寺，不为别的，只为老方丈香气清心的第一锅春茶，讨个口福。

徐子开去了盘龙寺后，徐家突然闯进五个不速之客，一个身穿官服，四人披甲带刀。

见这架势，徐夫人和女儿玉轩吓得乱了方寸。徐夫人忙问："我一教书人家，平素安分守己，何以惊动官府？"

原来事出有因，徐子开就因书教得好，引起同行的妒忌，一心想把徐子开扳倒。但因徐先生德高望重，又挑不出什么毛病，最后把徐子开上课时说的一句"朝为田舍郎，暮登天子堂"告到吉安府衙，说这是揭了当今皇上朱元璋的短，罪不可赦。

此时的徐子开正在盘龙寺与老方丈品茶叙旧，谈古话今，他怎么也没想到自己将大祸临头。

万知府带着几个兵差，向盘龙寺方向走去，徐夫人和玉轩哭着跟在后面。听到有人哭泣，高妙莹忙出外看个究竟。

"这不是徐夫人吗？何事让你们母女这样伤心？"高妙莹一边把徐家母女带到里屋，一边唤着解缙。

解缙来到厅堂，见徐夫人母女这般模样，便小声问："师母、师妹，不必惊慌，有事慢慢说来。"

徐夫人把刚才发生的事原原本本讲述了一遍，让解缙听了好气又好笑。

"师母、师妹，二位大可不必，我自有办法。"解缙胸有成竹说着。

他叫圆圆准备好红纸笔墨。不一会儿，一副对联贴在大门口：一手紧握乾坤转；两肩重挑日月行。

解缙又在圆圆身边轻轻说了几句，换了一套母亲给他准备进京殿试的新衣，便手持一书，站在大门口守候万知府。

解家门口的小路是往盘龙寺的唯一通道，这时，解缙看到远远走来一伙人，心里明白个八九。

万知府一伙路过解家，解缙站在路中间看他的书。

"是谁胆大妄为，在此挡道，还不快滚。"一兵差说。

"这大过年的，哪来的一条没有主的狗，在此狂叫呀。"解缙慢条斯理回了一句。

"大胆刁民，口出狂言。"万知府说。

"何方昏官，也不看看你在跟谁说话。"解缙斗着胆又回应一句。

解缙的这句话把万知府弄得晕头转向。他抬头一望，那块闪闪发光的进士第牌匾和门前的那副春联吓得他直冒冷汗，心想，难道是撞上了皇亲国戚人家……

"大人，我们也是秉公办事，这徐子开身为师长，有辱皇威……"万知府说。

"这位大人，你读过书吗？'朝为田舍郎，暮登天子堂。'怎么连赞与辱都分不清。这分明是在赞誉圣上，该大加奖赏。当今圣上，尊师重教，下月我就要去趟京城，是不是要我面奏圣上说吉安府有个万大人平白无故抓了一位德高望重的先生呀？"

就在这时，圆圆装模作样来到解缙跟前说："大人，过几天你和老爷就要去省城参加布政使刘大人的六十寿辰，老爷请你去商量几时动身。"

解缙随便回了句："知道了。"

圆圆的这一招还真管用，让万知府信了。

他低三下四地说："大人，这叫大水冲了龙王庙，一家人不认一家人啊，只怪我一时糊涂，偏听偏信，我这就放人，这就放人。"

眼下的万知府说话好像没了先前的威风。

万知府领着一帮人打道回府，临行时说："大人，多有得罪，还望海涵。"

解缙随便说了声："不送。"

高妙莹左手牵着徐夫人，右手牵着玉轩说："缙儿，还不快快请徐先生进屋。"

"解缙，先生这回多亏你了。"徐夫人的语言里充满了感激。

"徐先生德高望重，学生理应如此，只是让徐先生受惊了。"解缙说。

解缙扶着徐子开来到厅堂，招呼老师一家坐下后，又忙着倒茶，又端上点心，那股高兴劲不知打哪来，这个只有做娘的心里最有数。

聊了一会儿，解夫人像似有什么心事，她又想起了那天为解缙提亲，解缙那种无奈的心情与今天相比，那可是两重天啊。

她叫解缙和圆圆陪着玉轩去了鉴湖，自己便和徐子开夫妇打开了话匣子。

解夫人来了段开场白："徐先生，徐夫人，二老真是好福气呀，有这么个如花似玉的女儿，这都是祖上的英德呀。"

没等徐夫人回话，解夫人急着又问："府上千金，今年也有十好几了吧。"

徐夫人说："都十六啦，解夫人，小女玉轩不涉世事，不习礼仪，还望夫人多多担待。"

"徐夫人过谦了，我要是有这么个女儿呀，这辈子就知足啦。"解夫人声东击西说着。

徐夫人不知是没看懂解夫人还是另有所想，便不好意思地说："倘若解夫人不嫌弃，小女就认你做个干娘，你看如何？"

不能再转弯抹角了，解夫人想好了一句话说："这当然是好，但就是这个'干'字听起来感觉有些不舒坦，不都说干亲不如真亲吗。"

这话太突然了，说得徐夫人不知如何回应，虽然心知肚明，但总不能太随便，必竟是女儿的大事。可眼前解夫人的话得有个交待，这时她瞧了一眼一旁看书的徐子开说："我说老头子呀，你怎么一声不吭呀？"

"我一心看书，什么也没听见，你们聊吧"徐子开不知是真的没听见还是装着没听见。

这节骨眼上，只见解开远远走来。这个一生只想着每天谁来买我的豆腐、想着养家糊口的解开，担着他的豆腐担进了家门。

解开见了徐子开，忙放下豆腐担说："哎呀，开先生，你大驾光临，让我家蓬荜生辉哟。"

徐子开忙说："哎呀，开先生呀，久违了。"

两人都沾着一个"开"字，解开也是教书出身，一向就这样称呼着。

"今天就别走啦，我去准备午饭。"解夫人说。

"我去帮解夫人打个下手，你们这两开先生就开开心心地聊吧。"徐夫人说。

再说那头，圆圆和解缙陪着玉轩去了鉴湖，看着哥哥和玉轩两个人的眼神和那股亲热劲，高兴中也带着猜疑，难道哥哥和玉轩姐姐早就相识？既然如此，我何必在一旁碍手碍脚。圆圆撒了个谎，说是要去帮娘准备午饭，做了个怪脸就走了。解缙自然是巴不得，省得你在一旁碍事。圆圆走了，他们又来到了这个老地方。

这是一年前的三月天，玉轩独自来到鉴湖边撷花观柳，正好解缙打此路过，碰了个对面，解缙是徐子开的学生，玉轩是他的师妹，一晃几年没见面，只见玉轩已是亭亭玉立的大姑娘了，解缙说了声："是玉轩妹妹吧？"

玉轩不好意思答了一声："哦，原来是缙哥哥。"

春天的天气说变就变，大雨从远而近扑面而来。解缙忙打开雨伞，招呼着玉轩过来避雨，两个人站到一块，谁也不作声。

"缙哥哥，你回去吧，男女间授受不亲，人家会笑话的。"玉轩红着脸说了一句。

"好，这伞给你，反正我家离这儿不远。"说着把伞交给玉轩，自己便消失在雨中。

玉轩喊着："缙哥哥，路上小心……"

玉轩撑着雨伞，眼前仿佛一个许仙与白娘子"游湖借伞"的故事在自己身上重演，望着解缙远去的身影，她的心被一种无形的东西触动着，全身上下涌动着一种少女的甜蜜悸动。

今天故地重游，又勾起了玉轩对往事的回忆。

"缙哥哥，一年前，也就在这里，你借我一把伞，自己淋着雨回家，让我好感动呀。"玉轩轻声轻语说。

"我是师哥，你是师妹，应该的。"解缙说。

"缙哥哥，听说你今年要赴京参加殿试，准备得怎样呀？"玉轩说。

"玉轩妹妹，还行吧。"解缙答着。

"可惜我是个女儿身，要不我也和你一样上京城中个进士，光宗耀祖，该多好呀。"玉轩说。

"做女儿多好，没听说吗？一家有女，百家求。"解缙像在投石问路。

一句话说得玉轩脸上浮起了红晕，这红晕连通她的血脉，使得整个身上有着一种从未有过的感受，这是少女的自然，是青春的第六感，但闺秀的羞涩，使得她不得不说："缙哥哥，你都说些什么，哪有这事呀。"

解缙听到玉轩这句话，身上的那块石头落地了。

解缙逗着她说："算我说错了，该罚。"

玉轩说："罚什么？"

"你出我对，我输了，任凭发落。"解缙说。

玉轩出了个主意，每句的头两个字，得音同字不同，而且只能说眼前的，这个时候的解缙，你说什么他都可以。

玉轩装着闭了一下眼睛，沉思片刻，对着一湖明静的水，即曰："清清一湖水。"

对解缙来讲还不是小菜一碟，他漫不经心指着湖边的垂柳曰："青青两行柳。"

两个人一边走着，一边说。突然，玉轩斜了解缙一眼，她轻轻在路边摘了一朵花曰："轻轻撷花花。"

解缙一把抢过玉轩摘的鲜花，闻着花香曰："卿卿与我我。"

玉轩故意说："谁与你卿卿我我呀，怪羞人的。"

两个年轻人像两只蝴蝶，一会飞到这边，一会儿追到那头，掖藏在心中的那团烈焰像一座沉默已久的火山喷薄而出，顾不得那么多了，这是少男少女固有的权利。解缙有意慢慢跑着，玉轩追了过去，一不留神，扑在解缙的怀里，嘴里娇声娇气地说着："追上了吧。"

解缙没顾得上答话，他紧抱着玉轩，感受着玉轩身上的体温，吸闻着她那青春少女身上特有的气味。两颗心碰撞在一起，荡起了爱的浪花。

远处，传来圆圆叫着吃饭的呼声。

高妙莹见这对年轻人走进家门的那一刻，几年来心中的谜团终于解了，原来缙儿把婚事一拖再拖，答案就在这里。

饭桌上，解开端起酒杯对徐子开说："徐先生，这一杯酒为你们全家压惊。"

徐子开说："这还得谢谢解缙出此良策，解我燃眉。"

话说到这里，解开便问解缙说："缙儿，大门口的春联是咋回事？这么大的对联你都敢写。"

"父亲，我没写错呀。"解缙说。

"那你当着徐先生的面说个明白。"解开说。

解缙把对联的寓意从头说了一遍：

原来解缙写的就是父亲。上联一手紧握乾坤转。乾坤即为一上一下的磨盘，是写父亲每天都要用手转着磨盘。下联两肩重挑日月行。也是写父亲迎着太阳披着月光挑着一担豆腐走街串巷。

听了解缙的解读，徐子开说："解先生，解缙乃当今才子，前程无量呀。"

解开说："徐先生呀，你过奖了，小儿只怪我管教不严，多有冒犯。"

两个开先生一边吃，一边聊，高妙莹一旁听着总觉得不着她的调。她忙换了个话题说："徐先生，徐夫人，玉轩姑娘也有十好几了吧？"高妙莹把刚才问过的话故意重复一遍。

徐夫人说："不瞒您说，都快十六啦，只怪他父亲，天天令她读书，我说一个女孩子家识几个字就够了，读什么四书五经呀，这不，把女儿的大事都耽搁了。"

高妙莹说："徐夫人，男人都这个样，就说我家先生吧，今年叫儿子考举人，明年又令他考进士，可孩子的终身大事他一概不闻不问，我家解缙都十八了。"

徐夫人试着说："解夫人呀，这男孩就要读书，他有个奔头。就你家解缙，今年中了举人，说不定明年中个进士，多风光呀！像这样的后生还不人见人爱啦。"

"谁看得上我家解缙呀。"高妙莹看了一眼玉轩说。

玉轩见解夫人投来的目光，羞得一脸通红。

解开见状，忙说："玉轩姑娘你吃菜呀，别光顾着听说话。"

这时圆圆来到母亲身边，贴着母亲的耳边说："娘，还等什么，哥哥和玉轩姐早就在鉴湖边'游湖借伞'了，你还不趁热打铁吧。"

高妙莹听了圆圆的话来真格了。

她说："徐先生、徐夫人，听我家公公说，我们解家与你们徐家早在上辈子就交往甚密，我们可算是世交哟。"

"解夫人说得对，世交，世交。"徐子开放下酒杯说。

读了书的人就是不一样，玉轩知道解夫人下一句话该说什么了，便在解缙脚上轻轻踩了一下，解缙领悟了这无言的信息即说："爹、娘，你们多陪徐先生、徐师娘喝几杯，我们吃好了。"

解缙和玉轩走了，高妙莹说话也就明朗多了。

"徐先生、徐夫人，我以前只是听说许仙和白娘子在西湖留下个'游湖借伞'的传说，刚才听圆圆说我家解缙和府上千金在鉴湖也留下一个'游湖借伞'的传说，一个在西湖，一个在鉴湖，一个的父亲叫开先生，另一个的父亲也叫开先生，一个是男的姓许，一个是女的姓徐……"高妙莹还没说完，解开插话了。

"夫人，你要弄清楚，一许一徐，两个字是字不同，音也不同。"解开急着说。

"可听起来总感觉是一个音，你说天底下哪有这种巧事呵，徐夫人，你看我们这世交是否可再往前走一步？"高妙莹再也不绕弯子了。

徐夫人虽然心里高兴，但觉得事情发展得太快了，她吞吞吐吐说："这事还得先问问他爹吧。"

徐子开故意说："女儿的事，娘做主，我听夫人的。"

徐夫人说:"那你可说话算数,不得反悔哟。"

"老夫说话从来一言九鼎。"说着和解开又端起了酒杯,平日那严师般的形态变得十分随意。

徐夫人举起酒杯说:"解先生、解夫人,既然我家先生都说到这分上,我看两个孩子的大事就这样定了,来,为孩子的大事,我和子开敬二位一杯。"

孩子的大事有了着落,酒也喝得差不多了,但解开却高兴不起来,他把高妙莹叫到一边说:"你真急死我了,我看你沈家那边如何交代,哎!都是这'游湖借伞'惹的祸。"解开这话说得很无奈。

"沈家我会去卖个老脸,你就不要操这份心喽,等着给儿子办喜事吧。"高妙莹几分高兴地说。

几天后,解家请人上徐府提亲。

紧接着一抬大花轿把玉轩迎进门。

柚 子 熟 了

解家大院的柚子熟了。一个个如黄灯笼般的柚子挂满树枝,叫人看着就馋。高妙莹独自坐在前厅,看上去有些五神不定,像似在等谁。

解缙摘了一个又大又黄的柚子来到高妙莹身边说:"娘,今年的柚子赶季节,你尝个鲜。"

"不是还没到时节吗?怎么就摘了。"高妙莹说。

"娘,熟透了,该摘了。"解缙说。

高妙莹捧着这个大柚子,左瞧瞧,右瞧瞧说:"真是熟透了,是该摘了……"

高妙莹的话还没说完,里屋传来哇的一声啼哭。那哭声打破了厅堂的宁静,那哭声让高妙莹听得入神了,她等的就是这一刻,等的就是这走心的啼哭。

高妙莹手里抱着那个柚子,只见接生婆已给婴儿穿好衣服,一时间她愣住了,接生婆看出了高妙莹的心思,故意说:"解夫人,怎么见了孩子不作声呀?"

高妙莹摸了摸手中的柚子压着嗓门说:"我说接生婆呀,我家玉轩生了个什么呀?"

接生婆逗着说:"那还用问,生了个人呗。"

"别逗啦,都快急死我啦!"高妙莹轻轻说。

"解夫人，你手里抱着个什么呀？"接生婆问。

解夫人没好气地说："那还用问，柚子呀。"

"这就对喽，柚（有）子，恭喜你呀，解家生了个带把的。"接生婆说。

高妙莹放下手中的柚子，接过婴儿，看不够，亲不够，天底下哪个奶奶不爱孙儿呀。这时，高妙莹突然想起了圆圆说的那个"游湖借伞"的往事，当着解缙说："这个'游湖借伞'今天还真应了。"

解缙问："娘，此话怎讲？"

高妙莹高兴地说："这不明摆着吗？伞是带把的,你把这个把交给了玉轩,不就给解家生了个带把的小子吗，还真应了这个'游湖借伞'哟。"

"真应，真应，这孩子该属贞字辈，那就叫贞应吧"。解缙一旁跟着说。

从此，豆腐坊有了贞应，解家又多了一份天伦。

第十章　应天府走来解学士

十九岁的解缙，才高八斗。从院试、乡试、会试、殿试，可说是一马平川，直达终点站。

他被洪武大帝看好，这预示着，大明王朝的星光大道上将又出现一颗耀眼的政治新星。

初 来 乍 到

朱元璋这个皇帝当得很累。一天要看二百多个奏折的他感觉打天下容易，坐天下难。说白了，就是夺皇位容易，做帝皇难，做没有文化的皇帝难乎其难。

朱元璋一边要治国理政，一边还得不断给自己充电，二十一年的帝王生涯，他懂得了没有文化是多么可怕，后人有句话叫"没有文化的军队是愚蠢的军队"，就是这个道理。

朱元璋，自己没读过什么书，而他统领的大明帝国却掀起了读书热。这功劳应当记在朱元璋身上，他领导了一场文化革命，它是大明对科举制度的改革，是告诉大家这个国家需要文化人来打理。

先说说明朝的科举制度。

科举制度始于隋唐，却在明朝得到提升。朱元璋称帝后的第三个年头开科举，在全国实行扩招，这一下想做官的人就多了，读书的人也就多了，而这些人后来都得听朱元璋使唤。

明王朝的科举分三个阶段。第一阶段是院试（即童生试），考生称为童生。考试合格者就是我们大家都熟悉的秀才，第一名叫案首，其余称相公、庠生、附生等。做了秀才的童生有别于一般平民，他有了某些特权，比如可免除一切徭役，见到县官可以不下跪，但他离官场还有一段距离。

这些过了院试关的秀才，他们必须去拼下一场考试，即乡试，也就是第二阶段。乡试每三年后的八月举行一次，由省命题，且有名额限制。考试过关的人称举人，第一名称解元。做了举人的秀才，就等于进入了后备干部的储备库，一旦哪处官员有了空缺，就从举人中择优录用。

最后说说第三阶段，这座万人拥挤的独木桥。过了会试的精英们进入最后的冲刺——殿试。他们必须面对皇上的挑选，在殿试中接受笔试、面试的考验，然后各自耐心等待，听候差遣。

解缙，还有其兄解纶、妹夫黄金华就是这个时候将要迈入大明帝国第三梯队的吉水人。

洪武二十一年，冷清了多年的吉水县城西门码头迎来了少见的热闹。锣声、鼓声、唢呐声、呼声、笑声、鞭炮声，这声音都是应和解家而来，解纶、解缙、黄金华将赴京参加殿试。

涌动的人群中有庶民，也有官员。当官的有所图，他们很清楚，解纶、解缙、黄金华，吉水绝顶才子。这次进京殿试，中个二甲、三甲甚至一甲是迟早的事。今天提前到此拍个马屁，也好为自己开辟一条朝中有人好做官的路子。一个个官员，平日那种傲气没了，他们变得低三下四，倒像似在此等候他们的主子。至于那些老百姓无非是凑个热闹，捧个人场，管你谁做官，我乃潘金莲开店，只图热闹，不图挣钱。

解纶、解缙、黄金华三个人，只有解纶、解缙是出自一门的同胞兄弟，黄金华虽不出自一门，却是解纶、解缙的亲妹夫，按吉水"女婿半子"的说法，也可沾点解家的边，一大家子三举人同时进京殿试，历朝历代不是常有的事。

一片欢呼声中，解纶、解缙、黄金华登船扬帆，直奔应天府。

这年，吉水下了一场春雪，解缙、解纶、黄金华随帆船慢慢离开西门码头。解缙站在船头，望着西岸的家乡景色，有感而发，赋诗一首：

　　北风吹冷薄寒裘，万里遥怜上国游。
　　雪色迷人明泊岸，江声入夜到独舟。
　　春归忽听云霄雁，昼卧惟闻清水鸥。
　　不为浮名相击绊，故园花木兴悠悠。

应天府，一场决定命运的考试开始了。

离西宫（朱元璋寝宫）不远的殿试场，戒备森严，里三层、外三层的卫兵一个个披甲持枪，可见这考场的神圣，洪武二十一年殿试在这里举行。

大家三三两两朝着考场走去，考生沈举突然对身边的几个人说："昨晚忽梦头上生羊角，斗角峥嵘，在此举矣。"

一旁人说："非也，羊角乃解字也，恐有解姓者居首耶。"

几天后，一份御卷送达朱元璋手中，洪武帝看得爱不释手。先不谈别的，就试卷上这刚劲有力的小楷，让朱元璋大饱眼福，连连称好。朱元璋虽读书不多，当了这么多年的皇上，自然也有长进，这字写得是好是歹一目了然。像解缙这功力，他还是头一次见过。

更让他出乎意料的是解缙的文章，一个涉世不足的书生，能提出许多治国理政之道，况且这些道道都是朱元璋从未听过，也从未想过的。虽然语言有些过头，但对皇上，对大明帝国可是忠心耿耿。想想，有这样一位博学多才的人在身边，大明江山何愁不姓朱。

朱元璋手握御笔，不加思索，准备点解缙为洪武二十一年状元。就在他下笔的这一刻，突然想起了什么，不慌，这时他想到自己的女儿月儿，年方十六，月儿是他与贵妃郭宁莲的掌上明珠，当月儿还在娘肚子里的时候，朱元璋和郭贵妃就有个约定，生男，属阳就叫日儿；生女，属阴，就叫月儿。总之离不开这个"明"字，这个朱元璋用生命和鲜血换来的"明"字。当然，这个待遇也只有贵妃所生儿女才能享用。

朱元璋手中的御笔还没来得及放下，就想着把解缙招为驸马，给他半个朱家人的名分。这样说来，于国他是左臂右膀，于家则是乘龙快婿，可谓两全其美。

虽说如此，但自古驸马爷先要有貌，然后才是有才，更何况郭贵妃对选驸马有言在先，只有美男儿才配做驸马郎，这是她的铁定砝码。

站在一旁的李善长却另一番心思，解缙的出现，他犯愁了。李善长是朱元璋夺天下的第一功臣。他虽为文臣，朱元璋却把他排在徐达、常遇春等六个公爵之首，可见朱元璋对他的看重。但与解缙比较，他的文采远远不如。解缙对朱元璋而言是才子，对李善长而言是个碍事的，一块前行路上的西瓜皮，这块西瓜皮随时都会使他摔跟头，得防着点。

郭贵妃在李公公的陪同下来到西宫，见过朱元璋后，便娇声娇气地说："皇上，臣妾正当玩到兴头上，有什么事这么急呀？"

朱元璋靠近郭贵妃，在她耳边轻轻说了几句，郭贵妃听得心花怒放，天底下的哪个丈母娘初次见未来的女婿不是和女儿一样跟丢了魂似的。

郭贵妃急着说:"还不快快宣解缙。"

李公公看了看皇上的眼神,很快把解缙带到西宫,解缙见过万岁爷、贵妃娘娘后一旁而立。

朱元璋说话直来直去:"呵呵……解缙,后生果然青春年少,朕问你今年几岁呀,何方人士?"

解缙说:"启禀万岁,学生洪武二年生,年方十九,江西吉水县城解家人。"

读书人在老师面前习惯称学生,解缙一不小心说走了嘴,竟在朱元璋面前也称为学生。

这时李善长一旁插嘴说:"解缙,和万岁说话注意分寸,君臣之间只有皇上与奴才之称,不能师生之称。"

朱元璋说:"李爱卿,'学生'两字朕听起来还蛮顺耳,这称呼更显亲切。"

郭贵妃她管你才学如何,只是上下打量着解缙的外貌,总觉得解缙外貌还算清秀,就是身段稍矮了点。她忙说:"解缙,你个头多少?是否婚配?"

"回娘娘话,奴才五尺有二,亦有家小。"解缙说。

这话让郭贵妃听得凉了半截,真是一场欢喜一场空。

解缙离开了西宫,朱元璋和郭贵妃打起了舌战。朱元璋爱才如命,他做了这么多年皇帝还是头一次见到像解缙这样的奇才,只要他能为大明效力,其他都无关紧要。郭贵妃虽然爱貌如命,但解缙只是身段稍矮,对她而言也不打紧,重要的是解缙家有妻室儿女,总不能让皇上的女儿去做妾,去当后娘,她可是皇家千金呀。

最后还是朱元璋让了一步,不招驸马也罢,做不了乘龙快婿,朕让他今后做朕的左膀右臂,还不是照样为朕护着这朱家天下。

朱元璋文化不高,可智商高。他能把人看个透,就解缙而言,他看到他的不光是才华,更看到了解缙的表里如一。

朱元璋再次拿起御笔,解缙既然做不了一甲,也不能亏了他,点他个二甲,先从庶吉士做起吧。庶吉士不是什么官,用句通俗的语言解释叫实习生,但这个刚入仕途的实习生是朱元璋看中的,他将是大明王朝一道亮丽的风景线。

逗他乐一回

这个夜晚朱元璋又看了二百多封奏折,对一个没有读过什么书的人,每天的奏折弄得他喘不过气。他困了，累了，他感觉有些力不从心，快满六十了，不服老不行。

圣人是人不是神，什么与日月同辉，什么万寿无疆都是些空话。朱元璋摸了一下这张脸，已经不像四十多年前那么有弹性了，尽管御膳房有享不尽的山珍海味，可吃什么都不管用，毕竟岁月不饶人，他的确老了。

这一拨一拨的老臣相继下野，一拨又一拨的年轻学士入驻朝廷，天下似乎是年轻人的天下，朱元璋有些惶恐。

不是都说长江后浪推前浪，把前浪拍在沙滩上吗？我就不信。朱元璋总觉得大明江山要永远归自己所有。他无论如何也没想到，当他抱着个破碗四处要饭时总感觉度日如年。如今他有享不尽的荣华富贵却度年如日。自己才当了多久的皇上，就到了退休的年龄，不，老了我也不能退休，大明帝国我说了算。

解缙的出现，朱元璋感觉年轻与才华两者是为他治国安邦的最好帮手。他开始关注解缙。

解缙又一次被朱元璋宣进西宫。

朱元璋整日和满朝文武待在一起，厌烦了。那张口皇上、闭口奴才，这个公式的称谓太老套了。从解缙身上，朱元璋看到了新的一面，想起上次见面时解缙与他师生之称，朱元璋就有说不出的高兴。

朱元璋给解缙赐座后，便招呼一声说："解缙。"

"奴才在。"解缙捧手而答。

"哎……还是称学生好，朕爱听。"朱元璋显得很随意。

"启禀万岁，奴才不敢。"这时解缙耳边又响起了李善长的话。

"解缙，西宫是朕的家，出了西宫才是国，以后在朕家里，只述家事，朕与你师生之称。出了这道门，就论国事，朕与你君臣之称，你看如何呀？"朱元璋笑着说。

解缙怎么也不会想到，这个人称暴君的朱元璋也有温让恭谦的时候，万岁呀，你若时时保持这种心态，那该是一个多好的皇帝，也不至于当得这么累哟。

"学生遵旨。"解缙见朱元璋心情很好，也就放松了。

"解缙，朕今日与你拉拉家常，说说民间，让朕也接接地气。"从来一本正经的朱元璋说话大众化了。

朱元璋本是一介武夫，做了那么多年的皇帝，朝上三呼吾皇万岁，万岁，万万岁听够了。今天换个口味，让我过一把从前，又何尝不可。只要能让我开心，什么礼呀，什么规呀，只不过是人定的，这世界上有什么比开心更值钱。

解缙感觉朱元璋不像个皇帝了，倒像个爱说爱笑的长者，皇上呀，我就逗你乐一回吧，让你轻松轻松。

解缙又是一句"学生遵旨"。

朱元璋做了这么多年的皇帝，还是头一回见到这么有学问的人。他想知道个究竟，是吉水的风水好，还是因为有其他什么原因。

"解缙，今个儿你有什么说什么，想怎么说就怎么说，朕网开一面，更不会问罪于你。你不介意吧？"朱元璋显得特别亲和。

解缙忙说："万岁恩典，学生遵命。"

"解缙，你家住何方，家里都有些什么人呀？"朱元璋又重复了上一回的问话。

"启禀万岁。小家居江西吉水，上有高堂，且有兄弟姐妹五人。"解缙答。

听到江西吉水，朱元璋像似想起了什么，他眉头一皱，即曰："吉水县这地方真是人才辈出，早些年，你吉水有个曾经京城夺魁的大学士叫解开，不知你听过这个名字没有。"

"启禀万岁，解开，正是学生家父。"解缙说。

"什么……"半晌，朱元璋不敢相信，是自己听错了，还是解缙说错了。世上的事竟有如此之巧，被朝廷看中的学士竟出自一家父子，难道真是有其父，必有其子。

朱元璋兴致大发，即曰："就是那个有官不做的解开是你父亲。"

"启禀万岁，正是学生家父。"解缙说。

朱元璋纳闷，一个给官都不要，一个千里迢迢进京考官，这同一血脉的人，怎么行路的差距就这么大呢，朱元璋一问到底。

"解缙，家里其他人可都是读书人？"朱元璋注视着解缙说。

"启禀万岁，恕我直言，家母高妙莹也是县里远近闻名的才女，兄长解纶、妹夫黄金华是本次殿试的同科进士……"

解缙的话还没说完，朱元璋突然打断了解缙的话。这就奇了怪，大明的才子怎么都聚在这吉水解家，朱元璋有些疑惑。

"等等，解缙。你家乡藏的什么好风水，一个个才华横溢，说来听听，让朕饱饱耳福。"朱元璋来劲了。

"启禀万岁,吉水早在东汉时就开始接受曾子的儒学教育,读书的人自然就多,恕我冒昧,在吉水就是山野樵夫也张口唐诗,闭口宋词。"解缙说。

"读书人多的地方自然龙脉就好,你继续说,看看是你吉水的龙脉好,还是朕凤阳的龙脉好。"朱元璋像要与解缙拼输赢。

"启禀万岁,学生的家乡虽然读书人多,可断不敢与万岁家乡凤阳攀比。"解缙说。

"一个吉水县,一个凤阳县,咋就不能比呀。"朱元璋很得意地说。

"启禀万岁,吉水,吉为人之善,水为地之低,吉水人只想做低处的善人,只想图个吉人天相,就足矣。凤阳,凤乃鸟之王,阳乃星之首,那是藏龙卧虎之地呀,吉水与凤阳此乃天地之差,不可比,不可比。"解缙说。

朱元璋当了这么多年皇帝,听得多少人说凤阳,道凤阳,但都没有像解缙那样说得恰到好处,不装模作样,都没有像解缙那样让朱元璋听得舒服。

朱元璋意犹未尽,便说:"解缙,你吉水的龙脉虽不如朕的家乡凤阳,朕总觉得吉水的文脉就是不一般,要不就你解氏一家怎么会出那么多的进士,等到什么时候有空,你陪朕去一趟吉水,去听听你家乡的樵夫诵诗读词,让朕开开眼界。"

朱元璋的这番话让解缙头都大了,他说吉水的山野樵夫开口唐诗闭口宋词,只不过是逗皇上乐乐,谁知道这朱老大还真把它当回事,这可是欺君啊!他想,既然是逗着皇上乐,那就一乐到底吧,让他乐个痛快。

解缙理了理思路,笑着对朱元璋说:"万岁,学生能陪万岁去吉水,那可是学生的福气,更是吉水的福气,学生求之不得。恕学生冒昧,吾皇将行水路,还是走旱路。"

朱玩璋哈哈大笑:"朕是一国之君,总不能叫朕用两条腿走到你吉水去吧,当然是行水路哟。"

解缙故作很着急地说:"万岁,水路万万不可,赣江经过吉水就是狭江(峡江),不知吾皇曾否食过武昌鱼?"

朱元璋说:"食过,食过,就是御膳房常做的贡鱼,扁扁的,嫩嫩的,很好吃。"

朱元璋这一句扁扁的,解缙听了眉开眼笑,他想,我就等你这金口玉牙哟。这就像写文章有人给他开了个好头,接下来他就可下笔如神。

解缙慢条斯理说："吾皇英明，武昌鱼不但知其味，还知其形。武昌鱼何以扁扁的体形，不知吾皇可曾知晓？"

"这个朕还真是从未听到过，你说来给朕听听。"朱元璋一边吃着枣糕一边说。

解缙继续编着说："万岁，武昌鱼本是江西的一个鱼种，叫团头黄，圆圆的体形，后来此鱼游往长江，途经狭（峡）江时，把它夹扁了，以后它再也不敢回吉水了，便成了扁扁的武昌鱼。"

此时，坐在一旁的李善长有些听不进了，他轻轻地在朱元璋耳边说了几句。

朱元璋也不顾李善长的面子大声说："李爱卿，解缙说话像讲故事一样，朕高兴听。你可别扫了朕的兴哟。"

朱元璋接着又说："解缙，既然朕的船过不了狭江，但吉水距狭江几十里路，到时朕改坐轿，这总可以吧。"

解缙看了李善长一眼，心想，李大人，下面我又要编故事了，会不会又恼怒你，但只要皇上听着高兴，我也就顾不得那么多了。

解缙说："万岁，狭江距吉水虽然只有几十里路，但一路上要经过八都住岐，那里可要上一百山、下一百山（上白沙、下白沙），微臣是怕万岁龙体折腾不起哟！"

此刻，李善长实在听不下去，在朱元璋身边做了一辈子近臣的李善长也是个读书人，他的儿子做了朱元璋的驸马郎，朱元璋又是他一手扶着登上了大明帝国的宝座。因此，李善长对朱元璋可说是忠心耿耿。他总觉得解缙的玩笑开得太大，从鱼过狭江挤扁了的身子，到途经八都住岐要上百山、下百山，这不是在愚弄皇上么，亏这老朱还眯着眼睛笑。

李善长突然打断了解缙的话说："大胆解缙，一派胡言。"

原本一个有说有笑的君臣乐被李善长这么一说，冷场了。

解缙欲言又止，心想，李大人，我今天是逗着皇上乐，你何必这么当真，是不是见皇上宠着我你不高兴呀，是不是怕我会让你靠边站呀，解缙只是想着，他什么也没说……

朱元璋突然发话："李爱卿，言重了，解缙讲得很好嘛，怎么可以说是一派胡言呢。"

"万岁，李大人所言极是，学生真是一派胡言，今天学生的话就是三岁孩童听了也不会信。可话得说回来，学生并无他意，只是想让皇上乐和乐和，轻松轻松，皇上你没日没夜为着大明帝国，太累了。"解缙说话很诚恳。

解缙的话，朱元璋感动了。虽说他的话简单、直率，他让朱元璋感觉是在和自己的妻室儿女说话。此时，他突然发现自己不是个皇帝而像个父亲，解缙不是个庶吉士，而像他的儿子，一个很听话、很孝顺的儿子。朱元璋一双从来没有泪的眼睛，此时也湿润了。"太累了"三个字，看似简单，可它远比那些一声声"吾皇万岁，万岁，万万岁"的老客套真多了。朱元璋真想呼一声解缙吾儿兮，但帝王的尊严使他暂时搁了一下，日后找个合适的时间再说吧。

朱元璋说："解缙，从今天开始，你就留在朕身边辅佐朝廷，先从庶吉士做起……"朱元璋本想把话说完，告诉解缙日后的坐标，但看看身边有个李善长，也就把话收了。

"学生遵旨。"解缙说话还是那样简单，因为他不得不顾及身边还有一个朝廷重臣——李善长。

从朱元璋的眼里，李善长看到了自己的将来，也许解缙的到来对他是个祸，因为他太懂朱元璋，他不得不防。

李善长开始对解缙说事了。他说："启禀万岁，解缙后两句是逗皇上开心，那先前说的吉水山野樵夫开口唐诗、闭口宋词没准又是戏弄吾皇。"

李善长当然要步步紧逼解缙，否则，照此下去，可能这大明第一臣的名字不久就会不再那么耀眼了，一个新的名字可能就要取而代之，这个人就是眼下的解缙。

"李爱卿，又言重了，朕是大明大当家，谁有这么大的胆子敢戏弄于朕。"朱元璋笑着说。

解缙当然要考虑，吉水读书人虽然较多，可也不至于山野樵夫都开口唐诗，闭口宋词。但想想这李善长也太过分了，一次又一次为难于自己，难道这就叫文人相轻，不管他，既然说了，就一说到底吧，车到山前必有路。

解缙斗胆说："谢万岁明鉴，吉水乃文章节义之邦，人文渊源之地，山野樵夫张口唐诗、宋词在我家乡并不是什么新鲜事，李大人既然不信，请皇上下旨礼部，派人前往吉水一访，是真是假，不就结了吗？"

"解缙，既然你这么坦荡，朕就依着你，准。"朱元璋说着又是一声呵呵。

朱元璋的笑声并没有带给解缙一个好心情，解缙知道弄不好就得落个欺君之罪，自己得盘算下一步棋该怎么走，因为对手早已布下一个棋局。

解缙该用心了。

铁嘴铜牙

在一片投其所好中过着每一天的朱元璋,他只注意身边人的一举一动,却忽略了一个重要问题,那些天高皇帝远的边域地方官员在做什么,他知道得甚少。

有一天,在几百个报喜不报忧的奏折中,有个奏折让他吃惊。西域边陲,官吏虎狼者比比也,加租重徭者比比也,民众造反者比比也……

恨贪官、爱江山是朱元璋的天性,其他的事他可少管甚至不管,这两个事他非管不可。

大朝上,朱元璋说话:"众爱卿,广西吃紧,看谁有上策。"

"启禀万岁,广西乃壮、苗……少数民族聚集之地,南与老、柬接壤,一旦气候成熟,他们是能攻、能守、且能溜。必须尽快平乱,恳请吾皇下旨兵部,出兵救广。"李善长说。

汤和说:"启禀万岁,养兵千日,用兵一时,区区小事,臣愿领兵三万,镇压民变。"

站在最前面的解缙一直没有吭声,可朱元璋就想听听这个读书人的意见,他看了解缙一眼,总感觉解缙有话想说。读书人就是这样,有话不抢着说,他憋得住。朱元璋虽然是个粗人,但对事物的观察还真有他的一套。

"解爱卿,今儿个怎么一言不发呀,说说你的看法吧。"朱元璋说。

"启禀万岁,广西民众闹事,以微臣之见,原因不在于民,而在于官。老百姓不堪重负,自然产生不服,正所谓官逼民反。"解缙说。

"那你有什么法子让老百姓服呀。"朱元璋试着问。

"刚才汤大人说令兵三万,镇压民变,此法不可取……"

解缙还没把话说完,被汤和打断。

汤和急着说:"小小解缙,胎毛未干,此乃兵家之事,你掺和个啥。"

"哎……汤爱卿,让解爱卿把话说完。"朱元璋说。

"启禀万岁,三万大军进广,不知汤大人是否算了这个账,国库可要耗费多少银两。撇开这个不说,常言道,压而不服,要想民不乱,先得民服也。"解缙说。

解缙不敢说太多的话,谁知朱元璋还偏偏想听下去,怎么说一半就完了呢，他才听出个头绪。

"解爱卿，有话尽管说，说说这民众怎么个服法。"朱元璋有点急不可待。

"启禀万岁，论语中有个典故：哀公问曰：'何为民则服？'孔子曰：'举直错诸枉，则民服；举枉错诸直，则民不服。'就是这个道理。"解缙说。

"解爱卿，孔子这个典故朕要听，你给朕解读解读。"朱元璋也忘记了他是一国之主，倒像个小学生在请教老师。

解缙细细解说："鲁国国君问孔子，怎样才能使百姓服从呢？孔子说：把正直无私的人用起来，把邪恶不正的人置于一旁，老百姓自然就会服从了，反之，老百姓就不服。启禀万岁，汤大人说的领兵三万，大可不必，以微臣之见，广西之乱，因错用人而起。吾皇只需下旨吏部派三人（一官员、两卫士）前往广西就可。到时该撤的撤，该提的提，老百姓岂有不服之理。"

一番话，让朱元璋大彻大悟。他想不到，儒家思想竟可理政，读了圣贤书的人就是不一样，听解缙的，错不了。

解缙心中有数，朱元璋越是宠爱自己，自己心里越是不安，朝上的汤和、李文忠那一双双像剑一般的眼睛都在盯住自己。

但李善长在一旁却没作声。在李善长眼里，解缙虽然多次冲撞自己，可他是为了维护皇上的权威，对朝廷不存二心。况且，解缙在朱元璋面前还为李善长说过不少好话。

就在朱元璋笑着夸解缙的时候，礼部派往吉水察访的宋侍郎求见。

宋侍郎的到来似乎给朱元璋又带来了什么新鲜的东西，刚刚高兴了一阵子的朱元璋，坐在那把专供他一人坐的座位上似乎在期待另一个高兴。可对解缙而言，真是刚过一山，又见一坳。

"宋爱卿，说说吧，这回到吉水长见识了吧。"朱元璋很有把握地说。

"启禀万岁，微臣奉旨，暗访吉水山野樵夫能诗善诵一事。所到之处，与解大人所说相差甚大。我与他们出对，乡人听了，不知所措，有的摇手离我而去，有的眼望天空，不知其所。微臣所言是实，请吾皇明鉴。"宋侍郎说。

朝上百官骚动一阵，有的在说，这个解缙胆子够大，有的在说，看他这回又出什么招。李善长本想为此做做文章，但想想又把话吞了回去。

汤和，只有汤和，刚才我说领兵三万，平广西民乱，你说只用三人便可平乱，叫我在大朝之上难堪，谁知老天助我，给我反戈一击的机会，看你如何收场。

汤和大喝一声:"解缙,你可知罪?"

"汤大人,我解缙何罪之有?"解缙问。

没想到朱元璋却打了个圆场,让解缙把话说完,有罪没罪先搁一边,说清楚了皆大欢喜,如没说清楚那就得看朱元璋高兴不高兴。

"汤爱卿,你这个急性子也得改改了,让解爱卿把话说完嘛。"朱元璋说。

早有套路的解缙说话了。

"宋大人,请你把在吉水暗访一事陈述一遍。"解缙说。

"解大人,下官离京十天后抵吉水,因为是暗访,就没有惊动当地官府。本想去你家盘龙冈摸摸底细再做安排,无意中正好遇见有樵夫在盘龙塔下歇脚,就与他们搭上讪了。我看着身边的盘龙塔便出对曰:宝塔然然,四面六角七层;"

朱元璋插话说:"宋爱卿,这对出得好,出得好,他们又怎么应对呀?"

"启禀万岁,他们一个个笑了笑,摆了摆手,什么也没说,挑起担子离我而去。"宋侍郎说。

文武大员们看着朱元璋,朱元璋看着解缙。解缙呀解缙,这回朕就是想保你也保不住了,你都看到了吧,这么多眼睛不但盯住你,也盯住朕了。

臣不急,君倒急了,朱元璋的眼睛直逼解缙。

解缙不慌不忙地说:"宋大人,都说你是洪武三年的老进士了,怎么会被一个简单的哑对蒙住了呀。"

朱元璋似乎又感觉到这个解缙又要使什么招了,他很期待。

"解爱卿,此话怎讲?"朱元璋问话的声音加大了些。

"启禀万岁,恕我直言,出对是吉水人的家常便饭,应对就更不用说了。家乡应对有个规矩,难的对子用声对,易的对子则用哑对,所谓哑对就是肢体语言。宋大人出对,'宝塔然然,四面六角七层。'他们当然用手一摇便对了。"

"用手一摇就对了,怎么个对法,说给朕听听。"朱元璋用一种神奇的眼光看着解缙说。

"启禀万岁,家乡人哑对曰:手掌摇摇,五指三长两短。"解缙说。

"好对,好对呀。"朱元璋高兴地说。

"万岁,你说此对为好对,微臣也无话可说,下面发生的事我看解大人又如何解释。"宋侍郎说。

事情的经过是这样的：

宋侍郎离开盘龙塔后，又朝着一个在田间踩水车的农夫走去，这回宋侍郎变了个说法。

"哎，江西老表，咱们对个对怎样？"宋侍郎直来直去地说。

车水的农夫见他这么没礼貌，便两眼故意望着天，装着没听见。宋侍郎以为农夫默认了，想了想，眼前既然是踩车取水，我就给你来个水的对子。

宋侍郎曰："双龙戏水，一碧银波荡四海；"

宋侍郎说些什么，他也听不懂，踩水车的农夫依然两眼望着天空，还是装着没听见。

宋侍郎把事情经过说完后，对着解缙说："请解大人给个说法吧。"

朝堂的大臣为解缙出了一身冷汗，你总不会又说是个哑对吧，但也有大臣却在等着看戏，看一出好戏。

解缙呵呵一笑说："宋大人，家乡人抬头望天，又是一个哑对，这哑对叫："五官流云，两目金光耀九天。"

宋侍郎听了解缙的解释后，又想起解缙先前说的那句"难对用言对，易对用哑对"。当着这么多大臣的面，他看了看朱元璋，又看了看解缙，很为尴尬，许久许久，一声不吭。

宋侍郎想想很不甘心，好歹我也是个二甲老进士，却被一个胎毛未干的解缙在皇上面前如此戏弄，让自己好没面子，解缙你等着。

宋侍郎看了解缙一眼，你不要高兴得太早，我这里还留了一手，戏还在后头。

宋侍郎突然站了起来，像要重磅出击，大有一巴掌就要把解缙打翻在地之势，也好让你看看我宋侍郎的厉害。

"启禀万岁，微臣还有一事禀报。"宋侍郎说。

朱元璋从来都没有见过这种舌战，太有趣了。听得宋侍郎又有话要说，他快言快语地说："宋爱卿，快说给朕听听。"

"启禀万岁，解大人家乡吉水县城还有一道奇观，微臣见到后大为震惊。"宋侍郎说。

"小小一县城，竟有让人震惊的奇观，怎么个奇法，说吧。"好奇的朱元璋巴不得立马就想听个明白。

"万岁，城里有个叫四牌楼的地方，可谓车水马龙。我走进一家卖砂糖的店铺，你说一个卖砂糖的店铺，招牌上却写着糖太宗（唐太宗），心想吉水人的玩笑也开大了吧，竟把一个先帝的名字用来打他的招牌，难道一个唐太宗就只值你一桶砂糖，真不可理喻。之后，我之后又来到隔壁一家卖糖糕的店铺，迎面又看到糖糕祖（唐高祖）三个大字，万岁，这一个糖太宗还不够，又来了一个糖糕祖，你说这叫什么事呀。"宋侍郎说。

"哦，会有这事？"朱元璋问。

听朱元璋这么一问，宋侍郎便趁热打铁。

"万岁，这只是其一，还有其二、其三……"宋侍郎说。

"宋爱卿，都一一说来。"朱元璋说。

"万岁，微臣离开卖糖糕的店铺没多久，听得后面有人喊着：'大家让一下，擒屎房（秦始皇）驾到。万岁，虽然上面写着擒屎房，但听其音不就是你常夸的一生做了三件大好事"统一中国、统一衡量、统一文字"的秦始皇么。万岁，是可忍孰不可忍啊。"

宋侍郎说完又看了一眼解缙，但解缙装着什么也没听见一样。

"解爱卿，宋爱卿所说的有这回事吗？"朱元璋说话显得有些不高兴。

"启禀万岁，宋大人所言极是。家乡的四牌楼确有糖糕祖、糖太宗这么两个店铺。听祖上人说，当年卖砂糖的老板觉得生意难做，便请人打起了招牌的主意，后来把砂糖店改名叫糖太宗。

店名一改，生意便火了起来。

隔壁做糖糕的老板看到砂糖店改名后迎来门庭若市，一时间慌了手足，生意人总不能眼看着人家挣钱吧，自己也得想个法子。他连夜也请来高手把糖糕店改名'糖糕祖'。冲着这名字，方圆十里的人都跑到这里来吃糖糕。瞬间，一个糖糕祖，一个糖太宗，把一条街都弄火了。

两个已故先帝的名字却给一方带来热闹，带来好生意，万岁，您从来都在乎百姓冷暖，微臣看来家乡的老百姓生意红红火火，市井热热闹闹您也会打心眼里高兴的。"

听解缙这么一说，朱元璋收起了一副苦瓜脸。

他紧接着又问："解爱卿，那擒屎皇又有何解释呀？"

解缙说："万岁，自古拉大粪不但是个力气活且又脏又臭，更要命的是干这行当晦气。微臣先给您讲个小见闻吧：'一天，一辆拉粪车打一家面馆前路过，拉粪人叫着：'拉粪车来啦，大家当心，'弄得在店里吃面的人十分恶心，吃面人当众把拉粪人痛骂了一顿。拉粪人觉得这叫吃力不讨好，一气之下，洗手不干了。从此，就再也没人干这行当。可粪总得有人拉呀，怎么办，倒是县衙想了个法子，把拉粪车改叫'擒屎房'。凭着'秦始皇'三字的谐音，可以镇住这拉粪的晦气。就这样，粪也有人拉了。后来当拉粪车通过街坊时，拉粪人再也不喊拉粪车来了，他换了个很逗的喊法：'擒屎房驾到'，从此，喊的人放心，听的人也高兴。万岁，'擒屎房'与'秦始皇'音同字不同，当然也可算是沾了一点先皇秦始皇的光，但却给一个地方带来了干净，带来了和睦，微臣之见，也未尚不可，就是秦皇爷在天之灵也会呵呵一笑，万岁，您说呢。"

"呵……解爱卿啊解爱卿，你真是让朕大开眼界，大饱耳福哟。吉水人不但有才学，还挺有头脑，宋爱卿，不服不行啰。"

朝堂上的大臣一个个都听得津津有味，朱元璋就更不用说了，只是宋侍郎气不打一处来，但事情并不是就这样了事。

"启禀万岁，臣还有事要奏。"说话的自然是宋侍郎。

这话让一旁的解缙也感觉惊讶，难道他还藏着什么不测，非要与我抗衡到底。此刻的朱元璋也感觉纳闷，这个宋侍郎有话不说个干净，到底变的什么戏法。

"宋爱卿，有话一块说，不要这么说一半留一半。"朱元璋显得有些不耐烦了。

"万岁，微臣有话，但不敢说。"宋侍郎说。

"宋爱卿呀，朕不是说了说话要干净些，你怎么又拖泥带水呀，你说吧，但说无妨。"朱元璋说。

"启禀万岁，微臣之所以不敢贸然，正因此事事关重大，牵扯到万岁您啊。"宋侍郎说。

朱元璋听了，紧锁双眉，怎么说来说去又说到自己身上来了。此时，朱元璋不管是好事还是坏事总得弄个清楚。

"宋爱卿，还不快快说来。"朱元璋说。

"启禀万岁，微臣在街上逛了一阵，突然看见有家刻章的店铺，上面竟写着朱元章（朱元璋）三字。我上前打听了一番，这刻章人也姓朱，且是城里第一个刻章人，故把店名取名叫'朱元章'。自从有了'朱元章'三字，刻章店生意特别好，南来北往的客人到这里刻章的人络绎不绝，我问起他们为

93

什么大老远跑到这里来刻章,他们回答说,想沾沾万岁您的福气。"宋侍郎说。

"呵……朕的名字给他们带来好福气,这可是好事呀,你为什么还迟迟不敢说呢。"朱元璋问。

"万岁,问题不在这里。吉水人胆大妄为,把万岁这个'璋'字去掉旁边的王字而写成'章',这可是犯了大忌呀,他们是要去掉你身上的王者风范啊。"宋侍郎说。

朱元璋这下可恼了,他愤怒地盯着解缙说:"解缙,这回你可做何解释。"

"万岁您息怒,这个王字去得好呀……"

解缙话还没说完,朱元璋站了起来说:"大胆奴才,给我拿下。"

"万岁,且慢,听微臣把话说完。秦王、晋王、燕王……才是国之王,吾皇您乃一国之君啊。"解缙不慌不忙地说。

朱元璋又啪的一声坐下了,心想,我的二十五个儿子都是我封他们为王,是啊,我乃国之君啊。他如梦初醒地站了起来说:"呵……险些错怪了解爱卿,众卿,这就叫学问,懂吗?"

当然朱元璋也不能冷落宋侍郎,他对着宋侍郎说:"宋爱卿,你此行真没白跑一趟,要不朕哪还知道天下有这么些事,让朕高兴啊。"

宋侍郎哭笑不得,心想,万岁,您是站着说话不腰疼。

朝堂鸦雀无声,这个解缙是何方神圣,谁都难不住他,谁也难不倒他。死的被他一说,活了;假的被他一说,真了。

在场的大臣都在窃窃私语,这小子年龄不大,却长着一副铁嘴铜牙。朝廷来了解缙,我们该怎么办,是近着点,还是远着点,想想两者都不好使,只有防着点了。

但另一个人的想法就不同了,这个人是朱元璋。他闭着眼睛在龙椅上待了一会儿,想了很多,解缙是上苍赐给自己的,自己只要和解缙在一起好事坏事都能使自己高兴。从此,只要用好这个人,朝堂上那些个耍嘴皮子的,那些个耍手腕的,那些个耍阴谋的,甚至那些个想坐我这把椅子的人都得好好掂量掂量。

第十一章　精　彩

　　有人说，人生就是一出戏，看你怎么演。解缙走进的是一个政治舞台，而且充当了主角，他上演的一出又一出，让朱元璋看得欣喜若狂吗？

君王御竿只钓龙

　　玄武湖，朱家养鱼的地方，皇家禁地。
　　不知道是朱元璋天生就不爱花，还是为了保持他的农民本色，朱家没有御花园，只有御菜园，没有御花湖，只有御鱼湖。
　　一向很少打开的皇宫正大门——洪武门，跟着一声"万岁起驾"的公公腔，巨大的朱红色大门慢慢开启。
　　领头的是八匹战马，上面坐着八个披甲持枪的将领，身后跟着上百个踏步而行的卫兵，再后面是两排侍从和四个公公，然后才是十六人抬的黄顶大轿，里面坐的自然是朱元璋。跟在黄顶大轿后面的是两顶四人抬的小轿，里面坐着李善长、解缙，最后又是上百个卫兵。
　　他们去的是同一个方向，玄武湖。他们都是去完成一个任务，为朱元璋钓鱼护驾。不就是钓个鱼吗，犯得上这么兴师动众，殊不知，这就是皇帝的待遇。
　　朱元璋、李善长、解缙来到玄武湖边，他们成排而坐。
　　"圣上，饵料已钩好，请吾皇开钓。"何公公小声小气地说。
　　朱元璋把御竿一甩，这甩竿钓鱼的姿态有如年轻时的朱重八在家乡的池塘边钓鱼那样熟练，真是一年学不会，十年丢不生。他似乎找到了儿时的感觉，坐在这湖边，多么随便，眼前的这一幕让朱元璋突然觉得，天底下还是做庶民自在。

离朱元璋不远处坐着李善长、解缙。

朱元璋突然问:"解爱卿,你在家时可曾钓过鱼?"

解缙回答说:"启禀万岁,吉水江多、湖多,微臣自然也曾甩竿钓鱼。"

"解爱卿,你既然钓过鱼,但你的鱼技如何呀?"朱元璋这话让解缙听出了门道,万岁爷在凤阳时,可能是个钓鱼高手,不然,他不会问这句话的。

"启禀万岁,微臣虽然在家乡时常在江湖钓鱼,但鱼技只是略知一二,还请万岁赐教。"

"呵呵,那朕与你比试比试。"朱元璋说。

"万岁乃钓鱼高人,微臣断然不敢。"解缙说。

一个时辰过去了,朱元璋的御竿还不见动静,看上去朱当家有些不耐烦了,偏偏这时李善长这边鱼上钩了,但李善长装作没看见。

一旁的解缙急着说:"李大人,鱼上钩啦,快起竿吧。"

李善长向解缙使了个眼神,这个眼神告诉解缙,做什么事都不能抢在万岁爷之前,钓鱼也不例外,这是官场的规矩。其他的事我比不上你,官场上的事你可得向我学着点。你没看见吗?鱼儿没上钩,圣上拉着一副长长的脸。

解缙微微一笑,点了点头。

已是大半天了,御竿仍见不动,朱元璋火了,他大叫一声:"什么鬼地方,连鱼腥都闻不到,起竿回宫。"

解缙心想,万岁乘兴而来,不能让他扫兴而归,万一他恼羞成怒,那可不得了!要想个法子稳住他,使他没钓着鱼也高兴。

"万岁息怒,鱼儿不上钩自有它的道理。"解缙说。

"嗯,解爱卿,此话怎讲呀?"朱元璋问。

解缙半开玩笑半认真地说:"万岁爷,这鱼儿也是一种生灵,既然是生灵就通人间礼仪,此生灵哪敢触及龙颜呀。"

解缙一番话,朱元璋听了心情稍平静些。

他又施一计说:"万岁,微臣可为万岁钓鱼赋诗一首?"

"但吟无妨。"朱元璋说。

解缙即吟:

数尺纶丝入水中,金钩抛去永无踪。

凡鱼不敢朝天子,君王御竿只钓龙。

"君王御竿只钓龙"，朱元璋重复着这句话。

朱元璋看着解缙，久久说不出话来。这个解缙真有点搞不懂，他一会儿让自己火冒三丈，一会儿又让自己欣喜若狂，难道这就是学问，难道凡鱼真的不敢朝天子。

"可不是吗，万岁，请看我和解大人都钓了大鱼。"李善长抢了个先。

正在窘迫中的朱元璋一听此话，顿觉至尊至荣，满腹烦躁烟消云散，朱元璋笑呵呵地说了一句："知我者，解缙也。"

朱元璋没钓着鱼，心里可高兴，有解缙这两句诗就够他得胜回朝。

他看着李善长、解缙钓的两条大鱼，高兴地说："带回御膳房去，今天朕与你俩吃个痛快。"

"万岁，好菜得有好酒。"解缙见朱元璋高兴有意抛出这句话。

"好你个解缙，朕的御膳房什么酒不是上乘，这天底下还有什么酒可与宫廷酒比肩。"朱元璋说话很霸气。

"万岁，宫廷酒好，情理之中，今儿个微臣想让吾皇尝尝我家乡的冬酒，不知吾皇可否赏脸。"解缙说。

"冬酒，朕倒还是没听过，说说它的来头吧。"朱元璋说。

"万岁，微臣赴京赶考，姑母特捎给我一罐酒，我之所以没舍得喝，因为这是我家乡的田心冬酒，家乡自古就有'双园茶、田心酒、燕坊广柑最抢手'之说。微臣想，既然是田心酒，它有个好寓意，田心即甜心，一定要让吾皇品尝，让吾皇甜甜心，所以一直留着。"解缙说。

"哈哈，解爱卿，你还挺有创意。田心酒，甜心酒，音同字不同，意思都一样，好，今儿个就上田心酒。"朱元璋笑着说。

朱元璋、皇后、李善长、解缙有说有笑走进御膳房。

好 酒 免 税

"呵呵……"朱元璋笑着大步上朝。

从来都是拉着一副猪腰子脸上朝的朱元璋一改常态，从他的眼神中，看出了他的心情特别好。

他还没顾得上看看那些成堆的奏折，先自言自语地说了个题外话：朕昨晚睡得很香。这话让众臣们听不懂，因为朱元璋说话总是话里有话，是朱大当家遇到了什么高兴的事，还是又有新欢……朝堂上的官宦个个摇着头，像在猜哑谜。

"众爱卿，江西冬酒可了不得呀，它进口味好，且不上头，朕和皇后昨晚喝了解缙送来的吉水田心冬酒，一觉睡到大天亮。"朱元璋说。

大臣们不听还罢，听了就更不懂了。不就是一罐普通的民间冬酒吗，犯得上把你乐成这个样，御膳房什么样的好酒没有，你是好酒喝多了。

朱元璋伸出大拇指说："众卿是不喝不知道，江西冬酒就是不一样，这江西酒喝了就是好……眠睡。"

原本一句喝江西酒就是好眠睡，可朱元璋说到喝江西酒就是好，他闭了一下眼睛，有意做了个睡觉的样子，然后才说出"眠睡"两字。他这一断句，让解缙打了个擦边球。

朱元璋的话好像还没说完，解缙突然把他的话打断："诸位江西籍的大人，皇上说江西酒喝了就是好，免税（眠睡），还不快快谢主隆恩。"

"臣谢主隆恩。"朝堂上的江西籍大臣们异口同声，"扑通"一声跪了一大片。

朱元璋愣了一下说："朕说了江西酒免税吗？"

"启禀万岁，吾皇刚才确实说了江西酒喝了就是好，免税哟。"说话的自然是李善长，朝堂上也只有他才敢当着朱元璋这样说。

朱元璋怎么也不曾想到，他闭着眼睛的瞬间，把一句话变成了两句话，把一个意思变成了两个意思，朱元璋看上去做了个亏血本的生意，但他从来都没输过。

"解缙呀解缙，你真是叫朕防不胜防，两个字，不同字，却同音，让你钻了个字眼，也罢，我堂堂大明，少你个把江西的酒税也无大碍，从今日起江西免交酒税。"

"吾皇万岁，万岁，万万岁。"江西籍的大臣们又一次异口同声。

解缙说："万岁，田心酒，酒心田啊。"

"好你个解缙，田心酒、酒心田、倒顺都通，你还别说，这田心酒真是甜到朕的心田里去了，就连皇后也美美醉了一回，能说田心酒不好吗。但话要说回来，一壶田心酒就免了江西的酒税，你家乡吉水的田心酒可比金子还贵哟，呵呵。"朱元璋笑着说。

解缙有意让朱元璋喝田心酒，原本就想在这酒税上做文章，没想到朱元璋一句话让他捡了个便宜。

"启禀万岁，田心酒，金子价，自有它的道理，因为它不单醉了太阳，还醉了月亮。"解缙说。

"此话怎讲？"朱元璋故意问。

"启禀万岁，太阳、月亮天下至高，皇上、皇后天下至尊。日为阳，月为阴，皇为阳，后为阴。把皇上、皇后比作太阳、月亮不为过也，臣谓之醉了太阳、醉了月亮，就是这个道理。"解缙说。

江西的大臣们自然是乐了，可其他的大臣乐了吗？没有。他们都说朱元璋该姓猪了，被解缙这么一忽悠，江西的酒税就免了，你也会犯糊涂。

饱读诗书的大臣们，你们枉读了圣贤书哟，凡事不能以金钱衡量。朱元璋免去江西的酒税，却赢得了解缙、赢得了大明这众多的江西朝士、赢得了近千万的江西老百姓，所谓得民心者得天下，这个账你们咋就不会算呢？还是多学学加减乘除吧。

监 牢 出 对

朱元璋从西宫行往奉天殿，一路上何公公有意讨好朱元璋，便告诉他说，和县的大牢里关押着一群和尚。

在朱元璋眼里，和尚是可以随便关的吗？这下可动了朱元璋的忌讳。

有谁不知道和尚出身的朱元璋从来对出家人另眼相看，听说大牢里关着这么多和尚，朱元璋十分震怒。

这天他草草散了早朝，便领着解缙等几个大臣乘船去了和县。

从来不探监的朱元璋，今日破例了。朱元璋曾经也是出家之人，他要使和尚们知道，朱元璋今日虽为圣上，但什么时候心里都装着那些同行。

何公公宣来和县县令李甫，朱元璋很不高兴地问："出家人苦念佛经，吃斋行善，何罪之有？"

"启禀万岁，这帮僧人明里念佛守法，暗里妖言惑众，谋财害命。这里有老百姓的状纸，请吾皇御览。"李甫说。

朱元璋接过状纸，大吃一惊，他看了看解缙，便说："佛法弟子，知法犯法。"

朱元璋也许是因为解缙在场，才说了这么一句既像指责又像出对的话。

听了朱元璋这么一句，解缙觉得他的主子说话和往日不一样，倒像似在与他出对。

解缙指着这帮戴枷的和尚应了一句说："离家僧人，出家入枷。"

朱元璋看了解缙一眼，想说而没有说，想笑也没有笑。

朱元璋虽然看重僧人，但在大是大非面前还是有他的分寸，而没有因为他们是和尚就网开一面。

朱元璋说："佛门败类，打入天牢，听候发落。"

朱元璋说完正准备起轿回府，这时，牢里却有人在大声吟诗。犯罪之人还有这等雅兴，真叫人费解。他令解缙等大臣进去看个究竟，自己便随李甫回县衙休息。

解缙领着大臣们来到吟诗的林子浩监牢旁，林子浩见这么多大臣看着他，却若无其事，仍吟着他的诗。

解缙走进监牢见林子浩一读书人模样，便想试试他的才学，即曰："七人探监，数数三双一个。"

林子浩看了他们一眼，应道："尺蛇出洞，量量九寸十分。"

监守听了，你还敢冲撞朝中大臣，说着便要动手。解缙忙上前阻止说："休得无理，此人犯的什么法？"

"回大人，林子浩仗着自己才高八斗，一向爱弄文墨，竟写出了一副'百姓有苦；官府无心'的对联。"

"哦，就因……这事。"解缙说。

监守听了解缙说话的口气，便试着问："解大人，您看……"

"这还用问吗，放人。"解缙不客气地说。

不一会儿，解缙带着两个随从，护送林子浩回家。

一路上两人有说有笑，突然见一人酒后骑驴，解缙触景生情，对着林子浩吟出一对："醉汉骑驴，点头瞌脑算酒账。"

两人行至渡口，望着船翁摇橹，林子浩便应曰："艄公摇橹，打躬作揖讨船钱。"

他们边走边说，嘴都说干了，便走进路边的寺庙讨口水喝。从他们的谈吐中，方丈便感觉是饱读诗书之人，献过茶后，有话要说。

"二位施主，老衲想讨个墨宝，不知二位意下如何？"老方丈说。

"方丈，这茶都喝了，哪有不从之理哟。"解缙打趣地说。

两个人挥笔弄墨。

"一条笔直通天路；"解缙来了上联。

"两扇大开慈悲门。"林子浩写了下联。

"心诚"解缙写了横批。

"佛近"林子浩又添两字。

方丈阅后，乐道："妙哉！妙哉！"

离开寺庙，解缙一行来到林子浩的家，见他也是一个卖豆腐的，此时，他又联想起了自己的父亲，难道这世界上卖豆腐的读书人都甘居清贫，都不愿为官。

临别时解缙试着问："林兄有状元之才，却甘居贫苦，何不入仕为官？"

林子浩说："愚兄悠游惯了，解大人曾听过太祖尚作诗曰：'不及江南富足翁，日上三竿犹拥被。'"

哦，这天底下也有像我父亲一样有官不做的人。或许，他们并不是不愿做官，只是看破红尘……

救　　星

奉天殿，又迎来了一个早朝。

与往日不同的是这个早朝多了几张新面孔。新科状元、榜眼、探花一一列队。今天的大明帝国第一室，星光耀眼。

朱元璋快步坐上这天下第一椅，接受文武官员的朝拜。这位大明王朝的最高长官看上去气色很好，在他所管辖的太阳系又多了许多颗新星，他能不精神抖擞。

朱元璋摸了一把小胡子，扫视着站在面前那些衣冠端正的众臣，他好像在寻找什么。

"解缙怎么没上朝呀。"朱元璋突然说。

"启禀万岁，微臣在。"站在最后的解缙往左移了一步说。

"解缙呀解缙，你家乡的米饭吃了就是光长才、不长人，看看你身边的北方人，吃着五谷杂粮，一个个跟门神一样剽悍，都把你给挡住了。"朱元璋说着又对李善长说，"李爱卿，你就往后挪一步，让解缙站到你前面。"

李善长看了朱元璋一眼，老朱，你有没有搞错，我可是李善长，撇开我是大明重臣不说,我可是你女儿的公爹。李善长不高兴地退了一步,朱元璋此举,让李善长很不长脸,但今日李善长只能强忍着,因为在这个节骨眼上,他只有顺着朱元璋。

朱元璋的这句话来得太突然了,解缙眼前一片茫然,去,还是不去,去,则得罪了李善长;不去,则是抗旨。皇上,你太为难我了。

"微臣遵旨。"解缙不敢怠慢,只有按朱元璋说的从后头走到前头。

朱元璋正想说话,朝外传来小方子一阵阵"大人,饶命啊"的叫声。

事出有因,小方子初次当班朝廷,他匆匆来到朝上,头一次迈进大殿的小方子,生怕有个闪失,这边看看,那边瞧瞧,一不留神,把朝上的一只玉桶打碎了。小方子被吓得尿了裤子,这要命的事怎么就被他摊上了,他只有去找李善长,因为这地方就李善长与他沾亲带故,又是李善长把他从家里带进宫里。但玉桶可是朝廷的镇国之物,小方子这回是犯了朝廷大忌,按常例他非死不可嘛……

李善长又有什么办法,想来想去,只有先杖小方子八十大棍,看看皇上能不能软软手,免他个死罪。

朱元璋问:"外面何人喧哗?"

李善长只有照实说了。

朱元璋看到这对与他相伴多年的玉桶少了一只,他动怒了,大声问着说:"是谁把这混账东西选进宫里的?"

李善长忙跪着说:"是罪臣,罪臣罪该万死。"

看到下跪的是李善长,朱元璋压了压心头的火,他不得不忍了一下。于国李善长他是朝廷大臣,于家他是皇亲国戚,朱元璋当然要顾及他的面子,才改口说:"李善长啊李善长,你可是大明的老臣了,是什么眼神,给朕找了个这么没用的东西,你说说,这小方子该怎么发落?还有你也脱不了干系。"

李善长见朱元璋平和了些,他也知道朱元璋不会拿自己怎么样,朱元璋之所以这么说只不过是想敷衍身边的大臣。至于小方子,李善长还真想救救他。

李善长斗胆说:"启禀万岁,罪臣任凭吾皇处置,只是那小方子,恳请皇上念他年少无知,网开一面,从轻发落。"

杀一个小方子在朱元璋眼里不就像扔掉一块香蕉皮。

朱元璋二话没说,"你的事以后再说,小方子斩立决。"朱元璋说话没有余地。

李善长欲言又止。小方子，我对不起你呀，当初不是我把你带到宫里，也不会有今天。他窥视着左右的大臣，看看有谁能站出来帮小方子一把。

但朝堂死人般地肃静，小方子看来是在劫难逃。

"万岁，请容微臣说几句。"说话的是解缙。

李善长偷偷地瞄了解缙一眼，心里在想，解缙，算你狠，是不是皇上没有像小方子一样将我发落你有话要说，你解缙要对我落井下石。

朱元璋说："解爱卿，你有话尽管说来。"

"万岁，李大人无罪，小方子也无罪。"解缙的话，李善长感觉突然，怎么听得心里暖暖的，朝上的百官却一个个目瞪口呆。

这个解缙是吃了豹子胆，敢与皇上叫板。真让人琢磨不透。

解缙有他的说法，不就是一个玉桶么，犯得上搭一条人命。可此刻他也知道皇上手中的权力，弄不好把自己也搭了进去。权衡再三，管不了那么多，救人要紧。

朱元璋听了解缙的话也真有些犯糊涂了，小方子与你解缙非亲非故，李善长在朕面前说了你不少不该说的话，可你还护着他，朱元璋也听不懂。

"解爱卿，你一句话说了两个无罪，你当着满朝文武的面，把话说清楚。"朱元璋说。

"启禀万岁，以微臣之见，该奖赏李大人与小方子才是。"解缙说。

解缙的话越说越大，这话就要突破朱元璋的极限。

"解缙，难道你真是初生牛犊，敢与朕较真。"朱元璋站了起来说。

"启禀万岁，你先别急，听我细细说来，其一，没有李大人就没有小方子进宫。其二，没有小方子进宫就没有人砸碎玉桶……"

朱元璋更急了，他打断了解缙的话说："照你这么说朕的玉桶该砸的，解缙你今天不把话说个头尾，你也同样脱不了干系。"

"吾皇息怒，微臣看来万岁的玉桶该砸，砸得好，此乃天意。"解缙的话按照他的思路一步一步把朱元璋逼到边缘。

朱元璋听不下去了，大声说："解缙，别看朕宠着你，你就得意忘形了，把朕逼急了，你也和小方子一样的下场。"

解缙的话别说皇上不中听，就连朝上的新老臣子一个个都在窃窃私语，这个解缙真是读不懂。

"启禀万岁，恕微臣多嘴，中国自古就信风水，在民间，老百姓打个灶要择黄道吉日，办喜事安个席，摆个碗，甚至放个酒壶朝里还是朝外都有讲究。民间既然如此，朝廷乃大明圣地，它来不得半点马虎。大明帝国只有当今圣上才赢得一统（一桶）天下。"

解缙一边说一边用手示意朝前的那只玉桶。朱元璋似乎听出了个头绪，令解缙继续说。

"圣上，今日大明，是吾皇的雄才大略才一统天下，微臣总不愿看到圣上的一统（一桶）天下成为二统（二桶）天下。因此，金銮殿上摆着二桶是犯了大忌，好在今日小方子无意中将玉桶打破，无意乃天意，有意乃人意，这就是说老天都在助吾皇一统天下。圣上，你说李大人、小方子是该罚还是该赏呀。"

解缙说话时，朝廷一片肃静，朱元璋在细听，臣宦在细听，李善长听得最认真，听得全身都起鸡皮疙瘩，他真想说，解缙，我错怪你了。

坐在殿上的朱元璋像似做了一个梦，一个难以置信的梦。读了书的人就是不一样，他用一种帝王眼里从来都没有过的眼光看着解缙，解缙，你如果早生二十年，十年，哪怕是五年，朝廷的那些事朕要少费多少心，大明的江山还愁它会改名换姓。

"众爱卿，都看见了吧，都听见了吧，多学学吧。李爱卿，小方子的事就照解缙说的办，朕也就不再过问了。"朱元璋说。

在朱元璋眼里，解缙是上天带给他的开心果。在李善长、小方子眼里，解缙就是救星，大救星。

太平乡的不速客

奉天殿慌慌忙忙走来了小方子。

"启禀万岁，老家太平乡有人求见。"小方子说。

朱元璋做了这么多年皇帝还是头一回听到有乡人求见。这乡人是谁？是儿时的同伴，还是后来的同伙，是来讨官的，还是来讨赏的……

朱元璋说了声："宣。"

远远走来两个一身布衣行装的乡人，这两个不知天高地厚的人来到朝堂如同到了家一样随便，朱元璋虽然是头戴皇冠，身着龙袍，但他们还是一眼就认出了这位打小就和他们一起在财主家干活的朱重八。他们不知道见了朱重八要下跪，更不知道要三呼万岁，却一劲儿地叫着："重八、重八。"

"大胆奴才，见了皇上还不下跪。"李善长说。

"重八，我是三七呀。"三七说。

"重八，我是二百呀，我们一同来了四个，还有五五、六六在外面候着。"二百说。

朝堂上有人忍不住笑出了声音，这凤阳县太平乡莫非都是些账房先生，什么重八、三七、二百、五五、六六，还有皇上的父亲也叫五四，一个个都与数字沾亲带故。可朱元璋心里最有数，那些个数字，不就是各人的出生日么，唯有这个二百，是那年他父亲在外面做工挣了二百个铜钱，赶上他出生，也图个吉利，就把他叫了个二百。眼下的两个乡人就是他青少年时的小伙伴，他们一起放过牛，一起打过长工。但朱元璋已不是当年的朱重八了，他是当今圣上，容不得你俩小子开口一个重八，闭口一个重八。

朱元璋故意问了声："下面何人喧哗？"

二百还以为朱元璋把他们给忘了，得给他提个醒，要不他还真拿咱们不当回事。

他抢着说："嘿，重八，咋当了皇帝就忘了事呢，想当年，我们一同在东家干活，有一天，东家送来午饭，我们饿得慌，都抢着吃，把东家送来的一罐汤给打翻了，汤也流跑了，豆也撒了一地，你就拼命在地上捡起一粒粒豆子往嘴里丢，这铭心刻骨的事总不会忘了吧。"

大朝之上，两个乡人把朱元璋的老底给揭了，不给你点颜色，你还以为我仍是太平乡的那个朱重八。

"一派胡言，我说二百呀，你老爹当初就少挣了五十个铜钱，给你取了个二百的名字，朕今天就成全你，给你加上五十，今后你就叫二百五吧，让你长长记性。拿下去重杖五十棍。"朱元璋好气又好笑地说。

这个朱大当家的，好歹他们也是你的乡人呀，怎么就平白无故要吃你五十棍，这事我得管，这回解缙换了个法子。

"万岁，微臣有话要说。"解缙说。

我们就知道你又会多事，看你又有什么新招要做给圣上看。在场的大臣们就是不解，这个解缙是中了什么邪，凡事他都得插上一杠子，也不看看是什么地方。

"解爱卿，是不是要为这个二百五说情呀。"朱元璋说。

"万岁，微臣不敢，二百五对皇上不尊，罪该当罚，但二百五是吾皇的同乡人，微臣怕行杖人念其是皇上同乡而敷衍一番，故请皇上准我前去监杖。"解缙说。

今天解缙唱的是哪出，怎么转板了。朝堂上的大臣们百思不得其解，他们满以为解缙又要为二百五说情，没想到他还较真了。

朱元璋立马说："准。"

解缙悄悄对行杖人说了几句，然后又对二百五、三七不知说了些什么。

只听得二百五说了声："解大人，你这招妙，实在是妙。"

再 演 一 出

二百五昨天在朝堂丢了朱元璋的面子，使得朱元璋今天打不起精神。他草草结束了早朝，正准备退堂。突然小方子慌慌张张喊着："启禀万岁，太平乡有人求见。"

昨天刚走了两个，今天又来了两个，这个太平乡都是些欠揍的人，杖了五十大棍还不过瘾吧，是不是还想讨个五十棍。

可朱元璋心里最有数，二百五和三七，这两个人倒好打发，可五五、六六就不同了。五五、六六是一对堂兄弟，爷爷是个家道中落的教书先生，兄弟俩自幼受爷爷的影响，也算得上是村里略识文字的种田人。他们和朱元璋一起在财主家放过牛，曾经把财主家的牛给杀了，然后把牛尾巴插进石缝里，说是牛钻到石缝里去了，这馊主意就是他俩出的。

朱元璋猜测昨天二百五和三七也是他俩派来先探个虚实，若是福我俩自然少不了，若是祸你们招着。这就是所谓见官莫向前吧。可朱元璋没料到，他们吉人天相，遇上了解缙，不但五十大棍没有杖，还给他俩下一步该怎么走指点迷津。

朱元璋又是一句："宣。"

"奴才五五、六六拜见万岁、万万岁。"五五、六六说。

"五五、六六呀，你俩打小就是天生一对，地就一双，哪里有五五、哪里就有六六，如今都六十好几了，还那么黏糊，说说看，今几个找朕有何事呀？"朱元璋逗着说。

六六抢先一步说："万岁爷，五五、六六并无他求，只是这么多年没有见着万岁，心里头怪惦记着。"

五五说："万岁爷，想当年，我兄弟俩跟着万岁攻破罐州城（打破豆罐子）、赶跑汤元帅（豆汤流跑了）、活捉赵将军（你朱元璋在地上抢着豆子吃），不知吾皇还把这事放在心上，我兄弟俩是把它当作一生的荣耀。"

这两个人书没白读，同是一件事，前者朱元璋听得不堪入耳，后者让朱元璋听得心花怒放，朱元璋无论也没想到这主意是出自解缙之手。

朱元璋装着糊涂说："朕这一辈子不知道破了多少座城，逮过多少将军，一时还真记不起来，也许有那么回事吧。"

朱元璋你装什么斯文哟，当了万岁爷就这样死要面子，抢豆子就抢豆子，说什么活捉赵将军，你就把打长工时在地上打破罐子抢着豆子吃那档子事直说了，也没人敢说你出身寒碜，众臣们在一旁心照而不宣。

话虽这么说，可天底下有哪个人不愿意听好话，圣人也是人呀。

朱元璋又摸了一把小胡子，想想五五、六六打小和自己一起长大，两个且还认得几个字，心眼也不坏，再加上刚才说的那些话听着舒坦，就决定把他俩留下来。

"五五、六六呀，你们既然来了，就别走了，到御膳房帮着管管账本，你们看如何呀。"朱元璋慢慢地说。

原本打算看看重八，再讨几天口福就打道回家的五五、六六，没想到朱重八还没有忘本，竟给他们在皇宫里安了个差事，这种从奴隶到将军的感觉可想而知了。

这时，五五和六六犯难了，心想我们一同来了四人，还有二百五和三七，总不能让他们空手而归吧。

五五给六六使了个眼神。

六六说："五五、六六谢主隆恩。万岁，我们同路来了四个人。昨天吾皇赐名的二百五高兴得一夜晚都没睡，梦里都说万岁赐我名字啦。万岁加了我五十啦。还有三七，打小就跟在吾皇身后转，我们替他俩求个情，请吾皇也安排他俩在宫里当个差，皇上往后你不就多了几个伴了吗。"

朱元璋想想也有道理。五五、六六就是不一样，说话总是讨人喜欢。便说了声："准。"

听了朱元璋这声"准"，五五、六六也顾不上这是在朝廷，高兴得号啕大哭，弄得满朝文武轩然大波，议论纷纷。

这场面让朱元璋很尴尬，解缙见状不慌不忙地说："万岁，俗话说得好，老乡见老乡，两眼泪汪汪，这才叫人间真情啊！"朱元璋心里也清楚，是解缙有意在给他解围，便呵呵一笑。

又是玉桶惹的祸

自打小方子把朝上的一只玉桶打碎后，后面的值日太监也就格外小心了。

这天轮到何公公当班，一向做事稳当的何公公来到朝堂，他头一眼就盯住这个玉桶，这可是朱当家的心肝宝贝，大明帝国镇国之宝，可不能再有个三长两短，否则，我这颗脑袋可够朱元璋搬十次。

这个小方子，做事就这么不小心，倘若不是解大人相救，你这小子是死定了。

看到那只玉桶坐在那里稳稳当当，何公公心里也就放心了。

可这老太监稳过了头，当他把朝堂上上下下看了一遍后，突然他又转过身来看看这玉桶，这一瞬间，不怕一万，就怕万一的事发生了。何公公转身过急，一不留神，摔了一跤。

这一跤摔得真不是地方，哐当一声，撞倒了身边的玉桶，他拼着老命伸出双手想把玉桶托住，但晚了一步，这玉桶还是摔碎了。

何公公的腿别说是摔疼了，就是摔断了，也不打紧，玉桶碎了真要了他的老命。

何公公呆呆地望着那满地的玉片，心想，我就这样走到头了，这就是我的归宿。想想也罢，我摔碎了大当家看家的东西，只有把我的这条老命交给大当家，任他发落，无非就是一死。

不是说世界上最宝贵的东西莫过于生命吗，可到了朝廷怎么一条命不值一只玉桶，何公公想想有些不甘心，此时，他想起了小方子是怎样摔了玉桶，又是怎样才保了一条命。

他没再往下想，一口气直奔解缙住处。

正在屋内看书的解缙，只见何公公慌张而来，正起身相迎。何公公噗的一声跪在解缙面前，这一跪把解缙弄蒙了。

"哎哟哟，何公公呀，你叫下官怎么担待得起哟，快快请起，有话慢慢说来。"解缙一边说一边双手把何公公扶起。

何公公一股脑把发生的事说了一遍，解缙听了一直摇头，这叫什么事呀，你们这一老一小，天下什么东西不好摔，你们偏偏去动万岁爷的心头肉。上回小方子一事刚刚有个消停，今天你又来了，总不能叫我又去皇上面前耍嘴皮子吧。

何公公一脸沮丧，他哭着对解缙说，为了养家糊口，十三岁就到宫里做了这不是男人的男人，当了这不是公公的公公，每天忍气吞声地伺候皇上，今日偏又遇到这种倒霉事。

听了何公公说的话，解缙又动心了。

虽然是朝廷的一个玉桶，但你远不能与生命权衡，他望着眼前的何公公，闭上了眼睛，一个大胆计谋又上心头。

"何公公，请问库房里还有什么桶吗？"解缙问。

"解大人，当年万岁登基时曾铸了一对铁桶，因万岁酷爱玉器，后才赶制了一对玉桶，这对铁桶就一直搁在那里。"

解缙在何公公身边轻轻说了几句，便送他回房去了。

又是一个早朝，朱元璋打开了第一封奏折，他哈哈大笑说："解爱卿，你给朕献的这个上策果然奏效，广西民乱平息了，朕该怎样奖赏你呀。"

"启禀万岁，广西民乱平息，乃吾皇得天之恩，谈不上奖赏。"解缙边说边看着朱元璋的眼睛，难道他还没有看到眼下换了一只铁桶吗？

"你们看看，你们看看，解缙就是解缙，有功不论赏……"话还没讲完，朱元璋突然打住。

他看着那个铁桶，那个他最不看好的铁桶，忙问："这是怎么回事，朕的玉桶搬哪去啦？昨天谁当差？"

朝堂没有作声。其一，何公公为人和善，在朱元璋面前没少为众臣说话。因此，谁也不愿说。其二，有些大臣看见何公公到解缙住处，也等着看解缙唱戏，解缙若赢了，我们跟着看个热闹。解缙若输了，我们再火上添些油，烧得他难过，或许皇上治他个什么罪，也省得皇上这么宠着他。

"启禀万岁，昨天老奴当差，老奴罪该万死。"何公公跪在朝堂把昨天发生的事向朱元璋做了详细汇报，准确地说是检讨，更准确地说是请罪。

"大胆奴才，朕看你是活腻了，我大明帝国就出坏了你这一老小。众卿，你们看这事该怎么办？"这回朱元璋没有把话说得太死，他知道何公公和李善长关系很好，他更知道身边还有个多事的解缙。

"何公公呀何公公,你从来做事稳稳当当,怎么会把皇上的玉桶弄坏呢?这回我就是想保你也难保了。"李善长最后一句话说得很有水平。

先来剖析这句话,"我就是想保你"一来让朱元璋知道我李善长是向着他的,二来也给朱元璋提个醒,我想保他。"也难保了"这话又是说给朱元璋听,因为最后还得由朱元璋拍板,使朱元璋了解我李善长还是站在皇上一边。既没有得罪何公公,又顾及了皇上的面子,还顺便给朱元璋敲了一记边鼓。

李善长说完后,朝堂沉默了片刻,既然你李大人讲了,我们也就不再多嘴了,皇上,你看着办吧。

"打入天牢,听候发落。"朱元璋说话又留有余地,他没有说斩立决,也许他有预感。

"启禀万岁。"解缙的话如雷贯耳。

何公公在等待这声音,众臣也在等待这声音,指不定朱元璋也在等待这声音。

"解爱卿,你总不会说这回又是天意吧。"朱元璋问。

"吾皇明鉴,此乃天意,大天意。"解缙说。

"解缙,你不要看上次小方子一事让你说服了朕,朕依了你,你就找不到北。你把'大天意'这三个字说清楚,不然……"朱元璋本想说不然同样打入天牢,但他又打住了,他怕弄不好又会失言一次,这金口玉牙也长记性了。

"启禀万岁,玉桶只是好看,可易碎,何公公无意中将玉桶撞碎,此乃天意,而库房内就有现成的铁桶在等着取而代之,此乃大天意,皇上呀,是老天助吾皇铁统(铁桶)天下啊!你说是玉统(玉桶)好还是铁统(铁桶)好呀?还有,上回小方子碎了一玉桶,这回何公公又碎了一玉桶,照我家乡的话来说,叫岁岁(碎碎)平安,你说这玉桶摔得好不好呀?"解缙说。

解缙的这番话,此时的朱元璋还有什么话可说呢。

朱元璋服了,完全彻底地服了。

何公公来到解缙身边,轻轻在他耳边说了一句:"解大人,以后用得上老奴时,只管吩咐一声。"

是宝非宝　非宝是宝

洪武二十一年十月二十一日,朱元璋年满花甲。

虽然朱元璋反复叮嘱寿诞从简,但朝廷上上下下还是忙活了大半个月。

远远望去,洪武门悬挂着的两个贴着金色寿字的巨大红灯笼,如同两个大火球,把这天下第一门映得通红通红。走过这道门,几千盆墨菊作底,金菊排成寿字的花景显得格外耀眼。透过花景顺着红墙望去,成千上万个点着红烛的条形红灯笼,像一条长长的火龙在宫中作美。

原本就很华丽的金銮殿被工匠装扮一新。若不是朱元璋多次旨意寿诞不要搞得太张扬,说不准这皇宫还不知装点成什么样。

西宫,像过年一样。

朱元璋最看重的是西宫大门口四十个纸蔑做成的金童玉女献桃灯,它喻示着朱元璋二十四个儿子和十六个女儿。那一张张粉红的脸蛋,一双双玉藕般的小手,举起一个巨大的白里透红的寿桃。

每每行此,朱元璋久违的父子亲情总是油然而生。

上午九时,一声"万岁起驾"。朱元璋走出了西宫。

当他路过献桃灯时,总是一步一回首,觉得这才叫人间真情,对朱元璋而言,这宫里还有什么比它更动心的呢。

金銮殿上,灯光明亮。朱元璋手牵着皇后在一片"吾皇万岁、万岁、万万岁,皇后千岁、千岁、千千岁"的呼声中面带微笑地走进朝堂。

何公公理了理衣冠,像在对着天下发号施令:"太平盛世,天下归心,万岁大寿,普天同庆。"文武大臣一声高呼:"臣恭祝吾皇万寿无疆、万寿无疆。"

朱元璋看到这盛况,心里自然几多高兴。但也另有所思:虽然这来之不易的大明江山他一直稳稳当当地掌管,没有谁敢对自己说个不字,想想毕竟年岁不饶人,从此他一天一天朝着古稀之年走去,他老了,心里免不了有几分惆怅。

见得眼前的场景,朱元璋还是高兴地说:"众爱卿平身吧。"

拜寿礼毕,何公公又一次发号施令:"万岁寿辰大典,贡献寿礼。"

第一个献寿礼的是李善长,这天下第一大臣,又是皇亲国戚,理当走在前头。

只听得何公公一一宣读:

   李大人,金元宝一百两。

   汤大人,银元宝五千两。

   刘大人,和田玉如意一对。

赵大人，锦缎十匹。

……

朝堂的官宦哪个不是提的提，抬的抬，把一份份厚重的贡礼送到皇上身边。但就有一个人什么也没带，似乎没把万岁寿辰当回事，这个人还会是谁？

所有的文官武将献宝完事，轮到解缙了，只见他从兜里拿出一个小包包走上前去。

解缙也太小气了吧，就这么点黄金，有大臣在说。也难怪，初入仕途，有这么点黄金就不错了，有大臣也在说。

见是解缙献寿礼，何公公特意上前两步接迎，他轻轻地问："解大人，请问这包包里装的贡礼乃何物？老奴好当朝照宣。"

解缙当着何公公打开一看，何公公的心都凉了，他接过解缙那一小包东西，手在发抖，解大人呀，你可别吓着老奴，皇上六十大典，什么东西不好贡送，你怎么就送上这一小包大米哟。这可是犯了朝廷大忌啊。

此时，何公公也知道解缙送不起什么。他又想起了解缙是如何救了自己一命，便悄悄地对着解缙说："解大人，老奴手边还有两个上等玉镯，就算是你给皇上的寿礼，你看如何。"

"何公公，大可不必，万岁寿辰，我该送上这份厚礼，你就照着宣吧。"解缙说。

朱元璋看到何公公和解缙在一边磨蹭了这么久，便问了一声："何公公，你俩嘀咕了这么久，解爱卿到底给朕送来什么贺礼呀？"

"万岁，解大人给吾皇送的是……送的是……"何公公不敢往下说。

朱元璋说："何公公，今儿个怎么啦，说话吞吞吐吐，还不照实宣来。"

"启禀万岁，吾皇寿诞，可喜可贺，微臣贡献大米一小包，恭祝万岁寿诞快乐。"解缙说。

汤和听不下去了，他打断了解缙说话，趁此也想在皇上面前表现他的一片忠心。汤和提着嗓门大声地说："大胆解缙，万岁寿辰，满朝文武，奉献厚礼，唯你解缙大米一小包，你当万岁是乞丐啦！万岁，解缙该当问斩。"

李善长本想数落解缙一番，但想想解缙曾经为自己解围，更想想兴许解缙又有他的下文，便又把话吞回去了。

让人没想到的是此时的老寿星当什么事也没发生，他憋得住。朱元璋和解缙处了半年多，他慢慢地读懂了解缙，这小包不像礼的寿礼，莫非又有什么名堂。刚才他说的那句"恭祝朕寿诞快乐"听着就叫人高兴。开国以来，朱元璋曾有过多少次寿诞，听到过多少千篇一律的祝吾皇万寿无疆，愿吾皇与日月同辉、与天地同在。但在朱元璋眼里这些话都不顶用，他听腻了。眼下，只有解缙这句祝他寿诞快乐，才是一句实打实的让人听着舒心的真话，这人世间有什么比快乐还珍贵呢。

"解爱卿，说说你为什么要给朕送大米吧。"朱元璋笑着又摸了一把小胡子说。

"启禀万岁，恕我直言，元宝，是宝非宝，万岁三年不沾也无妨。米宝，非宝是宝，万岁三天不食不得了。何况这小包大米是我家乡吉水八都大米，不知万岁可否记得，当年万岁与陈友谅决战羊岭山，八都的百姓为庆贺万岁决战大胜，都纷纷向万岁的军队送米送油，万岁吃了一口八都老百姓的米饭便夸着说：'八都大米，劲道'。"说着解缙将大米双手捧上。

看着这小包大米，朱元璋想起了凤阳的爹娘，他们当年不就是无米下锅而饿死在凤阳，他又想起自己曾经拿着一个破碗去挨家乞讨为的不就是眼下的这把米吗。

看着这小包大米，朱元璋心有所思地说："解爱卿，我总是记不起来在哪里吃过一餐很过瘾的米饭，听你这么一说，倒是提醒了我，是江西吉水八都，这地方的米饭很有嚼劲。米宝，是宝，是宝，何公公还不快快收下，八都大米宝中之宝啊。"

朱元璋收下的不仅仅是一小包大米，还有解缙的绝伦才学。

西宫话吉水

自当上皇帝的那一天，朱元璋就该算得上是个清官。他身为君王，可他的父母，当朝的皇太后、太上皇，依然住在老家太平乡。

朱元璋最痛心的是那年凤阳发大水，农民颗粒无收。朝廷拨给凤阳的粮食被地方官府贪了。胆大包天的官府把本该给朱元璋父母的救命粮也毫不客气地装进了自己的口袋。就这样，朱元璋的父母和大家一样没有躲过这场自然灾害后的人为灾难，活活饿死在太平乡。

从此，他对贪官恨入骨髓。从此，只要是贪官，就得死，朱元璋对贪官采用了历史上最残酷的用刑，剥皮。

一国之君，六十寿诞，本应举国同庆。朱元璋他没有这样做，最后只是把满朝官宦请到西宫，清茶一杯，他必须做出个样来给大家看看。

西宫大厅，说是寿辰庆典，看上去就是一个普通的茶话会，一杯清茶和几盘瓜果。

朱元璋说："众爱卿，今天是朕的六十大寿，本该请大家喝个痛快，无奈，眼下四川、安徽……连遭蝗灾，朕于心不忍，众爱卿送给朕的金银珠宝朕心领了，朕将本次寿诞贺礼全部充缴国库，用于救灾。"

朱元璋先说了个题外话，表明了他的苦衷。可在座的大臣，挖空心思想着送给皇上的重礼却打水而飘，马屁没拍上，倒让万岁爷做了个顺水人情，想想还真不是个滋味，没准，我们的金元宝、银元宝还真不如解缙的一小包大米。

朱元璋接着说："众爱卿，朕今日以茶代酒，你们不会见怪吧。"

"万岁，今日吾皇六十诞辰，臣等哪有怪罪之理，正所谓意好水也甜。"解缙抢先说了一句。

"解爱卿，说得好，说得好，那朕就先敬众卿一杯。"朱元璋说。

"臣谢主隆恩，恭祝吾皇万寿无疆，万寿无疆。"朝堂的大臣又是一句同样的呼声。

朱元璋说："西宫，还是按老规矩，不谈国事，只叙家常，朕今日还真想做回老百姓，听听乡里民间，看谁起个头呀。"

"启禀万岁，吾皇六十寿辰，宫中又添四个皇孙，可谓四凤投龙，五谷没虫。"说话的是李善长，无论在朝里还是在朝外他总是先人一步。

"李爱卿，四凤投龙，五谷没虫，说得好，说得好，让你这句话把四川、安徽的蝗虫一扫而光吧。"朱元璋接着又说，"'四凤投龙'这四字就是个很吉利的字，朕记得小时候在家乡过年时，总会看到一些个与四字有关的春联，什么四季平安呀、四方得利呀……今儿个朕也图个吉利，众卿以四字命对，说说你们家乡的事，如风土人情，文化古迹，朕就爱听这些。"

谁也不曾料到这老寿星会出这么个题，原本一个热闹的场面突然静了下来。在场的大臣谁不是心知肚明，每当朱元璋高兴时绝对不能扫他的兴，何况今日是他的六十寿辰。因此，得想好了再说。

一武官抢先说："我的家乡有四圆，肉圆，鱼圆，麻圆，汤圆吃了好团圆。"

朱元璋笑着说："一介武夫，就只会吃，这成什么对。"

"万岁爷,您不是说有四便可吗,再说四圆也想为吾皇六十寿辰讨个吉利,我们君臣今日不是大团圆了吗。"这武官乐呵呵地说。

"好,算你说得好。"朱元璋说完又对着一安徽籍的大臣说:"胡爱卿,你是安徽歙县人,歙县离凤阳虽然有些路程,但你与朕也可称得上老乡喽,据朕所知,歙县的文化底子可不薄呀,就以你家乡的文化出个对。让众卿听听。"

胡宣元也不愧是弄文墨的人,即曰:"歙县自古四大宝,笔墨纸砚乃文老。"

"这对命得好,看谁能应对呀。"说着,朱元璋瞄了解缙一眼。

胡宣元是朝廷屈指可数的文官,看来这对也只有解缙可应了,朱元璋这一眼像是在给解缙示意。

解缙对着朱元璋捧起双手说:"万岁,微臣愿以家乡吉水的古文化应胡大人的对,不知可否。"

朱元璋即曰:"解爱卿,可以,可以,快快说来。"

解缙即曰:"吉水城墙四门坊,东西南北皆文章。"

朱元璋自言自语地琢磨,吉水对歙县,四门坊对四大宝,东西南北对纸笔砚墨,一个亦文章,一个乃文老。好对,好对,文化人就是不一样,说出话来总是文绉绉的。

"解爱卿,应得好,你把你的应对给大家讲一遍,也让大家分享你家乡吉水的古文化。"

朱元璋卖了个乖,明明是他自己还没听出个门道来,却说是要大家一道分享吉水的古文化,兴许,这就是帝王的智慧。

"启禀万岁,吉水古城墙有东坊、西坊、南坊、北坊四门坊。东坊曰文明,西坊曰文峰,南坊曰文沙,北坊曰文江。吉水人爱读书,自然对文字情有独钟,不然,家乡吉水怎么会被称为'三尺童子,稍知文章。人无贵贱,无不读书。'"解缙说。

"解爱卿,不愧是文门出来的学子啊。"朱元璋高兴地说。

话说了那么久,朱元璋接下来要对桌子上摆着的瓜果一一介绍,心想,虽然今日没摆酒宴,但这些个东西也不是谁都可以吃得上的。他说,一个个不大不小的金黄色柚子叫沙田柚,是广西沙田的特产;那些个切成块状的甜里藏着香的是新疆的哈密瓜;一盘盘红色的葡萄是新疆吐鲁番的上等葡萄。还有上好的北京油桃、山西李子、应天橘子、山东红枣……

朱元璋从来就不是这种说话风格,今日他只想图个快乐,让文武大臣不再像在金銮殿上对他这样敬畏，这样虚假，倒像是朱元璋这个大家族中的一分子。他们可以畅所欲言，可以开怀大笑。

墨守成规的宫廷生活他厌烦了，他多想生活在一个真实的世界，他多想破了朝廷那些规矩，让他接接地气，但一切都不可能，因为他是圣上。

今日就借着这个机会，让自己快活一把吧。

朱元璋所想的早就被解缙琢磨得清清楚楚，他知道朱元璋在这个时候只想让他压抑着的帝王心曲释放一番，人心都是肉长的，皇帝也是人。解缙当然知道，每当朱元璋高兴时，一般都不忌讳别人说的话，说过了些也无关紧要。

早就想着要让天下都了解吉水的解缙，觉得是时候了，刚才说了吉水的文化，这回要说说吉水的物产。

"启禀万岁，吾皇刚才说广西的沙田柚、新疆哈密瓜、吐鲁番的葡萄都是上好的贡品。万岁呀，您是没有去过吉水，我家乡吉水曾有过这么一句顺口溜。白水柚子黎洞瓜，低坪葡萄不用摘。"

解缙说完这句顺口溜后，皇上和在座的大臣们似乎没完全听懂，解缙又滔滔不绝地解读了一番，这回他是实话实说。说起白水柚子解缙举起了大拇指，白水柚子不大不小，皮薄肉嫩，酸甜适度，口感好，化渣好，可惜吉水人都吃不到，都让湖广的有钱人每年出大价买走。说起黎洞西瓜，他又一次竖起大拇指。又说了一句顺口溜："不讲价钱不用夸，出了黎洞不叫瓜。"当他说到低坪葡萄时，解缙第三次竖起大拇指，特意解释的"不用摘"这三个字。说低坪的果农不摘葡萄，谁买葡萄谁去摘。这里的葡萄就这么俏。

听解缙说得这样详细，朱元璋说："解爱卿，先前朕只以为吉水县文风好，想不到物产也这般丰富，真是个好地方啊。"

解缙说："万岁，全托您的福。我家乡之所以称吉水，其寓意地吉祥，人水灵，物丰富。"

"此话怎讲？"朱元璋问。

解缙说："家乡有个叫盘谷的地方。就有这么一句打油：'石濑女子北岭屋，水边秧苗土塘谷。'石濑女子长得俊俏谓人水灵，北岭房子盖得好谓地吉祥，水边秧苗、土塘谷谓物丰富。"

"启禀万岁，今日是吾皇六十寿辰，说了大堆的题外话哟。"汤和说话的声音有点怪怪的。

"汤爱卿，这你就不懂了，这些话都是朕平日听不到的话，朕爱听。"朱元璋说。

李善长也感觉有点跑题，今日是万岁的六十大典，怎么倒像在为解缙的家乡贴榜。

李善长即刻调转话题说："诸位大人，今日万岁寿辰，哪位大人为万岁献上寿联一副。"

解缙心里清楚李善长说话有所指，但他还是装作不以为然，他也有自己的顾忌，卖弄了那么久的嘴舌，总不能又去弄一次笔墨吧。

"众爱卿，谁的文笔最好呀，不妨献上来给朕看看。"朱元璋说话也像有所指。

在座的官宦心知肚明，论文采数解缙，论笔墨当然还是数解缙。

李善长说："启禀万岁，论文笔当数解大人最好，万岁寿联理当解大人献上。"

李善长这么一说，大臣们都深深松了一口气，万岁寿联，非同小可，错了一个字可得赔上一颗脑袋。

"解爱卿，既然李爱卿点了你，你看如何呀？"朱元璋又一次对解缙说。

朱元璋自然是想要解缙为他奉献寿联，但总不能直说吧，也得顾及自己的面子。既然李善长这么说了，就顺水推舟，李善长你总算没白跟我处了这么久。

解缙说："微臣遵旨。"

"笔墨伺候。"何公公一声令下。

一张方桌摆到了中间，解缙走到桌前，宫厅一百多双眼睛跟着解缙走。

只见解缙手持斗笔，望了朱元璋一眼，朱元璋点了点头，解缙下笔如神。他有意将上下两联只写了一半，上联是：当朝帝王不像帝；下联是：六十大寿不算大。

李善长在一边看得发愣，你解缙真是吃了豹子胆，这是在玩命呀，等着问罪吧，李善长只是没作声。大臣们上前一看，一个个都缩着脑袋回到原位，不敢多嘴。

汤和，只有汤和，这武官又耐不住了。

汤和大声喊着："解缙，皇上六十寿辰，你竟敢写出有辱皇威的话。这红纸黑字，你不会又变着什么戏法吧，看皇上怎么收拾你。"

朱元璋算是把解缙里里外外都看得清楚，他故意问："汤爱卿这么大的火气，解爱卿你都写了些什么呀。"

汤和正准备拿着寿联让朱元璋看，解缙上前阻止。

"汤大人，带兵打仗你是内行，这挥毫弄墨就不一定哟，我只写了一半，怎么好给皇上看半联呀，等我写完后，再借你汤大人的手献给皇上御览也不迟呀。"解缙笑着说。

说着，解缙提笔，写下另一半。

李善长这回又抢了头功说："万岁，好对，好对呀！解大人为吾皇献上的寿联还是让微臣读给吾皇听吧。"

朱元璋说了声："准。"

"当朝帝王不像帝，如来大佛坐天际；六十大寿不算大，留与百年做寿星。"

"哈哈，解爱卿呀，都说你是奇才，一点也不为过。"

朱元璋说完，转身对着汤和说："汤爱卿呀，凡事得慢慢来，使不得急性子，这不，你又输了呀。"

朱元璋说完又当着大臣们说："众爱卿，解爱卿给朕献上的寿联写得如何呀？"

西宫，欢呼声四起。

第十二章　洪武帝的恨与爱

在所有的恶行中朱元璋最恨的是两种人：其一，是那些日夜想着取他而代之的人，即谋反。其二，是那些满身铜臭味的人，即贪腐。对这两种人他只用一个字回应，杀！

我管你是皇亲，还是国戚

有句俗语叫"升官发财"。正因为升官连着发财，对这项官帽谁不看得眼红。然而，洪武年的官场又是一番景象，用踩钢丝绳来形容官者一点也不过分。朱元璋手下的大臣们有谁过得不是胆战心惊，每天都得看着朱元璋那双利剑般的眼睛向谁发寒。有这么一个传闻，说朱元璋的玉腰带在肚皮上，今日则平安无事，他的玉腰带在肚皮下，那就要开杀戒。

朱元璋六十岁以前杀了胡惟庸，同时也废除了曾是一人之下、万人之上的丞相制。但谁也不承想这个向朱元璋告密胡惟庸谋反的涂洁也同胡惟庸一道押赴刑场，什么反戈一击有功，什么将功补过，这话对朱元璋不管用。他谁也不信，只信自己。

朱元璋灭了胡惟庸三族，那年，与此案有牵连的人被杀一万余。

朱元璋六十岁后，胡惟庸案虽然早已画上了句号，但战斗并没有结束，轮到李善长。视江山为性命的朱元璋要大义灭亲了。

洪武二十三年，此时的李善长已经没了早年那种天下第一大臣的威风，他被朱元璋责令退养。

朱元璋要他休息，当然有他的想法。你李善长大权在握，又仗着是皇亲国戚，谁也不敢说你，你就是做了天大的错事，别人也是睁一只眼，闭一只眼。现在不同了，你只是一个在家休息的老人，没有人再用先前敬畏的眼睛看着你，没有人看你的脸色了，但有人对你说三道四了。朱元璋厉害就在这里。

朱元璋的这招果然奏效，第一个举报人是丁斌，紧接着就是李善长的家奴。丁斌和家奴应当是李善长的亲信，然而，就是这些在李善长眼里最可信的人出卖了他。李善长想不通，这世界上还有谁可相信呢。他恨的是丁斌，当年丁斌被朱元璋流放边域时，李善长拼着老命上书朱元璋为他求情。李善长没想到当自己被朱元璋抛弃时，丁斌却恩将仇报奏他一本。再想想这些家奴，李善长平日对他们也不薄，看到李善长被人害了，他们不但不帮一把，还踩上一只脚，让他永世不得翻身。

只有这个时候，李善长才算看破了红尘，什么人间真情，什么人生知己，尽是些混账话。

李善长和朱元璋是亲家，和胡惟庸也是亲家。早年朱元璋把这个亲家的亲家给宰了，今天朱亲家又把屠刀对准了李亲家。

李善长虽然明白自己的末日就要来到，此时的李善长又想到了朱元璋赐给他的免死牌，平日他把这块免死牌当神仙一样在他家的厅堂供着，遇人登门拜访时也少不了指着它炫耀一番。今天，这免死牌管用吗！当年胡惟庸动员他一同谋反，也就是冲着李善长有免死牌，而且朱元璋赐给他两块，这件事就算被朱元璋发现了，两块免死牌也够两个人用，但他不知，既然朱元璋能发给你，同样他也可收回来。

李善长比胡惟庸要聪明一些，你胡惟庸凭什么跟朱元璋较劲，你还嫩了些。朱元璋是个什么人，你还不知道吗？他从茅屋的凄凉到皇觉寺的孤灯，从滁州的刀光剑影到鄱阳湖的烽火连天；他从千军万马奔驰而出，自尸山血海里站立起来；他经历无数的磨难，忍受过无数的痛苦；他不畏所有的权威，不惧怕任何敌人。一个个盖世枭雄在他面前倒下去，他见过死的人比胡惟庸见过的活人还多。再说，你胡惟庸就算是成功了，顶多我也只能再做一个天下第一大臣，我又何苦呢。一切的一切构成了李善长不愿与朱元璋为敌的理由。

李善长没有上胡惟庸的贼船，他对胡惟庸也说了一句很有水平的话："我老了，等我死后，你们再说吧（吾老矣，吾死，汝等为之）。"他既没有得罪胡惟庸，也没有得罪朱元璋。

李善长虽然没有与胡惟庸一道图谋不轨，但却犯了一个知情不报的大错误。这个错误使朱元璋耿耿于心，你配做大臣吗？你配做亲家吗？这么大的一件事你却听之任之。知情不报。朱元璋是个眼里容不得半粒沙子的人。

朱元璋之所以最后一个对李善长起杀机，是因为李善长在朝里算是一个德高望重的老臣，他有巨大的影响力；二是不好以哪种理由杀他。但眼下有人告他谋反，又有人告他动用几百士兵为自己修房子，那就怪不得我了，我管你是功臣，还是亲家，不听话的，斩立决。

洪武二十三年那天，朱元璋的玉腰带果然放在肚皮下，这玉带是冲着李善长来的，终于李善长有了善始，却没有善终。

朱元璋杀了李善长，并诛尽三族。

朱元璋曾多次想杀李善长，但都被解缙劝阻。这次朱元璋不同以往了，有人想谋反，你李善长知情不报，我最容不得这种人，谁危及我皇位，管你是大臣还是亲家，一个字"杀"。

李善长之死，解缙很痛心。次日，他冒死向朱元璋送上奏折曰："极言善长出万死佐上得天下，为勋臣第一，可谓极富贵矣。奈何希望不测而佐胡惟庸哉？且杀大臣以应星象，非天意，今不幸已先刑。"

朱元璋看过奏折后说了一句很谦虚的假话："解爱卿，你当朕愿意杀他，朕也是无奈啊。"

朱元璋这句话对解缙而言等于没说一样，你不愿杀他，还有谁愿杀他，还有谁敢杀他，当我是三岁孩童吗。

胡惟庸死了、徐达死了、郭桓死了、李善长也死了……跟着朱元璋打天下的人几乎都死了。

该杀的杀了，不该杀的也杀了，不为别的，只为大明王朝的纯正，只为这朱家江山坐不改姓，这些年头朱元璋杀人逾十万。

为了大明江山，你们就是说我疯了，也罢。

我闻不得铜臭味

朱元璋终于把他最亲的、最恨的、最后的一个位及人臣的敌人推出了午门。从此，这个曾是儿女亲家的李善长永远在他眼前消失了。此时，朱元璋才长长地喘了口气，他感觉今天，只有今天，才可以高枕而卧，才可以马放南山。

可让朱元璋做梦也没想到，就在他把一拨又一拨危及皇权的文官武将收拾后，又走来了一拨又一拨玷污朝廷的贪官污吏，思前想后，他才觉得当这个皇帝是防不胜防。

坐在龙椅上的朱元璋刚刚看完状告各州县官员贪污皇粮的奏折，突然又有近臣压着嗓门在他耳边说："万岁，有人传来兵部侍郎刘有能私吞军费两千两，户部侍郎黄太本贪污官税一千两。"朱元璋看着满朝文武，那张愤怒的面孔上又添加了几道深深的横沟。

次日，朱元璋早早来到奉天殿，满朝文武异口同声地发出那句老调："吾皇万岁，万万岁"后，何公公拿出一卷圣旨读着："奉天承运，皇帝制曰：昔在民间时，见州县长吏多不恤民，往往贪财好色，喝酒废事，凡民痛苦，视之淡然，心实怒之。故今严法禁，但遇仕官贪污践踏民者，罪之不恕……"

朱元璋横着一张脸往龙椅上一坐，他冷冷地扫视了眼前那一张张熟悉的面孔，似有所指地说："哼哼，万岁，万万岁，嘴里说得多好听，心里却一个个都巴不得朕早点死吧。"

瞬间，奉天殿鸦雀无声。

朱元璋看着跪在朝堂上的文官武将，愤怒地说："你们中间除了解缙等几个，有哪个敢说一句身上没有铜臭味，不知道吗，朕最闻不得铜臭味！"

朝堂的文武官员没有一个敢答话，他接着又说："前几年朕的六十寿辰，你们送给朕的那些金银珠宝朕为什么要全部充公，因为朕也怕染上铜臭味！然而，解爱卿送的那一小包大米朕却收下了，因为朕收下的不单单是他的智慧，更是他的廉洁清正。"

此时，朱元璋嘴里就要说出下一句，这句话一旦出口，会叫满朝文武胆战心惊。

朱元璋望着那些曾和自己一起出生入死的兄弟，他闭目沉思，我虽为圣上，但也是有血有肉的啊，因此，我也曾尝试过用另一种方法来感化你们，那年我六十岁寿辰，没办一桌酒，只是一杯清茶，几盘点心便了事。太后寿辰我规定"四菜一汤"，即四个蔬菜、一碗豆腐汤就是寿宴。我这么做，总希望你们能学着点，可我的一片苦心一点也不管用，换来的却是你们的独行其是。想到此，他闭着眼睛一声叹息："朕说的话，你们当耳边风，那就怪不得朕了。"

朱元璋说完话，朝廷引起了一阵骚动。

他突然站了起来，气得一脸青色，身子突然歪了一下，险些没站稳，他一只手扶着龙椅，令人发指地说道："凡贪污六十两纹银者……"

"万岁！"解缙抢着叫了一声。

"解缙，你……"朱元璋说。

"万岁，气伤肝，龙体要紧，龙体要紧啊！"解缙说着。

在奉天殿敢如此直面朱元璋的也只有解缙一人，他之所以要打断朱元璋的话，因为朱元璋下一句话会说什么解缙太了解了，他那金口玉牙一发声，不知道有多少人头要落地。六十两纹银就要一条人命，那朝野的大小官员多少人要……所以他冒死也要劝谏朱元璋不要说出下句。

解缙忙示意何公公扶着朱元璋回西宫休息。

午后，朱元璋一觉醒来，出了一身冷汗。他做了一个噩梦，梦里的三个场景令他有些惶恐。其一，一座高山突然倒了。其二，一片大海突然干枯了。其三，一树鲜花突然凋谢了。朱元璋又联想起上午在奉天殿解缙突然打断他的话，这个噩梦不就是解缙给搅的么。

朱元璋叫人请来京城一个老有名气的算命先生，人称半神仙。谁知半神仙听了朱元璋说梦，吓得忙跪下对朱元璋说："万岁恕罪，龙威之梦奴才不敢多嘴。"

"朕恕你无罪，快快如实解来。"朱元璋急着说。

既然朱元璋恕他无罪，半神仙也只有听命了。他慢条斯理对着朱元璋说："万岁，恕奴才冒失，这梦一，高山倾倒，万岁如大明一座高山，高山突然倾倒，实属不祥之兆。这梦二，大海突然干枯，大海就是大明，大海干枯，常言道，海枯鱼方尽，实属不祥之兆。这梦三，鲜花突然凋谢，花谢芳不再，实属不祥之兆。三个不祥之兆连到一起，万岁，下面的话奴才就不敢说了。"

朱元璋实在是听不下去了，他对着一旁的何公公问了一句："你说半神仙的话在理吗？"

正当何公公被朱元璋的问话无从答起时，解缙突然求见。

解缙的出现，何公公像是盼来了一个解围的救星，他忙岔开朱元璋的问话说："万岁，解大人求见。"

朱元璋听说解缙求见，心里在说，你还来了，你就是不来朕也会找你，朱元璋说："宣。"

解缙见朱元璋拉着一脸的苦瓜皮，心里也有了个八九，你不就是冲着我上午打断你的话而给我的脸色么。正当解缙在盘算如何应付眼前的朱元璋时，

123

朱元璋突然一口气把中午做的梦和半神仙解的梦没好气地说了一遍。

他接着又说:"解缙,不就是因为你朕才做了这么个噩梦么。"

谁知解缙在一旁听得眉飞色舞,欣喜若狂。解缙正愁着还没想出一个办法来应付朱元璋,没想到老朱的一席话到让他找到了答案。

"万岁,吾皇的梦哪里是噩梦,此乃天降龙梦啊。"解缙高兴地说。

听解缙这么一说,朱元璋自然心里舒服了很多,他说:"解爱卿,说说看,怎么个天降龙梦。"

解缙像打好了草稿一样脱口而出:"万岁,一梦叫高山倾倒,山倒易平地,吾皇往后的路上是高山让路,一马平川啊。二梦叫大海干枯,海干龙身现,吾皇乃真龙出世,腾云天际也。三梦叫鲜花凋谢,花谢才结果,吾皇主政大明,有开花有结果。三梦连在一起乃大祥之兆,大祥之兆啊。"

听完解缙的解梦,半神仙还没等朱元璋开口便抢着说:"万岁,解大人乃全神仙哟。"

解缙的解梦,朱元璋换了一个人似的,心情格外好,他满脸笑容地说:"呵呵,解爱卿是全神仙,半神仙啊,你就是个半路神仙哦。"

朱元璋本想降罪半神仙,但这一高兴什么都忘了。

朱元璋像似又想起了什么,便笑着一问:"解爱卿,今日朝上为什么打断朕的话?"

"如果微臣没猜错,万岁下一句便是'一律问斩'四个字,所以奴才才这么冒失。"解缙说。

"呵呵,解缙哪,说你是全神仙一点也不假,朕说了上句,你便知下句。"朱元璋说。

"万岁,微臣跟在您身边那么多年,多少学了一点。"解缙说。

"解爱卿哪,怎么话到你嘴边总是那么顺耳,说说吧,朕定了个六十两,照这么说你说该定多少两才合适?"

"万岁,既然吾皇认定了六十两,微臣一两也不敢加,我只加个零。"解缙笑着说。

朱元璋愣了一下,突然说:"好你个解缙,还说一两都没加,好,今儿个朕高兴,就依着你。"

朱元璋定的六十两,让解缙加了一个零,变成六百两,虽然如此,但就在那年,查处贪污数额在六百两以上的官员达一万之多。

父皇的用心

父皇，该杀的自然该杀，但不该杀的你也杀了，你可是圣上，不是刽子手，可知人命关天。太子朱标曾几次上疏朱元璋，奉劝他手下留情。

皇儿，你太年轻了，不懂得父皇的用心。正因为父皇是圣上，才下手这么狠，父皇也有苦衷，此时我说给你听，你也不会信，这个答案等你接班后就知道了。

朱元璋所做的，无论是对是错，都是在为朱标后来的路上风调雨顺，可朱标他听不懂。

朱元璋对朱标可谓良苦用心。

洪武元年正月，朱标被立为太子。从这天开始，朱元璋就对朱标开始量身打造。

朱元璋没读过书，只是自学成才。他领教了没有文化的可怕，他要培养一个有文化、通古今的继承者，不为别的，只为朱家天下香火不断。

朱元璋一向舍不得乱花一个子，可为了朱标，他却大手笔。

他下旨修建大本堂，又下旨诏征各地名儒施教，还下旨选才俊之士充任伴读。朱标在大本堂饱读古今经典，接受儒学教育。朱元璋还时常抽空与朱标在一起饮酒赋诗，谈古论今。

朱标在大本堂读书十年，朱元璋又开始教他理政，下旨朝中政事先启请太子处理，然后奏闻。

无奈，朱标生性善良，对朝中所发生的事都是大事化小，小事化了。他的几个兄弟，朱樉、朱棣、朱枫多次有过，朱标一一从中调护求情，使他们免受责罚。

在朱元璋看来，朱标善良的天性为民尚可，为君不宜。他必须对他调整，否则，成不了大气候。

一天，朱元璋把朱标诏至西宫，他事先要何公公摘了一束好艳的玫瑰带到西宫，令何公公丢在地上。何公公不解其意，这么好的一束玫瑰怎么就丢在地上，可知道我采这束玫瑰时刺了我多少回。何公公刚想问个原由，只见太子朱标快步走进西宫。

"儿臣拜见父皇。"朱标说。

突然，他看见地上那束玫瑰，接着又问："父皇，好端端的一束玫瑰怎么就扔在地上？"

朱元璋说："皇儿，你把它捡起来。"

朱标正准备把玫瑰捡起来，把手伸过去后，又收回来。这一幕让朱元璋看得清清楚楚。

"皇儿，怎么不捡呀？"朱元璋明知故问。

朱标说："父皇，这玫瑰花长着刺，怎么捡呀？"

"皇儿，这就对了，凡是好的东西，你想得到它是不容易的，就比如父皇的大明江山，你知道父皇曾历经多少艰辛，见过多少刀光剑影，才有今天的大明王朝。你多次请奏父皇手下留情，你可知道父皇是在为你后来的路上扫清障碍呀。"朱元璋说话语重心长。

朱元璋想让朱标知道，那些个与自己一道打天下的功臣都不是省油的灯，一旦气候成熟谁不想取自己而代之。今天不把他们除掉，今后你登上了这把椅子，你驾得住他们吗？皇儿，你不要心太软，心软了当不了皇帝。

话虽这么说，生性善良的朱标宁可不做这个接班人，也不愿再看到朱元璋杀人。否则，有朝一日，他心血来潮，又不知多少颗人头落在他手下。

朱标回到寝宫，左思右想，他想起了一个人，只有他能说服父皇。

朱标顾不上歇息，直奔此人的住处。

第十三章　摸一回老虎屁股

解缙冒天下之大忌，一纸"万言书"直谏洪武大帝。都说老虎屁股摸不得，然而，他摸了。面对解缙的这一摸，朱元璋他将如何……

西 室 进 谏

朱元璋虽然做了不少错事，在解缙眼里乃是个好皇帝，所谓金无足赤，人无全人。但他必须劝谏朱元璋，不能一错再错，解缙终于要摸老虎屁股了。

朱元璋可是一国之君，总不能当着文武大员数落皇上一番，给朱元璋难堪，对他得讲究个摸法。

解缙想好了，他把写好的奏书用信封封好，此奏书只能让朱元璋一个人看，而且奏书不能送奉天殿，只能送西宫。

解缙此时又想起了一件事，朱元璋曾经说过，奉天殿只论国事，不论家事，西宫只谈家事，不谈国事。

把奏书送往奉天殿，有损皇上声誉，把奏书送往西宫则会讨个没趣，甚至会若怒朱元璋。正当解缙左右为难时，太子朱标来了。

"学生拜见解大人。"朱标说话很谦和。

"太子殿下，你这么称呼，叫下官如何受得起呀。"解缙说。

朱标直来直去向解缙说明来意，对解缙来说，太子朱标的到来可说是雪中送炭。两个人越谈越投机，一个奉劝朱元璋的万全良策在解缙住处计谋。

下午，朱标早早来到西宫，见过朱元璋后，父子俩便拉起家常。朱标一边谈着家事，一边逗着朱元璋开心，朱元璋总觉得朱标像变了一个人，便高兴地问："皇儿，你这嘴皮子可有长进呀，跟谁学的？"

朱元璋问到了朱标的点子上，他快言快语地答："父皇，这宫里还会有谁，孩儿不就是偷偷地学着解大人。"

"什么偷偷地学呀，要学就光明正大地学，朕即刻宣解缙，收下你这个学生。"朱元璋笑呵呵地说着。

解缙被宣进西宫。

"微臣拜见吾皇万岁，万万岁。"解缙毕恭毕敬地。

"解爱卿，太子想拜读你的门下，你看如何呀。"朱元璋说。

"启禀皇上，太子本来就博学多才，微臣怕是委屈了太子。如皇上和太子不嫌弃，微臣能与太子一起取长补短，也是微臣的荣耀。"解缙说。

"皇儿，解爱卿答应收下你这个学生。当然也不能白答应，晚上朕与你们师生一同用餐，就算是你的拜师宴吧。"朱元璋很开心地说。

解缙盼的就是朱元璋的开心，只要朱元璋心情好，解缙就好做他的文章。

"启禀万岁，微臣有事要奏。"解缙突然说。

"解爱卿，是家事还是国事呀。"朱元璋问。

"万岁，是国事。"解缙说。

"解爱卿，既然是国事，那就明天早朝再奏吧。朕不是早就同你说过，西宫只谈家常，不论国事吗，这是朕立的规矩。"朱元璋说。

解缙对着朱标做了个眼神，太子，我只能话说到此了，下面的戏该你演了，我与你父皇是君臣之间，来不得半点马虎，而你就不同了，你是太子，是父子之间，是未来的皇上，他不会为难于你，解缙的眼神像似给朱标传递着这么一句话。

朱标为着这个劝谏朱元璋的共同目标，斗胆向朱元璋发出了宣言："父皇，规矩可立，也可破。"

朱标的话如一道闪电，打破了西宫的宁静，这话不是随便可以说的。朱元璋用神奇的眼光看着这个儿子，这个对自己从来都是百依百顺的儿子，今日竟敢如此放肆，眼前的朱标没了过去的亲和，却有了几分叛逆，他感觉他有点不像先前的那个朱标，倒像一个真正的皇种。

朱元璋走到朱标跟前，双手抓住他的双臂，左看看，右看看，朱标一时间不明白这个父亲的内心，一旁的解缙这回也摸不清此时的朱元璋脑子里想的是什么。

朱标注视着朱元璋的每一个面部表情，父皇啊，有话你就直说，何必这样折磨儿臣呢，如果儿臣说错了，任你发落，你不要用这种眼神直逼儿臣，儿臣心里没底。

朱元璋猛然说:"皇儿,是块做皇帝的料。"

朱元璋这句话,朱标放松了,解缙也放松了。

朱元璋说:"冲着太子的这句话,朕今天就破个例,解爱卿,准奏。"

朱元璋接过解缙的奏书,慢慢读着:

臣闻令数改则民疑,刑太繁则民玩。国初至今,将二十载,无几时不变之法,无一日无过之人。尝闻陛下震怒,锄根剪蔓,诛其奸逆矣。未闻褒一大善,赏延于世,复及其乡,终始如一者也。

臣见陛下好观《说苑》《韵府》杂书与所谓《道德经》《心经》者,臣窃谓甚非所宜也。《说苑》出于刘向,多战国纵横之论;《韵府》出元之阴氏,抄辑秽芜,略无可采。陛下若喜其便于检阅,则愿集一二志士儒英,臣请得执笔随其后,上溯唐、虞、夏、商、周、孔,下及关、闽、濂、洛。根实精明,随事类别,勒成一经,上接经史,岂非太平制作之一端欤?又今《六经》残缺。《礼记》出于汉儒,踳驳尤甚,宜及时删改。访求审乐之儒,大备百王之典,作乐书一经以惠万世。尊祀伏羲、神农、黄帝、尧、舜、禹、汤、文、武、皋陶、伊尹、太公、周公、稷、契、夷、益、傅说、箕子于太学。孔子则自天子达于庶人,通祀以为先师,而以颜、曾、子思、孟子配。自闵子以下,各祭于其乡。鲁之阙里,仍建叔梁纥庙,赠以王爵,以颜路、曾晳、孔鲤配。一洗历代之因仍,肇起天朝之文献,岂不盛哉!若夫祀天宜复扫地之规,尊祖宜备七庙之制。奉天不宜为筵宴之所,文渊未备夫馆阁之隆。太常非俗乐之可肆,官妓非人道之所为。禁绝倡优,易置寺阉。执戟陛墀,皆为吉士;虎贲趣马,悉用俊良。除山泽之禁税,蠲务镇之征商。木辂朴居,而土木之工勿起;布垦荒田,而四裔之地勿贪。释、老之壮者驱之,俾复于人伦;经咒之妄者火之,俾绝其欺诳。绝鬼巫,破淫祀,省冗官,减细县。痛惩法外之威刑,永革京城之工役。流十年而听复,杖八十以无加。妇女非帷薄不修,毋令逮系;大臣有过恶当诛,不宜加辱。治历明时,授民作事,但申播植之宜,何用建除之谬。所宜著者,日月之行,星辰之次。仰观俯察,事合逆顺。七政之齐,正此类也。

近年以来,台纲不肃。以刑名轻重为能事,以问囚多寡为勋劳,甚非所以励清要、长风采也。御史纠弹,皆承密旨。每闻上有赦宥,则必故为执持。意谓如此，则上恩愈重。此皆小人趋媚效劳之细术，陛下何不肝胆而镜照之哉？陛下进人不择贤否，授职不量重轻。建不为君用之法，所谓取之尽锱铢；置朋奸倚法之条，所谓用之如泥沙。监生进士，经明行修，而多屈于下僚；孝廉人材，冥蹈瞽趋，而或布于朝省。椎埋罷悍之夫，阘茸下愚之辈。朝捐刀镊，暮拥冠裳。左弃筐箧，右绾组符。是故贤者羞为之等列，庸人悉习其风流。以贪婪苟免为得计，以廉洁受刑为饰辞。出于吏部者无贤否之分，入于刑部者无枉直之判。天下皆谓陛下任喜怒为生杀，而不知皆臣下之乏忠良也。

古者善恶，乡邻必记。今虽有申明旌善之举，而无党庠乡学之规。互知之法虽严，训告之方未备。臣欲求古人治家之礼，睦邻之法，若古蓝田吕氏之《乡约》，今义门郑氏之家范，布之天下。世臣大族，率先以劝，旌之复之，为民表率。将见作新于变，至于比屋可封不难矣。

陛下天资至高，合于道微。神怪妄诞，臣知陛下洞瞩之矣。然犹不免所谓神道设教者，臣谓不必然也。一统之舆图已定矣，一时之人心已服矣，一切之奸雄已慴矣。天无变灾，民无患害。圣躬康宁，圣子圣孙继继绳绳。所谓得真符者矣。何必兴师以取宝为名，谕众以神仙为征应也哉。

臣观地有盛衰，物有盈虚，而商税之征，率皆定额。是使其或盈也，奸黠得以侵欺；其歉也，良善困于补纳。夏税一也，而茶椒有粮，果丝有税。既税于所产之地，又税于所过之津，何其夺民之利至于如此之密也！且多贫下之家，不免抛荒之咎。今日之土地，无前日之生植；而今日之征聚，有前日之税粮。或卖产以供税，产去而税存；或赔办以当役，役重而民困。土田之高下不均，起科之轻重无别。膏腴而税反轻，瘠卤而税反重。欲拯困而革其弊，莫若行授田均田之法，兼行常平义仓之举。积之以渐，至有九年之食无难者。

臣闻仲尼曰："王公设险以守其国。"近世狃于晏安，堕名城，销锋镝，禁兵讳武，以为太平。一旦有不测之虞，连城望风而靡。及今宜敕有司整葺，宽之以岁月，守之以里胥，额设弓手，兼教民兵。开武举以收天下之英雄，广乡校以延天下之俊乂。古时多有书院学田，贡士有庄，义田有族，皆宜兴复而广益之。

夫罪人不孥，罚弗及嗣。连坐起于秦法，孥戮本于伪书。今之为善者妻子未必蒙荣，有过者里胥必陷其罪。况律以人伦为重，而有给配妇女之条，听之于不义，则又何取夫节义哉。此风化之所由也。孔子曰："名不正则言不顺。"尚书、侍郎，内侍也，而以加于六卿；郎中、员外，内职也，而以名于六属。御史词臣，所以居宠台阁；郡守县令，不应回避乡邦。同寅协恭，相倡以礼。而今内外百司捶楚属官，甚于奴隶。是使柔懦之徒，荡无廉耻，进退奔趋，肌肤不保。甚非所以长孝行、励节义也。臣以为自今非犯罪恶解官，笞杖之刑勿用。催科督厉，小有过差，蒲鞭示辱，亦足惩矣。

臣但知罄竭愚衷，急于陈献，略无次序，惟陛下幸垂鉴焉。

看完解缙的奏书，朱元璋思绪万千，不由得全身上下一阵阵冷又一阵阵热，冷的是这天底下还没有人敢上疏劝谏皇上的奏书，"天下皆谓陛下任喜怒为生杀，而不知皆臣下之忠良也"。难道李善长等杀错了，朱元璋反思着。热的是奏书虽然有些过激的言语，但仔细想来，这些言语是解缙对皇上的赤胆忠心，朱元璋第一次领悟了"忠言逆耳"这个词的内涵。

朱元璋看着解缙说："解爱卿，这可是你掏心窝子的话。"

解缙说："万岁，恕微臣冒昧，如奏书触怒万岁，恳请万岁发落，微臣绝无怨言。"

朱元璋这句在他心里憋了很久的话终于憋不住了，他久久地看着解缙："解爱卿，朕与尔义则君臣，恩犹父子，当知无不言。"

朱元璋这句突如其来的"义则君臣，恩犹父子……"解缙听了感觉很沉重。从此，他与朱元璋像似又多了一层关系，从此，他对朱元璋不但要尽忠，还要尽孝。解缙知道，朱元璋的这句话不是随便说的，前前后后他考虑甚久，对解缙而言，这是当今圣上赐给他的至高称呼，但他必须对得起这个称呼。

解缙久久看着朱元璋，眼里流出了感恩的泪水，上前噗的一声跪下一拜。

朱元璋呵呵一笑说："解爱卿，在家里就免了吧。"

朱元璋的话越说越亲切，完全把解缙带进一个父子般的情缘里，此时的解缙百感交集，思绪万千。

朱元璋把奏书递给朱标，趁此机会考考这个未来的皇帝，看看他的洞察力，看看他的肚量。

就在朱元璋把奏书递给朱标的一瞬间，解缙心里的那块石头算是落地了，这奏书太子朱标不知道看过多少遍，只是朱元璋还蒙在鼓里。朱标、解缙心照不宣，他们在期待着奇迹的出现。

朱标看完奏书，朱元璋看着朱标，朱标也看着朱元璋，两个人像是在猜哑谜，些许，还是朱元璋发话。

"皇儿，你对解缙奏书感觉如何？"

"父皇，解大人封事，其言虽过，其心实忠，儿臣之见，可取也。"朱标说。

朱标的一句其言虽过，其心实忠，朱元璋越发感觉朱标这个未来顶他而替的人没选错，朝廷有太子这样的人接班，有解缙这样的人辅佐，大明何愁不明。

奇迹终于出现了。

朱元璋脸上露出了笑容，朱标、解缙等的就是朱元璋这张难笑的脸。

朱 标 之 死

洪武二十四年八月，朱标奉旨巡抚陕西。

他坐上朝廷的皇家马车，慢慢地向陕西驶去。

应天，陕西千里之遥，且路途坎坷，气候恶劣。这一去一回，太子饱受折磨。回到应天府，他向朱元璋献上陕西地图后便卧床不起。

没过多久，一个朱元璋最不愿听到的消息传至西宫。

"万岁，太子殿下归天了。"何公公弯着腰，半晌，才吐出了这句话。

朱元璋仿佛什么也没听到，两眼呆呆地望着西宫的大门口，像是在寻找什么。

朱标走了，最痛苦的是朱元璋，他不但失去了父子的骨肉情，更要命的是大明的江山一时间找不到合适的接班人。

急着想接班的人却排成了长队，那就是朱标的兄弟们，长兄没那个福气，也该轮到我们了。

朱元璋的龙子龙孙望着那张大明第一把座椅，一个个都在虎视眈眈。

这些个不争气的儿辈，他们能称帝吗，大明的江山落到他们手里指不定会闹成个什么样子。朱元璋谁都不得罪，这个位子谁也别争，我把它留给听话的长孙朱允炆。

朱元璋却忽略了另外一个问题，即听话的人不一定能称帝。

从此，中国历史上又产生了一个隔代继位的太子。

虽然朱允炆当上了太子，但朱元璋还是很为这个皇孙担心。朱元璋扳着手指，自己是六十好几的人了，就算是天照应，再活个十来年也可说是到头了，他必须为朱允炆开辟一条路。

那是朱允炆封位后的第一个早朝。

朱允炆虽然年少，朱元璋硬是把他带到朝堂，接受做皇帝的学前教育。

再说解缙的"万言书"朱元璋认可后，他又撰写了一份《太平十策》，只是一时间找不到合适的场合交与朱元璋。

机会终于来了。

朱标去世，对朱元璋，对朱家天下，是一个极不吉利的先兆，朱元璋对于他之后的朱家天下必须有所准备。

他要为这个未来的皇帝制定一个十年规划，好让朱允炆十年后顺利交接。这个十年规划的先决条件就是要打造一个太平天下，否则，这把皇椅还没等到朱允炆坐热，就有人想着打主意。

也许，解缙早就料到朱元璋要为国家太平谋取良策，每次上朝解缙总会把写好的那份《太平十策》随身而等，只等朱元璋发话。

一日早朝，朱元璋看上去没有往日那样威严。

"众爱卿，家之计在于和睦，国之计在于太平，看谁能为大明太平献上良策。"朱元璋慢慢地说。

自朱标去世后，朱元璋说话的底气虽然不像以前那样足，但他那句话来得很突然，朝上的大臣们没有一点准备，只有你看着我，我看着你。

有句话叫作机会都是给早有准备的人，这个机会给了解缙。

"启禀万岁，微臣拙撰《太平十策》，请吾皇御览。"解缙一边说一边献上《太平十策》。

"解爱卿，你当朝而读，让大家听听。"朱元璋这句让大家听听，更多的是想让朱允炆接受治国的启蒙。

解缙用他夹着吉水乡音的官腔读着：

　　臣闻有尧舜三代之君，而法尧舜三代之治，则超过唐宋。而太平千万世者，理道之必然也。钦惟皇帝陛下，德侔天地，诚尧舜三代之君。而今之治，尚未及唐宋，此臣所以日夜有望于陛下也。况臣蒙陛下之恩至深至臻，刻骨铭心，思所以补报。因思当今之急务，王政之大端，不过十事而已。一曰参井田均田之法，二曰兼封建郡县之制，三曰正管名，四曰兴礼乐，五曰审辅导之官，六曰新学校之政，七曰省繁冗，八曰薄税敛，九曰务农，十曰讲武。谨条陈以献，名曰太平十策。惟陛下悯其愚忠，少加采览焉。

一曰参井田均田之法。本无难事，但以为江南地狭田少。不可井治沟洫，劳民而不易成。且一时动摇，令民失业，故历代纷纭，莫知迁从。唐太宗固有意矣，而无其臣；周世宗亦有志矣而无其时。则太平万世之法，固有待于今日也。为今之计，唯行井田参田之法而行之，不以拘于方里。而井劳民动众，设沟治途，而事事合古也。宜令户部会今天下丁口若干，田亩若干，令民二百丁为一里，里同巷，过失相规，出入相友，守望相助，疾病相扶持，中为堂，右为塾，左为庠。推其父老年高德厚一人处于中堂，朝夕告谒，而取正焉；择有文行一人居于右塾，民年八岁者入焉，教以洒扫应对、礼乐射御书数之文；一人居于左庠，民年十五者入焉，教以诗书礼乐修己治人之方，毋敢纵逸。每丁受田若干亩，庐舍、邑居、池井、畜牧、山林、蔬果之地若干亩，树艺各随其土之所宜。一里之人，各治其私田若干亩，而共耕公田若干亩，山林畜牧之地亦如之。民年二十受田，老免及身后还田，卖买田地则有重刑。朝而毕出，各事其事，暮而毕入，习学左庠；后为中堂，妇人相聚以治女工。有地狭人稠，土地硗瘠之乡，有司资以舟车，给其衣食，徙之江淮之间，闲旷之地。孰不怀然以相从哉？如此贫富何患其不均？讼词何患其不息？天下何患不治？太平万世理有必然也。先将古人井田均田小宗之法，及小学、朱子家礼、颜氏家训、吕氏乡约、女教，及今义门郑氏学范等书，类聚考订，刊行天下，长幼习读，有亲族异产者务要即时同居共爨。如有不遵，迁于化外。

二曰兼封建郡县之制。夫众建诸侯而少其地。此万世不易之论。周家以是长久天下之所共知也。世儒议论纷纭，不足稽考。为今之计，异姓不可封也，惟诸王所封之地，宜以一县令主治之。循古者诸侯之制，择贤以辅。惟世子袭爵，其庶子十岁以上者，则于水陆都会山川要害之处别封以一县，择贤能之人辅之。如此，则岁有封建不过五六。十年之间，州县将尽为侯国，而天下诸侯皆陛下子孙矣，岂不万年磐石之固哉。惟帝子封王，王之嫡子袭王爵，庶子定封侯，九年考其贤者封王，次贤者封公，其有过降为伯、子、男，封地广狭并同。有无子者，他国庶子继立，务要亲疏足昭穆，得其至当。先将古者侯国制度考定成书，刊行天下通知。先给一本诸王。古人削地之法不可行。尽削地益地，后致强弱不同。

三曰正官名。今之六部，即古之六官。而尚书之官，本汉朝内臣，如尚衣尚宝之类，而以为六卿，名实不相符矣。侍郎之名，亦自不通，宜改从古。

四曰兴礼乐。今天下祭祀无乐，宜详定颁行天下。古者庶人皆通音乐。今天下和平，宜令百姓并习音乐。宜令天下访求精晓音律、通究礼典者，条陈画图以进。天下生员，每间日习礼乐，如出杨画图晓示之后，无能通晓者，或选乐生往教，或令自求师。如是，数年之后，今大常乐舞生及教坊司，皆可罢斥矣。禁天下胡琴羌笛，应俗乐，禁庶人不可圊社。京城及天下官路，宜分为五级，广若干步。中为御道，高于地若干丈。其左，官员儒士行路，农商行路；其右，工人行路，妇人行路。使四民不收之人，无自出焉。古人男女异路，亦此意也。并以槛墙隔之，墙高及肩，于上印刻禁戒，不许俎越。其士农工商之人异其衣冠，使四民不收之人无容其身。士缁布冠乌纱，深衣漆为之骨，簪履箴以白，皮布任用，黑质白绿，其常服许戴今之头巾及大明帽、圆领衫、丝条皂靴等。生员并用，农工商贾不许。农台笠，棕草任用，上衣稍长，下及于膝，布裳履箴以布，布草任用，以皂营台笠以竹，直领衫，履箴白布，布草任用以白。

五曰审辅导之官。夫辅导诸王宜择方正之士以佐王，王必敬而礼之，朝夕谘访。今后凡王府官，宜审试之。教世子之法，及前后左右之官，今皆未备，宜先令搜求古法，及贾谊之策而行之。

六曰新学较之政。每县学生员三十人。每岁春秋二季，县之儒士试于学，试中曰后士，始入县学。县设公宴迎师至其家，县官亲送。二年各县之生员试于府，以八月试，中曰选士，始入府学，宴迎之礼亦如之。三年乡试、会试、殿试如今制，始曰进士。每岁府学贡十人于国学，曰贡士。试中，县官传接名至其家。府县滥取，并有重罚，间制科取士，不用大臣保举，余从宋制，宜少取数名，并赐进士及第，前进士及三甲者许应。宜令天下投进诗书著述官为刊行令福，建各处书坊。今国学见在书板，文渊阁见在书籍，参考有无，尽行刊完，于京城及大胜港等处，官开书局，就于局前立牌，刻详书目及纸墨二本，令民买贩，关津免税。每水陆通会州县，立书坊一所，制度如前法帖本，亦宜求善本类聚刻石一木。

七曰省繁冗。州县地方名户大小不均，宜均平之。官员繁冗不足为治。州县繁要去处，止用正官一员、首领官一员。僻远去处，止用一员，若所用得，一人为之有余矣。各处卷宗，长幅大卷常有遗失。今后每年一县将簿十二本赴京用给勘合，回县书写案卷，其各衙门行移状辞等项。删去繁文，止用小纸勘合一张，广狭随文多少，务要与簿相等。立卷随即粘上于簿，岁终六本解赴京六本收本处。后堂设案六双橱六，衙吏当官前写办文书，一置一柜，于公厅专收文簿，朝则官启之，暮则官封之。如事多，未一年而卷簿满者许奏添一也。各宜立铸钞库，伪造钞者滋多刑之不绝，宜于钞上置半印勘合流派字号，一贯一号，两贯同号，真伪可辨矣。

八曰薄税敛。宜令天下钱钞金银毂帛金银使用，营贾之利有盈亏。都会之地有兴庙。今税有定额，民必受害。宜令各处税课随时多少，从实征收；或令百姓各人户上，先行补纳，官收税钱，至冬均给还之，则众轻易举，官民俱利，百姓无巡揽赋咸之困矣。

九曰务农。农者天下之本，而食者民之天。故蓄积多而备先具。兵荒岁旱，诚不足忧也。及今丰岁，正宜于天下要害之处，每岁积粮若干，民乐近输，而国受长久之利，计之善者也。每一里设田峻一人，以今之耆宿为之，专一巡察，以警勤惰。以农桑集要等书教之。先将农桑集要、齐民要术及树艺水利等书，类聚考订，颁行天下，令各家通晓。义仓之法，宜悉讲求。即今天下民自建立。则虽有水旱，不足忧矣。

十曰讲武。宜依唐宋旧制开武举，昔郭子仪之徒亦出于是也。古今通患，郡县无城，器械不完，籴粮不备，妖贼长助所在风靡。今太平之世，正宜于各处州县皆立城池，令民冬月修筑，就各处立武学。各处夜则击析守城。各处生员尤当讲兵书、习武事，文武并用，久长之术也。军器木石草榖，宜于武学之后各置仓库，每岁成造，时时简视，务要坚良。武举准科举之制国学，宜高大其制，环之以水，春秋教以礼乐，冬夏教以诗书。早则升堂，一揖退而会食。各处其所听，其自相讲贯学门之内，听其自然，止禁其戏言戏动，无故而出学。四时之季，试有不善，责令改之。不改降之下等；再不改免冠责之；三不改加刑焉；四不改屏之远方；三年而不悔，投之四裔，终身不齿。将武经之属考校而使之习。武举定式，宜参唐宋制一大将凯还宴于学宫，凡武举之子，皆令入学。可用则受之以职，其不才则罢黜之。

十策谨如前。万一可采，伏望内降手敕，付大臣施行，臣复切念。前者妄论迁谋，干渎圣听，战兢累日，以待斧钺之诛。陛下怜之不已，赦其罪戾，臣愈感恩浸入心骨，知陛下既以臣为亲臣矣！臣固不敢自同于众人也。若此陈献非云报国以见臣一介愚蒙，拳拳之忠耳。至臣之许国天长地久，皆建功立效之时。惟陛下幸垂怜之！

《太平十策》对于朱元璋可说是一场及时雨。解缙献上的不仅是《太平十策》，更是他对大明帝国的赤胆忠心。

第十四章　西宫秘事

生爱江山，死亦爱江山，这就是朱元璋。他要在谢世前为谢世后做一番仔细考量。计划用十年时间打磨一个辅佐朱允炆的儒臣……

十 年 计 划

中国有句古谚叫"人生七十古来稀"。六十好几的朱元璋不得不为自己交班做好准备。他粗略估计了一番，就算自己的身子骨还那么硬朗，就算自己身边有那么多太医，顶多只能活个十年。这十年里，他如何为朱允炆做好称帝前教育，朱元璋左想右想，正当他一时间还拿不定主意，何公公跑到跟前说："万岁，袁大人求见。"

朱元璋说："宣。"

这些天，袁泰见解缙又是《万言书》，又是《太平十策》，一个接一个呈献皇上，朱元璋对他连连称好，心里有点慌神儿。奸佞成性的袁泰不得不奏解缙一本，否则，解缙的官做大了，有自己的好处吗。

袁泰见过朱元璋，贴在他耳边说："万岁，解缙目无圣上，出言不逊，企图凭'一书十策'左右圣上，此乃我大明之祸啊。今日解缙能左右圣上，明日他就可骑在太孙殿下脖子上。"

朱元璋虽为一介武夫，但当皇帝这么多年，练就了一副好脑子，看问题还是有他一套。

朱元璋喝了一口茶说："袁爱卿，言重了，解缙的'一书十策'其言虽直，其意实诚，可取也。"

话虽这么说，可袁泰还是一而再、再而三在朱元璋面前数落解缙。

原本打算用他最后的十年来打造朱允炆，听了袁泰的话后，一个新的念头产生了。

无论袁泰的话是对是错,我用十年时间来打磨你,不是恨铁不成钢。而是恨钢比铁硬。假如你是块铁,能硬能软,那该多好,可你偏偏是块硬透了的钢。

朱元璋没有同任何人商量,十年计划一锤定音。

洪武二十五年春,吉水。

知县李恒甫急急来到圤仑岭找解开,听说解开上菜市场卖豆腐了,他又匆匆赶到菜市场。

"解开,总算找到你了,真是急死我了。"李恒甫上气不接下气地说。

"哎哟,李大人,要豆腐只管招呼一声,何必劳你大驾,瞧,豆腐还热着呢,要捡几块?"解开说。"我要什么豆腐哟,快跟我走吧。"李恒甫急着说。

"李大人,什么事这么急呀?我的豆腐还没卖完喽。"解开说。

还没等解开说完,李恒甫示意随从买下这担豆腐,便拉着解开直奔县衙。一路上解开问起李恒甫拉他去县衙何事,因为这是朱元璋的一道密旨,李恒甫也说不清,只是说到了你就知道了。

来到县衙,解开被带进一个密室,这密室谁也不能进,就是李恒甫也不例外,密室外站着两个佩刀侍卫。

钦差大臣将密旨交与解开,上面简单写着:"解开,见旨即刻赴京,钦此。"

到底发生了什么事,就是钦差大臣也一概不知,解开更是一片茫然,是缙儿在京闯了什么祸,还是……

数日后,解开随钦差战战兢兢走进西宫。

西宫,朱元璋早已口谕只谈家常、不论国事的地方,看来这次又得破例了。解开拜见朱元璋后,见朱元璋脸带微笑,心里这才踏实下来。

朱元璋说:"解爱卿,几年前,你有官不做,离朝回乡,向来可好?"

解开说:"万岁,托吾皇天福,别来无恙。"

朱元璋与解开寒暄一番后,把解开拉到身旁,一个秘密谈话开始了。

在朱元璋眼里,解缙虽然忠君爱国,但就是性格过于刚毅,朱元璋要给他一个重要任务,用十年时间,把解缙磨砺成一个辅佐朝廷的儒臣。

朱元璋在与解开的密谈中加重了"儒臣"二字的语气。朱允炆生性亲和善良,解缙生性刚毅直率,朱元璋担心朱允炆当政后难以驾驭解缙,他只有在儒字上做文章。有道是江山易改,禀性难移,这对戎马一生的朱元璋可然领悟得更多一些,因此他要花大价钱,大力气,大时间来炼出这个未来的大明儒辅。

朱元璋虽不是算命先生，但他对自己的生命时钟还是有个正确的估计。人生七十古来稀，就算他能稍微突破一点点这个界线，也只能活个十年。十年对朱元璋而言是太短，但用十年时间去把解缙磨砺成一个儒臣，朱元璋可说是舍得花时间，所谓十年磨一剑。

解开，一个天生的儒生，一生与世无争，朱元璋算是看准了。这回，以吝啬出名的朱元璋，却大手大脚地赐给解开黄金三十两，令解开从此不要卖豆腐，在家乡建所书院，用《论语》《大学》《孝经》等儒家思想为解缙洗脑。

十年兮，朱元璋用心良苦也。

两 道 密 旨

这天对朱元璋来说是沉重的，因为他要做出一个大胆的决定，他将忍痛割爱，用十年时间，为他的孙儿历练一个尽忠的辅佐。

这句"义则君臣，恩犹父子"的话又在燃烧着朱元璋。解缙对朱元璋而言似乎太重要了，抛开这份犹如父子般的情义不说，朝廷没有解缙，这些重大决策，有谁能为朱元璋出谋献策；这些没完没了的奏事，又有谁给他分忧解难。一走就是十年，可能朱元璋此生再也见不到解缙，这次分离也许没有再见了。

话虽这么说，可对一个视江山为生命的朱元璋，这世界上除了权力没有什么比它更重要，为着这个朱家天下，他什么都放得下。

就这样定了，解缙回吉水老家，接受解开的再教育。

解缙又一次被诏至西宫。

朱元璋每次诏解缙进西宫，解缙心里都有数，唯有这回，解缙心里没底，因为朱元璋这回没按常规出牌。

"微臣拜见吾皇万岁、万万岁。"解缙按常礼见过朱元璋。

"解爱卿，朕身边还有一位怎么不跪拜呀。"朱元璋说。

解缙低着头，满以为是娘娘在一旁，头还没抬起就说："请娘娘恕罪，微臣拜见娘娘千岁、千千岁。"

"呵呵，解爱卿呀，抬起头来，看看眼前坐的是谁。"朱元璋笑着说。

解缙举目一望，竟是父亲解开。

他赶忙下跪说："孩儿拜见父亲，请恕孩儿不孝。"

朱元璋的诏见，解缙心里没底，父亲的到来，解缙心里也没底，朱元璋把解开诏至西宫竟然神不知鬼不觉，解缙心里就更没底了。

这不是小孩过家家，这是一场政治游戏，解缙必须有所察觉。

但朱元璋的这个游戏离题太远，让解缙琢磨不透。从来朱元璋说了上文就知道下文的解缙，这回却失算，解缙处在茫然之中。

朱元璋看出了解缙的心思，他谦和地说："解爱卿，这事之所以没有事先与你打招呼，正因它事关江山社稷，朕必须这样做。至于这件事的头头尾尾，还请你父亲与你详谈。"

解开把解缙叫到一旁，把朱元璋的这个十年计划说得清清楚楚，解缙听了是高兴还是……只有解缙自己知道。

朱元璋再次看出了解缙的心思,这个十年计划是真是假让解缙弄不明白。他必须给解缙吃下一颗定心丸，说出他的诚意。

朱元璋把解缙叫到身边，私下将一道密旨递给他。

解缙接过密旨，很细心地读着："……为了江山社稷，令解缙归乡十年，重温父教，其职不改，其俸照供。十年毕，回朝大用。"

朱元璋用十年时间把解缙打造成大器，这句"十年毕，回朝大用"里面有解缙的感动，也有他的疑虑。

解缙说："微臣不负重托，谢主隆恩。"

这个十年计划虽然是朱元璋的主意，但对一个经历了太多坎坷的朱元璋来说感觉还是太长，正所谓夜长梦多。他虽然没有停解缙的职，也没有停他的薪，但人心莫测，这点或许当过皇帝的人感受最深。因此朱元璋必须有一个万全良策，他要留住解缙的心，一个对皇上的赤胆忠心。

突然，朱元璋又一次将第二道密旨递给解缙，解缙接过密旨，感动了。

这道密旨很简单："旨到朕到。"四个看似简单的字，但它的分量太重了。

朱元璋说："解爱卿，你把这密旨带在身边，以后会用得着的。"

就在解缙拜别朱元璋时，朱元璋突然说："解爱卿，等等。"

朱元璋，一个藏在心里几十年未曾了却的心愿该让第二个人知道了，他让解缙走到身边,轻言细语地对解缙说着……原来一个鄱阳湖的记忆开始了……

皇帝也是人，也有隐私。

第十五章　鄱阳湖寻找陈元莲

回想鄱阳湖一仗，开局失利，他的对手太强大了。朱元璋被陈友谅逼到绝境，朱元璋跳水而逃。不会水性的他在水中一沉一浮拼命挣扎，浩浩湖水，茫茫黑夜，就在他感觉在劫难逃时，突然，一条渔船向他驶来，死亡中，一双粗大的手向他伸去……

大 难 不 死

事情发生在几十年前。

朱元璋与陈友谅在鄱阳湖决一死战。

朱元璋无论如何也没想到，鄱阳湖一仗，首战败北，他的对手太强大了。

交战不久，朱元璋就被陈友谅逼到绝境。不会水性的朱元璋跳水而逃，他在水中大呼救命，但谁也听不见，他感觉在劫难逃。

就在他与死神挣扎时，湖上一条小渔船向他驶来，瞬间，一双粗大的手向他伸去……

救他的人叫陈护龙。当夫妇俩听到陈友谅还在叫着悬赏一千两银子，捉拿朱元璋，陈护龙不假思索，他赶忙把朱元璋送到岸上的草房里，吩咐女儿弄了点东西给朱元璋充饥，将朱元璋安顿好。

朱元璋被感动了，他拉着陈护龙的手说："老伯，同样都是姓陈，一个姓陈的要杀我，一个姓陈的却要救我，此乃天意啊，陈护龙，这名字太好了，假如有朝一日，我真的成龙了，你就是第一大功臣。"

"这吼声连天的，我还要赶回渔船上去，你就在我家躲上一夜吧。"陈护龙说。

草房内只有陈护龙卧床患病的父亲和照看着爷爷的女儿元莲。

陈护龙打头生了这么一个女儿，取名元莲。十八岁的元莲，像一朵花，一件上衣紧扣在她那丰满的体态上，那两团鼓起的前胸，如一对成熟的红石榴，像要破皮露珠。早已到了谈婚论嫁的元莲，可就因为她放不下患病的爷爷，把自己的婚事耽搁了。

元莲的爷爷是个家道中落的秀才，她打小是爷爷一手带大，元莲又是陈家独苗，父母为着一家生计没日没夜在鄱阳湖打鱼，只有元莲和爷爷守着这个家。爷爷教她读书识字，处世做人。只是因为家里穷，爷爷患病后没钱请郎中，就这样一直扛着。望着病中煎熬的爷爷，元莲每日以泪洗面，她曾经说，谁能给我爷爷治好病，我就嫁给他。

至正二十三年七月二十一日，也就是朱元璋被陈护龙救上岸的这一天，朱元璋满三十五岁，正是男儿血气方刚的时候。陈护龙和他商量好，如陈友谅的军队上岸搜查，他就说是元莲的表哥。

夜深了，朱元璋帮着元莲照看爷爷，当他知道老人家的病只要有钱就有救时，朱元璋想起了随身而带的包袱里还藏着两个金元宝，这东西是朱元璋常带在身上以备急用的。此刻，他顾不得这么多了，人家救了我的命，两个金元宝又算得了什么。

"元莲，你别犯愁，你爷爷有救了。"朱元璋说着把元莲带到隔壁的房间，取出一个包袱，将两个沉甸甸的金元宝交给元莲。元莲接过两个金光闪闪的东西，浑身在发抖，天哪，我家祖宗三代也没有谁见过这么大的金元宝呀，这可值多少钱，但她更想到的是爷爷有救啦，爷爷有救啦！

她久久地看着朱元璋，眼前的那位大将军是她们家的大救星，元莲"扑通"一声跪下了。

"元莲，这可使不得，你们全家救了我的命，我理当回报，快快请起。"朱元璋说。

不管朱元璋怎么劝说，元莲就是跪着不起。朱元璋只有弯着身子用力将元莲扶起，就在这一刻，一股十八岁妙龄女子身上特有的体香冲他而来，朱元璋扶着元莲时因用力过大，元莲胸前那两团火一样的藏真与朱元璋的身体发生碰撞，这个时候的朱元璋，这个时候的陈元莲，一种从来都没有过的感受在触动着他们。一个干柴，一个烈火，正在燃烧着。这燃烧是感恩，还是异性的吸引，还是……谁也说不清。

就这样，朱元璋与陈元莲在湖边的茅草房度过了难忘的一夜。

天刚蒙亮，朱元璋为躲避陈友谅的追杀。他必须离开陈家，离开陈元莲。

一个叫朱元璋，一个叫陈元莲，中间都夹着一个元字，是巧合，还是天意？朱元璋更看重后者，一定是天意。临别时，朱元璋摸了一下身上，除了腰间别着那把防身用的小刀，其他是一无所有。他把身上唯一的东西送给了陈元莲，还留给她八个字："此去成功，重返鄱湖。"

朱元璋独自一人走在了逃亡的路上。

这是一段朱元璋的回忆，解缙正听得很入神，朱元璋突然拉住他的手说："解爱卿，此事事关朕的隐私，不能让第三个人知道，只能口谕。你带上黄金六十两，找到鄱阳湖旁一个叫龙村的地方，交与陈元莲，要她在我得救的地方建座庙堂，取名护龙庙，以纪念他的父亲。倘若陈元莲为朕留下皇脉，不管是凤是凰，可前来应天找朕，若他们不愿，不得勉强，剩下的黄金也够他们享用，算是了却朕的一个心愿，你就代朕重返鄱湖吧。"

"微臣领旨，谢恩。"解缙带着朱元璋的重托，离开了西宫。

次日，解缙一身布衣，照着当年赴京赶考的那条路，踏上了归乡的行程。

陈元莲你在哪里

一路上，他什么也没想，只是一心想着如何找到陈元莲，把皇上的那个心愿了了。但这么大的一个鄱阳湖，龙村在哪里？陈元莲在哪里，她嫁人了吗？她……一切都在解缙的脑子里打转。

"大人，前面快到湖口县了。"船家告诉解缙说。

"船家，先绕道龙村。"解缙说。

"大人，何事绕道龙村。"船家问。

"不该问的就不要多问了。"解缙说。

这可是圣上的隐私，不能有第三个人知道，就是和解缙一道同行的父亲也蒙在鼓里。

"缙儿，为何绕道龙村呀？"解开问。

"父亲，这是圣上交办的一件私事……"解缙还没说完，一向不多事的解开便说："缙儿，打住，为父多心了。"

龙村，自古为兵家水上争夺的地方，朱元璋与陈友谅曾经在此决一死战。

然而，朱元璋的十万军队不敌陈友谅的六十万大军，险将他置于死地。

但天不灭他,朱元璋这条未来大明帝国的巨龙,在龙村被一个叫陈护龙的渔夫救了。说来也巧,龙村,陈护龙,救了一条龙。这条龙在龙村还有过这么一段奇缘,朱元璋能忘得了吗?

船靠在龙村的岸边,解缙匆匆走进村里。只见村里人三个一堆,四个一丛,像是在嘀咕什么。

解缙来到村人身边说明来意,几个人连话都没回便各自回家了。他接着又找了几拨人,一个个像做贼一样溜走了。

村里好像出了什么事,此事与他要找的陈元莲可能有关。解缙想了想,此事不宜耽搁。他见得不远处,有个七十多岁的老人在补渔网,便上前鞠了一躬说:"老伯,请问陈元莲家是这儿吗?"

老渔翁问清缘由后说了一句:"元莲也不知是上辈子造了什么孽哟,命苦哇!"

解缙细心地听老渔翁讲述:

早在几十年前,也不知道是哪个畜生把元莲给害了,小元莲还未成亲就生有一女。后来她嫁也嫁不出去,只有和父母一道相依为命。

一家人在村里头也抬不起,过着忍气吞声的日子。许多年后,女儿长大了,父母也相继离开人世,陈元莲在对面的村里招了一个姓陶的读书人做上门女婿,一家人生活刚理出个头绪,大祸又一次降临陈家。

这事发生在前几天。

镇上有个渔霸,叫吴大。他有个六十多岁的父亲,一生坏事做尽。

陈元莲虽然四十出头,可长得有几分姿色,这老贼便打起了陈元莲的主意。几次来到陈元莲家纠缠都被骂了出来。

老贼欲心不死。

那天夜晚,他独自一人朝陈家走去,远远见得陈家亮着灯,便踮着脚偷偷来到陈家窗前,轻轻用手指在窗户纸上弄了一个小洞。此时,陈元莲正在房内更衣,只见脱下上衣的陈元莲,那微胖的身段,白皙的皮肤,一对凸起的乳房随着她穿衣的动作左右摆动,老贼看得站不住了。他撬开了陈家大门,只听得陈元莲在房间里说了声:"谁?"

"元莲呀,是我呀。"老贼压着嗓门说。

"不要脸的东西,你出去。"陈元莲愤怒地说。

"元莲呀,你就答应我这一回吧。"老贼死皮厚脸地说。

陈元莲说什么也不从，老贼逼近一步，她便躲一步。纠缠中，陈元莲那两团凸起的前胸像勾魂一样在老贼面前一晃一晃，老贼急不可待，见上厅挂着一把小刀，他伸手准备取刀，陈元莲大声说："你不能碰它。"

尽管陈元莲大声呼着，老贼还是取下这把陈元莲视它为命的小刀，逼着她答应，陈元莲不敌老贼，她突然一闪，老贼跟着摔了一跤。

真是恶有恶报，这一跤，他把手中的那把小刀刺向了自己的心脏，老贼一命呜呼。渔霸吴大的父亲死了，镇上的老百姓拍手叫好，这老贼也有今天，老天算是有眼。

可陈元莲一家是祸从天降，吴大带着一帮人冲进陈家，把陈元莲打了个半死。这还不够，接着吴大又买通县衙，状告陈元莲杀人，无奈，陈元莲被打入大牢。

老渔翁一边诉说，一边流着泪。解缙站了起来，紧紧握住老渔翁的手说："湛湛青天，岂有此理。"

老渔翁又说："听说陈元莲一案明天在县衙开堂，恐怕是凶多吉少。"

解缙说："老伯尽管放心，此事我得为陈元莲讨个公道。"

老渔翁说："你一介布衣，谈何容易，还是少说为好，免得惹火上身。"

解缙当着老渔翁说了一句："此事我管定了。"便离开了龙村。

老渔翁望着远去的解缙说了声："好人哪。"

大堂上，一声吼

湖口县衙大门口，早早挤满了前来听审的人群，他们只是想为这个苦命的女人送一程，其他的也帮不了什么。

衙内一声"威武"，走来了湖口县令。

听得堂下一片喧哗，湖口县令拿起惊堂木狠狠往桌上一拍说："肃静。"

"带陈元莲上堂。"一衙差大声呼喊。

陈元莲有气无力地被押到堂上，她看了一眼前面坐着的衙官，想想天高皇帝远，没有什么指望了。这个官霸相互勾结的世界，再多的理由也不管用，只有自认倒霉。

陈元莲最不能割舍的就是她的女儿，主儿。娘走了，你可咋办？你会受人欺负吗？你会过得好吗？

陈元莲最不甘心的就是至今自己还没有告诉女儿的身世，主儿可是当今皇上的千金呀，之所以叫她主儿，就因为她是朱元璋的女儿，她本该叫公主，但谁会认同呢？就叫她主儿吧，自己知道就行了。

这个朱元璋就这么狠心，当了皇帝就把我们娘俩给忘了，不是因为你，我们今天会遭这个罪吗？你不是说，"此去成功，重返鄱湖"吗？

公堂上，陈元莲想的不是如何去和吴大争辩，她一个弱小女子根本不可能对付他。

她的眼睛只是久久望着女儿，她没有时间去看其他一切，也没有时间去想其他一切。主儿呀，娘要走了，娘对不住你呀。

想到这里，突然，陈元莲猛醒过来，我死不要紧，主儿不能受苦，不能受人欺辱，渔霸吴大必须得到惩处，他该死。

为了女儿，眼下的陈元莲只有这条路可走，这个埋藏在心里几十年的秘密该到点了，该让主儿知道真相了。

陈元莲对着主儿大叫一声："主儿，娘有话对你说……"

"大胆死囚，不准喧哗。"陈元莲话还没说完，就被湖口县令的一句话盖住了。

县衙宣读了吴大的状子后，问了一声："陈元莲，你对吴大的状告还有什么话要说吗？"

陈元莲根本不想听，她只是大声喊了一句："你们会遭报应的。"

湖口县令恼羞成怒，拿起身边的令牌往地上一摔，大声说："午时三刻，菜市口问斩……"

湖口县令的话音刚落，引起一阵阵喧哗，有人骂世道不公，有人骂官道黑暗，但都不管用。

就在这时，只听得一声大吼："昏官大胆！"

一句话使得整个公堂鸦雀无声。说话的是谁，难道大明也出了包青天？在场的人把目光投向他。此人一身布衣，却语出惊人。湖口县令一时茫然，他必须对说话的人有个正确的估量，否则，会吃不了兜着走。

"你……你是何人？"湖口县令问。

"恐怕你还没有资格问这个。"说话的是解缙。

在场的人一个个都窃窃私语，这位不速之客到底是谁？侠不像侠，官不像官，民不像民。吴大见湖口县令六神无主，便走过来给他壮壮胆。

"大人,我看此人就是个闹场的刁民,下令把他拿下吧!"吴大说。

湖口县令这才理了理衣冠,虚张声势地说:"给我把他拿下。"

解缙已到了不得不亮剑的时候,要不你还真不知道我是谁。

"解缙在此,谁敢无理?"解缙这一声官腔,让湖口县令全身发抖。

这话虽然让湖口县令听着感觉此人有些来头,但只凭你一句话,谁信?就在他半信半疑时,解缙拿出密旨说:"湖口县令听旨:旨到朕到。"

湖口县令这一句"旨到朕到"吓得全身发抖,他忙下跪说:"解大人,都是小人有眼无珠,冒犯了大人,您大人大量,饶恕小人吧。"

"旨到朕到"四个字看似简单,但它很重。虽然朱元璋已口谕,不是万不得已不可亮出密旨。解缙心里在说,皇上啊,原谅微臣吧,此时,事态非常。

解缙无论如何也没想到朱元璋料事如神,常人没想到的他想到了,之所以再给解缙一道密旨,当然也包含着这个原因。

解缙的出现,给陈元莲出了一道哑谜。解缙是朱元璋派来搭救自己的钦差,还是巧遇?陈元莲一时间猜不出来。

这时,主儿来到陈元莲跟前说:"娘,我们遇到贵人了,我们有救啦。"

陈元莲似乎没听见,她心里还在想着这个谜。她注视着解缙的每一个行动,因为只有他才能解开这个谜底。

解缙快步来到陈元莲跟前,示意衙差给陈元莲打开枷锁,他对着陈元莲鞠了一躬说:"夫人,解缙来迟,让你受惊了。"

"解大人,您救了我们一家,我将如何报答您呀。"陈元莲说话很感动。

"夫人,后面的话我们回家再说,我先把这里的事情处理好。"解缙说。

一直在想着这事如何收场的吴大,看到湖口县令还跪在地上,知道事情闹大了,正想偷偷溜走。

"吴大,你作恶多端,你可知罪。"解缙义正词严。

"大人饶命,大人饶命呀!"此时的吴大没有了往日的狂妄,他跪在解缙面前死皮厚脸地乞求饶命。

解缙说:"吴大,饶你一命可以,只要堂上的百姓有一人为你求情,我可以网开一面。"

吴大拼命叫着:"各位大爷、大娘,你们行行好,帮我说说吧!"但吴大说什么都没用了。

"将吴大打入天牢,听候发落。"解缙的话刚落音,陈元莲一家跪拜在他跟前喊着："大人，青天啊！"

解缙忙上前扶起陈元莲说："夫人，快快请起，没事了。"

解缙本想当着众人面把陈元莲女儿的身世道出，但他在没得到陈元莲的应允之前只说了其一，没说其二。

解缙当堂大声说："陈夫人的父亲陈护龙是当今皇上的救命恩人，他护驾有功。从此以后，不论你官多大，位多高，凡遇见陈夫人，坐轿者下轿，骑马者下马，否则，一律按犯上论处。"

太阳出来了，又是一个早晨。

鄱阳湖岸边的龙村，那间破旧的草房前前后后收拾得很干净，一只雄鸡站在草房顶"咯咯"叫了几声，陈家新的一天开始了。

解缙来到陈家，见了陈元莲，忙下跪一拜，陈元莲急着说："大人，礼重了，我怎么受得起哟。"

解缙忙说："本该称你一声……"

陈元莲生怕被主儿听见，慌忙说："大人，还是叫夫人好。"这时陈元莲似乎猜出了解缙出现的缘由。

解缙本想用皇室规矩来称呼陈元莲，陈元莲谢绝了。他把朱元璋带给陈元莲的六十两黄金交与她，又把朱元璋所交代的和陈元莲说了一遍，陈元莲一边听一边流着泪，这眼泪流出了她的悲与慰。这悲，陈元莲怨着朱元璋这么多年只顾自己的荣华富贵，却不问她们母女过着那生不如死的日子。她背着这个黑锅，曾招来了多少冷言冷语，她为了把主儿养大成人，曾受过多少凡人没受过的艰辛。他恨朱元璋言而无信，那张当年朱元璋留下"此去成功，重返鄱湖"的字迹，陈元莲视它为生命，而朱元璋当了皇帝就把它忘得一干二净。这慰，朱元璋还算有良心，令解缙寻找她们母女，让她们母女今后可以堂堂正正地做人，可以无忧无虑地过日子。

至于其他的，陈元莲摇了摇头说："他当上了大明的皇上，我们娘俩心里为他高兴，他的心意我们领了，只要他一心为国家操劳，为老百姓办事，我们也就心满意足了。主儿的身世也不能告诉她，就让她平平静静地过一生吧，何况有我父亲救过皇上的这份荣耀就够她享用一辈子了。"

解缙听得感动了，这才是大明的贤妻良母啊。

这时解缙又想起了朱元璋的话："倘若陈元莲为他留下皇脉，不管是凤是凰，可前往应天找我。"

他把主儿叫到一旁，瞒着陈元莲悄悄地说出了她的身世。

陈主儿，闯西宫

从来都不撒谎的主儿，为着给母亲讨个清白，为着想见一眼生身父亲，她和丈夫商量好，瞒着陈元莲说去趟乡下。趁陈元莲不注意，他们把挂在厅堂的梅花小刀也一并带上。

夫妻俩登上了从湖口开往应天的大帆船。

解缙的那番话，仿佛把她带到一个新的世界，事情怎么会离奇到这个地步，我一个渔家女儿，转眼就成了当今皇上的千金。

她又想起解缙的那句话："主儿，不，我应该称你一声公主。"让她听着惊诧。不是解缙说得那样逼真，不是解缙提起那把梅花小刀，她还真不敢相信这一切都是真的。

挂在她家上厅的梅花小刀，在主儿眼里很神秘。她曾经问过母亲，别人家的小刀都放在厨房，为什么我们家的小刀挂在厅堂，做娘的也只是哄着她说：小刀挂在厅堂可避邪，陈元莲告诉主儿谁也不允许去碰它。主儿记得最清楚的是，有一回她用这把小刀切了红薯，被母亲狠狠打了一顿。从此，这小刀在她心里很神圣，从此，小刀可望而不可即。而今，她竟冒陈家之大不韪，将这小刀随身而带。主儿想，母亲她知道了会怎样呢？我怎么会这样不听话呀？但回过头想想，我有我的无奈，我不能让自己这样不明不白地活在这个世界上，长这么大了，还不知道我爹是谁，长这么大了，还没叫过一声爹，以后我有孩子了，他问起外公是谁，我咋办？人家说我娘偷野汉，我咋办？顾不得这么多了，我不为别的，只为我娘的清清白白，只为我能在人前堂堂正正地做人。

主儿和丈夫来到应天府，在离应天府衙最近的一家客栈住下了。她牢牢记住了解缙临别时说的话：二月十六日朝廷在应天府选宫女，凭你的长相，十有八九能选上。你要在二月十六日前赶到应天，否则，过了这个村就没有这个店。

明天就是二月十六日，老天还算是帮了忙，顺风顺水，提前一天到达应天府，要不，主儿就是有三头六臂也进不了皇宫。

上午，洪武门侧门打开了，走出了两个公公和两个持刀的卫士。主儿在客栈楼台上看得清清楚楚。主儿远远地跟着，一直跟到应天府衙，她第一个上前报了名。

盼着的那一天终于来了，望着那张皇榜，主儿的心久久静不下来，她终于可以见到皇上了，确切地说她可以见到生身父亲了。父皇你长个什么样呀？你会认我这个女儿吗？你还记得我母亲吗……一个接一个的念头在她脑子里脱颖而出，一阵又一阵的喜悦在她心里油然而生。

进宫的那天，丈夫劝她把小刀留下，带刀入宫会犯皇家大忌，一旦露出破绽，那可是死罪。主儿虽为女儿身，但骨子里却流着像朱元璋那种天不怕、地不怕的血脉，她很有把握地把小刀藏进了包袱里。

入宫的第一道门查得很严，每个人所带的东西都得由侍卫一一查看。

主儿有意排在最后一个，看到前面一个一个把包袱打开，心里不免有些紧张，此时，她什么都没想，一心只想着如何对付门口站着的持刀侍卫。

"下一个，说你呢。"侍卫的话，主儿一时还没反应过来。

她慌忙地走了过去，把包袱往桌子上一放，那侍卫说："姑娘，你那包袱沉甸甸的，里边都装着些啥呀？"

主儿很镇静地把包袱打开，瞬间，露出几个银元宝。"嗬，你还是个富家姑娘呀。"一侍卫说。

主儿说："家父在应天做点生意，两位大哥若不嫌弃，送你们两锭，买点酒喝。"

两个侍卫手里拿着偌大的一个银元宝，高兴地说："姑娘，进去吧，以后用得上兄弟，只管招呼一声。"

刚入宫的宫女，只是被安排做些杂事，再慢慢接受公公的挑选，或是派到皇后身边做侍女，或是派到皇妃身边听使唤，只有特别出色的才可能选进西宫伺候皇上。

这要等多久，主儿没有那份耐心，她必须想出法子，尽快见到皇上。

入宫时的那一幕又勾起了她的回忆，不就是两个银元宝吗？两个侍卫对她是毕恭毕敬，还是那句话说得好，有钱能使鬼推磨……

一天，主儿往御膳房走去，迎面走来了太祖身边的刘公公，主儿赶忙上前笑着脸招呼一声："刘公公，您早。"

刘公公说："姑娘，你是新来的吧？"

"刘公公，我入宫都快一个月了，有件事想请你帮个忙。"主儿笑着轻轻地说。

"啥事呀?"刘公公问。

"刘公公,你看我进宫都这么久了,皇上是个啥样都不知道。能安排我伺候一回皇上吗?"主儿试着问。

"你以为皇上是谁想伺候就伺候呀,慢说你入宫才几天,人家入宫几年都还没见过皇上一面。"刘公公不太高兴地说。

"谁能伺候皇上,谁不能伺候皇上,还不是您刘公公说了算。"主儿一边说,一边把两个银元宝塞进刘公公手中。

刘公公拿着两个银元宝,心想,我伺候皇上这么多年,只见那些大小官员向我送过礼,没想到一个宫女出手也这么大方,再看看主儿长得有几分姿色,便一口答应说:"你候着吧。"

三天后,兰嬷嬷跑来叫主儿说:"主儿,刘公公要你送茶去西宫,你才来几天,真是好福气哟。你听着,伺候皇上来不得半点马虎,弄不好是要掉脑袋的。"

"谢谢兰嬷嬷提醒,主儿会小心伺候皇上。"主儿说。

见近处没人,她把随身带好的梅花小刀放在茶盘底下,慢慢朝西宫方向走去。

离西宫越来越近了,望着那一排排披甲持剑的侍卫,主儿心里像在打鼓,她巴不得很快就越过这道坎,一眼就看到她朝思暮想的父皇。

就在她迈入西宫的时候,就在她想着父女相认的时候,突然听到一个威严的声音:"站住。"一侍卫把主儿拦住。

侍卫用审视的眼光看着主儿,一时间,主儿感觉没辙了。这两道利剑般的眼光太可怕了,主儿的身体开始抖动。她恨自己没听解缙的话,"要见皇上得看好时机,切莫急于求成。"恐怕自己是难躲过这一劫了。

"你是从哪冒出来的,我怎么从来就没见过你呀?"侍卫盘问着。

"我入宫不久,还请多关照。"主儿说话不由得战栗起来。

"刚入宫就可伺候皇上,你是哪路天仙呀?"侍卫说。

主儿吓得不敢说话,这下完了,全完了,我就是有再大本事也过不了这一关。

"说,是谁叫你送茶?"侍卫大声问。

就在主儿不知该如何回答时,突然一声:"是我,大胆奴才,这该你问吗!"

刘公公冲着侍卫说。

刘公公的到来，主儿如虎口脱身。

她谢过刘公公，转身就往皇上身边走去。

就在她转身的这一刻，主儿远远看见皇上在看奏折，她就要见到父皇了。她感觉父女相会的这一刻就要到了，但万幸中的不幸发生了。

主儿急着想见皇上，她一急转身，被侍卫发现了茶盘底下藏着的梅花小刀。

侍卫一个箭步冲上去大声喊着："万岁小心，有刺客。"

瞬间，侍卫用手一挥，把主儿手中的茶盘打翻在地，那把梅花小刀被抛到刘公公身边，刘公公在一旁吓得六神无主，主儿早已被侍卫按倒在地。

朱元璋放下手中的奏折，一看，是个小女子，好气又好笑地说："一个女流之辈，也敢行刺朕，说，你姓什么？叫什么？为什么？谁派你来的？"

主儿冲着朱元璋说："我姓陈，名主儿。"

朱元璋心里想着，大明只有我才能称主，你竟敢叫主儿，且口气这么大，就凭你这名字朕便可叫你死无葬身之地。

朱元璋又急着问："你说你姓什么，再说一遍。"

主儿大声说："我姓陈，你听见了吗。"

主儿想用这个"陈"字唤醒朱元璋，让他想起湖口龙村那个苦命女人陈元莲。但事情适得其反，朱元璋此刻想到的不是陈元莲，倒是另一个人，他的死对头——陈友谅。

朱元璋大笑一声说："怪不得口气这么大，跟你父亲学的吧。真是自不量力，当年你父亲陈友谅六十万军队都被我打败了，今日你来替你父亲出这口气，也不想想这是什么地方。"朱元璋看了一眼主儿，便说："拿出去，砍了。"

"万岁，你还是先看看这把小刀吧。"主儿把头抬了起来说。

这一抬头，朱元璋突然愣住了，这张脸怎么这样熟悉，好像在哪见过。

刘公公把梅花小刀送到朱元璋手中，朱元璋顿时惊呆了，这小刀怎么会在她身上。原来这熟悉的面孔与她时常思念的陈元莲一个样。

朱元璋示意侍卫松手，忙问："姑娘，这刀怎么会在你身上。"

"这梅花小刀是我娘的。"主儿说。

"你娘叫陈元莲。"朱元璋问。

"陈元莲就是我娘。"主儿显得有些冤屈。

女儿随母姓，显然这姑娘没有父亲，朱元璋从中似乎发现了什么，他继续问:"你为什么也姓陈,你父亲呢,姑娘。"

"打小我就问母亲,我父亲在哪?母亲说,自从娘肚子里有了我,我父亲就离开了我们,留下的只有这把梅花小刀。"主儿说话很伤感。

朱元璋本想大喊一声"女儿",话到嘴边又咽下去了,因为他是圣上,不可动情。

朱元璋轻轻地问:"你母亲还好吗?"

主儿说:"这还得感谢解大人,他要是迟来一步,我娘就没命了。"

主儿把这事的前前后后哭着给朱元璋说了一遍,朱元璋这个从不掉泪的皇帝,听着主儿的诉说,眼睛湿润了。

此刻,朱元璋再也压不住自己的情感,他忘了自己是皇上,流着泪张开双臂大声对着主儿叫着:"我的好女儿。"

主儿一把扑在朱元璋怀里哭着叫着:"父皇,我和母亲等你等得好苦啊。"

一旁的刘公公看傻了,刚才明明听万岁说"拿出去砍了"。转眼怎么就一个喊着父亲,一个叫着女儿,不会是在做梦吧。

朱元璋让主儿站到他跟前,他要好好看看主儿。看着看着,朱元璋自言自语地说:"像你娘,太像你娘了。"

正当朱元璋沉浸在鄱阳湖那个叫龙村的地方,他是怎样大难不死,又是怎样认识了陈元莲时,刘公公突然大呼:"皇后驾到。"

朱元璋把主儿牵到皇后身边说:"你猜猜看这姑娘是谁?"

马皇后想了想摇摇头说:"皇上,这般貌美的姑娘与你总挨不上边吧。"

朱元璋说:"你还别说,她不但是与朕挨得上边,而且是大边哟,直说了吧,她就是朕常给你提起的那个陈元莲的女儿,也就是朕的女儿。想当年,要不是她外公在鄱阳湖救了我,也就没有我的今天了。哦,主儿,快快见过母后。"

主儿走到马皇后跟前,跪着说:"孩儿见过母后千岁,千千岁。"

马皇后一把扶起了主儿,"皇儿,快快起来,让母后看看。"

马皇后风趣地对朱元璋说:"皇上,朱家几十个皇儿中就数主儿长得好看,好在像她娘,不像你哟。"

一旁的主儿抢着说:"母后,我父皇那是皇帝像,当然要生得威严一些,这可是老天给的呀。"

"你看看,到底是朕的女儿,就是会说话。"朱元璋笑呵呵地说。

"父皇，还有一事，我还给你带来一女婿呢，他叫陶秀良，是一个教书先生。此时他还在宫外候着呀。"主儿在朱元璋耳边悄悄说。

"快快宣陶秀良进宫。"朱元璋说。

刘公公一声："陶秀良觐见。"

陶秀良快步来到西宫。主儿抢着说："还不快快拜见父皇。"

"小婿拜见泰山。"陶秀良说。

主儿忙说："该叫父皇呀。"

朱元璋说："主儿呀，这你就不懂，泰山乃五岳之尊，父皇乃江山之尊，叫得好，叫得好哇。"

陶秀良面貌清秀，一副读书人模样，都说丈母娘看女婿，越看越好看，今日是老丈人看女婿，咋看咋顺眼。

朱元璋说："你们看看，朕的女婿，年轻英俊，又有学文，是块做官的料，主儿，你真有眼力。"

刘公公跑过来说："万岁、娘娘、公主、驸马爷，请到御膳房用餐。"

一声万岁、娘娘他们倒是听习惯了，倒是那一声恭恭敬敬的公主、驸马爷，让主儿和陶秀良有些受宠若惊，长这么大头一回听到有人这样称呼他们，有人对他们如此毕恭毕敬。

父皇啊，做你的女儿、女婿，多伟大。

子夜，父女话衷肠

朱元璋好像是为了给主儿的补偿，午餐后，他对着刘公公看了一眼，刘公公用手一挥，两个丫鬟来到主儿身边说："宝儿、琳儿拜见公主。"

朱元璋对主儿说："主儿，从此，这两丫鬟就由你使唤。"

主儿说："孩儿谢过父皇。"

朱元璋说："主儿，待会儿有人为你梳洗、更衣，中午你休息个把时辰，然后父皇陪你们到皇宫各处走走。"

主儿笑着点了点头。

下午，主儿远远地朝西宫走来，刘公公三步并两步来到朱元璋跟前说："万岁，公主、驸马爷来了。"

"快快宣来。"朱元璋真想看看穿上新衣的主儿又是个啥样，他快言快语地说。

"儿臣拜见父皇。"主儿说。

"小婿拜见父皇。"陶秀良说。

"平身吧，快让父皇看看。"朱元璋高兴地说。

原本就是一个亭亭玉立的姑娘，穿上这身皇室衣服后简直就是一天仙。朱元璋久久地看着眼前的女儿，他呆了，我这般丑陋，却生了个漂亮的女儿。看着主儿，又勾起他二十年前认识陈元莲的那段往事，元莲仍像二十年前那么让人动心吗？她为什么不去嫁人而甘心情愿为朕守一辈子贞节？她又为什么不到应天府找自己……许多许多，此刻他真想知道，但圣上的尊严使他还是忍了一下，想知道的一切晚上再慢慢问主儿吧。

"主儿，还是母后说得好，你好在像你娘不像我呀，要不……"朱元璋的话还没说完就被主儿打断了。

"父皇，倘若我是个男儿身，像我父皇那该多好，高大的身段，威武的面孔，天生的一个帝王像。"主儿娇声娇气说着。

"刘公公，你看看朕这宝贝女儿多会说话，多讨人喜欢。"朱元璋对着刘公公说。

"万岁，您的女儿，您的血脉，自然如此了。"刘公公说。

"主儿呀，你看看，刘公公也学得会说话了。"朱元璋说着哈哈大笑。

一声"万岁起驾"。主儿、陶秀良跟着朱元璋来到皇家庭院。这架势两个人平生第一次看到，前面走着八个开道的带刀侍卫，侍卫后面跟着八个侍女，然后才是刘公公弯着腰在为朱元璋和主儿引路，在他们后面跟着的是朱元璋和主儿的贴身丫鬟，最后又是两排配刀侍卫。

朱元璋给主儿细说着这里的一切，这古樟已是上千年了；这池塘上的小桥、凉亭在他登基前就建好了；池塘里养了很多鱼，父皇空闲时会到这里钓鱼……此时的朱元璋早已不像个皇帝了，变得倒像个说书人。

一路上，朱元璋对主儿的宠爱，刘公公的殷勤，那些个侍女、丫鬟的服侍，主儿感觉做皇帝的女儿真好，但更让她感动的是她终于见到了生身父亲，这才是她最想得到的。

时间过得太快，一个下午怎么转眼就没了，她真想陪着父亲多走走，多看看，多听听。

晚上，西宫备好了各种水果、点心，父女俩一边品茶一边聊。

"主儿,这些年来,你母亲带着你可真不容易呀,你们母女俩吃了不少苦吧?"朱元璋一边剥了一个橘子给主儿一边问着。

"父皇,我自小有母亲的呵护倒没什么,就是母亲这辈子过得太苦,太难了。"

主儿把娘自从生下她后是怎样招来各种冷眼冷语;娘为着操守那份贞节也没嫁人;别人说她偷汉子,生野种,她只是装着没听见;她宁愿自己少吃一口也不能让主儿饿着肚子,这一件又一件,一桩又一桩,主儿说着哭了,朱元璋听着也哭了。

"主儿,从此后,没有人敢欺负你了,等候你的是享不尽的荣华富贵。"朱元璋擦了擦眼睛说。

朱元璋像是在为陈元莲为主儿补偿她们失去的过去,他接着又说:"主儿,西宫是父皇的寝宫,西宫周围的房子,你看中哪处,它就是你的了。再就是朕的女婿陶秀良,你说给他个什么官,他就是什么官。从此,父皇与你再也不分开,再选个吉日,把你娘接到宫里,咱们一家就可团圆了。"

主儿何尝不想这样,想想母亲这辈子蒙受的苦难,父皇的这份情她娘俩受之无愧。但朱元璋的话,主儿听了很纠结,她不想有悖父皇的旨意,可她在没有得到母亲的应允之前也不敢替母亲答应父皇。主儿太了解母亲了,当时,陈元莲为什么不把主儿的身世告诉她,做娘的一定有她的苦衷。

饱受大苦大难的母亲,这辈子只想平平淡淡过一生,她不想当大树,只想做小草。

主儿动了动嘴唇,话到嘴边又咽了下去。眼前这位喝令三山五岳让道的父亲变得那么慈祥,他在耐心等待主儿的回话,主儿怎么说呢?

主儿突然想起,此刻,娘在呼唤她:"主儿啊,你在哪里,娘心里好痛啊。"

她想到离家出走一个多月了,娘能不着急吗,她必须离开皇宫,离开她的父皇,回到娘身边。

主儿定了定神,说出了她实在不愿说的话:"父皇,你对女儿的真情主儿太感动了,你要为女儿做的一切,女儿也心领了。但女儿有苦衷,我娘也有苦衷,这回我见到了父皇,我如愿了。我想明天一早离开应天府,回到娘身边。"

这突如其来的话叫朱元璋无法面对,朱元璋手中的茶杯"哐"的一声掉在地上,主儿扑通的一声跪在朱元璋身边哭喊着:"父皇,女儿何尝舍得离开你呀"。

朱元璋双手把主儿扶起，突然觉得眼下的这个如花似玉的女儿，她不贪享富贵，只念人间真情，这才是我朱元璋的女儿呀。

"主儿，你既然不愿留在宫中，父皇也不勉强你，朕会差人给你准备足够的银两，回家后在镇上盖栋楼房，再请几个仆人照顾你娘，朕不能看着你娘儿俩再受苦了。"朱元璋说话语重心长。

"父皇，大可不必，上回父皇托解大人带给我们的金锭这辈子够用了。房子也不要盖了，娘一向不喜欢张扬，再说，父皇一生节俭，我们在地方大兴土木，老百姓会怎么想。父皇你放心，女儿会小心伺候我娘，我会让娘过得开开心心。以后我想父皇的时候，我会来应天府看望父皇。"主儿依偎在朱元璋身边轻轻地说着。

父女俩有说不完的话，聊不完的情，主儿不时地为朱元璋擦着眼角，自己也在偷偷地流泪。

三更的梆声响了，西宫的灯还亮着。

第十六章　归　乡

　　十年，三千六百五十天。对解缙而言，这是一场马拉松，是时间对他的挑战。可这个十年计划是大明帝国的丹书铁券，解缙别无选择，只有照着葫芦画瓢。

李恒甫夜探解府

　　又是一场春雪，它掩盖了码头的喧闹。

　　按官场规则，皇帝身边的朝廷命官还乡，该山呼水笑，该人欢马叫。眼下山也静，水也静，此时，解缙能听到的只有自己脚下"咔嚓、咔嚓"的踏雪声。

　　解缙在码头上停留些许，心里好像在想什么。

　　四年前，我进京赶考，一场大雪送我出行。四年后，我回乡接受再教育，又是一场大雪，迎我归乡。兴许，此生只和雪有缘（还别说，这话到最后对上号了）。

　　虽然朱元璋对他有过十年后大用的承诺，但对曾在朝廷享受着万丈荣光的解缙，望着眼前这天地之差的场景，内心几多惆怅。

　　父子俩不声不响来到家门口，解缙在门外叫了声："娘……"

　　屋里的高妙莹听到了这久违的声音，心里说不出的高兴。缙儿是朝廷命官，是当今皇上的宠儿，这回是衣锦还乡，我这做娘的也跟着沾光，解家的列祖列宗也跟着耀眼。

　　她三步并两步把门打开，眼前一幕，高妙莹呆了。怎么缙儿还是原先的缙儿，他一身布衣，一个包袱，曾经豪情万丈的缙儿，怎么归来却行囊空空。

　　是缙儿在京城出了什么差错让皇上给打发了，还是……

高妙莹没敢往下想，可又不好当面向解缙问个究竟。她强压住内心的感受，还是拉着解缙的手进了家门。

　　"他爹，让缙儿休息一会，你帮我到厨房打个下手。"高妙莹必须要弄个明白，便过早地说出了这句话。

　　解开跟着高妙莹进了厨房，高妙莹一把拉住他问："缙儿这是咋回事呀？"

　　老实了一辈子的解开只有一股脑给高妙莹讲了个清清楚楚，高妙莹才深深吐了一口气。

　　四年的母子离别，高妙莹有说不完的话，她看着解缙问，京城大不大啊？皇上好不好呀？他长个啥模样呀……做娘的一高兴，该问的问了，不该问的也问了。

　　解缙告诉母亲，这次回家再讨父亲一次教育是皇上的有意安排，此事事关大明今后的江山和社稷，如果有人问起我，就说我是回家求学，其他的事自己知道就行了。

　　母子俩你一言、我一语正谈得投机，突然门外响起了敲门声。

　　进来的是吉水县令李恒甫。

　　"解大人，你远道而归，怎么也不招呼一声，下官好去码头接你呀。"李恒甫说。

　　"哎哟，李大人，你公务在身，我也就不便打扰。"解缙说。

　　"敢问解大人这次回家是小住，还是……"李恒甫喝了一口高妙莹端来的茶说。

　　"李大人，我这次回家就不走啦，再读一个十年寒窗。"解缙说。

　　这句"再读一个十年寒窗"叫李恒甫摸不到头脑。解缙回家如此神秘，该有他的原因，李恒甫也不便多问。他这次来到解府，一是看望解缙，二是有个急事求解缙帮他一把。

　　"解大人，你风尘仆仆还乡，本不该打扰你，只是下官急着有一事相求。"李恒甫说。

　　"李大人，小事还勉强，大事我就帮不了啰。"解缙说话带着几分幽默。

　　"解大人，此事说小也小，说大也大。说小，它只是几亩地，说大，它可关系到下官还算不算是一方父母。"李恒甫说。

　　"李大人，那你就先说来听听吧。"解缙说。

　　事情发生在几个月前。

城里张家有个张太平，一家人祖祖辈辈靠着一个六亩地的果园维持生计。可这果园处的不是地方，它连着许家，大家都习惯叫它许家园。这个张家人叫了上百年的许家园，今天麻烦来了。

许家的员外许守财，本来就家大业大，这回他看上了张家的许家园。

原打算向县衙送些银两，好让李恒甫把许家园判给许守财，可偏偏遇上李恒甫不吃这一套，许守财只有等待时机。

机会终于来了。

许守财的小女许银花近日许给了吉安胡知府的儿子，他也就成了知府大人的亲家。原本是有钱没势，这会儿是有钱有势了。

许守财把张家告到县衙，说是张家霸占了他的许家园，其理由很简单，就因为这园子叫许家园。可张家有地契在手，"张太平"三字白纸黑字写得清清楚楚。

叫李恒甫为难的是，明天吉安的胡知府将坐堂听审。此案若判张家胜，李恒甫得罪吉安知府，甚至连头上的这顶乌纱也难保。若判许家胜，李恒甫又愧对江东父老。

李恒甫说了声："解大人，此事你帮我拿个主意吧。"

解缙闭了一下眼睛，风趣地说："李大人，你权衡一下利弊，看着办吧。"

解缙的话让李恒甫吃惊，本想找解缙帮他一把，但解缙不像他认识的那个解缙了，做了四年京官，怎么变化就这么大。

无奈，李恒甫辞行时说了一句"解大人，如此说来，也罢，我只有认命"。

第二天，红顶大轿把胡知府抬到县衙大门，李恒甫早早在此迎接。

李恒甫让胡知府中间而坐，胡知府却很谦让地说："李大人，今天你唱主角，该你坐，我只是个旁听者。"

衙堂上，原告、被告双方陈述了自己的理由。

李恒甫说："被告张太平，你还有什么话要说吗？"

"李大人，我要说的都在我的地契上，你可要为老百姓主持公道哇。"张太平说。

李恒甫对许守财说："原告，被告有地契为证，你说说你的理由吧。"

许守财看了一眼胡知府，挺了挺腰板说："就凭'许家园'这三个字，这园子就是我许家的。"

"原告，你口说无凭，法律从来讲证据……"

李恒甫还没说完，胡知府插话了："地名、人名取名都一样，你姓张就叫张太平，他姓许就叫许守财，总不能把你叫成张守财，把他叫成许太平。这园子是你张家的就得叫张家园，是许家的就叫许家园，如果说把许家园说是张家园，或是把张家园说是许家园，那不成了张冠李戴吗。"胡知府说着看了一眼李恒甫。

张太平大呼一声："李大人，天理何在啊！"

旁听的老百姓听了都在摇头，这世界哪有法理，谁官大谁说了算，张太平你斗不过他，认命吧，在场的人你一句我一句。

突然，不知从哪里发出一个声音："胡大人，许守财好在他姓许，不姓余。"

"此话怎讲？"胡知府一边问一边两眼寻找说话的人。

"不然，你家门前那条余家河就是他的了。"一句话把大家逗得哈哈大笑。

"如此放肆，说话的是何人？"胡知府恼羞成怒地说。

衙堂上的百姓一看是解缙，忙让开一条路，解缙走到衙台前慢条斯理地说："胡大人，不要问我是谁，还是先问问你自己是谁吧。你身为朝廷命官，本该懂法遵法，亲属理当回避，可你不但不如此，还坐镇指挥，图谋私利，你还像个朝廷命官吗？"

听解缙说话的语气，胡知府感觉他是个做官的，且品级不小。此人是巧遇，还是有备而来，胡知府有所顾忌。

这时许守财来到他身旁悄悄说了几句，刚才还是一脸横肉的胡知府，瞬间他变得温良恭谦，甚至是低三下四。这个官场游戏，他不得不使。他就是解缙，胡知府对皇帝身边的解缙早有耳闻，他还知道解缙在鄱阳湖是怎样把吴大给治了。

胡知府头也不敢抬地来到解缙跟前说："解大人，下官有眼无珠，此案听你定夺。"

"哎，胡大人，我不在其位，不谋其政。今天我想此案还是由你来审，也好对当地的老百姓有个交代。"解缙说。

"解大人，我就恭敬不如从命。"胡知府说着便一本正经来到衙台前，用惊堂木狠狠地一拍，这一拍让许守财听得哆嗦，这一拍胡知府好像是"六亲不认"，可知府还是那个胡知府，怎么突然间变脸啦？殊不知，天底下有什么比头上的乌纱更重要。

胡知府还算个识时务者，他宁愿得罪许守财，也不愿得罪头上的乌纱。

也许，官场就这个样，当涉及头上的这顶乌纱时，谁都会不顾一切为其舍命，其他的都无关紧要。

至此，张、许两家的土地权属案才有了一个公正的结果。

李恒甫走到解缙面前说："解大人，你还是我原先认识的那个解大人啊。"

解缙说："李大人，我之所以这么做，也就是想看看你李大人还是不是原先的李大人哟，现在我放心了，是个好官。"

李恒甫把解缙带到后厅，拿出了上好的黄狮茶请解缙品尝。他急着想知道解缙这次回家的真正缘由，他一边品茶，他一边试探。但解缙只是一个劲夸黄狮茶，像是什么也没听见。

这谜底等十年后揭吧。

墨香解家祠

转眼就是六个年头。

解开一心想了却太祖的心愿，把解缙修炼成儒士。这辈子自己没有效忠大明帝国，这课只希望儿子给他补上。他把解缙领进鉴湖书院后，就一直陪着解缙读《论语》《孝经》《大学》等儒学经典。

日复一日，年复一年。

那天，解开正在给解缙讲解曾子《孝经》里的"三才章"。

解开读着：

曾子曰："甚哉！孝之大也。"子曰："夫孝，天之经也，地之义也，民之行也。天地之经，而民是则之，则天之明，因地之利，以顺天下。是以其教不肃而成，其政不严而治。先王见教之可以化民也。是故先之以博爱，而民莫遗其亲；陈之以德义，而民兴行；先之以敬让，而民不争；道之以礼乐，而民和睦；示之以好恶，而民知禁。《诗》云：'赫赫师尹，民具尔瞻。'"

照着曾子《孝经》的"三才章"，解开慢慢地解读着：

曾子说："多么博大精深，孝道太伟大了。"孔子说："孝道，像日月星辰更迭、大地江河流水一样有一定规律和法则，它是人们一切品行最根本的所在，也是人们应该遵守的最高准则，更是人类共同信守的道德规范。苍天和大地都按照自己的规律运行着，人们也从其严格的法则中领悟到了自己的最高品行，也按照天地之法一样遵循它。好好地效法天下那日月星辰永恒不变吧！也好好地去把握大地四季生息的转换规律吧！认识了这一切，治理天下就容易了。"其实，教化百姓的道理也完全一样，用不着采用什么严厉的手段。对百姓管理也是一样，同样无须严厉手法也可以治理得井井有条。先前的圣贤明君正是领悟到了通过教育便可以感化民众，所以一切都是亲自带头，以身作则，并把对民众的博爱放在最重要的位置。在这样的感化下，民众没有一个会遗弃自己的双亲了。然后徐徐向他们讲述道德、礼义，人们也懂得，并且主动地去按道德、礼义行事。这些先贤们还亲自带头尊敬别人，在他人面前表现出谦让之态；于是，民众也不再产生争斗之举了。先圣们还制定了礼仪制度与和谐音乐，用之引导、教化民众。自然人们就学会了相处和睦亲近。其实，只要你向人们引导和宣传什么是好的，什么是丑的，人们是能够区别开来的，并且也就不再去违犯禁令和法规了。《诗经》上说得好："威严而显赫的太师尹氏啊！人们都在仰望、效法着你！"

也不知朱元璋打的什么主意，一个解开就能把解缙改变过来，没听说过"江山易改，禀性难移"吗？走进鉴湖书院的父子俩，尽管解开苦口婆心，尽管解缙孜孜不倦，但解缙还是原来的解缙。

这些年，解缙只是静下心来闭门著述，他没日没夜在鉴湖书院校改《元史》，补写《宋史》，删定《礼记》，为历史填补空缺，他要对得起大明帝国，对得起朱元璋。

一天，徐玉轩上气不接下气来到鉴湖书院，急着对解开说："不好啦！爹，母亲患病啦。"

高妙莹这回病得不轻，大夫拉着解开一旁轻轻地说："夫人只有卧床好生调养，别无良方。"

大夫的神态，解开知道夫人已是病入膏肓。

一边是圣上的重托，一边是爱妻的重病，解开到了插得秧来茶要老、采得茶来秧要黄的地步，两件事他都耽搁不起。从来办事想好了再做的解开，这回他顾不得多想，决定给解缙纳妾，以照看病中的妻子。

解开请来媒人，把城里陈家一个叫秀儿的姑娘说给了解缙。

用解缙姑妈的话说，陈秀儿真是个送子观音，嫁到解家才一年，就给解家生了个孙子。都说做爷爷的得了孙子，远比做爹的得了儿子还要高兴。孩子出生的那天，解开点着一对大蜡烛，把中堂映得明亮，这孩子后来也就取名贞亮。

又是一年冬至，这地方有个旧习惯，每隔几年的冬至，都要做一回添丁酒（为新生儿上宗谱），解缙自然要去祠堂为贞亮上谱。

当解缙走进祠堂的一这刻，他愣住了，眼下只见祠堂中间摆着一张大方桌，桌上放着笔、墨、纸、砚。解家族长、宗长见解缙到来，赶紧上前接迎，让解缙正上方而坐。瞬间，把解缙弄得不知如何是好。

"各位前辈，我解缙辈分尚小，哪有上座之理。"解缙忙说。

"贤侄，今年闰月，为讨个吉利，各地都在撰修家谱，当然，解家也不例外。解家上下千年，数你官最大，想请你为解家写个谱序。这上座自然非你莫属。"族长公笑着说。

解缙望着桌子上摆着的文房四宝，长辈又如此盛情，也不好推却，便说了一句："各位前辈既然这般抬举我解缙，那我就只有献丑了。"

解缙提笔，他那刚毅有力的小楷，书写着一部解氏家史：

重修解氏族谱序

余方修族谱曰：予将为天下谱法也。或曰：不其诞乎？且天下之所法有欧苏二谱，其法茂以加矣。曰：嘻！兹非滞於见小而不解耶？苏氏谱独详所亲，余尝谓其用心之不广。欧阳公称其族来自唐末，不显乃不知万安有梁国公墓碑尚存，实沙溪之祖本周将臣与宋太祖为布衣交。太祖受禅义不屈其殁也。太祖强封焉。则欧公考摅之大谬，亦且未尝履于江乡耳。至如曾子固作谱，而与史记诸书皆不合。王安石作萧定基神道碑以乾元己亥至今洪武丁丑六百九十余年，历二十世更数人之手，凡几大乱，至宋咸滆间，人发芙蓉山王夫人塚前地，得世系碑，遗像俱存，墓碑亦在焉。其刻石其藏诸墓者，南唐僕射世隆公也。宋江华公龙翔善画，能画得以考正述作于是。因宋熙宁进士濮州公吉蒲所修普增益验事，而置副本甚多，尝置从祖田下房，如山家收遇春秋时祭，若忌日则展视焉。元辱之乱，其副一藏七里名家，为寇焦烈。一寄虎邱山观，为从父德先义士取去，失于水寨。幸先祖妣大夫人徐氏以的本遗像事略装其行李家君还自燕，别轴怀之，崎岖随身，屡得屡失，出入锋镝，灵诱贼寇，皆神事之。数见梦家君随所共获，事别有记。洪武壬子，从祖季通先生持事略参取北门宗谱则宋绍定间。从祖樗散老人所修，比江华公详略异耳，比族所以存此，以从叔母金壁邓氏乱中揭以田簿相随依外家，为义士得宝无坏斯，亦事之非出于偶然者矣。予自幼务此，参之传记，访之遗老，广之于异闻，历之于山境，旧居必履指，吉墓必拜扫，名家媾谱必借观，而祥审焉。先祖片言半语必手抄而质问焉。抽金匮石室，以验于古考，曲誉妄毁以征于今。自生七年至今二十余年间未尝少懈。洪武庚午将还京师，从兄朋从尝共修事略一卷亦颇明直，然而尚恨未为平阳之观而下雁门之拜也。乡之遗事则颇审矣。尤恨于洪武甲子从兄简约復见世系碑于水南民家，参之所传，较若画一。拟从辇取则其家见火蛇怪盘其上，椎裂粉散，无復可求矣。此兄亦尝以为痛惜。是用载谋刻石梨以广其传。其历代以来，名人钜公翰墨文章百编大帙难备存。姑摘其不可遗者著之。若家之学士忠贤，女妇贞烈，则无不传其详。而愚不肖，亦咸载焉提之以世次而昭穆不可乱矣。表之以族房而亲疏不可间矣。征之以时世而废兴之，故交游慎终追远之事，庶几备而足以使人兴起矣。诚使天下之谱皆如是之明切也，亦区区之用心。故曰：重修解氏谱为天下谱法也。

解缙绅
明洪武丁丑　吉日

解缙写完谱序后，族长公又说："贤侄，这解氏源流你可否把它写成一首歌（诗），以供后人传咏。"

"族长公既然发话，我就恭敬不如从命。"解缙说。

一部解氏源流，在解缙的笔下悠然成歌：

解氏源流歌

雁门叔谦楚梁显，元城之居解公琰。
安史之乱迁庐陵，隐退翁子鄙德远。
翰宏材生鞯德与，从美兼善同水居。
盛世隆营寨吉阳，生弼阜谋迨事唐。
文灿丽正子希言，其子翔衔迁北坊。
希孟伯轲母曾氏，是田希言异母弟。
仁宗嘉祐徙鉴湖，毓生参军安吉甫。
世维持国出胄监，千龄庆万亦接武。
承事必达龛敬之，生春讳谷生登仕。
登仕兄弟有四人，次曰莊出昭子字。
莊山二字皆荊试，应辰为兄应申弟。

辰峰浩轩众所师，辰叟申叟是其字。
子元真我竹梧号，子苍存我苍林老。
子文先我及子期，立我则悉乃其浩。
时我子雨号时雨，五兄弟者皆闻道。
真我竹梧太史公，高科伟节如游龙。
家居兄弟二人者，蜚英十载游辟雍。
苍林三男天其二，孟曰长民亦文艺。
观我伯中述宋史，剩福霱余五男子。
元瑞明经善赋诗，元溥魁梧福早逝。
元魁历职教黉官，元禄大夫水叶励。
先我有子曰文先，风流正是骑鲸仙。
建昌有子能念祖，成家岁久无归年。
山泉仲正曰鸿迈，元震元復承简编。
元震清河密去宰，元復迪功仕贤能。
衡岳嘉赠华容扁，王褒称述剩诗文。
朋从屹立是其嗣，次曰康宁而同圆。
则悉长子开无后，少子曰阔居阳田。
时我有子贤而天，季通成我今有后。
元琛元璋及元璧，林立诸孙娴俎豆。
最尔同宗尚勉旃，祖宗成立如登天。

解缙收笔后，正想起身，突然三位读书模样的人来到解缙跟前，跪成一排说："晚辈拜见解大人。"

这又是从何说起，解缙真弄不明白。

还是族长公赶紧上前解释："贤侄，眼前三人乃我解家女婿，贡生曾思圣，本地石濑曾家人；书吏杨孝忠，本地涩塘杨家人；举人熊浩，本地七里湾熊家人。三人都是为着家谱、家祠前来向你讨个墨宝。"

"解大人，乡人今年重修族谱，想请你写个谱序，不知当否。"曾思圣抢先一步。

解缙说："哦，曾家人，常听我姑母说，天下曾家乃郕国公（曾子）之传，难怪自古石濑出美女，书香血脉，自然如此了。"

曾思圣说："石濑女子，北岭房子，只不过是一句传说，解大人过奖了。"

解缙二话没说，即刻挥笔弄墨：

曾氏族谱序

沧桑变更，陵谷迁移，大家民族失其谱牒，多矣。其能复修之者，无几焉。自非子孙之象贤，诗书之继世，而以祖宗为念者，不敢致，谨于私也。

渝庠司训曾思胜氏，乃青原文江之望族也，与余斯有文好，一日来京，出其所撰曾氏族谱，引凡若干言以示于今，则知其家乘亦毁于王辱之兵燹，重以祖训之笃，父命之严俾其重修，于是继志述事，采摭搜集，洪武甲戌图成，辛巳注成。

徵余一言于其后，考其世系自郕国公至思胜，凡五十四世，其间支分派晰，次第先后，俱见于引，余奚容赘，然自煨烬之余，乃能因略而致详，推旧以为新，不屑于既凭证之迹，而无负于祖训之托，足以见其用心之密矣，且深以世代疏远，至有祖宗族如途人为戒，尤足见其存心之厚焉。

昔范文正公有曰：吾吴中宗族甚众，于吾固有亲疏，然吾祖宗视之，则均是子孙，固无亲疏也，苟知祖宗之意无亲疏，则饥寒者，吾安得而恤也。今视先生之心，是即文正之为心，岂惟励薄俗于当年，而后世子孙皆当以此为心也。

古来石濑女子以美著称，故曰："石濑女子，百岭房子。余谓之，石濑女子之美，源于郕国公之血脉，书香族脉，其女子自然美哉。

且余以为，郕国公所著三纲领八条目之书，昭如日月，子孙世而诵习之，格致则祖宗常在于心目矣。由格致而诚正，由诚正而修身，由修身而齐家，则国可以治，天下可以平，况在宗族而不睦乎！是道也。固曾氏子孙之所世守，而亦天下后世之所共法，是虽天下后世之所共法，而曾氏之子孙尤当加之意焉。余僭述其事于左，后之览者，宁不有感于斯文。

明洪武丁丑　吉日

见得解缙为石濑曾家谱序收笔，杨孝忠匆匆走到堂前。

"解大人，涩塘今年重修祠堂，村人托我向你讨写一篇小记，不知可否。"杨孝忠说。

"这位后生，我的功力远差于诚斋公了，想当年崇宁帝的御书都出自诚斋公之手，我怕有辱诚斋公哟。"解缙笑着说。

杨孝忠又说:"解大人,诚斋公有诚斋公的笔体,解大人有解大人的笔风,有道是长江后浪推前浪。"

"这位后生过奖了。既然是诚斋公家乡重修宗祠,我理当效力。"解缙手握七寸,打断杨孝忠的话说。

杨氏重修祠堂记

宋杨忠襄公以大义死建康,闻于天下,其族属先后皆有节行。盖杨氏建家于吉,自门下侍郎知吉州辂始。侍郎善待士,唐末五季之乱,士大夫多依之以居。迄宋之平吉之名,族视古为盛。真宗大中祥符八年,侍郎诸孙丕撰进士甲科,仕至屯田员外郎,知康州以清谨,与乡人萧侍郎彭大博齐名,真宗御宸翰书于殿柱曰:"江西三瑞"。

仁宗皇佑初,着作郎纯师以文章显,蔡京之柄用也。洪州通判存抗以直言,格其请托,卒为所擯卓然之行,倡于忠襄之前。至文节公万里以宝谟阁学士致政,家居闻韩侂冑专权误国,草谏疏毕,愤惋不食死,子长儒仕至安抚使,直义之化沾需蛮越击豪强,不避尽灭。捐俸入七十万余,代输民租,不持一钱去,凛然之节继于忠襄之后。又若安抚使炎正,与吏部侍郎孜皆见称于世,不辱其家,稽之史编古未有也,于法皆当祀,以表节行励风俗故。

元盛时,杨氏之贤同知昆山州事学文,始即文节公故居为祠,规制广于前而田益加多,岁久弗治,田芜宇倾。予先世与文节公有连,少知读其文,见与益国周文忠公,及晦庵朱文公卿之诸君子,过从觞咏,想见一时之盛,徒步谒祠下江东,诸山如画屏,列于前地据高爽宋崇陵御书"诚斋"字。揭文安公所撰祠记,刻石具在,乔木苍然挺秀,为之伫立顾望,兴怀低面而不能去者多之。

永乐二年甲申八月初,吉杨氏之贤季琛,以旧臣膺京兆之举,作令南海,次修祠之颠,末授予而请记焉。盖经营于元年八月,以今年五月讫工。季琛实倡率其族人,因其故六楹及余才可用者,益以新木凡三百四十,有奇砖甓五百有七,增设始祖吉州公及屯田清谨公二龛、诸小宗显宦序昭穆从祀。废像设用木主,刻世宗祀田祭器牲币酒数仪节科条于碑阴祭用。冬至立春子孙缘岁转直祠祀,祠宇坏漏,辄饬毋怠罚如科条,所以奠祖而垂后,可谓远也已,可谓详也已。于乎?岂为杨氏而已哉。

明洪武丁丑　吉日

最后是七里湾村熊浩。

还没等熊浩开口,解缙便笑着说:"听说七里湾有口池塘的石板下藏着七条泥鳅,如果有哪条泥鳅开了眼,你七里湾就要出一个人杰(相传很多年后,一只泥鳅开眼了,果然就出了左都御史熊概),如果七条泥鳅都开了眼,你那七里湾可了不得喽。"

"解大人,此乃传说,不可全信。"熊浩说。

"这位后生,你也是为家谱而来?"解缙问。

"解大人,晚生正是为此而来,还请解大人费心。"熊浩说。

"我打小就在七里湾砍过柴、捉过鱼、讨过水喝,看在这个分上,也该为七里湾代劳。"解缙说着,沉思片刻,欣然命笔:

吉水学前熊氏重修族谱序

外物不知其高深返诸内焉,高深者在我矣,此保族之道也。颜子于圣人之道仰之弥高非而钻之弥坚,而王侯之门高视天而深视海。七十子之徒达如子贡、勇如子路,艺如子冉,求非不知圣道三高深,外驾来能税焉?独颜氏子欣然陋苍以终其身,箪瓢世家配阙里以无穷。故曰,高深在我者,保族之道也。昔夏侯玄何晏之徒妄作名字,自相标榜,以深与神,卒陷于曹爽之党,陆淳桹宋元入司马者扬,扬然自以伊尹吕氏,复生尧舜之理可致卒辱于叔父子羞称焉之数子也,大者覆宗,小者灭祀。故曰高深在我者保族之道也。粤稽吾邑吉水城内学前熊氏,久称贵族矧夫先世有讳究者父子尚书名播万古,有讳克者九朝略出,官高必显。有讳友兰者,兄弟联芳,位列朝宁,称显耀名,有讳太璞者,义精仁熟,才学盖世。古今名士有讳者宏绪,官居三公之中,位列九卿之上,有讳自修者,聪明过人,智巧超群,学业精通,文理优秀,原宰北京通判。致仕归农倡修族谱兼总裁。非阅旧普之所载,何以知祖宗之所以出乎?有讳伯安者列为扶修之士,善立草创而规模得其大概矣!有讳学鹏者,居讨论之功,引古证今,无不咸宜,有讳立纪者学父无冗无杂,精于修肴,损其大遇,益其不及。有讳报捷者,坐局监修,悉订较正,冈不尽善而不尽美也。有怀型瑾者,加以润色文采,可歌而可咏,添以华丽诗句,足观而足征。有讳日照者己作对读,无遗无漏不错不差。而家乘不日而成矣,有讳敏儒、孟正者二公之时,不幸黄巢作乱,山寇猖獗,无论同郡者交锋对垒,既令同邑者无不怀恨而相仇。有讳月颜者,因兵变弃官不仕，而独负谱与身俱固，非保姓为嗣之故，何其兢兢而不忍失其族谱也。传至有讳略，居易，性纯之际，天下太平，永清大定，国家享无事之福，士庶免流连之苦。有讳钟庆者娶肖氏生子二，长曰发煜，次曰发煌。公生拨仙，公生隐巅生必遂，公娶欧阳氏，生子三，长曰铛，次曰镜，三曰锋，公生斯羽，公生振翅公生积厚，娶赵氏，生子五：鼎甲、鼎兴、鼎远、鼎炽、鼎盛。公娶吴氏、无嗣，继娶阮氏，生子一讳豸，唐天圣庚午科解试，豸生元登，公娶谢氏，无嗣，再娶张氏，生子三，长于飞，荐辟出身，次于沼，附生，三于祐，公生其昭五兄弟，称五杰，如花萼之相，辉皆题名，不朽其称。昭公娶孔氏，生子四，长曰含辉，国监，次曰含千，忠厚传家，诗书启后，三曰含章，儒业屡试不达，惜哉，命也，四曰含淑，公生殿扬，殿峻，峻公娶仇氏，生子六，长曰而陛，增生，次曰而文，三曰而理，四曰而简，五曰而温，六曰而和，和公生以向，公娶赖氏生子二，长讳鹰，原任南昌知府，遂择居于四牌楼前，次讳鹭公居丰城县，鹭公娶黄氏生子三，长曰报本，徙居石城县城东，次曰敦本，五荐三魁进士，三曰务本，金紫光禄大夫，太子太傅，礼部尚书，勒封过，葬于永丰十六都风吹罗带形，务本公娶庞氏太夫人生子八：长曰：秉正官至御史，次曰秉善，兄弟八人由湖广玉阶而分居于吉水、永丰各处地方。吉水学前而分居于七里，由吉水七里而分居于庐陵大街上，由大街上而分居检泰和丘山，由泰和丘山巴山，而分永新松岭，分居安福井前，永宁坑尾，分居龙泉白石，乐安官桩，崇仁墈背，新干东边，富田、河口、白沙，吉水水南花园、吉水冠山、大石嘴上、水西、水东沙园、瑞氟吉水樟树下，金城。是以吾邑诸君子孙称美不已，有取其旧风焉。吾思夫子之于颜氏，博之以文者，大学之，格物致知也，约之以礼者大学之，诚意正心修身也，果高深而不可及哉，天下保族果无遇于颜氏彼徒预务乎其外是舍大椿而慕朝菌者也。熊氏士之讳者慕舜老年兄率族人重修其谱，请予序之，予固乐为之，言焉。

解缙把谱序递给熊浩，只听得有人喊着"开席"了，族长公忙走到解缙身边说："贤侄，今日你墨香解家祠，为先祖积德，请上座喝上几盏。"

"只要是家乡的冬酒，解缙是不醉不归。"解缙的话，说出了他的直率，更是说出了他的乡愁。

第十七章　爷爷走了，孙儿来了

曾经被人叫了几十年万岁的朱元璋，他没有走完这个称谓的百分之一，便撒手人寰。他最不甘心的一件事，就是没有把孙儿扶上马，再送他一程。

好大一棵树，倒了

尽管有享不尽的皇家御膳，尽管大明帝国的一流医技都围着他身边转，但谁也没留住朱元璋。

洪武三十一年六月二十四日，朱元璋带着遗憾，离开了他最割舍不下的江山社稷。

弥留之际，朱元璋想了很多，他是怎样从一个放牛娃登上帝王宝座；他是怎样以小胜大，以弱胜强打败陈友谅；他是怎样在鄱阳湖大难不死；他又是如何杀了李善长……

人之将死，其言也善，朱元璋突然用微弱的声音说："朕怎么把李善长杀了，他不该死呀。"

李善长确实不该杀，丢下和朱元璋这份淮西老乡不谈，他的儿子做了朱家驸马，李善长可是临安公主的公爹，他与朱元璋是亲家之称，但朱元璋还是没有手下留情。

李善长，一个在朱元璋登上皇位前就在他身边鞍前马后的人。之后，又是他把朱元璋一手推到大明帝国的第一把椅子上，可算得上是开国功臣。今天他才明白自己当初不该下手这么狠，一开口李善长一家七十多口就这么被灭了。

李善长这一大家子，老老少少血染刑场那个惨不忍睹的场景又出现在朱元璋眼里，他像是在忏悔，更像是在谢罪。

忠言逆耳利于行，朱元璋到死才明白了这个道理。他悔不该在他杀李善长时，没有听解缙的劝谏。

想着想着，鄱阳湖与陈友谅决死一战的场景又在脑子打转。他一支十来万人的队伍是如何巧妙地与陈友谅六十万人的大队伍周旋，他的那些小船是如何打败陈友谅的大船。就是这个鄱阳湖，他永远忘不了，当陈友谅把他逼上绝路时，他在水中大呼救命这一刻，一条渔船向他驶去，终于天不灭他。

朱元璋更想起了解缙写给他的信："万岁，微臣在这里要向您道喜了，陈元莲为吾皇生下一凤，取名主儿，万岁又多了一个千金。"

她们为何不来找朕，如果她们来到应天，朕可以封她贵妃，主儿也就可做堂堂正正的公主了。他深深地透了一口气说："也许，民间更自在，也许，平平淡淡才是真。"

朱元璋睁大眼睛扫视着眼前这一张张熟悉的面孔，脸上露出了最后的微笑，像是在告诉大家他要走了。

诀别的一瞬间，朱元璋对着身边的朱允炆丢下半句话："宣解缙进殿，辅佐……"后面的话虽然没说出来，身边的人也是心知肚明。

顷刻间，这棵大树，在没有暴风骤雨，没有雷轰电掣中，哗啦一声倒下了。

"万岁有旨，五百里加急，传解缙进殿。"何公公故意提高八度嗓门喊着，他像是要让他的主子知道，奴才至死都是忠诚于您的，但主子听不见了。

朱元璋没有正确估计自己的生命时钟，本想十年后与孙儿实行权力的交接，然后再让解缙进京辅佐朱允炆，然后自己再送他一程，最后对自己再做个了断。

无奈，他没等到这一天。

忠奸的较量

朱允炆照着他爷爷当年登基的规矩来到朝堂，可他少了朱元璋的那份帝王的霸气，大家从他身上看到的只是有如他父亲朱标身上的宽厚和仁慈外还夹着一些孩子气。

登基文告宣读后，朱允炆坐在那把金光闪闪的椅子上，称帝建文。

他用亲和的目光看着站在两边的文武大臣。

左边站着的是文臣方孝孺、黄子澄、解缙、齐泰、黄观、陈迪、侯泰、练子宁、暴昭、张紞、黄岩、王淑英、袁泰。

右边站着的是武臣李景隆、耿炳文、铁铉、盛庸、瞿能、平安、何福。

后面站着的是各部尚书和其他官员。

望着满朝文武，年少的建文帝感觉茫然。他们一个个都像自己的父辈，甚至是爷爷，这些人中间有的是他爷爷身边的老臣，今后，他们能听我发号施令……

他只有把目光投向两个人，一个是解缙，论资排辈，解缙在这些老臣面前还嫩了些，可论才学他们不在解缙的话下，何况对解缙的重用朱元璋有言在先。他感觉只要用好了解缙，其他的人不重要了。要么，就搬着爷爷那一套，不听使唤的斩立决。但朱允炆到底是朱允炆，他的骨子里只留着父亲宽厚仁慈的血脉，因此，他该出手时而没有出手。

在朱允炆眼里，还有一个人他很欣赏，这个人是左都御史袁泰。袁泰是资深老臣。洪武四年的老进士，他从县令一直干到左都御史，仕途上费了不少心机。

朱允炆从小就听他父亲朱标经常提到袁泰，很多案件只要朱标一开口，袁泰便是大事化小，小事化了。在朱允炆眼里，袁泰是个很听话的老臣。因此，朱允炆很看重袁泰。

一个解缙，一个袁泰，论才学解缙自然高袁泰一筹。论听话，袁泰是惟命是从。

人云亦云，这点解缙可能做不到，那个祖宗传给他的直性子谁也无法将他更改，就是朱元璋对解缙定的十年计划，想对他进行长时间的打磨，也毫无结果。

十九岁的建文帝，他对帝国的事情不是考虑得太多，就是心里老怕着有人不听他的话，老谋深算的袁泰看出了他的这个毛病，只要朱允炆发话，他总是点头哈腰，这就是袁泰与解缙不同的地方。

一个是先皇的遗愿，必须大用，一个是后帝的心愿，必须大用。就这样朱允炆把解缙、袁泰都留在身边做了文臣。

都说同行生妒，文人相轻。皇上身边的同行，皇上身边的文人那还不是一场狭路相逢。

朱允炆难得空闲一回，一天，他带着解缙、袁泰去京郊打猎，路过一村庄时，朱允炆指着村口的一只羊说："解爱卿，这村口趴在地上的是羊还是狗呀？"

解缙说："万岁，微臣看它是羊。"

"袁爱卿，你说它是羊还是狗哇。"朱允炆说。

袁泰忙说："万岁年少，眼神好，微臣只有向您讨教了。"

"朕看它是条狗。"朱允炆说。

"万岁英明，据微臣所知，这地方从来就不养羊。"袁泰说着看了解缙一眼。

突然，远处传来一阵阵哞哞的叫声，解缙用手中的弓拍了一下袁泰说："袁大人，你不是说这村里从来不养羊吗？左边那一群哞哞叫的总不会又是一群狗吧。"

袁泰装着没听见。朱允炆见解缙和袁泰在说话，便问："解爱卿，你和袁爱卿在嘀咕什么呀？"

"万岁，微臣没说别的，只是重复吾皇刚才说的那句话，它就是一条狗。"解缙的话朱允炆没听出音，只是旁边的袁泰听得很不是味道。

自从解缙入朝那天起，袁泰就琢磨要把他撵走，不光是解缙，就是方孝孺、黄子澄都在他计划之内，否则，他成不了气候。

第一目标向解缙开火。

袁泰自然清楚，想对付解缙谈何容易，论文采袁泰不是解缙的对手，论口才袁泰更不是解缙的对手。他只有使出惯用的诡才，借朱允炆的手，把解缙弄走。

听说过这么一句话："谎言重复一百篇，就变成事实。"袁泰对官场的厚黑学是读透了，他一个劲地在朱允炆面前对解缙说三道四，起初朱允炆只是对他摆摆手说："袁爱卿，你多心了，解缙可是朝廷出了名的忠臣呀。"

尽管朱允炆是这么说的，但袁泰还是厚着脸皮在朱允炆面前拿解缙说事。

时间一久，朱允炆对解缙还真起了疑心。

一天，袁泰陪着朱允炆在玄武湖散步，他又贴着耳对朱允炆说："万岁，解缙和朝廷的文武大臣打得火热，一团和气，并非我大明的福气呀。"

朱允炆说："袁爱卿，此话怎讲。"

袁泰说："万岁，解缙之所以和众臣走得这么近，有他的缘由。他欺负吾皇年少，想让朝中大臣听他调遣，这些想必吾皇也看在心里，万岁之所以不问罪解缙,这是吾皇仁慈,但微臣不得不提醒吾皇,就怕夜长梦多啊。"

朱允炆对袁泰的这番话不可全信,但也不可不信。想想解缙平时总没有像袁泰这样好使唤,从此,朱允炆开始对解缙"另眼相待"。

借 鸡 说 事

解缙,朝廷的铁嘴铜牙。袁泰,朱允炆的红人。他们同在一个山头上听命,自古一山不容二虎,这两个人当然也不例外。

袁泰自从上次被解缙指桑骂槐说他是一条狗后,自然很不甘心,他总想寻找机会把解缙打趴在地上。

一天,朱允炆在西宫与解缙等大臣闲聊,袁泰突然端着一窝就要破壳的孵蛋来到西宫。

朱允炆自小就爱看鸡雏出壳,使得朱元璋常常令太监到处寻找破壳的孵蛋拿到宫内为孙儿取兴。袁泰可算是摸透了建文帝,就连他这一小小嗜好也是了如指掌。

袁泰把一窝就要破壳的孵蛋端到朱允炆跟前说:"万岁,鸡雏就要破壳,请吾皇尽兴。"

朱允炆笑着说:"呵……真不愧是老臣,还是袁爱卿懂朕啊。众卿快看,这小小鸡雏就要破壳了。"

解缙看着身为当代皇上的朱允炆就像孩子一般玩着小鸡破壳,心想,这哪像一国之君,大明帝国啊,迟早会……

不一会儿,一只鸡雏破壳而出。刚破壳的鸡雏怕见光,小鸡雏连滚带爬往暗处走去,一老臣见小鸡雏跌跌撞撞,赶忙跟紧在其后,把跌倒的鸡雏扶着慢慢走到朱允炆跟前。

朱允炆高兴地说:"众爱卿,鸡雏来到这世界上什么也不懂,跌跌撞撞到处乱跑,大家看看,明的地方它偏不去,硬要往暗处靠,朕自小看鸡雏出壳却都是这个样,大好玩了。"

朱允炆又对着解缙说:"解爱卿,朕看过多少次鸡雏出壳,就是从来都不见有人为此赋诗,都说你的诗写得好,朕令你为这出壳鸡雏赋诗一首,你看如何呀?"

解缙本想借小鸡出壳来说袁泰几句,但他想起朱允炆平日忠奸不分,是非不辨。此时，他更多的是想到朝廷，想到的是大明的江山社稷。

解缙调转话题，他要借鸡说帝。朱允炆若听得懂，也算是给他敲敲边鼓，听不懂，就当没说。

"谢万岁抬举。"解缙说完，慢慢曰来：

出壳鸡雏毛未干，生性壳中守闲安。
不是老臣扶一把，看你如何谋将来。

袁泰听完后，觉得时机到了，这回不把解缙扳倒恐怕就难得找到下回了。

"万岁，听话听声，锣鼓听音，解大人话中有话，不知吾皇可曾听出来了。"袁泰说。

"呵呵，袁爱卿，解爱卿怎么个话中有话，不妨说来听听。"朱允炆说。

"万岁，解大人第一句诗曰'出壳鸡雏毛未干'，你年少登基，他有所嫉妒，解大人这句指的不就是万岁您么。既然第一句指的是万岁您，那后面三句就不用奴才多嘴了。"袁泰说。

袁泰下手好狠，想一下就把解缙往死里打。

"哎……袁爱卿多心了，解爱卿只不过是就事论事，怎么能说把朕也扯上了呀，再说，在朕的西宫，就是给他十个胆，谅他也不敢呀。"朱允炆说。

"启禀万岁，奴才此诗本是像您说的那样见事论事，无所指也，正如万岁所说，袁大人多心了。"解缙说。

此时的解缙也想让袁泰当众出丑，便想起家乡的一句老话"恶人就得恶人治"。他变了个戏法走到袁泰跟前说："袁泰，吸血鬼。"话刚说完，便对着袁泰一个耳光。

"解缙，住手，你竟当着朕的面辱骂朝中大臣是吸血鬼，还动手打人，你可作如何解释"朱允炆说。

"禀万岁，我骂的不是袁大人，打的也不是袁大人。"解缙说。

朱允炆看了一眼正在气得全身发抖的袁泰，转身对解缙说："此话你得说清楚。"

解缙不慌不忙走到朱允炆身边，伸出打袁泰的右手，轻轻对朱允炆说："万岁，你看，我手中的它是不是吸血鬼？我打的就是这个吸血鬼，不然，它还在吸袁大人的血啊。"

朱允炆一看，是一只蚊子，便对袁泰说："袁爱卿，解爱卿不是冲你而来，他打的真是吸血鬼，蚊子哟。"

气头上的袁泰急着说:"万岁,解缙一派胡言,这分明是在欺君啊!"

两个人你一句,我一句,但朱允炆谁的话都没听,他突然说:"众爱卿不要吵了,看呀,又一只鸡雏出壳了。"

解缙看着朱允炆摇了摇头,什么也没说,只是淡淡一笑,这一笑,关乎大明帝国……

夜 半 吟

做了几个月皇帝的朱允炆被那一拨又一拨的奏折弄得他头昏眼花,这个帝国的农业、手工业、军队、边关、国库,还有那些不听话的文武大臣,朱允炆才发现做皇帝多累。

又是一个早朝的开始,这要命的早朝让朱允炆听着就烦。

解缙把匡思尧《通水利疏》的奏折送到朱允炆手中,朱允炆说:"解爱卿,你读给朕听吧。"

"上逆千年。大禹治水,谋百姓恩泽,造千秋功垂……恳请朝廷通水利疏,造福百姓。"解缙如实读着。

朱允炆问:"众爱卿,尔等对此有何看法。"

解缙抢先说:"万岁,微臣所见,匡思尧所言及时,为迎合《通水利疏》,微臣再送上《疏源记》一篇,请吾皇御览。"

朱允炆打开一看,解缙的《疏源记》写着:"水利之兴,盖所以福斯民而泽天下者也……思尧是举专利国家而不为身谋。"

朱允炆阅后,解缙再献上《疏源诗》一首:

　　一封奏书罢,万里尽疏通。

　　泽及长沮稼,名成大禹功。

　　渊源无尽夜,歌咏遍西东。

　　足慰三农望,从兹乐岁丰。

朱允炆读完后说:"众爱卿对解缙的《疏源记》和《疏源诗》有何评述呀。"

一向说话很谨慎的方孝孺这回抢先一步说:"启禀万岁,禾菽水当先,先贤治水,就是这个道理。解大人的《疏源记》和《疏源诗》以微臣之见,可取也。"

黄子澄接着说:"启禀万岁,水乃万物之命脉,历史上的都江堰早已惠及民生，微臣之见，解大人的治水篇可采可纳。"

可袁泰就不同了，解缙在他眼里永远是个碍事的。在一旁听得不耐烦的袁泰"哼"了一声说："塘里水鸭，嘴扁脚短叫嘎嘎；洞中乌龟，颈长壳硬矮拍拍。"

袁泰屡考不中，后来才当了个老进士，靠着阿谀奉迎走到今天。解缙听了袁泰这两句歪诗，便当着大家慢慢吟着："墙上芦苇，头重脚轻根底浅；山间竹笋，嘴尖皮厚腹中空。"

"哎，两位爱卿，有话慢慢说来，别伤了感情。"朱允炆慢条斯理地说。

"启禀万岁，解缙、方孝孺、黄子澄还有那个地方官员匡思尧是一根绳上的蚂蚱。他们借赞先贤之名，贬吾皇之实。"袁泰说。

这回袁泰就不是像以前那样只想数落解缙了，他要把解缙往死里整。袁泰从匡思尧说的大禹治水到解缙的名成大禹功，从方孝孺说的先贤治水到黄子澄赞誉的都江堰，四个人赞扬的都是先贤功德，说他们是有备而来，是借古讽今，欺君犯上。

听袁泰这么一说，回想起平时袁泰在他耳边说的那些像似掏心窝的话，朱允炆还真信了，他一改先前的好心情，收起了一副慈祥的面孔。

"万岁，单凭这一点就可以治他们个死罪。"袁泰趁热打铁。

"袁爱卿言之有理，方孝孺、黄子澄、解缙、匡思尧是要发落，但也不至于是死罪，尔等还有什么话要说吗？"朱允炆瞄了解缙一眼说。

这时，黄子澄向方孝孺使了个眼神，心想方大人你快说呀，难道我们就这样不明不白让万岁发落。

方孝孺说："黄大人，你急什么呀，解大人曾经在太祖面前救了何公公、小方子，难道他这张铁嘴还不为自己讨个说法。"

朝堂一片肃静，大家像似都在等解缙的声音。眼看朱允炆又喝了一口茶，这是他说话前的老习惯，他把茶杯一放，正要说话。

"万岁，可容我说两句。"解缙说。

"解缙，但说无妨。"朱允炆说。

方孝孺、黄子澄才深深吐了一口气，你这张谁也说不过的嘴也终于开口了。

"启禀万岁，袁大人果然是朝廷高手，他把死的能说成活的，好的能说成坏的，我解缙佩服、佩服。今天我无话可说，任凭吾皇发落。"解缙胸有成竹地说。

大堂的文官武将一个个都在私下说着，这哪像解缙在说话，方孝孺、黄子澄更是不解，解缙你吃错药了吧，这么大的一件事，你说得倒轻巧。

朱允炆等了很久，本想给解缙留个余地，让他求得朱允炆的宽恕。不料，解缙却没有按照他的思路行事。

既然如此，那就怪不得朕了。

事态的发展十分突然，朱允炆发话："解缙，事情因你而起，到甘肃河州去顶个卫吏吧。方孝孺、黄子澄、匡思尧各降一品，留在朝中，以观后效。"

其他人都没作声，只听得解缙说："臣领旨谢恩。"

方孝孺、黄子澄来到解缙身旁说："解大人，看你平时说话挺厉害的，怎么今天犯糊涂了呀？"

解缙说："君要臣死，臣不得不死，何况是给我挪动个地方。"

时已子夜，解缙想了很多，文天祥一生忠君爱国，却落了个悲惨下场。他走到案前，赋诗一首：

　　崖山云寒海舟覆，六载孤臣老燕狱。
　　东风杜宇三月三，五陵望断春芜绿。
　　墨花皇皇五十六，写出江南愁万斛。
　　当时下笔眼如虎，日落天低鬼神哭。
　　扬帆昔走仪真船，手持鳌柱擎南天。
　　间关岭海血洒檄，回首家国随飞烟。
　　六宫粉黛黄埃里，汉火无光吹不起。
　　全躯肯学褚渊生，嚼舌甘为杲卿死。
　　蓟门草碧春萋萋，高官不换西山薇。
　　哀吟一曲肝肠裂，劲气万太蛟龙飞。
　　当年恨杀葛岭贼，恨不剐心食其肉。
　　堂堂忠义行宇宙，白日青天照遗墨。
　　落花寒食风雨时，展卷如对龙虎姿。
　　再拜酹公金屈卮，有酒不读兰亭诗。

写完后，他一声叹息："自古忠良都如此兮。"

解缙选择了离开朝廷，到别处去换换脑子，顺便还可看看异乡风景，至于什么时候回朝，解缙心里有数。

朱允炆这个决定看上去好像是偶然，其实有它的必然。他当然不愿解缙离他而去，朱允炆之所以下手这么狠，他只想给解缙一个下马威。

朱允炆也想了很多，解缙如此不听话，我爷爷主政时就感觉到了，所以我爷爷打算用十年时间来磨炼他，但没有成功。这只怪我爷爷没看准磨法。我今天使的这招，只需十个月，还不到爷爷的十分之一，就算他是块顽石，也要熔化。

这是朱允炆入驻朝廷后最重的一招：解缙，从将军到士兵。

第十八章　奇诗·奇事·奇迹

建文二年殿试，朱允炆对王艮、胡广舍取难定，令二人以神、真、人、尘、春为韵，作百首梅花诗，以分高下。这二百二十首梅花诗闻世，古今中外，绝无仅有。

胡广、王艮、李贯，状元、榜眼、探花，吉水人全揽，这不是奇事，简直就是天下奇迹。

朱允炆急了

又是一年花落花开。

解缙虽然在河州为百姓修水利、减田赋，干得轰轰烈烈，但心里还是想着朝廷，想着大明帝国。他知道朱允炆也是舍不得自己离朝而去，考虑再三，解缙想给在朝的大臣董伦书信一封，把自己人在河州心在朝廷的话说出来。

事不宜迟，解缙伏案命笔：

……伏蒙圣恩，数对便殿，中之以慰谕，重之以锡赉，许以十年著述，冠带来廷。《元史》舛误，承命改修，及踵成《宋书》，删定《礼经》凡例，皆已留中。奉亲之暇，杜门纂述，渐有次序，荐将八载，宾天之讣忽闻，痛切之诚欲绝。向非先帝之明，缙亦无有今日，是以母丧在殡，未遑安厝，家君以九十之年，倚门望思，皆不暇恋，冀一瞻山陵，陨泪九土。何图罣误，蒙恩远行。扬、粤之人，不堪寒苦，复多疾病，俯仰奔趋，与吏卒为伍，低佪服事，诚不堪忍。昼夜涕泣，恒惧有不测之忧，进不能尽忠于国，退不得尽孝子亲。不忠不孝，负平生学问之心，抱万古不穷之痛，为天下笑，为先生长者之羞。是以数鸣哀感，冀皇天后土之鉴临，得还京师，复见天颜，少陈情悃，或遂南归，父子相见即走也。更生之日，临书不胜恺切愿望之至。①

建文二年大比在即。

这天早朝，建文帝草草地接受了文武大臣的朝拜。望着他一副憔悴的样子，看来昨晚又是熬夜了。这些天，翰林院送给他几份起草的会试卷，朱允炆看了很不满意。他找来爷爷主政时的会试卷，对着眼前翰林院起草的试卷，可说是一个天上，一个地下。从来不易动肝火的朱允炆，这回要骂人了。

"拿着朝廷丰厚的俸禄，拟出如此低劣的御卷，一帮酒囊饭袋。"朱允炆把起草的试卷往地上一摔，气愤地说。

虽说朱允炆是个宽厚仁慈的皇帝，此时，在朝的文武大臣也一个个都不敢作声。

"怎么啦，都哑巴啦。"朱允炆说。

方孝孺看了一眼身边的几位文臣，他们都低着头。想了想，自从解缙被袁泰撵走后，他这个第一文臣也是如履薄冰，稍有不慎，弄不好袁泰在皇上耳边说上几句，恐怕也要发配边关了。此时，正是个好机会，我可以对袁泰只字不提，但说的就是袁泰。这叫以其人之道，还其人之身。

"启禀万岁，先皇时期，试卷由解大人主笔，他起草的试卷多次受到先皇赞誉，堪称不可多得。可惜解大人已发配地方，就眼下朝廷的文员来看，也只能拿出此类试题，依微臣之见，也只有这样凑合了。"方孝孺说。

袁泰生怕惹火上身，便大声说："大胆方孝孺，你指桑骂槐，目无朝廷，该当何罪。"

尽管袁泰喊出这么大的声音，朱允炆似乎没听见，方孝孺这么一提醒，朱允炆倒是看了袁泰一眼。

袁泰看了主子的眼神，一种充满愤怒的眼神，吓得直哆嗦，他正想插嘴，只听得平时不太爱说话的董伦有话要说："禀万岁，以微臣之见，能担此重任者，非解缙莫属也。"董伦的话语不多，但在朱允炆面前很有分量。

朱允炆说："五百里加急，传解缙即刻进京。"

朱允炆的话，袁泰在一旁听得如雷贯耳。他心里清楚，不久，一场与解

---

① 《寄具川董伦书》，见《文毅集》

缙的较量就要开始，后来的日子恐怕是凶多吉少。

时间一晃又是十几天了，一日早朝，朱允炆问："方爱卿，解缙怎么还未到京。"

"回万岁话，河州路途遥远，恐怕要些日子。"方孝孺说。

朱允炆扳着手指默默想了想，离大比只剩下九天了，倘若解缙还没启程，那可要误大事了。年轻的朱允炆还是头一次这么犯急。

再说解缙，虽然圣旨上写着"火速归京"几个字，但他一点也不急。他在河州写了一份长长的奏折，再把在河州没有做完的事一一了断，第三天骑着马直奔应天府。

朱允炆在朝堂来回地走着，到这个时候还没见解缙的踪影，难道解缙在路上发生了不测，难道解缙他抗旨……一系列的问号弄得朱允炆坐立不安。朱允炆用那种从来没有过的眼光看了一眼袁泰说："袁泰呀袁泰……"

朱允炆虽然没往下说，可袁泰在一旁听得一脸苍白。

正当朱允炆六神无主时，只见小方子慌慌张张向朝奉天殿走来，看着小方子的神态，他想该是解缙来了。

"万岁，解大人到。"小方子说。

"快快宣解缙。"朱允炆显得有些急不可待。

随着刘公公那声"解缙觐见"。解缙大步走进奉天殿，当他走到袁泰身边时，解缙有意停了一下，他用眼睛轻蔑地望了袁泰一眼，袁泰有些不知所措，便说："解大人别来无恙。"

解缙笑着说："全托你袁大人的福哇。"

"解缙听旨：大比在即，令解缙两日内完成会试试卷，钦此。"

"臣领旨谢恩。"解缙说。

"解爱卿，河州距应天千里之遥，一路上辛苦了，今晚朕在御膳房为你接风洗尘。"朱允炆说话显得十分亲和。

朱允炆这句很有味道的话让袁泰听得很不是味道。

斗　　奸

解缙匆匆把连日来赶拟的会试试卷交给朱允炆。

"解爱卿，怪不得先皇在世时经常夸你是大明的才子，果然不负朕望，这才是拿得出手的御卷呀。再说这精丽的功笔,那可是首屈一指。你这手小楷是怎样练就的?说给朕听听。"朱允炆高兴地问。

"承蒙万岁抬举,微臣自小受父母启蒙,入仕后又承中书舍人詹孟举指授。"解缙说。

朱允炆说:"呵呵,雅闻缙名,其文雅劲奇古,逼司马子长、韩退之;诗豪宕丰赡,似李、杜;书小楷精绝,行草皆佳。"

"启禀万岁,这都是托万岁的福,万岁过奖了。"话说到此,解缙见得朱允炆高兴,忙把在河州写好的那个奏折递给刘公公说:"启禀万岁,微臣有事要奏。"

朱允炆打开解缙的奏折一看,《论袁泰奸黠状》[①]赫然入目,他细细地看着,当看到最后几个字引起他的重视,"国有袁泰,国不安泰"。

朱允炆看了袁泰一眼说:"众爱卿,解缙奏疏弹劾袁泰,尔等给个说法。"

朱允炆虽然对袁泰也有看法,但他也不想一棍子把他打死,可又不想得罪解缙,想看看朝堂上有没有人出面为他说情,才说出了这么一句话。

袁泰的奸佞专权,督察院众多御史都看在心里,只是他大权在握,谁也不敢去碰他(诸御史欲纠袁泰,无人敢执笔……)。今日解缙既然开了个好头,他们也巴不得出这口气。

"启禀万岁,袁泰身为左都御史,本该效忠朝廷,可他嫉贤妒能,奸猾诡诈,为虎作伥,督察院早已是怨声载道,解大人说得好,国有袁泰,国不安泰。"一御史说。

"启禀万岁,臣有话要说……"方孝孺说。

"启禀万岁,臣有话要说……"黄子澄说。

一个个弹劾袁泰的声音此起彼伏,袁泰该收摊了。

朱允炆看了一眼袁泰说:"袁泰,你还有什么话可说,这朝堂上怎么就没有一个人愿替你说话,那就怪不得朕了。"

袁泰似泄了气的皮球,他还能说些什么呢,认命吧。

事态发展也很突然,"袁泰降职三级,你在督察院做个书吏吧。"朱允炆说。

袁泰的官场生涯,朱允炆给了他一个没有善终的句号。

[①]《文毅集》卷一。

奉天殿，咏梅

朱允炆主政后的第一次大比，紧锣密鼓。

礼部会试场，布局森严。

应天府贡院，只听得太常寺卿高逊志读着：

"圣曰：天下有道……子出""孔子之谓"……

考场鸦雀无声，各路学子都在细心应对。谁心里都有本账，十年寒窗，在此一举。这座万人瞩目的独木桥，只有抢过去，才能有资格参加最后的冲刺——殿试。

三个月后，奉天殿站满了领到贡士卡的学子，对他们来说，最后的一搏开始了。他们将在这里等候建文帝的挑选。

殿试，一、二、三名终于名花有主。

朱允炆很高兴地走过来，后面跟着解缙、方孝孺、黄子澄……

一场决定命运的选择正在进行。

王艮第一名，胡广第二名，李贯第三名。但这排名最后结果如何，一时还说不定，有句话不是说人算不如天算么，皇帝老子就是天。

王艮虽为第一，可在朱允炆眼里，总觉得其外貌不如胡广（貌寝，易为胡广），朱允炆对着王艮、胡广看了一眼，感觉有点不好下笔。从朱允炆的神态中，王艮总觉得他以貌取人，看好胡广。看来殿试说是公平，但一场不公平的选择也许就要开始，最后还得由朱允炆说了算。

王艮想了想，弄不好我这拼死拼活考来的第一还不知鹿死谁手。面对看好胡广的建文帝，王艮有些等不得了，他突然说："万岁，臣有话要说。"

朱允炆说："但说无妨。"

王艮顾不得这么多，便斗胆发声："万岁，恕我直言，若招驸马，乃取其貌也，若点状元，亦取其才兮。"

朱允炆沉思了一下，这个王艮太聪明了，连朕心里在想什么他都看得出来。倘若你的外貌如胡广的一半，我都会铁了心点你，可你的才华与你的外貌偏偏表里不一。

但王艮的话，朱允炆想想也有道理，此时，他真不知如何下笔。解缙看到朱允炆举棋不定，便说："启禀万岁，二人胜输难分，是否再加一题，以定高下。"

解缙一句话让朱允炆开窍了。

"王艮、胡广，朕令你二人以《丹桂》为题，咏诗一首。"朱允炆说。

胡广有些急于求成，既然万岁偏袒于我，我不能有违皇恩，他抢先一步吟曰：

作尽九州三岛赋，吟成五湖四海诗。

月中丹桂连根拔，不许旁人折半枝。

"月中丹桂连根拔，不许旁人折半枝。"胡广的诗好像把话说到头了，这状元非我胡广莫属。

胡老弟，话不能说得没有一点余地吧，你就可连根拔，别人就不可获半枝，王艮有些不服气，他接着吟曰：

骑鲸直上九天台，亲见嫦娥把桂栽。

恰好广寒宫未锁，被臣和月撮将来。

王艮这一吟倒是好轻松，只是让朱允炆听得很纠结。点得胡广来，王艮的才华又让他于心不忍。点得王艮来，可他的外貌又这么不争气。朱允炆拿起御笔在手中抖了抖又放下，这一幕让解缙看出了他的心思。

朱允炆既然一时间拿不定主意，还不如让他休息一会儿，可又不能叫在场的人看出朱允炆的优柔寡断，解缙给朱允炆卖了个乖。

"万岁，王艮、胡广都是殿试的佼佼者，凭一两句吟诗难分雌雄……"解缙的话没说完，他悄悄地在朱允炆耳边补充了他没说完的话。

"王艮、胡广，点状元非同小可，令你二人各写梅花诗一百首，朕再做定论。不过这百首梅花诗必须同韵，解爱卿，这诗韵就你来定吧。"朱允炆说。

解缙巴不得朱允炆说这句话，但他还是装得很谦让。

"万岁，微臣赋诗一首。不知当否。"解缙说。

朱允炆听说解缙吟诗，正好活跃一下眼前的局面，便说了一句："快快吟来"。

解缙吟曰：

是人非人乃当神，五颜六色黄最真。

金銮殿上掌门人，更衣着袍拂旧尘。

187

翰林墨香同犹春,①海阔天空龙舞魂。

解缙的诗,自然引起了朱允炆的兴趣。

"好,朕就令你从这诗里取几个字为韵,令王艮、胡广各作梅花诗一百首。"朱允炆说。

解缙料到朱允炆会说这么一句话,这首诗也是冲着朱允炆这句话有备而作。

解缙高兴地说:"万岁,微臣领旨谢恩。微臣之见,以神、真、人、尘、春五字为韵,本该取六个字,但春字下面是龙舞魂三字,这三字太重,微臣不敢触及龙魂,就用了前五个字为韵,不知妥否,还请吾皇定夺。"

"准。"朱允炆即刻拍板。

两个时辰过去了,胡广像似早有准备,他很轻松地完成了百首梅花诗,这回又抢了个先,把梅花诗早早交给朱允炆。朱允炆拿着胡广的《梅花诗一百首》,看见王艮仍在伏案弄笔,他真替胡广高兴,这又为自己点胡广多了一条理由。朱允炆细细吟读,当他读到那首《早梅》时,心里自然几多洋洋自得,感觉是在写自己。我不就是一支有神的梅花,早早地开在了大明帝国的龙廷么,我至高无上,当能不让东风属别人,当能是天下第一春。

这首《早梅》越发让他看好胡广,他又一次把目光投向胡广,胡广那英俊的外貌,让朱允炆欣然自乐,他好像在对胡广说,才貌双全、才貌双全啊!

就在朱允炆当着满朝文武想夸胡广几句时,王艮匆匆送上梅花诗一百二十首,朱允炆接过王艮的《梅花诗一百二十首》一看,又犯难了,他怎么也没料到王艮多了一个心眼,万岁你既然偏袒胡广,我就露点真功夫给你看看,你说一百首,我可作了一百二十首,看看万岁这回你又有怎么个说法。

朱允炆默读着王艮的梅花诗:

梅花诗一百二十首

(为神、真、人、尘、春五韵赋)

第一首 野 梅

冰肌太骨韵如神,占断罗浮第一真。

簿螟山松都是杏,相逢缟袂总非人。

和羹久羡铭商鼎,止渴还羞塞邃尘。

---

① 犹春试即会试。

独向碧天云际隐，蹇驴背上同经春。

第二首　孤梅

恁偷二本接花神，谁似天资一味真。
怅望廨中何法部，行吟桥畔郑山人。
娟娟皎月成良友，落落幽芳绝世尘。
怪杀宜称差廿六，让教此曲谱阳春。

第三首　疏梅

几点奇花异若神，青青碧萼自留真。
迎来歌舞偏成梦，散入溪桥凯媚人。
猎落光残烹夜雪，横斜影浅脱飞尘。
何郎去后谁知己，一度清吟一度春。

第四首　庭梅

清风为骨雪为神，削玉冰肌费写真。
长老盘筋无脆首，方四寡发只幽人。
离城铁鹤高横海，绝粒伽僧远避尘。
此际正堪别着眼，天公焉肯压先春。

第五首　老梅

罗浮一梦已通神，无历多年古意真。
何恨不收骚楚笔，更怜忘却少陵人。
皱皮龟折饶新雨，歌翰龙颠拂旧尘。
自是化工别有致，肯教衰朽便遗春。

第六首　新梅

纔泄天姿理信神，东风昨夜弄元真。
初枝袅袅偏娱目，嫩叶青青可爱人。
数朵白花娇似玉，几番瑞雪清无尘。
诗翁醒客频相尝，怪指江南第一春。

第七首 寒 梅

朔风飘出六阴神，何意孤根得暖真。
几度推伤偏放蕊，无边栗烈独高人。
广平辞赋才倾峡，孟老溪桥句绝尘。
解使三阳来泰日，百花何事占先春。

第八首 雪 梅

前制堪怜胜六神，六花点缀五花真。
梨雪未唤甘同梦，玉照初开好看人。
粉蝶霜禽疑一色，溪桥茅屋总非尘。
本来清白谁知己，沁入寒香几度春。

第九首 月 梅

黄昏院落兢精神，瘦影横窗得性真。
若遇风飘成一气，会教盃举作三人。
清光照处频飞玉，缟羽临时浅印尘。
却笑诗翁桥畔句，非秋非夏亦非春。

第十首 风 梅

急杀何郎叩巽神，个中消息自元真。
冰花独放曾飘雪，香气遥传岂倩人。
狂时空教来撼树，清操肯使去蒙尘。
封夷解使东皇意，藏窍调条总是春。

……

读到第十首，朱允炆突然说：“好诗，好诗啊！”他总觉得还没过足诗瘾，这时朱允炆诗兴大发，竟然当着满朝文武大声地朗读起来：

第十一首 问 梅

闻道花魁独有神，试将一语究其真。
如何嚼雪寒香肺，底事鸣嘤幻玉人。
鱼化有无曾破热，靓妆是否不同尘。

千年苑圃荒芜久，念尔困难报晓春。

第十二首 探 梅
芳晨何事访花神，寻偏高原欲见真。
惟有林梢枝冒雪，岂无桥畔路迷人。
冷风袭处香生骨，纸帐明时梦绝尘。
若使广平当此际，笔当应有万般春。

第十三首 索 梅
雪窗幽坐静吾神，谩想花开意甚真。
那得就中行赤脚，更从何处觅佳人。
月明疏影迷添趣，风动孤帏靓僻尘。
遥忆孤山湖上日，不知泄漏几多春。

第十四首 观 梅
横斜老干最精神，下笔群芳本性真。
醉倚栏杆凝望眼，淡施粉腻足醉人。
回周索笑常忘食，相对长吟不染尘。
自是化工无尽境，任浓白眼度先春。

第十五首 赏 梅
淡交不向别留神，雪里花间得趣真。
冰玉满枝偏合志，清幽一般却殊人。
观莲学道先天理，爱菊功名出世尘。
慢道古人何异好，此杯亦有数分春。

第十六首 寄 梅
花有幽香色有神，雅怀淡思两性真。
未论杯酒期良友，欲折冰枝问故人。
陆凯诗词凭过雁，谪仙消息认飞尘。
要知托兴非无谓，早到寒窗报晓春。

第十七首　评　梅
甄别贤才每费神，口论花木亦须真。
冰肌玉骨高清论，疏影幽香妒俗人。
楚楚白莲争晓咏，娟娟绿萼不簪尘。
当时月旦如妆恰，得到于今几百春。

第十八首　歌　梅
花开花落畅花神，冒雪清讴意态真。
江汉至今夸洁女，灞桥从古咏高人。
不堪三五犹依树，可恨百年尽委尘。
烂醉一杯妆美景，胜于郢容唱阳春。

第十九首　别　梅
分手孤山倍创神，罗浮月落泪无真。
一樽浊酒浇行色，三弄琴声送远人。
绕路暗香随瘦马，长亭细雨浥轻尘。
殷勤相对无多嘱，好向南枝报早春。

第二十首　惜　梅
不禁冷萼骤伤神，怜此幽姿损太真。
忽见寒香飘满地，那堪情思独撩人。
伴松得返魂依岭，倚竹无言泣对尘。
辜负赏心多少事，唤梨云饶杏花春。

没想到，小皇帝越读越来劲，一口气读了二十首。不是刘公公旁劝他歇息一下，他打算还读下去。

看到朱允炆读王艮的梅花诗如此上心，朝堂上的官宦一个个都在私下聊着，有人说，这辈子看过多少梅花诗，如此同韵的梅花诗可是开天辟地头一回，好诗啊。又有人说，王艮、胡广听说都是江西吉水人，那地方咋尽出才人，奇迹啊。还有人说，听说胡广乃解大人父亲的学生，真乃名师出高徒啊。

王艮一旁站着，虽然他一声不吭，心里却在想，万岁，这回你该心服口服了吧，论才学我自然高一筹，王艮像似心安理得在一旁等待朱允炆的钦点。

192

但朱允炆什么都没去想，他只想着眼前如何下笔。王艮的《一百二十首梅花诗》让朱允炆犯难。他还有什么话可说呢，朕若不点王艮，朝堂坐着的都是文臣，他们会说朕有眼无珠，一个才华横溢的学子摆在你面前你都认不出来。朱允炆又抬起头看着胡广，他，五官端正，面目清秀，一副读书人模样，何况胡广对策中的那句"亲藩陆梁，人心动摇"让朱允炆看好。若不点胡广，又实在于心不忍。

正当朱允炆提起那支决定王艮、胡广命运的御笔在两个名字中间徘徊时，刘公公一声："皇后驾到。"

马皇后来得还真是时候，她带给朱允炆一个喘气的机会，要不这场面还真不好收拾。

朱元璋当政时娶了个姓马（秀英）的做皇后，又是这个朱元璋令他的孙儿也娶了个姓马（全女）的皇后。这个马字多好，为朱元璋开辟了一马平川。可能就是因为这一点，朱元璋才叫朱允炆必须娶马全女为妻。

"快快有请。"朱允炆搁下手中的笔说。

马皇后见过朱允炆后，便问："万岁，哀家倘若没有猜错，此时朝廷正在点状元吧。"

朱允炆笑着点了点头。

马皇后靠近朱允炆耳边轻轻地说："万岁，我娘家托人带个口信，这次点状元你可要关照湖广（湖南、湖北两省旧称）喽。"

朱允炆他巴不得听到这句话，难道胡广（湖广）与马皇后也沾亲带故。

原本就想点胡广为状元的朱允炆，这下错听了皇后的一句话，他二话没说拿起御笔，点胡广为状元。

站在一旁的胡广一时间还没反应过来，身边的解缙赶忙对他使了个眼神，胡广才如梦初醒。

"臣谢主隆恩。"胡广下跪接旨。

朱允炆又看了看王艮，他不想冷落王艮，笑了笑说："王爱卿，朕今日就破个例，赠你个同状元，明日，双状元打马游金街。"

王艮听了强作高兴地说："臣谢主隆恩。"

此时，朱允炆好像想起了什么，他转身看着胡广。

朱允炆问："胡广，你是哪个省？"

胡广说："回万岁，微臣江西吉水人。"

听了胡广的答话，皇后摇了摇头，好像在对朱允炆说，万岁，弄错了，我说的是湖广，你点的是胡广。

一个说的是湖广省人，一个点的是胡广本人，弄得皇后哭也不是笑也不是，但又有什么法子呢，总不能叫皇上收回刚才说的话，重点一个状元吧。这时，朱允炆无奈地看了皇后一眼，好像也在说，是你弄错了，还是朕弄错了。虽然这么说，可朱允炆心里还是有数，是皇后的歪打才成就了朱允炆的正着。他接着又把目光对着王艮、李贯，心想如果榜眼和探花有一个是湖广人，也好让皇后心情舒缓些。

朱允炆问："王艮，你是哪里人？"

王艮说："回万岁，微臣江西吉水人。"

这就奇了怪，又是一个吉水人。朱允炆的好奇心又转向李贯。

朱允炆打趣地问："李贯，你总不会又是江西吉水人吧。"

李贯说："回万岁，微臣正是江西吉水洪家坪人。"

这一问一答，让朱允炆吃惊，天底下离奇的事他也听过不少，哪有这样离奇呢。胡广，吉水人，王艮，吉水人，李贯，吉水人。状元、榜眼、探花被吉水人包揽，这可称得上是大明的史无前例啊。

一前一后的奇诗、奇事，构成了一个奇迹！天下奇迹！

筛酒的状元

建文三年正月初六，按中国的习俗，还在过年。

胡广邀王艮来到解缙住处喝茶，他突然话里有话地说："春假还有那么多天，真不知如何打发呀？"

解缙看出了胡广的心思，你不就是想要回老家一趟，显摆你这新科状元的威风吗。好，我就依着你。他看了王艮一眼："王兄，以我之见，我们三人结伴而行，回趟老家，你们意下如何呀？"

胡广忙抢着说："既然你解大人发话，我和王兄恭敬不如从命喽。"

解缙笑着打了一下胡广说："好你个胡广，你还真会说，我这是在替你说话喽。"

次日，三个吉水老乡乘风破浪，扬帆吉水。

此次回乡，他们约法三章，不惊动地方官府，不带卫兵，不鸣锣开道。

从应天府到吉水几百里水路，许多天后，三个人又来到这久违的吉水县城西门码头。他们虽不声张，可还是有人轻轻在说："这不是解家解缙回来了么。"

胡广是解缙他爹解开的学生，又是当朝新科状元，王艮虽不是解开的学生，但只要来吉水也经常进出解家，且又是朱允炆赐的同状元。解缙同时把两个状元带回家来，解开能不喜出望外。

一桌丰盛的晚餐，一壶热腾腾的老冬酒摆上了解府的餐桌。看到先生这般盛情，胡广抢先一步，提起酒壶为解开筛酒，解开一把夺过酒壶说："哪有状元公筛酒之理。"

"先生，在朝廷我可称状元，在家里你是我们的长辈，哪有长辈筛酒之理呀。"胡广说着又把酒壶抢到手中。

胡广先给解开筛了一杯，再给解缙、王艮也筛满了酒，便提议三个人先敬先生一杯。

解开一饮而尽，他有所思地说："看到你们兄弟三人，我又想起了当年文峰山上长出地的三根竹子，相传文峰山长一根山竹，吉水就出一个人杰。莫非这三根竹子与你们兄弟三个也有什么瓜葛。"

解缙说："爹，传说归传说，天底下哪有这种事哟。"

"不可全信，不可不信。"解开一边说一边提起酒壶准备筛酒。

王艮在解开手中抢过酒壶说："哪有先生给学生筛酒之理呀。"

解开站了起来说："王大人，你可是盘古开天地第一个同状元，使不得，使不得。"

"爹，既然两个状元筛酒都不合适，那就我来吧……"解缙话没说完，一仆人跑过来说："大人，县衙李大人求见。"

"快快有请。"解开说。

李恒甫刚进门就拱着双手说："三位大人风尘仆仆，下官有失远迎，惭愧，惭愧。"

"李大人，快快请坐。"解缙忙起身说。

"李大人，你怎么晓得他兄弟三人回家了呀？"解开一边问，一边给李恒甫筛酒。

"解大人，吉水城里上上下下都传开了，我还是刚刚听衙差说。来，我今天借解大人的酒敬三位大人一杯，明天，县衙大摆酒席，为三位大人接风洗尘。"李恒甫说。

"李大人，我们三人身为朝廷命官，当以身作则，这酒席的事，我看就免了吧。再则，我们明天要去趟胡广家，那里的人还等着迎接新科状元哟。"解缙说。

"三位大人，胡大人中了状元，王大人又赐了同状元，这是本县的荣耀。既然如此，下官明天备好马，先在县城游一圈，下官再护送新科状元一道前往胡家边。"李恒甫说。

解缙想想也是，虽然三人有言在先，不张不扬，可殿试状元只有一个，何况万岁还赐了一个同状元，此乃举国罕见。两个状元骑马游城一圈，让大家分享这份喜悦，然后再衣锦还乡，也未尝不可。

解缙也没和胡广、王艮商量，便自作主张答应了李恒甫。

次日，嘭……一声声响亮的锣声，为新科状元鸣锣开道。街上挤满了欢腾的人群，瞬间，锣鼓声、鞭炮声迎来了身着官服的解缙、胡广、王艮、李恒甫。他们骑着马从北门进东门出穿街而过，然后再向胡家边方向扬鞭而去。

胡家边，赣江边上的一个小村庄。

村口，早早就站满了欢迎的人群。一声声开道的锣声，一块块"回避、肃静"的衙牌，可见这场面的壮观。

解缙、胡广、王艮、李恒甫从马背上一跃而下。走在前面的胡广一眼就看见了叔父胡子贞，便上前鞠了一躬说："侄儿拜见叔父大人。"

胡子贞拱着双手说："解大人、王大人、李大人，久仰，久仰。"

站在前排的各地乡绅异口同声说："拜见状元公胡大人。"

胡子贞领着胡广来到一乡绅面前说："这位是天玉山乡绅宋大人。"

"不敢，不敢，小民宋庆和拜见胡大人。胡大人不知可曾记得，天玉山原名天嶽山，胡大人中举人那年，把天嶽山改为天玉山，一字之差，可谓画龙点睛呀。"宋庆和说。

"宋大人过奖了，谈不上画龙点睛，只是下官当时总感觉这'嶽'字听起来不太顺耳，便把它给改了。"胡广说。

这时村里族长公忙走到胡广身边，把一匹红缎披在胡广身上说："胡家边开天辟地第一个状元公，此乃我先祖的英德呀。"

族长公说完后，便领着胡广走进胡家祖祠。只见祖祠大门贴着一副对联：大州上惊现大明奇才；胡家边天降两个状元。

祭拜先祖后，他们随胡子贞来到长林书屋。长林书屋是胡广父亲胡子祺创办的，又是胡广出生的地方，胡子贞一一向大家讲述着。

中午，祠堂门口响起了开席的爆竹，族长公忙走过来说："状元公，请带几位大人祠堂入席。"

胡广领着解缙一行来到酒桌边，他迟疑了一下，这席位咋安排呢。李恒甫见状便先说了一句："既然这酒席是为迎接新科状元，胡大人理当上座。"

胡广也没想这么多，反正今天是为我状元公摆的酒席，自然该我坐上，他毫无顾忌地说："解大人，我们请吧。"

正当解缙与胡广坐下来的这一刻，族长公忙跑过来说："状元公，上座的席位早已安排，解大人，大明才子，两朝文臣，自然该坐上左席；王大人，赐同状元，自然该坐上右席，我与李大人边席而坐，还有四席已安排你的叔父胡子贞和地方乡绅宋大人等。"

胡广一听，心想，族长公，你有没有搞错，今天可是为我摆的酒席。王艮也听着有点不对劲，一个正儿八经的状元公没安排坐上席，我这个同状元哪有上坐之理。他忙说："族长公，我这席位该让给状元公了。"

族长公终于发话："各位大人，按常理今日状元公该坐上席，但自古胡家边就有个规矩，凡在祠堂做酒席，辈分最小的当筛酒，今日的酒席虽是迎状元，但也不能坏了祖上的千年规矩。"

族长公说完后，提了一把酒壶对胡广说："广俚（胡广小名），还是老规矩，祠堂外我称你胡大人，祠堂里我只能叫你的乳名。当年你父亲胡子祺身为彭洲知府，但每逢元宵节，只要他在胡家边，就当他提壶筛酒。来，今天你就学学你父亲接壶筛酒吧。"

李恒甫以知县的身份劝着族长公说："这回就破个例吧。"

解缙在他身边悄悄地说："李大人，祖上规矩不可违，由着他吧，不然，这场面还真不好收拾，你听听，下面都在讨状元公筛酒哟。"

胡广很不高兴，从族长公手中接过酒壶，一一为席上的人筛酒，当他给族长公筛酒时，胡广只是点了几下便收壶。解缙笑着说："广兄，族长公怎么只筛了一点点呀？"

胡广拉着脸说："祖上的规矩只是说辈分小的筛酒，而没有规定筛多少呀！"一句话说得大家都很尴尬。

这时，厨房有人跑到胡广跟前说："状元公，厨下的人都等着你喝酒耶。"

胡广想，我一堂堂状元，竟和厨下的人一道喝酒，岂有此理。

从筛酒到和厨下人一道喝酒，胡广越想越不对劲，虽然是祖上定下的规矩，但往日不比今日，这可是为迎接新科状元的酒呀。自古至今胡家边不就出了我胡广状元吗，为状元摆酒席，却不让状元喝酒，反叫状元筛酒，天底下就胡家边出得起。一气之下，胡广没有去厨房，此时，他萌发了一个大胆的想法。

离开酒桌的解缙、王艮、李恒甫来到胡广跟前，解缙说："广兄，今天你辛苦了，在家好好休息几天，我等告辞了。"

望着解缙一行远去的身影，族长公对胡广说："状元公，今日有劳你了，这是祖上规矩，本族长也无奈，只有照着办。你看这样行不行，我请你到我家喝上几盅，算是为你赔个不是。"

胡广一跃上马，对着族长公说："从此，我打马离开胡家边，马到哪儿停，我为哪方人。"

胡广驾的一声扬鞭而去。眼看就要走出胡家边村，这快马突然在一口池塘边停了下来，胡广打着它走，可它就是不听使唤，却回过头来望着站在村口的胡家边人，一个劲地跺着脚，好像是在告诉胡广，状元公，宰相肚里能行船，故土难离呀。

眼前此景，胡广不由得一声叹息："马驹尚能如此，何况我胡广也。"

胡广，终于还是没有走出胡家边。

第十九章 小朱吓跑了，俺老朱来了

朱允炆仁慈、宽厚、善良……是个好人，但他却不是好皇帝。朱棣冷酷、霸道、残忍……他不是个好人，可他就是一个实实在在的好皇帝。

朱允炆，你干不了这行

这顶金灿灿皇冠，曾经让多少人动心，明明知道这是一个不可随意实现的梦想，可就因为它的至高无上，它的诱惑力太强，使得总有那么一些人铤而走险。眼下朱家就有一大帮子藩王对着它虎视眈眈。

朱元璋早已料到会有这么一天，他打下的朱家天下会让他子孙争得你死我活。他恨老天没让他把孙儿扶上马后，再送上他一程。

这么大的一个大明帝国，大明帝国啊！让一个乳臭未干的娃娃来打理，何况还有那些个不听使唤的藩王，且一会儿这也不是，一会儿那也不对，把小皇帝折腾得左来右去。

朱允炆自己也常扪心自问，秦王、晋王、燕王、周王、楚王……二十五位王叔，除靖江王是他的隔代王叔外，其他二十四位藩王都是他的血脉至亲，怎么就和我这个皇侄过意不去呢。

小皇帝想前想后，但心还是硬不起来。心里总想着二十五位王叔，在自己面前常摆着一副长者的样子，也在情理之中，毕竟他们都是一根血脉传下来的嫡长，我对他们一个个宽宏大量，叔辈们也该心中有数。

然而，新科状元胡广在一旁急得跺脚。他总觉得二十五位藩王虽为万岁至亲，但一个个都如此专横跋扈，无视朝廷。胡广早在殿试中就进言朱允炆："亲藩陆梁，人心动摇。"但朱允炆却不屑一顾。如今个个藩王都在招兵买马，扩充势力，朱允炆仍是睁一只眼闭一只眼。胡广感觉事态严重，不能再等了，他必须让朱允炆上心。

胡广匆匆来到奉天殿,把一份奏折交到朱允炆手中,他在奏折中还是重复了那句老话:"亲藩陆梁,人心动摇。"

可这位做人尚可、做帝还嫩了些的朱允炆拿着这份奏折仍半信半疑,不知所措。

此时,他想听听其他大臣对此有什么说法。

随着一声娘娘腔,王艮被宣至朝廷。

王艮好像会算命,料到朱允炆定会找他商议此事,这份早已写好的《平燕策》总是藏于袖中,以便随时面呈朱允炆。

王艮见过朱允炆一旁而立。

"王爱卿,胡广昨日给朕送来奏折,上面写着'亲藩陆梁,人心动摇。'朕想看看你对这八个字有何想法?"朱允炆说。

王艮说:"万岁,胡大人所言极是,燕王虽为万岁至亲,但他一贯目无君主,万岁不可有半点疏忽,该用心了,不然恐怕是夜长梦多。"

朱允炆说:"王爱卿,依你之见,该如何呢?"

王艮一跪:"万岁,微臣斗胆,呈上《平燕策》,请吾皇三思。"

平燕策

王　艮

臣本一介草茅,伏蒙陛下亲擢高第,圣恩深重,不啻海鼎。臣谨日夜悚惧,思竭愚衷,以图补裨万一。

臣闻楚败宋襄,以襄之过也;秦坑长平,以赵之用括也。燕王据燕云之地,左蓟辽,右涿易,古形势地也。而王娴于兵事,多奇谋,勇敢之士其蓄意为非者久矣。迩者陛下传令诸将:"无杀燕王,使朕他日有杀叔父之名。"是以宋襄之仁而当强楚之兵也。愿陛下亟下策励之诏,而生擒燕王者于千金,赏万户侯,故纵者杀无赦。不出十日,燕王首级可悬于阙下。至于李景隆,纨绔之子,骄傲侈肆,兵家奇正,素不练习,今领百万之众,次德州之地,是以赵括之将而当虎狼之秦也。燕王少出奸计,未有不如长平之势者,此臣之所深忧而切虑者也。

臣愚以高庙旧将,惟耿炳文尚在,曩与张士诚苦战十年,号为战将。前岁用兵,虽曾败北,然终可当一面。至于魏国公徐辉祖,忠贞世笃,老成郑重,摧锋挫敌,尤当大用。纵陛下宠任景隆,不为反汗,胡不集十万之卒，俾二人将之，竟往长淮，与相犄角，则常山成首击尾应，即或不振，未至败刃涂地。又今跳梁在前，兵食为急，当国者枕戈卧薪，犹恐不给，乃屑屑于制度之更变，俾敌人得以藉口，此岂军国之重务哉？臣于今日望降敕内外诸臣，各献智谋，早为平燕良策。俟燕地既平，海内晏如，于是偃武修文，两阶干羽，岂不蒸蒸然虞周治哉？

臣谨上策十道，惟陛下采纳。狂瞽之见，激于忠恳，举事直陈，不知避讳，死罪，死罪。

朱允炆阅后，一边扶起王艮，一边又重复了他以前说过的那句话："王爱卿，燕王不能杀，朕背不起这个杀叔之名啊！"

朱允炆还是把家事、国事混为一谈，他仍顾及这份血脉之情，在大难临头之时，对胡广、王艮的劝谏却一笑了之。

王艮望着朱允炆，又想起解缙说的那句话："建文帝只是个好人，但不是个干帝王的料。"

最后的晚餐

朱元璋把挑选继承者和挑选干事者混为一谈，他总觉得谁听使唤谁就是我的继承者。所以，他选了一个天生仁慈、听话的孙辈——朱允炆，朱允炆是一个好人。诸不知单是好人是干不了这一行的。

这一辈子算计了多少人、多少事的朱元璋怎么就在孙儿接班的问题上没算计好，他以为只要有忠臣辅佐，孙儿便可稳坐钓鱼台，却忽略了一个简单的道理：枪杆子里面出政权。朱元璋尸骨未寒，眼看朱家后院就要起火。

二十岁的朱允炆，在他爷爷那把椅子上还没坐热（不到四年），就有人抢着要坐，这个人不是别人，正是他的叔叔朱棣。

朱允炆虽有德，但无能，可以说他不具备当帝王的资格。正如解缙一次在几个知己面前吐出的一句话："凡事六神无主，优柔寡断，迟早……"后面的话他虽然没说出口，但听者也是心知肚明。

朱允炆仁慈、无主意、无心计，这些都被朱棣盯住了。他要趁这小侄子的屁股还未坐热对他下手。

朱棣一边招兵买马，磨刀霍霍，一边买通朝廷官员准备里应外合，一举拿下京城。

建文四年六月十三日,一个朱允炆蒙受耻辱的日子。他的下属李景隆打开金川门,放朱棣入城。

朱棣没有马上进宫,而是扎营宫外。他错误估计,这小朱要么就是投降,要么就是自杀,二者其一,别无选择。

突然间,宫内起火,朱棣才知道自己的估计是错误的。火就是为朱允炆而烧,他要出逃了。朱棣十分着急,立即命令士兵进宫救火,其实是为了寻找朱允炆,一旦朱允炆跑了,麻烦就大了。他可另立山头,东山再起。朱允炆又是名正言顺的皇帝,全国上下都听他的,到时候领兵反攻,指不定谁胜谁负。

朱棣最担心的事终于发生了,就在宫内起火的那刻,朱允炆神秘失踪。

朱允炆跑出皇宫,他去了哪里谁也不知道。

在朱棣围宫时,朱允炆曾经想要自杀。

此时,一个太监出现在他面前说:"万岁,高祖驾崩时留下了一个箱子,说遇到大难之时才可打开,现在是时候了,请皇上打开箱子吧。"

朱允炆把箱子打开后,发现里面的东西一应俱全,有和尚的度牒、袈裟、僧帽、剃刀,还有十两金子。更让人称奇的是里面还有朱元璋的手迹,告诉他的出逃路线。朱元璋又一次用心良苦,原来朱元璋早就想到了出事的今天。

老和尚朱元璋的指示,朱允炆坚决照办。这箱子里的东西,足以证明他没有死,也没有下西洋。他学着老和尚,做了小和尚。

可这一些,朱棣还蒙在鼓里。他命令士兵在宫里寻找朱允炆,但都无结果。朱棣心里特别清楚,如朱允炆还活着,大家会认他这个皇帝吗?还是那句老话,活要见人,死要见尸。

为寻找朱允炆,朱棣制订了一个庞大的计划,他兵分两路,分别是本土和海外,一路是以郑和为首的团队,船行万里,下西洋寻找朱允炆。一路是以胡濙为首的团队,负责国内寻找,一张找寻朱允炆的大网拉开了。

总说是功夫不负有心人,然而,郑和下西洋苦苦寻找,朱允炆仍无音信。胡濙他"遍行天下州郡乡邑,隐查建文帝安在",这期间连自己的母亲去世他也顾不上回家戴孝,而是继续履行自己的职责,朱允炆还是不见踪影。

朱允炆离开宫廷后去了哪里,是死,是活,此时,没有谁能说得清。

朱允炆的失踪,预示着朱棣年代的开始。

君以貌取人，臣以身殉君

朱棣把朱家的皇宫围了个水泄不通，他离胜利只是一步之遥了，眼看老朱就要接管小朱的一切。

在这个风口浪尖上，解缙、胡广、王艮进行了一场决定命运的谈话。这次谈话，确定了三个人不同的人生走向。

谈话在吴溥家里进行。

朱允炆、朱棣叔侄关系，按常理走了一个小朱，来了一个老朱，这是朱家的家事。但这家事非同一般，它是一场权力的生死搏斗。在这个问题上，三个人来不得半点马虎，必须认真面对。

解缙，早在朱允炆年代就说过，万岁优柔寡断、治国无方之类的话。对于朱棣，解缙也早有耳闻，此人有脾气，有胆略，有能力……

解缙只说了一句："天要下雨，娘要嫁人，我等无力回天，只求大明安然，随波逐流吧。"

胡广想了想，他重复了一遍解缙说的话："天要下雨，娘要嫁人，我等无力回天，只求大明安然，顺其自然吧。"

只有王艮，看着解缙和胡广都已旗帜鲜明，而他在一旁一言不发，默默流泪。王艮的一反常态让解缙、胡广不解。

这个一言不发、默默流泪的人本该是胡广，而不是王艮。

当年大比，要不是朱允炆以貌取人，这新科状元就是王艮，而不是胡广，最后王艮只落得个同状元。如今，眼看朱允炆已收队，第一个拍手叫好的人应该是王艮，可王艮偏没有这样做，这个世界让我们又一次看到人性的赤诚。

王艮回到家里，再一次写下当年殿试《梅花诗一百二十首》中的最后一首：

同 心 梅

造化无殊此般神，并头冰玉泄天真。

形如此目疑同气，利若断金俨二人。

种出上林堪献瑞，各登灵武岂封尘。

几回抚揭抵首看，一片冰心不判春。

"一片冰心不判春"道出了王艮此时的心曲。惠帝啊，当年你若领悟了王艮的这句话，也许状元就是王艮了。你没有选择他，他却死心塌地追随着你。

晚上，王艮来到母亲和妻子跟前，望着两鬓发白的母亲，望着爱妻，他无颜面对。自古忠孝不能两全，王艮毅然选择了前者。最终，他说出了在亲人面前那句难以开口的话："乘人之车者，载人之患；衣人之衣者，怀人之忧；食人之食者，死人之事。"

爱妻拉住他的手说："夫君，就没有其他法子吗？"

王艮摇了摇头，他久久望着妻子，理了理衣冠，突然转身向老母一拜，再将一杯准备好的鸩酒一饮而尽。

解缙、胡广、吴溥闻讯而至，只见王艮面目从容安泰，毫无惧色。又闻得与母、妻诀别，一词不乱，视死如归，心里肃然起敬。

君以貌取人，王艮却没有以强事君，王艮一代忠良啊！

解缙、胡广与王艮不同，他们不能学着王艮就这样不明不白地一走了之。

为了大明帝国，他们必须另起一行。

天下之大，舍我其谁

公元一四〇三年，癸未。

洪武门两扇朱红色的大门慢慢打开，迎面走来了大明帝国新的主人——朱棣。

他一脸横肉，霸气十足，咋看就是个戎马挥戈的武者。那架势有如当年他父亲登基的模样，大摇大摆地走进洪武门。

解缙、胡广、李贯在宫里准备迎接帝国新来的主子。

第一个快步上前迎接朱棣的是解缙（缙驰谒），紧接着胡广上前叩头谢恩（召至、叩头谢）。李贯当然也不甘落后，跟在解缙、胡广后边（贯亦迎驸）迎接朱棣。

朱棣快步走进奉天殿，他的心扑通扑通地跳着，也不知这一刻是否有人把他拦住，说他厚颜无耻。不过解缙、胡广、李贯的到来使他踏实了很多，这三位是朱允炆身边的近臣，既然他们都依附于我，其他的老臣也就管不了这么多了。

朱棣来到这把向往已久的龙椅旁，突然他发现有大臣在窃窃私语，有大臣甚至对朱棣的到来不迎不理，也有大臣姗姗来迟。

解缙赶忙打开为朱棣写好的登基诏书，仍用他那夹着吉水口音的官腔读着。朱棣一边听着，也一边用他利剑般的眼睛扫视着殿下每一张面孔，从他们的眼神里，朱棣总觉得怎么一个个都在用怀疑的眼光与自己对视，也许他们心里还装着小朱？不认我老朱。

解缙把登基诏书念完，一太监提高嗓门，像是在欢呼新来的主子："吾皇登基，天下归心……"

朱棣一转身，大有天下之大舍我其谁之势，摆着一副王者派头，坐上了龙椅，称帝永乐。

从此，天下只改名，没改姓。

这个让他朝思暮想的宝座终于如愿了，他认为只有他是当之无愧，因为他为此已经付出了血的代价。这世界多少人要他死，又多少次功败垂成。朱棣的今天，来之不易啊。

朱棣终于坐在代表帝国最高权力的殿堂，这里他并不陌生，在这之前，他经常会到这里叩首朝拜，或是进贡奏事。但这次不同了，他是这里的主人。虽然这个位置不久之前还属于他的侄子朱允炆，虽然他的即位无论从法律上甚至是伦理关系上来说都不正常，但有一条规则可保证他合理，但不合情、不合法，这条规则通常叫作成者王、败者寇。

父亲的身影又一次浮现在他眼前，你虽然没有把皇位交给我，但我凭借努力得到了它。我会用行动证明我才是大明帝国最合适的继承者，这个庞大的帝国非我不行，它将在我手中变得更强大，我要让世人都仰视我们，仰视我们这个伟大的国家，大明帝国。

他突然又想起了什么，当年大比头三名怎么只来了胡广、李贯，那个王艮上哪去了？这个时候的朱棣对此最为敏感，别说少了一个人，还是一个举足轻重的人，就是哪棵树断了一根枝，都会触动他。

"解爱卿，王艮怎么没与尔等一道前来呀？"朱棣说。

解缙把王艮之死前前后后说一遍，朱棣听得一直摇头，他被感动了。对王艮的举动他不但不怪罪，还大加赞赏地说："国之忠良，国之忠良啊！他若不死，朕必大用也。"

朱棣也知道，主张朱允炆反朱棣的就是这个王艮，他还知道朱允炆的《平燕策》①也是王艮写的。他真不明白，当年就是朱允炆这个以貌取人的昏君

---

① 打败朱棣的策略。

没让王艮做状元，他本该是你的敌人呀，可王艮还是如此追随他，甚至为他去死，在朱棣眼里王艮是忠良，一个没有水分的忠良。

王艮的死不仅是因为他忠君，他曾经为朱允炆写过《平燕策》也是其中一个主要原因。朱棣为一个写过《平燕策》的王艮而感动，而没有因为他是敌人的朋友就是敌人，也许，这就是王者风范。

朱棣诰命："国葬王艮"。

解缙、胡广、吴溥、李贯等朝中大臣前往王艮灵堂吊唁。

在王艮的灵柩前，解缙毅然写下：

顾修容兮内正直，勇往义兮不组饰。
少孤立兮炳文章，笃孝友兮誉弥芳。
超腾骧兮陟天路，希圣哲兮同轨度。
火始焰兮泉发蒙，防读葬兮遭回风。
朋情欝纡兮凛秋日高，欲济无梁兮逝水滔滔。
华芝殒兮醴泉竭，灵微长兮旨芳歇。
彼力渺兮任乖张，循涂倾兮永怀伤。
贤不肖兮非彼天，何寿夭兮樗栎偏。
于呼钦止兮材虽不施，有遗思兮无穷期。[①]

解缙、胡广、李贯和王艮的姑父颜子明料理好丧事后，王艮的妻子、母亲及颜子明护送王艮灵柩回吉水带源。

一代忠良，魂归故里。

讨好，也要付出代价

这是朱棣的第一个早朝。

望着膝下那些三叩首的大臣，不管他们是真心还是假意，朱棣总感觉很过瘾。心想，难怪一个皇位让许多人虎视眈眈，当然也包括自己。

都说打天下容易，坐天下难，我就不信，谁敢为难于我，不行，试试看吧。

方孝孺就是这么一个人，朱棣登基那天，他哭着进殿，见到朱棣还是不理，朱棣很尴尬地说："方爱卿，消消气吧，我只不过是仿照周公辅正

[①]《翰林修撰王钦止（王艮）墓表》。

而已。"

方孝孺应声问道:"辅正、辅谁呀?成王在哪里?"

朱棣回答说:"他自焚死了。"

方孝孺又问:"那成王的儿子呢?"

朱棣回答说:"孩子怎么可以主政。"

方孝孺又问:"那成王的弟弟呢?"

朱棣终于领教了方孝孺的厉害,他无言可答,便无奈地说:"这是我的家事,你管得着吗。"

朱棣正准备要他为自己写《告天下诏书》。结果方孝孺不买他的账。他用一种可怕的眼光看着方孝孺,似乎在说,你敢抗旨。

突然,方孝孺提笔写下"燕贼篡位"四个大字,他将笔往地上一摔。

朱棣愤怒地说:"你就不怕我灭你九族。"

方孝孺义正词严地说:"灭我十族又何妨。"

"好,今天我不与你玩,我记住了。"朱棣冷笑着说。

朱棣一边想着这个方孝孺怎么如此不听话,他真不要命吗?一边望着身边的奏折。这些奏章是朝中大臣写给朱允炆的,里面有不少关于讨伐朱棣的文字。

突然他用开玩笑的口吻对朝堂上的大臣们说:"这些奏章你们都有分吧。"

朱棣这么一说,朝堂上的大臣们一个个胆战心惊,可他并不在意是哪些人写了,只是想看看会不会又冒出一个方孝孺或是两个、三个……以后好一块收拾。

这时候,一个人从容不迫地站了出来,理直气壮地说:"万岁,我没有写,从来就没有写过。"

说话的是李贯,他摆出一副怡然自得的样子,好让朱棣知道,我不是方孝孺,我李贯是忠于你的。

李贯是个很精明的人,他很早就料到,朱允炆干不了多久,所以李贯做什么总是瞻前顾后,让谁都抓不到把柄。

这些送到朱允炆手里的奏折中,的确没有一份是出自李贯之手。

朱棣拿着奏折,朝李贯走去。李贯一副很得意的样子,准备接受万岁的赞许,甚至是封赠。朱棣来到李贯跟前,突然把奏章扔到他的脸上,厉声说道:"你还以为荣吗?拿着朝廷的俸禄,身为朝廷命官,当朝廷危急时刻,你作为朝廷近侍，竟一言不发，朕最厌恶的就是这种人。"

李贯讨了个没趣，这个没趣对李贯而言是沉重的。

此刻，朱棣有意重复了王艮的那句永诀："车人之车者，载人之患；衣人之衣者，怀人之忧；食人之食者，死人之事。"

看着眼前的李贯，朱棣故意摇了摇头说："王艮吉水人也，李贯吉水人也，同在一方水土上长大，怎么做人的差距就那么大呢？"

李贯只是实话实说，他没做错什么，只是朱棣太厉害了。

第二十章　朝士半江西　翰林多吉水

朱棣的新班底内阁七人，五人江西籍。更让人惊诧的是，皇帝身边的一个翰林院，众多的文侍官又都是吉水人。

简直就是神奇

永乐二年，朱棣登基不久，正逢朝廷大比，朱棣就盼着这天。

这些难以伺候的老臣他早就看不惯，一个个都不听使唤，更有甚者，与他对着干。方孝孺就是明摆着一个说事的人，还有黄子澄、铁铉、齐泰、陈迪、卓敬……这么多人与他话不到一起，朱棣总希望有一班新的人马，取他们而代之。

一天，朱棣把解缙叫到身边说："解爱卿，大比临近，三年前你为大比主考官，本次大比仍由你唱主角吧。"

"启禀万岁，微臣三年前为大比主考官，结果头三名全是吉水人，当时也招来不少非议。据微臣所知，本次大比又有不少吉水人，微臣还是回避为好。"解缙说。

"哎，解爱卿，朕登基时，那些个大臣不是也说三道四吗，现在怎么样，朕这皇上还不是当得好好的吗，嘴是长在人家脸上，说好说歹由着他，只要自己问心无愧就是！"朱棣说。

既然朱棣如此看好解缙，解缙也只有听命。

庄严的殿试场，又一次听到解缙那夹着吉水口音的京腔声在朗读：

圣曰：朕闻圣人之治天下，明于天之经，察于地之义，周于万物之务，其道贯古今而不易也。是故黄帝、尧、舜统承先圣，垂裳而治，神化宜民。朕惟欲探其精微之蕴。"历象"，《禹贡》《洪范》纪于《书》。"大衍"，《河图》《洛书》著于《易》，古今异说。朕惟欲通其所以教育，参其所以明扬。古者礼、乐皆有书，今《仪礼》《曲礼》《周礼》仅存，而《乐》书缺焉。朕惟欲考《三礼》之文，补《乐》书之缺，定黄钟之律，极制作之盛。皆人主治道所当论也。咨尔多方多土，承朕皇考圣神文武、钦明启运、俊德成功、统天大孝高皇帝作新四十余年，必知务明体达用之学，敷纳于篇，朕亲考焉。

几天后，朱棣笑呵呵地来到前堂，因为一大批才华横溢的文臣将为永乐效力，永乐帝何以不乐。

考官姚广孝向朱棣递交前三名御卷说："启禀万岁，永乐大比，入进士者二百余，此乃前三名御卷，请吾皇御览。"

朱棣打开第一名曾棨的御卷，细细阅读：

对曰：臣闻之《中庸》之书曰："大哉圣人之道！洋洋乎发育万物，峻极于天。优优大哉！礼仪三百，威仪三千，待其人而后行。"至哉言乎！斯道之全大用，实有待于圣人乎！臣尝稽之于古，揆之于今，自黄帝、尧、舜以来，未有不由斯道也。恭维皇上受天明命，居圣人之位，得圣人之时，进臣愚于廷，以论圣人之治，是真有志于圣人学者也。故既统言圣人所以明于天之经，察于地之义，周于万物之务；而又析而言之，始之欲探夫圣学精微之蕴，中之欲会夫《易》、《书》同异之说，参夫明扬、教育之方，终之欲极夫礼、乐制作之盛；且以明体达用之学望于臣策。臣愚知皇上之心，即黄帝、尧、舜而圣者，此心也；后黄帝、尧、舜而圣者，亦此心也；太祖圣神文武、钦明启运、俊德成功、统天大孝高皇帝，实同此心也。后皇上所以善继人之志、善述人之事者也。斯世期民，何其幸欤！然上既以明体达用之学望于臣愚矣，圣人全体大用之学，臣愚敢不以皇上勖哉！

……

朱棣学着他父亲高兴时的样子，摸了一下脸上的小胡子，看上去一副很得意的模样。他面带笑容，拿着曾棨的试卷轻轻在手中抖了抖说："好才学，好才学啊。"朱棣提起御笔，不假思索地在曾棨试卷上写着："贯通经史，洞达天人，有讲习之学，有忠爱之诚，攫魁天下，昭我文明，尚资启天，惟良显哉。"

朱棣将三份试卷阅后，殿试便有了结果，他毫无疑义提笔亲点，曾棨为状元，周述为榜眼，周孟简为探花。

瞬间，朱棣突然想起了什么，几年前那场大比，状元、榜眼、探花全被江西吉水人端了，这回听得解缙说又有吉水人参加殿试，那前三名会不会又有吉水人。他便笑着对曾棨说："曾爱卿呀，你祖上是哪里呀？"

曾棨忙答："启禀万岁，微臣家住江西永丰县。"

朱棣一愣，怎么又是一个江西籍的状元，他还想再弄个清楚，便问："永丰县，乃何府管辖？"

朱棣的这个问号，就想知道永丰和吉水有没有什么瓜葛。

还没等曾棨回答，解缙便插话先说："启禀万岁，永丰与吉水山水相连，田土相依，同属吉安府也。北宋初，永丰乃属吉水，直到至和元年，由吉水划出三万五千户，析吉水之兴平、明德、永丰、龙云、云盖五个乡置永丰县。"

朱棣问："曾爱卿，是这样吗？"

曾棨答："启禀万岁，解大人所言极是。"

朱棣转身对解缙说："解爱卿，照此说来，永丰与吉水是一个娘胎里生的哟，你说眼下的新科状元是永丰人还是吉水人呀。"

"启禀万岁，三百四十年前，曾棨老家泷潭可说是吉水，三百四十年后曾棨自然为永丰泷潭人。虽说如此，但泷潭的开机鼻祖曾晞颜，也就是曾棨的太祖父却安葬在吉水潭头村。据吉水潭头村守墓人曾宏耀的后裔说，兵部侍郎曾晞颜谢世后，族人为了曾家后继有人，便为其葬地寻找龙脉。他们自恩江乘船而下，船至恩江边的几棵大樟树下自然停了下来，龙潭人便认此地是龙潭的潭头，曾晞颜就安葬在潭头，之后这里就称潭头村了。龙潭人自从他们在吉水找到了龙潭之头，便沾上了吉水的文脉，自然曾棨也就中了状元，"解缙说话很幽默。

朱棣逗着说："解爱卿，按你的说法，曾棨一半是永丰人，一半是吉水人哟。"

解缙答："启禀万岁，微臣不敢，还请万岁定夺。"

朱棣说："解爱卿，弄了半天，这事还是推到朕的头上，好，朕就表个态，既然祖宗三百多年前就置了永丰县，曾棨该是永丰人，但解缙说的那个三百四十年前和三百四十年后也有一定的道理，何况曾棨的太祖父又安葬在吉水。"

解缙说："万岁，微臣只不过是说说而已，曾棨当属永丰县也。"

朱棣想着，这世界上的事就如此之奇，三年前的大比，状元、榜眼、探花都是吉水人，如今的新科状元虽不是吉水人，却和吉水山水相连，田土相依，何况还有一个三百四十年前和三百四十年后夹在其中，更何况新科状元的太祖父还安葬在吉水，真是奇迹。

朱棣闭了一下眼睛，突然把目光投向榜眼周述，他欲言又止，会不会又弄出一个与吉水有关联的榜眼，朱棣的好奇心朝着他的思路想去，他多么想其结果也是与他的好奇成正比。

朱棣直说："周爱卿，你家住哪省、哪府、哪县呀？"

"启禀万岁，微臣家住江西省吉安府吉水县水田乡桑园村。"周述说话一竿子插到底。

一直想着这个周述是不是又与吉水有什么瓜葛的朱棣，没想到周述竟是一个地地道道的吉水人。朱棣直视着周述很久，很久，有没有弄错，先前的榜眼是吉水的王艮，这回的榜眼又是吉水的周述。偌大的一个国家，怎么文官都出自小小的一个吉水。

就在朱棣左思右想时，他下意识地看了一眼探花周孟简。又是一个姓周的，指不定又是江西人，又是吉水人。倘若真是如此，那吉水就不能说是奇迹了，简直就是神奇！

朱棣顾不上多想，他希望神奇出现。

朱棣、周孟简，一个问，一个答。

"你是江西人吗？"朱棣半开玩笑试着问了一句。

"万岁英明，微臣正是江西人。"

"如朕没猜错你该是吉水人吧？"朱棣好奇地问。

"万岁乃神仙也，微臣正是吉水人。"

"你总不会又是水田乡桑园村吧。"朱棣没想到问了个歪打正着。

"万岁，托吾皇之福，微臣正是水田乡桑园村人，周述是微臣堂兄。"

朱棣两手往龙座的护手上一搁，什么也别说了，朕这辈子什么没见过，可眼前的一幕还是头一次，这哪像一个千真万确的事实，它就是一个神话。

大朝之上，朱棣说出了一句很谦虚的话："吉水，了不得啊！"

改 朝 换 代

永乐大比，硕果累累。

二百多号新鲜血液入注朝廷，朱棣不愁没人干活了，不愁有时候办事还得看这班老臣的脸色了。

朱棣总觉得他虽然赢得了皇位，但没有赢得老臣们的心，从他身边人虚伪夸张的表情里，他发现一个个对自己总持疑虑，话不到一起。只是当时还不是时候，现在该是时候了，因此，他要大开杀戒。

朱棣对先帝身边那些不听使唤的老臣准备问罪的消息传到胡广耳边，胡广感觉有些六神无主，也许头一个开刀的就是自己。

当年朱棣还在朱允炆手下做燕王时，就曾经想夺朱允炆的皇位，为此，朱允炆找到胡广，问他有何良策对付朱棣，胡广一挥手写下《平燕策》，朱允炆看过《平燕策》，说了一句："如此谋略，燕王必亡。"

朱允炆到底还是嫩了点，他错把朝廷当家庭，朱棣虽是他的手下，但毕竟是他的叔叔，亲叔叔啊！他没有对朱棣使《平燕策》，只是有时候给朱棣敲敲边鼓，提醒一番。

胡广急得在房间里走来走去，这回定是在劫难逃。突然他想起解缙，他曾在先帝朱元璋手里救了老太监，又救了小太监，今天我有难，他总不能见死不救。

胡广来到解缙的住处。

解缙与胡广是同乡、同窗又是同僚，胡广还是解缙父亲的学生，凭着这层关系解缙当然不会不管。

解缙、胡广两个人一直聊到子夜。

在朱棣眼里，今天，只有今天，才是永乐的开始。他快步走进朝堂，对着满朝文武，哈哈大笑三声。

坐在龙椅上的朱棣脸色突然阴沉，他用鹰一般的眼睛，扫视着那些曾对他持疑虑的面孔，那些站在他面前却一个个都是朱允炆身边的近臣，眼看一场暴风骤雨就要来临，朝廷静得吓人。

"方孝孺，你不是说灭你十族又如何吗，你当朕怕你不成，今天朕就成全你，说说你的诀别留言吧。"朝堂上的朱棣突然愤怒地说。

方孝孺冷笑着说："君要臣死，臣不得不死，何况你是篡君。"

朱棣愤怒至极地说："快要死的人，还那么嘴硬，拉出去。"

朱棣对方孝孺使用了惨无人道的用刑，先分割他的肢体，再慢慢割其咽喉，按行刑分类这叫剐刑。他惩罚方孝孺还有了一个发明，在屠杀他的项目中追加一族，把方孝孺的朋友、学生也搭进去了，灭他十族。

对那些逆派人物他实行了"论资排辈"：

黄子澄，剐刑，灭三族。

齐　泰，剐刑，灭三族。

练子宁，剐刑，灭族。

卓　敬，剐刑，灭族。

陈　迪，剐刑，杀其子。

在屠杀铁铉时，朱棣还玩了一个花样，他把铁铉的耳鼻割下来煮熟，塞入铁铉口中。朱棣问："甜吗？"

铁铉说："忠臣孝子之肉，有何不甜？"

老臣们一个个倒了，他们死得惨不忍睹，但很悲壮！

朝堂上发生的变故让胡广想到自己将要面临的一场大灾难。朱棣那张似笑非笑的面孔，胡广看得发寒。他走到胡广面前突然问道："胡广，听说《平燕策》是你写的，是吗？"

"万岁，罪臣有罪，罪该万死。"胡广跪着说。

朱棣又是一声哈哈大笑。

"万岁，胡广的《平燕策》触犯龙颜，罪该万死，恳请吾皇念其当时年少轻狂，网开一面。念其乃我朝不可多得的军事天才，当下正是朝廷用人之时，还请吾皇从轻发落。"说话的是解缙。

面对解缙的话，朱棣再次哈哈大笑，这笑声让解缙有些听不懂。

朱棣面带微笑对解缙说："解缙呀解缙，大家都说你料事如神，想不到也有失手的时候，朕什么时候说了要问罪胡广，他的《平燕策》写得好，写得好啊！朕若将胡广发落，那才真叫昏君哟。"

朱棣一番话，跪在地上的胡广感觉茫然，这是在夸我还是在贬我，天威莫测啊。

朱棣转身对胡广说："胡爱卿，快快请起，朝廷好多事还在等着你哟。"

解缙赶忙走到胡广跟前，慢慢把他扶起，轻轻地说了一句："贤弟，没事了，没事了。"

对朱棣而言，他登上皇位的那天还不能算是新的一天开始，因为朝堂上站的大多数是效力于他侄子朱允炆的老臣，天下似乎不全是他的。

今天，朱棣感觉和往常大不一样，朝堂上那些个憎恶他的面孔在这个世界上消失了，从此，他要风得风，唤雨得雨。从此，他一呼百应。

一切从头开始，朱棣成立了一个高度集权又听他使唤的永乐内阁。这个以解缙、黄淮、杨士奇、胡广、金幼孜、杨荣、胡俨的七人小组，它象征着国家的最高权力机关。

他还重新改组翰林院，由周述、周孟简、李贯、张宗琏、罗汝敬、宋子环、杨相、王训、王直俱等组成，这是一个集宣传教育于一体的重要机构。

朱棣之所以委以解缙挑起内阁首辅重任，因为他具备三个条件：其一，解缙是大明第一才子。其二，解缙对事物的判断准确。其三，解缙为朱棣写的登基诏书，朱棣很为欣赏。难怪朱棣不止一次在大臣面前说，解缙是上天垂怜于他的。不久，解缙又被朱棣提掖为右春坊大学士，从此，解缙进入了他政治生涯的巅峰。

可最满足的是朱棣，他望着那满朝文武，无论是老臣，还是新手，一个个都想与他套近乎，一个个都那么听他吆喝，一个个都那么驯服。

朱棣又一次坐在他的专用椅子上，这次感觉完全不同。他用审视的眼光朝下面望去，这里的一切都属于他的了。你朱允炆就算没死，对我也无关紧要了，自古就是胜者王，败者寇。只要胜利了，无论他是用阴谋或是用杀戮等手段获取的，都得认可。

朱棣一副得意的神态，看看站在前排的解缙、黄淮、杨士奇、胡广、金幼孜、黄荣、胡俨七位内阁，他又摸了一把小胡子说："解爱卿，内阁成员七人，你与胡广，江西就占了两席，说来听听，其他五位都是哪儿人啦？"

解缙说："启禀万岁，谢吾皇偏爱江西，内阁成员还有杨士奇、金幼孜、胡俨乃江西人也。"

在朱棣眼里，江西是个人才制造厂，江西吉水是个奇才制造厂。

朱棣又把目光转向一旁的翰林院官员，他已知周述、周孟简、李贯是吉水人，便打趣地说："解爱卿，内阁成员，吉水只占两席，可翰林院吉水占了三席，你内阁的吉水人是"斗"不过翰林院的吉水人哟。"

解缙说："万岁说话总是留有余地，翰林院还有宋子环、张宗琏、罗汝敬乃吉水人也。"

"哦，有这种奇事。"朱棣睁大眼睛说。

朱棣被征服了，完全征服了。他对着朝堂说了一句："朝士半江西，翰林多吉水兮！"

一句话震得奉天殿轰轰响。

第二十一章　帝王的宠儿

在朱棣眼里，解缙是上天对他的眷顾，不然一个冷酷、残忍的朱棣，怎么会说出了一句很谦恭的话："天下不可一日无朕，朕则不可一日无解缙。"

游 苑 吟 诗

在朱元璋手上，皇家花苑不准种花，只准种菜。到了朱允炆年代仍继承朱元璋的遗志，不敢种花，只有种菜。

这个皇家花苑最后落到朱棣手里才名正言顺。朱棣常说，我父亲一介田夫野老，好端端的一个花苑竟用来种菜，真不识人间风月啊。

看了大半天奏折的朱棣，带着解缙来到皇家花苑散心。

望着前面一片红、黄、青、蓝、紫的各种鲜花，不时传来阵阵花的清香，朱棣心都醉了。他看了解缙一眼，突然说："如今世间盛行三教九流，互相争鸣。这儒家之礼、佛家之仁、道家之教各具其理，自成一家。却不知这三教之中，寡人从哪家为好？"

"万岁，微臣可否为此吟诗一首？"解缙问。

"解爱卿，快快吟来朕听听。"朱棣说。

解缙即曰：

　　也要念经也读书，从道从佛亦从儒。
　　昔日始皇坑灭典，虽知哭骨亦如何？
　　徽宗敬道心偏向，武帝尊僧也枉图。
　　唯有大明贤圣主，无偏无党总依从。

朱棣听后，心情豁然。

朱棣和解缙一行继续在花苑慢慢走着，远处一片紫红色的鸡冠花映入朱棣眼边，他拉着解缙快步走到这片鸡冠花前，出神地看着。

朱棣说："解爱卿，花儿为什么这样红，多讨人喜欢，你又可为它赋诗一首。"

解缙不敢怠慢，即曰："鸡冠本是胭脂染，……"

他正想说下句，朱棣突然又指着身后的一片白鸡冠花说："解爱卿，此乃白鸡冠花也。"

解缙想，成祖你还真会玩花样，忽红忽白，考我解缙吗？那我也逗你一回。

解缙即刻立意曰："今日如何浅淡妆？只为五更贪报晓，至今戴却满头霜。"①

朱棣连称："好诗，好诗。"

解缙这首即兴还没有过足朱棣的诗瘾，望着前面的石拱桥，他又在寻找话题。

解缙看了一眼朱棣，心想万岁爷今个儿还真来劲了，刚刚说了花，现在又想说什么。你不就是图个高兴吗，我今日就叫你高兴个够。

二人刚登上拱桥，朱棣的主意来了，他说："解爱卿，你对朕登桥可有一比？"

解缙不假思索："吾皇一步更比一步高。"

朱棣笑着看了解缙一眼，心想，这就是才子。

前面就是下桥，朱棣想为难一下解缙。

便曰："解爱卿，朕下桥又可有一比？"

朱棣怎么也没想到解缙早有准备。

解缙即曰："吾皇后边更比前边高。"

朱棣太高兴了（上大悦），边走边想，我能治大明帝国，就治不了你解缙。今日就要难倒你一回，让你知道我朱棣也不单是一介武夫。

朱棣编了一个很有趣的事，他很得意地对解缙说："昨晚宫中传来喜事，你可为朕的喜事作诗一首。"

这回解缙真信了，宫中那几十号皇妃，生个把龙种凤胎那还不是迟早的

---

① 清，华希闳：《广事类赋》。

事。朱棣这么高兴，定是个皇子，解缙吟曰："君王昨夜降金龙……"

我就要打乱你的思路，还没等解缙说下句，朱棣就急着说："是女儿。"

解缙不慌不忙地吟曰："化作嫦娥下九重。"

朱棣又卖了个关子说："已死矣。"

解缙愣了一下，看出了朱棣的马脚，这个朱皇帝还真会玩，我就与你玩下去。

解缙即曰："料是世间留不住。"

朱棣笑着说："已投之水矣。"

解缙吟曰："翻身跳入水晶宫。"

朱棣一脸笑容，久久地看着解缙，这个解学士，不，这个解神仙，天底下唯我大明出得起，唯我朱家遇得着，此乃天意啊！朱棣本想编个事来困住解缙，没想到解缙吟诗如流，让朱棣惊叹不已。

朱棣与解缙有说有笑地走着，突然朱棣灵机一动，他要给解缙来个措手不及，且专挑坏的说。

"解爱卿，朕昨晚做了一连串的梦，寡人先梦见日落，此乃不祥之兆啊。"朱棣装得很像地说。

解缙心想，这个万岁爷虽是一介武夫，肚子里还装着这么多古怪肠子，我就陪你玩个痛快。

解缙即曰："日落帝星现。"

好你个解神仙，坏事到了你嘴里都能说成好事，下一梦我看你又如何解的来。

朱棣又说："再又梦见山崩。"

解缙说："山崩地太平。"

朱棣越听越高兴，便步步紧逼。

朱棣脱口而出："而后又梦见海干。"

解缙不假思索："海干龙现身。"

朱棣妙语连珠："最后梦见花谢。"

解缙一气呵成："花谢果当成。"

朱棣出神地看着解缙久久说不出话来，心里想着，这哪是一个普通人的脑子，简直就是一个才智仓库。

解缙继续跟在朱棣后面，一边走一边看，没想到朱棣又生一计，他对着解缙说:"朕有一联语,藏在心里多年,一直没说出来,朕今日高兴,把这个联语出给你了。"

"万岁,你天威莫测,只怕微臣不敢高攀哟。"解缙说。

朱棣知道解缙鬼灵精怪,为了打解缙个措手不及,他快言快语地说:"色难。"

解缙想,于武,你是高手,于文,你只能是个下手。但万岁面前解缙又不得不装出个为难的样子。

过了些许时间,解缙慢慢地说:"万岁,我应对'容易'。"

朱棣听着可高兴了,别看平时那长长的对都不在他话下,朕今儿个简单的两字把他给难住了吧。朱棣看着解缙,显得很得意。

两人对视片刻,朱棣等不得了,便说:"解爱卿,你老看着朕做什么,快应朕的对呀,没辙了吧,你说容易,朕看不那么容易哟。"

解缙说:"万岁,微臣不是应了'容易'吗?"

容易……解缙的提醒,朱棣眉头紧锁,许久,他才明白过来,原来解缙的"容"对他的"色",解缙的"易"对他的"难"。

棋逢对手,朱棣不服不行啰。

朱棣听得高兴、过瘾。他又要给解缙出道难题,让自己再高兴一回。

朱棣说:"解爱卿,朕要你以飞禽、小虫七种为题,作首七律。头一句要说出飞禽、飞虫七种,后七句要关乎每一种飞禽小虫,你看如何?"

"微臣遵旨。"解缙说着慢慢吟来:

蜂蛾燕雁蝶莺蝉,采蜜寻芳色更鲜。
晓出茂林声噪噪,几番帘幕舞翩翩。
远传苏武胡中信,闷煞庄周梦里眠。
绿杨枝上曾啼晓,一声噪断夕阳天。

此时,朱棣顾不得圣上的斯文了,他当着大家对解缙说了一句很谦恭的话:"天下不可一日无朕,朕则不可一日无解缙也。"这句话远胜过他父亲当年曾对解缙说的:"义则君臣,恩犹父子……"

从此,朱棣在哪里,解缙就在哪里。

小诗一首,朱棣动情

从来办事快刀斩乱麻的永乐皇帝,突然变得很纠结。他在朝堂一来一去走着，大明帝国这个接班人弄得他头痛，立储怎么就这样难。

朱棣在继承人的问题上内心踟蹰，当然也有他的缘由。按伦序，他应立长子为太子。但在朱棣眼里，长子朱高炽一身肥肉，长着一副弥勒大佛像，他虽德行仁孝，但让人感觉亲和有加，威严不够，况且朱高炽足有残疾，眼睛也不太好使，有损于一国之主形象，他不宜称帝。次子朱高煦，青年英俊，靖难之役累立战功，就是性格也有似于朱棣，是朱棣打小就喜欢的爱子。但立次子，朱棣又怕有违伦序，招来非议。

朱棣就因为在立储问题上举棋不定，以致朱高炽、朱高煦二人的太子之争愈演愈烈。

无奈，朱棣别有心计找来参加靖难战役的功臣，看看他们的意见。

朱棣把这些难兄难弟们宣进奉天殿，心想这次立朱高煦为太子总有九成把握了。自然，这些曾经和朱高煦并肩作战的战友，一个个都举荐朱高煦。战友们当然明白一个道理，即"朝中有人好做官"，况且这是个顺水人情。

就在朱棣洋洋得意准备一锤定音时，有一个战友却投了反对票。

"万岁，立储事关朝廷大事，切不可草率，依微臣之见还是多听听其他大臣们的想法吧。"说话的人叫金忠。

金忠，时任兵部尚书。金忠虽为朝廷二品大员，但与朱高煦那些靖难的功勋们比起来不论高下，就是此人拖住了朱棣，使他举锤而没有定音。

金忠为什么有如此能量，倒不是因为他本人如何，在他的身后有位助他一臂之力，一个称"黑衣宰相"的人。此人非同小可，深得朱棣信任，且行踪诡秘。他就是一向不见踪影却又无处不在的姚广孝。

金忠能有今天，也全仗姚广孝。有这么一位强硬的后台，金忠在多数人投朱高煦的赞成票时，他毅然投了反对票。

可金忠只不过是个二品官，要想改变朱棣的做法还不够格，他只是暂时为朱高炽赢得了时间，于是，金忠又生一计。

"万岁，若弃长立次，有悖伦常。此事关系重大，如吾皇主意未定，依微臣之见，是否去文渊阁听听大臣们怎么说？"金忠斗胆地说。

金忠十分清楚，解缙身为首辅，也主宰文渊阁，何况解缙一贯主张"立储为长"，只有他出来说话，才能改变朱棣的一意孤行。金忠不枉是"黑衣宰相"门下的学生，这一计算是想到了点子上。

朱棣可能是看在姚广孝的分上同意了金忠的说法。

解缙被朱棣叫到奉天殿。

听说是为立储一事，解缙打心眼里高兴。心想，这事你朱棣就是不来找我，我也会上门找你的。

这是一次可载入史册、确定大明帝国接班人的谈话。这次谈话显示了解缙"明朝第一才子"这个光荣称号的名副其实。解缙只用了简单的三步，就把朱棣搞定了。

此时的解缙，只是想着如何把朱高炽扶上马，朱高炽虽然和朱允炆性格有些相似，但论能力和才华自然高他一筹，必须让他继位。

解缙，将要卷入一个高层权力之争的政治旋涡。

也许，这一切解缙都想到了。但血性爹娘给的，无法更改。就是这个无法更改的血性使他明知山有虎，偏往虎山行。

朱棣对着解缙说："解爱卿，你可说是三朝老臣了，说说你对立储的看法吧？"

解缙本想说，这还用问吗？自古"立储为长"。正是朱棣这一问提醒了他，朱棣他不想把这个位子交给长子了。

解缙故作敷衍了一番说："万岁，立储是家、国之事，于家，吾皇是一家之长，于国，吾皇为一国之君，还请万岁做主。"

解缙的话，朱棣听了很高兴，但他也在想，这个遇事总是说个赢的解缙，今天怎么也谦虚了。可他无论也没想到，这是解缙的第一步，叫"以退则进。"

这时，一老臣有话要说，在他看来，这么重大的事，不可敷衍了事，必须按规矩走程序。

老臣说："自古'立储为长'，只有长子才能继承皇位，况且皇长子行孝道，得民心，所谓得民心者得天下。"

又有几个老臣私下在议论着，如立次子为太子，此人心狠手辣，弄不好天下大乱，殃及朝廷。

解缙没有作声，只是心里高兴，只有老臣们那些话，才能为解缙下一盘棋顺利开局。

朱棣也没作声，但心里很不高兴，什么规矩，朕即国家，朕就是规矩。他又想起了他的父皇，朱元璋他怎么没有按规矩办事呀，这么多皇子，他就不选，偏偏选了一个皇孙做太子，父皇不但没按规矩走程序，也有悖伦常。为什么他可以我就不可以。

朱棣看了看解缙，刚才解缙的一番话，又在他脑子里响起，他还想听听解缙的说话，让解缙去替他驳斥那些老臣。

"解爱卿，今天朕仍想听听你对立储的看法。"朱棣说。

解缙仍然故作谦虚，他知道朱棣喜爱长孙，便把话题转移到朱棣的长孙身上，也算是给朱棣提个醒。

解缙说："万岁，吾皇乃一国之主，大主意该由你拿，你说谁为太子，谁就是太子，谁敢说个不字。但是老臣们说的也不是没有道理，'立储为长'自古皆然，若弃长立次，必兴争端，先例一开，怕难有宁日。皇长子且不论，难道万岁不顾及贤孙吗？还望吾皇三思而行。"

其他的朱棣都不想听，只是解缙提起皇孙，朱棣才感觉心头豁然。

这只是解缙的第二步，他的秘密武器还在后头，也就是他劝谏朱棣的第三步，对朱棣而言，这第三步最"可怕"了。

就在朱棣举棋不定时，有人向朱棣献上一幅《顾子图》。图上画的是一只凶猛的老虎在前面走，后面跟着一只独眼小老虎。大老虎虽然彪悍、凶狠，但每走一步它总是回过头来看看这只小老虎。此画通人气，朱棣看了很受启发。

他对一旁的解缙说："解爱卿，多好的一幅《顾子图》啊，你为它赋诗一首吧。"

解缙等的就是这句话，他手持狼毫：

　　虎为百兽尊，谁敢触其怒。

　　唯有父子情，一步一回顾。

朱棣看着这幅画，读着这首诗，他动情了。虎为百兽之尊，却爱着一只两眼不全的子虎，我为万人之尊，何尝不如此啊。

这年，朱高炽被立为太子。

西 湖 赏 月

尽管朱棣对继承人朱高炽不是那么满意，但立储一事折腾了这么久，朱棣也可说是完成了一个大事，他终于喘了口气。

过些日子就是中秋节，朱棣想趁这个机会到外面去散散心，他叫来解缙，试着问："解爱卿，中秋赏月，哪处最好？"

解缙答："万岁，自古杭州西湖'三潭映两月'，此景西湖得天独厚，赏月乃西湖也。"

朱棣惊奇地问："解爱卿，朕只听说西湖有'三潭映月'，怎么到你嘴里就多了一个月亮啊？"

解缙答："万岁，'三潭映月'只是说起来顺口些，月圆西湖，天上一轮，水中一轮，自然就是两个月亮，倘若是万岁西湖赏月，此话又得改了。"

"解爱卿，怎么个改法，快快说来。"朱棣笑着说。

解缙答："万岁，你若游湖赏月，太后自然随从，万岁为日，太后为月，到时候就得改为'三潭映三月'了。"

"解缙啊解缙，什么话到了你嘴里总是那么中听……"

朱棣的话还没说完，太后插话说："万岁呀，你不是常说'天下不可一日无朕，朕则不可一日无解缙也'。"

"太后言之有理。"朱棣乐呵呵地说。

八月十五日，西湖柳岸、长堤、断桥早已是张灯结彩，景色迷人。

只见岸边一艘巨大的龙头船慢慢向湖心驶去，里面坐着永乐大帝和太后，围在他俩身边的是解缙、胡广等朝中大臣。

西湖秋夜，彩灯闪闪，湖水清清，秋风习习。朱棣被西湖的景色迷住了，他站在船头，尽情地享受眼前这神话般的夜景。

此刻，朱棣想起了曹操，当年魏武帝兵下江南，挥戈赋诗，何等威风。但赤壁一战却被周瑜、诸葛亮烧得他走投无路……

而自己从幽州起兵，平定江南，赶走皇侄，一统中原。比起那曹孟德来，朱棣不禁得意，出口而吟："幽燕下钱塘云天有路。"

他正在想着下句，一旁的解缙便应了一句："湖山接银河风月无边。"

朱棣连说："好句，好句呀。"

此时，朱棣见月亮还未出来，回到舱内和解缙楚汉开棋。

两人胜负难分，朱棣正当举棋不定时，忽然对意上心，随即说了一句上对："半局残棋车无轮马无鞍炮无烟卒无枪。"

听了圣上出对，面对舱壁挂的那幅唐郑虔的名画，解缙出口应对曰："一堂古画人不笑鸟不叫花不馨鱼不跳。"

朱棣喝了一口西湖龙井，站起身来，打开手中的白玉折扇，又出一对："白扇画青龙行风难行雨。"

朱棣说完，很得意地笑着，看你解学士这回又使什么招，我就不信难不倒你。朱棣说着将茶杯往桌上一放，就在这时坐在朱棣身边的咸宁公主娇声娇气说:"父皇,你轻点好不好,你看把女儿的绣花鞋都弄湿了。"

朱棣笑着说:"宁儿,是吗?父皇弄湿了你的绣花鞋?让父皇看看。"

咸宁公主把脚一伸,这一瞬间,让解缙看到了咸宁那双绣着一对蝴蝶的红缎鞋,解缙便说:"咸宁公主,这蝴蝶绣得真好,是谁绣的呀?"

还没等咸宁公主回答,朱棣急着说:"解缙呀,你不要故意跑题哟,快对下联吧。"

解缙当着咸宁公主即曰:"红鞋绣彩蝶能走不能飞。"

"解缙呀,都说你是大明奇才,一点也不过……"朱棣本想再夸解缙几句,只见一轮明月冉冉升起,便拉着解缙走出舱外。

天上,群星闪闪,湖上,灯火点点,天湖一色,谁分得清哪是天哪是湖。

朱棣不由感慨大发:"好月色呀!有哪位能诗善词者,还不触景生情啊。"说完他看了一眼解缙,此刻,也只有解缙能解朱棣的诗兴词意。

解缙也看了一眼在场的众臣,一个个都事不关己,才慢慢吟道:"嫦娥面,今夜圆……"

解缙正想往下吟,突然一团白云遮盖了月亮,顿时,月朦胧,夜朦胧。

一旁的胡广说:"缙兄,白云添乱,打住吧。"

朱棣却另有心计,刚才没有难倒你,眼下看你咋办,想着便对胡广说:"胡爱卿,打住个啥呀,解爱卿大明才子,你吉水神童,难不倒他。"

朱棣话里有话,解缙心里有心,他脱口便吟:"嫦娥面,今夜圆,下云帘,不著群仙见。拼今宵倚栏不去眠,看谁过,广寒宫殿。"

一句"拼今宵倚栏不去眠"听得永乐帝精神抖擞,他说:"众爱卿,今夜君臣共醉西湖,闹个通宵,众臣意下如何呀?"船上的大臣齐声附和。

船头,琴箫四起,轻歌曼舞。永乐帝一边听,一边看,一边与众臣谈笑风生。

正当永乐帝玩得开心时,突然月亮破云而出,一轮明月高挂西湖夜空,成祖对着解缙笑曰:"卿真夺天手段也。"

朱棣立在船头,望着那轮明月,看着满地的灯光,他深有感触地说:"天明,地明,天地大明。"

解缙还是头一次看到朱棣如此好心情,他对着永乐帝即曰:"君乐,民乐,君民永乐。"

朱棣太高兴了,他说:"解爱卿,再来个横批吧。"

解缙即曰:"大明永乐。"

"哈哈,大明永乐,大明永乐,解缙呀解缙,你真叫朕高兴啊!朕要玩个通宵达旦。"永乐帝欣喜若狂地说。

看到朱棣有些得意忘形,解缙贴在他耳边说:"万岁,时已子夜,龙体要紧,吾皇该歇息了。"

"解爱卿,朕不累,西湖秋夜朕还没玩够,你再给朕吟词一首吧。"朱棣说。

解缙总觉得一国之主,不该喜于吃喝玩乐,已过夜半了,臣都感觉困,何况你是帝,明天如何上朝理政。

解缙点了点头,他有所指地吟《乾荷叶》词一首:

南高峰,北高峰,惨淡烟霞洞。宋高宗,一场空,吴山依旧酒旗风。重到此,须珍重,莫将皓月送金瓯,两渡江南梦。

解缙的这首词,让船上的大臣听得目瞪口呆,解大人,你该叫解大胆了,当着皇上你吟此词,就不怕掉脑袋。

许久,朱棣没有作声,他紧锁眉头,像是在想什么。解缙借宋高宗歌舞湖上,将汴州的历史教训来劝谏自己。他看着解缙,解缙不敢作声,像是在等待永乐帝兴师问罪,载歌载舞的皇船上突然鸦雀无声。

就在大家感觉解缙大祸临头时,一个声音划破了西湖秋夜的宁静,这声音很洪亮,很诚恳:"解爱卿,此乃歌舞升平之时,尚怀忧国之心,你乃孤家之魏征也,国之忠良啊!"声音出自朱棣。

说着朱棣做了个起驾的手势……

无 上 婚 指

忙了一天的解缙,独自一人坐在油灯下,夜深人静,思绪万千。

解缙打开窗户,朝南望去,离开家乡已十年,他想着家乡的山水,想着父亲,想着妻儿,缕缕乡愁涌上心来。

解缙给远在家乡的妻子陈秀儿诗信一封:

一去京华已十秋,梦魂常在锦江头。
堂前尘土勤勤扫,架上诗书好好收。
禾黍熟时烦出纳,园篱破处务培修。
高堂当奉儿当训,辛苦终为远大谋。

陈秀儿收到丈夫的诗信后,动了真情。

第二天她带着贞亮来到胡家边邀李亦林（胡广之妻）结伴走应天。

二十多岁的少妇，一别就是十年，谁耐得住长年空房的寂然。两个女人一拍即合，几天后，她们一同登上了开往应天府的客船。

奉天殿，早朝就要开始了。

解缙和胡广还没有入朝，同僚们都在为他们着急，假如朱棣一时不高兴，单凭这一点就可治你个怠君之罪。

就在朱棣走近皇座的这一刻，解缙、胡广也匆匆赶到朝堂，可朱棣还是看见了。

早朝结束。

朱棣第一句话便问："解爱卿、胡爱卿，今日早朝怎么姗姗来迟呀？"

"启禀万岁，微臣只因昨日小儿前来应天，耽搁了早朝时辰，还请万岁恕罪。"解缙说。

"解爱卿，你儿子来应天啦，你儿子才几岁呀，怎么就敢只身闯应天。"朱棣故意问道。

"嗯……禀万岁，是和微臣内人一道前来。"解缙说。

"你看看，内人来了就来了嘛，还遮遮掩掩，不好意思，朕也是过来人，情有可原，情有可原呀。"

朱棣刚刚说完，又对着胡广问："胡爱卿，你又是因何事耽搁了早朝时辰呢？"

胡广说："启禀万岁，微臣内人与解夫人结伴而行，只因内人有孕在身，虽小心照应，早朝来迟，望万岁恕罪。"

"哎哟，内人有喜啦，那朝廷今日是好兆头呀。好，就冲着这一点，朕今晚在御膳房摆酒为你俩贤内接风洗尘。"朱棣乐着说。

晚上，解缙牵着秀儿、贞亮，胡广牵着亦林，跟在朱棣身后走进御膳房。

解缙领着秀儿、胡广领着亦林，双双拜见朱棣。朱棣突然觉得，解缙与秀儿站到一起，一高一矮，不太般配，便风趣地说："解爱卿，你才高八斗，可身段却不争气哟。秀儿都高你一头，你看看，两头靠在一起，也不齐呀。"

朱棣想难住解缙，看看你这回又说什么。可解缙一点都不着急，他漫不经心地吟了一首打油诗：

　　三尺男儿七尺妻，君王说话甚跷蹊。
　　只要当中合了榫，管他两头齐不齐。

本来人前不揭短，可就因为他是皇上，没那么多忌讳。

本来该以牙还牙，可就因为你是皇上，不和你争高下。我把我说成三尺，把我妻说成七尺，万岁，这回你该满意了吧。

一个尴尬的场面，被解缙一首的打油诗云消雾散。这诗读起来感觉有点粗俗，可仔细品品，却另有一番意思。我解缙个头矮小，这是爹娘给的，但我才高八斗，是我后天的努力。

解缙的机灵，逗得朱棣哈哈大笑。

这样气派的饭局，陈秀儿、李亦林还是头一次遇到过，两个人看得发愣，这就叫御膳，这一幕让朱棣看到了。

朱棣故作谦虚地说："大家随便吃，宫廷里的菜没有你们家的菜弄得好。"

"万岁，今晚的酒席民女别说没有见过，就连听也没听过呀，不可与民间并论哟。"陈秀儿抢着说。

李亦林说："万岁，宫廷做的菜别说是吃，就是看上一眼都是福，民女这辈子就今天既讨了皇上的眼福，又讨了皇上的口福哟。"

人就这个样，只要有人夸你好，心里可乐着，圣人也不例外。

朱棣高兴地说："你们既然喜欢吃，改日你们回家时，朕再请你们一次，让你们再饱一次口福。"

解缙、胡广也正想举杯敬朱棣，却又被陈秀儿抢了个先。

"万岁，托你的福，亦林是有喜之人。今天，秀儿和亦林敬吾皇一杯，愿吾皇天天喜临门福临身。"陈秀儿说。

朱棣听了秀儿的话格外高兴，他说："解爱卿，你看看，真不愧是书香门第呀，连女儿家说出话来都是一套一套的。"

解缙说："万岁过奖了，妇道人家不会说话，还请万岁多担待。秀儿，亮儿，站起来，我们全家敬万岁一杯，祝万岁龙体金福。"

朱棣看着贞亮说："如果我没猜错，贞亮该有四岁了吧。"

解缙说："万岁真是好记性，小儿四岁了。"

朱棣接着又看了李亦林一眼，好像有话要对亦林说，还是胡广眼快，他轻轻撞了一下亦林说："亦林，我们敬万岁一杯吧。"

朱棣喝了一口酒，他说："两位爱卿，你二人既是同乡，又是同学，且同朝为官，解爱卿有贞亮、胡爱卿也就要做父亲了，朕今天就当回月老，指腹为媒，不知尔等意下如何呀？"

胡广说:"万岁指婚,天赐良缘,只是臣妻虽有娠,还不知是男是女。"

朱棣说:"胡爱卿,你们江西有句俗语叫'会做鞋子先纳底,会生孩子先生女。'亦林肚里肯定是个女孩,这个媒人朕当定了。"

几个月后,胡广匆匆跑到西宫,见过朱棣。

"胡爱卿,在朕的记忆里你是很少来西宫吧,今儿个何事叫你这般高兴呀?"朱棣说。

胡广说:"万岁,托吾皇之福,内人果然生下一女,吾皇乃金口玉牙也。"

"哎哟,我说是女儿吧,既然如此,朕就再说一句,按你们江西的规矩,女孩喜欢称儿,先帝在江西生了一女儿,取名主儿,眼下解爱卿也娶了一个秀儿,朕早就说了你定是个女儿,果然就生一女,你女儿就叫果儿吧。"朱棣摸了一把小胡子说。

胡广说:"万岁,皇恩浩荡,龙赐果儿,微臣受宠若惊也。"

从此,解缙与胡广不但是同乡、同窗、同僚,又多了一份儿女情长。

第二十二章　惊世大典

一部《永乐大典》横空出世，中国人持七寸狼毫，写出了一个让世界瞩目的人类奇迹！

从此，一个人与《永乐大典》比肩而立……

这部以永乐帝号冠名的旷世巨著，后来人没有把荣耀记在永乐帝身上，却让世界记住了另一个人的名字，《永乐大典》总撰官——解缙。

我 要 立 言

盛世立言，由来已久。

朱棣，一介武夫，却想到要撰书立言。说起来也难怪，一个县官，一个府爷都要名垂青史，何况大明帝国的第一号人物。谁不想把自己一生写成立德、立功、立言三不朽。

朱棣不但要撰书，他还要撰写一部古往今来都不曾有过的文献。

朱棣要做三不朽的圣人，他不怕有人说他把皇侄逼得得生死未卜，很不光彩夺得了天下。他也不怕有人说他为排除异己草菅人命。人说我无德，但我有能，帝国什么时候不是我朱棣站在风口浪尖紧握住日月旋转。

今日的大明帝国之所以伟大，是因为我伟大。立功，我做到了。

天下，我说了算。我决不做二不朽帝王，我要通过立言把我写成三不朽。历史是人写的，既然是人写的那就好办，我叫写历史的人按我的想法去写：我夺过皇侄的位，没错，这是因为他无能。我不能眼看大明帝国毁在他手里，这不能叫无德，该叫立德。我杀过许多大臣，也没错，这是因为他们都是无政府主义者，该杀。这也不能叫无德，该叫立德。如果我无德，能把一个弱势的国家治理得光耀四方，强盛一时。

朱棣要编的这部书，在他眼里不是一部普通的书，它是一部有史以来包含所有科目、所有类别的大书，是一个庞大的工程。

这个大工程，来不得半点马虎，因为它要光照千秋，流芳百世。

因此，朱棣需要一个能担此任的合适人选。这任务重千斤，派谁最好。

在朱棣看来，这个人不但要有奥博的学问，还得长时间耐得住这份与笔墨相伴的岑寂。

些许，坐在龙椅上的朱棣突然大彻大悟，眼下就有一个合格人选，只有他当之无愧，这个能挑重担的不是别人，就是内阁首辅解缙。

朱棣之所以选择解缙，丢开他的学问不谈，很大程度上是他能精准地领悟朱棣的每一句话，甚至是每一个字，这是撰文献的先决条件，解缙就具备了这点。

朱棣郑重地将这个累死别人、照亮自己还可以光耀后世的任务交给了解缙。在下达任务的同时，朱棣也提出了他对文献的要求，这个要求他说得很轻松，但听起来真要命。

朱棣说："凡书契以来，经史子集百家直言，至于天文地志阴阳医卜僧道技艺之言备辑成一书，毋厌浩繁！"

简单的一行字，它涵盖古今，包罗万象。

朱棣心里当然清楚，你就是有三头六臂，也会累得你半死，因此，聪明的朱棣在这句话的最后加了四个另一层意思的字"毋厌浩繁"。

"毋厌浩繁"是朱棣对他这句话最担心的一个事。这么大的一个"工程"不但要智慧，而且要有耐心，切莫因为它的浩大而厌烦，他对这四个字加重了语气。

朱棣想要的那部文献，是一部古今中外都没有的百科全书，它不仅代表一个国家的文化，它是集经济、国力、科技、人文在内的综合体，还是一个国家强盛的反映。

它必须是世界书架，只此一册。

解缙放下所有的一切，他要抓住这个时机，做出个样来给永乐帝看看，让他知道解缙于大明之重要。

解缙领着上千人的文化大军，走进文渊阁，执行着一个划时代的任务。

解缙没日没夜地在文渊阁熬磨笔墨，阅览经史。要以最快的速度来完成这部巨著，时间定格为一年。

日复一日，解缙埋头在文渊阁。一天，他感觉口渴了，叫人送来一杯水，解缙连头也没抬就把身边一个洗笔缸端起，一饮而尽，在场的人提醒他说："解大人，你喝的是洗笔水啰。"

解缙笑着说："大明创书之水，甘也。"

这年，解缙围绕着一个公式：吃饭（一边吃，一边议）—阅史—撰文—审稿—睡觉（仍在琢磨经史的舍取）而转，其他的与他无关。

三百六十五天转眼而过，解缙奇迹般地大功告成，他在这部巨作上写下《文献大成》后，才欣然自得地透了一口气。

奉天殿，早朝又开始了。

"解缙觐见，呈献《文献大成》。"这公公腔显得格外有力。

朱棣坐在他的座位上，摸着他的小胡子，等待解缙的到来。

解缙快步上前，一心想着，万岁爷，这回该如何奖赏我呀？朱棣望着解缙，心里说，这么快就把这么大的一件事办好了，奇迹呀。

"解爱卿，文献告成，辛苦你了。"朱棣很亲热地说。

"受万岁之意，托万岁之福，文献成书，请吾皇御览。"解缙很诚恳地说。

朱棣高兴地打开了第一册、第二册……解缙在一旁窥视着龙颜，像是在等候着朱棣的夸奖，心想，我拼死拼活地干了一年，不就期待这一刻吗。

突然，朱棣双眉紧锁，一脸怒色。这个书呆子，对史书怎么可以任意取舍呢，我要你把唐宋，特别是先秦的史料以及我说的其他科目，要一字不漏地编入文献其中，怎么你就听不懂呢？何况我还说过"毋厌浩繁"，你却把它当成玩意儿。先前，我要你撰写《太祖实录》《列女传》，你不是做得好好的吗，怎么这次就变了味呢。

解缙等到的不是他所期待的。

朱棣脸色一变，变得让人胆寒。

解缙的心都碎了，怎么会这样呢，刚才还满脸高兴劲，怎么说变就变呢，天威莫测呀。

朱棣突然站了起来，不客气地撂下"重来"两个字，背着一双手走出奉天殿。

解缙一年的心血，被永乐帝"重来"二字打水而漂。你朱棣站着说话不腰痛，你以为这是孩童垒城墙，推倒了又重来，他越想越没劲，真是累力不讨好。

解缙也背着一双手走出奉天殿。

《永乐大典》横空出世

朱棣对解缙的《文献大成》虽然不满意,但要重新完成这个艰巨任务又再没有第二人选,要成大书,还得请解缙出山。

到底是帝王谋略。

当天晚上,朱棣破天荒请解缙吃工作餐。

打了还要摸,这就是朱棣的玩法。虽说是工作餐,这可是一种待遇,当然不能白吃。一来要你知道我虽然对你的工作不满意,但我还是相信你,二来我要把"重来"的目的给你说清楚,让你听懂我对大书的要求。

憋着一肚子气还未消的解缙,接到朱棣请他吃饭的消息,感到十分突然,朱棣玩的又是哪出,上午还在因《文献大成》拉着一个苦瓜脸,下午就乐而忘忧,这个反差太大了,难道朱棣设的是"鸿门宴"。

解缙带着疑虑来到御膳房,只见朱棣早就在那里坐着。

"万岁,微臣来迟,还望吾皇恕罪。"解缙说。

"来……解爱卿,恕什么罪哟,朕也是刚刚才到,今儿个朕谁都没请,朕与你吃个便饭。"朱棣说。

解缙说:"万岁,微臣无功受禄,实在不敢受用。"

朱棣说:"解爱卿,话可不能这么说,虽说《文献大成》不尽朕意,但你为此而付出的心血不能说是无功,应该说是功亏一篑,无功也有苦。再说眼下的《文献大成》它可为以后重撰《文献大成》而铺谋定计,乃当成功也。"

朱棣这么一说,解缙自然轻松了许多,谜团也慢慢解开了。

此时,朱棣摆出了一副大国之帝的态势,他像是在向解缙摊牌,只要能办好此事,什么条件我都依着你。

朱棣说:"解爱卿,重撰《文献大成》,不能有丝毫马虎,明前经史子集,天文地理……必须一一整理收集,做到万无一失。只要成书,你要多少人,选哪些人,朕准。你要多少银两,朕准。你要多少时间,朕照样准。"

解缙许久都没作声。

朱棣出手如此大方,可见他对《文献大成》的看重。他的一句:"不能有丝毫马虎,做到万无一失。"解缙不得不有所考虑,总不能让老朱又给自己一次脸色吧。

此时，解缙想起了一件事。上次撰编《文献大成》誊写书稿只用了三百多人，这一次必须是一千三百多人，而这一千多号人又必须是解缙看中的人。

解缙的想法有他的理由：面临的《文献大成》，它不是一部普通的典籍，而是一个宏大的文字工程。誊写对于这个工程十分重要，这一下笔就要流传万世，不能掉以轻心。因此他要在以前誊写人数上增加一千人。

解缙所看中的人，自然是他的老乡吉水人。至于为什么又都要吉水人，解缙有他的道理。

解缙接受了上一次誊写人选的教训，那些来自四面八方的誊稿人，因地域差别，你南腔我北调，给审稿带来很多不便。让解缙记得很清楚的一次，当时他审稿时发现少了一个"吃"字，便对着誊稿人说，这里少了一个"吃"字，吉水人读"吃"为"恰"，后来这个誊稿人便加了一个"恰"字，好在《文献大成》要重来，不然，将酿成一个千古大错。

因此这两件事解缙必须给朱棣讲清楚。

解缙把大幅度增加誊稿人的理由向朱棣陈述了一遍，接着又把这一千多号人为什么要选吉水人的理由对朱棣讲了个明白。

让解缙没想到的是，这老朱连眼都没眨。就很爽朗地说了声："准。"

朱棣的大气派，解缙感动不已。既然万岁这般大度，解缙还有什么话可说，就是搭上一条命也要完成这个时代赋予的使命。

解缙说："万岁，为了重撰《文献大成》，微臣就是肝脑涂地也在所不辞。"

"好，就你这句话，朕敬你一杯。"朱棣说。

这世界上哪里听说过有皇上举杯敬大臣，只有今天，朱棣要了却他的那个伟大心愿，他顾不得自己是万人之尊，可见朱棣对文献的看重。

解缙带着朱棣那杯酒的醉意，走出御膳房。

几天后，文渊阁摆开了大阵势，一个巨大的"工程"在这里紧锣密鼓。

这个"工程"的分工是：

总撰：解缙。

总撰助理（时称帮手）：姚广孝。

副总撰：王景、郑赐、刘季箎、曾棨……二十五人。

纂修：三百四十七人。

催纂：五人。

编写：三百三十二人。

看样：五十七人。

誊写：一千三百八十一人。

续送：十人。

差人：二十人。

总计：二千一百八十人。

时间：三年。

朱棣的大手笔，让解缙口服心服。

朱棣之所以忍痛割爱派姚广孝去当解缙的特别助手，当然自有他的道理。

先说说姚广孝。此人可不一般，他一人之下，万人之上。说是帮手，实际上是朱棣派去的监察官。这么大的一个工程，解缙难免有走神时，有姚广孝在一旁，就可给他提个醒。可见朱棣对文献编写不一般的用心。

姚广孝是太祖看中的人，朱元璋登基就跟着朱元璋干，后又依附惠帝，最后跟着成祖朱棣闹革命。是姚广孝的出谋划策，朱棣才顺利走进应天府，又是姚广孝的指点，朱棣才顺利登基。姚广孝有才又有谋，人称"黑衣宰相"。把这么一个重量级人物放在解缙身边，对朱棣而言是釜底抽薪。

解缙当然应该清楚，为重编《文献大成》，用钱，朱棣由他花，用人，朱棣由他选，用时，朱棣由他定。更让他刻骨铭心的是朱棣忘记了皇帝的尊严，竟为他举杯敬酒。他面对的不是一般的撰书，而是朱棣要他带兵去打一个大战役，此役只许成功，不许失败。

解缙豁出去了，自己是过河的卒子，没有退路，只有玩命过河，向前进！

他领导着一支二千余人的队伍，从收集各类书籍到辨析书中内容，从编写到核对，他都必须面面俱到。每编写一个类别，他都要亲自审阅、修改以至补充。这支庞大的队伍在解缙的带领下有条不紊，各司其职。

永乐四年六月，朱棣忙中抽空来到文渊阁，察看撰书情况。

他走到解缙跟前说："解爱卿，这样没日没夜地操劳，也要注意身子骨呀，有什么困难不妨给朕说说。"

解缙说："启禀万岁，微臣等蒙吾皇天恩，衣食住行，照顾周全。眼下编撰时间过半，《文献大成》史经部分业已完成，只是子集还有一个大缺口。"

朱棣说："这事好办，差哪些书籍，你只管列个清单，朕责成礼部去办，需要多少就买多少，要多少钱，朕给多少。"

朱棣既然这么发话，这世上还有什么事办不成。

朱棣随解缙来到后院，看望了正在誊写《文献大成》的工笔手。面对这个巨大的阵营，朱棣心有感触地说："解爱卿，这一千多号举子都乃吉水人吗？"

解缙说："回禀万岁，托万岁的洪福，微臣家乡自古读书人多，誊写《文献大成》的工笔手都是从吉水挑选的举子。"

朱棣说："呵呵，解爱卿哪，你家乡吉水真是一笔写天下哟，可谓天下多举子，朝士半江西，翰林多吉水哦。"

解缙说："万岁英明，微臣可否把万岁这句金口玉言载入《文献大成》，以其光照千秋。"

朱棣看了解缙一眼，心里想着说，这个解学士真会说话，明明是为了标榜你的家乡吉水，却说成是让我的话光照千秋，但话要说回来，吉水乃大明的一分子，标榜吉水乃标榜大明也。

朱棣摸了一下小胡子说："解爱卿，就凭你对《文献大成》的竭力虔心，朕哪有不准之理，呵呵……朕准啦。"

朱棣离开翰林院后，解缙赶忙找来《文献大成》中的江西篇，用他那刚劲有力的小楷写下："天下多举子，朝士半江西，翰林多吉水。"

日复一日，年复一年。解缙及他领导的二千多号人夜以继日，伏案命笔。他们中间有的积劳成疾，有的甚至付出了生命。他们没有豪言壮语，只知一心撰书。但他们无论也没想到，自己这双普通的手却写出了伟大！写出了奇迹！

永乐五年十一月，为时三年，这部惊世大典终于收官。

大明巨书，记录了自先秦至当朝的各种书籍七八千种，一万一千零九十五册，二万二千八百七十七卷，三亿七千万字。

它包括了经史子集、天文、地理、阴阳、医术、占卜、释藏、道经、戏剧、工艺、农艺，收录了中华民族数千年知识财富，它为中国筑造了一座庞大的中华文明史智库。

奉天殿，百官庄严肃穆。

朱棣穿上一套为他赶制的龙袍，更突显了他的帝王霸气。他坐在朝堂上，像是在迎接胜利而归的将士那样得意扬扬。

朝前走来了领衔呈送《文献大成》的解缙、姚广孝。

朱棣笑脸相迎，他笑得那样开心，那样真诚。

解缙对《文献大成》内容足足用了一个上午的时间向朱棣做了概括的陈述，朱棣很耐心听完解缙的汇报，他感觉自己的那个梦终于圆了，他终于立德、立功、立言三不朽！

《文献大成》这书名朱棣看来总觉得没有大国气势。这部大国巨作必须是大气、大家，必须是震山撼河，一世之雄，必须是"括宇宙之广大，统会古今之异同"。

朱棣对着解缙说："解爱卿，《文献大成》朕总觉得这名字少了点气势，要另赐其名，你看如何？"

解缙心想，你都说了要另赐其名，这不摆着你早已心中有数了，我何不做个顺手人情。

解缙说："万岁，大书告成，请吾皇赐名。"

朱棣猛然拍案而起，瞬间，一个洪亮的声音在向世界庄严宣告："文献赐名《永乐大典》……"

命笔集虚观

一年编撰《文献大成》，三年编撰《永乐大典》，解缙没日没夜地干，总算了却了朱棣这桩心愿，完成了这个划时代的任务。

一天，朱棣有意把解缙叫到身边，语重心长地说："解爱卿，这些年来为朝廷撰书，太辛苦你了，眼下年根临近，朕准备过了年为《永乐大典》举办一个庆功宴。这么多年你为朝廷撰书一直没回老家看看，朕准你回家过年，也好与家人团聚。"

解缙无论如何也不曾想到，正当他思念家乡的时候，突然听到朱棣这么一句热腾腾的话。朱棣也许是神机妙算，也许是《永乐大典》带给他的好心情，竟然和解缙话到一块儿。让解缙更没想到的是，朱棣并令礼部给他安排了朝廷船只及随行护卫。这待遇朱棣从来也没有给过谁，是朱棣破天荒对解缙的第一次。

次日，解缙拜别朱棣，登上帆船，乘风破浪向江西方向驶去。

许多天后，帆船进入吉水境内，解缙立在船头，只见前面就是住岐码头，这时他又想起了家乡的老冬酒，恨不得立马喝上几口，解缙便吩咐船靠码头，上岸找家酒肆用午餐。

解缙不让护卫持刀，换上便装，一同进了酒肆。

只见眼前有位寺庙方丈在用斋，解缙便示意护卫一旁而坐，叫上几个小菜，来上一壶老冬酒。

就在这时，小餐馆闯进一帮人，为首的是当地出了名的地痞吴老大。见方丈在用斋饭，吴老大说："老和尚，吃个斋饭还占个位子，靠一边去，老子要在这喝酒。"

这时，店掌柜赶忙上前好好说："吴老大，你里边请。"

"不，我今天就要坐这地方，你要老和尚给老子让座。"吴老大说。

正当店掌柜犯难时，老方丈便说："店家，不必为难，贫僧让座就是。"

方丈刚要起身让座，突然有人发声，这声音如晴天霹雳。

"岂有此理。老方丈，您年岁这么大，哪有让座之礼，你且慢慢用斋，没人敢为难您。"解缙一旁而说。

"哼哼，从哪冒出来的一个睁眼瞎子，又不先看看老子是谁，老子今天就偏偏要坐这儿。"吴老大一脸横蛮地说。

"你又是从哪冒出来一个没爹娘管教的东西，连先来后到、尊老爱幼都不懂。"解缙不慌不忙地说。

"我看你今天不吃点苦头，还不知道马王爷有三只眼，给我打！"吴老大恼羞成怒地说。

"大胆，狗奴才，也不看看站在你面前的是谁。"一护卫说。

吴老大一下蒙了，看看眼前的人，身着便服，口出官腔，说是民又不像民，说是官又不像官。此时，吴老大正想动手，赶忙又把手缩了回去。

另一护卫发话说："本朝内阁首辅解大人在此，还不快快谢罪。"

吴老大听到"解缙"二字，顿时吓得尿了裤子，忙求着说："解大人，我有眼无珠，你大人大量，饶小人一回吧。"

解缙望着老方丈，想看看他的意思。

"解大人，不和这种人计较，就拿他不当一回事吧。"老方丈说。

"既然老方丈不与你计较，我今天且放你一马，倘若下次再让我碰上，那就怪不得我了。"解缙说。

"多谢解大人不罚之恩，以后再也不敢了。"吴老大说着便与手下一伙慌忙离开了小酒店。

老方丈上前谢过解缙，解缙问起老方丈是在哪座寺庙诵经念佛，老方丈一一做了回答。

"呵呵，集虚观，好地方呀，吉水众多的寺庙我都去过，就是当地的鹫峰庵我十七岁那年也曾登寺拜谒，唯有清潭集虚观我还真没踏足。听说北宋江西诗派开山之祖黄庭坚在集虚观曾留下墨宝，可见集虚观非同一般。"解缙高兴地说。

老方丈见解缙饶有兴趣地谈起集虚观，便有意地回答说："解大人，北宋诗人黄庭坚确为本观赋诗一首，至今仍存放在本观藏经馆，若解大人不介意可否进本观一访。"

谁知解缙也正有此意，他高兴地说："那我就恭敬不如从命喽。"

"解大人，哪里话哟，你这等朝廷大官，我是怕请都请不来哟！"老方丈说。

解缙随方丈进了集虚观。

"解大人，本观一方山野，拿不出什么好东西款待大人，只有集虚观的山茶了。"方丈端上一杯山茶说。

"呵呵，方丈啊，我是好几年都没喝到家乡的茶了，这山茶好哇。"解缙边喝边说。

方丈见解缙高兴，便想求解缙一事，但话到嘴边又咽下去了。只好和解缙远远地说起宋朝诗人黄庭坚、杨万里是什么时候来到集虚观，又在藏经阁留下了哪些诗词。

倒是解缙看出了他的心思。

"方丈，有事你尽管开口，都是家乡人，不用绕弯子哟！"解缙说话直来直去。

"解大人，本观建唐乾封年间，历朝历年都曾修缮，才留得今天的香火旺兴，但自打宋朝诗人黄庭坚、杨万里来过本观，后因历年战乱，本观前来烧香拜佛的人也日趋减少。今日有幸迎得当朝首辅解大人光临本观，乃本观的荣耀。老衲实在难以启齿，想请解大人为本观留下墨宝，不知大人意下如何？"

解缙打趣地说："方丈呀，这山茶也饮了，哪有不从之理哟。"

说着，解缙卷起袖子，欣然命笔，一气呵成：

清潭集虚观记

新淦玉笥山，自秦时有九人者避衘役来隐于此。后稍散去，数百里之间，名山胜迹皆其所占，若吉水清潭集虚观其一也。观额自唐乾封元年道士高士宁所奏请。唐乾封建。砖木结构，前后三栋，旁有侧室，占地近四亩，盛时有道士百余人。前白覆之峰，常有白云覆之，瀑布垂虹，亦传有白云仙者于此得道。自观中出而望之，如玉筍然。观后东山绵延，如列屏障。世传山顶晋时有杨仙于此冲举，石上履迹宛然。余尝游而观云。观之左有北华山之秀，其右则清白沙，澄江如练。有渔人数家，濑溅溅如鸣琴，长松复之，鸥鹭并集于其间，虽图画之工有不能及也。但观相传为危仙炼药之所，而观有亭曰南阳，成为邓仙而设。余尝观玉筍何君六石，有太史黄庭坚诗云：九仙同日上龙湖，尽是骊山所送徒。惟有邓君留不去，松根槽煮鼎菖蒲。亦但云邓君。凡丹姓之墟亦皆其所遗也。而石又独云何君，与诗不相应。又疑邓乃何字之误，抑二君固在九人之列欤？夫所谓仙人，固能往来人间，又以清潭集虚山水之清华若此，安知九仙又不常往来而至于斯乎？观之兴造，在宋犹盛，殿堂楼阁，严严翼翼，长廊曲径与复壁重门相为掩斋映，诚杨文节公题字具存。余尝过之，未尝不周回观览而慨然吊古于斯也。其诸老宿，若欧阳绍先、黄通言、李道一、刘如云，皆能修葺观宇，以为其徒庇依。入国朝，住持道士周若川，班首若愚，知观李希白、郭尚阳，皆能自树立观，为蘖林东西，道寮之盛又有过于前者。而未有记也。

永乐五年，某徵为神乐观舞生，以记为请，……乃为之记。
解缙辞别方丈，登上帆船，回到阔别已久的鉴湖旁。

第二十三章　世道难　官道更难兮

脚下道路千万条，唯有官道路难行。解缙终于悟出了这个道理。

朱棣变脸

朱棣，大明王朝的大领班，今日终于如愿以偿。

春节刚过，解缙突然接到朝廷五百里加急，因《永乐大典》庆功宴提前举行，令他在元宵节前返京。

解缙接旨后，即刻动身。

就朱棣而言，他朝思暮想的立功、立德（也许那些被害的大臣不认账）、立言三不朽终于实现了，立功、立德、立言三者也许朱棣最看重立言，因此，他对《永乐大典》是倍加看重。

当一个人在所有的欲望都满足后，谁不希望名垂青史。自古帝王如此，达官如此，草民亦如此。不同的是，王者，可望且可及。官者，可望不一定可及。民者，可望而不可即。

《永乐大典》让朱棣欣喜若狂，他心里总感觉，从此，这个世界谁都会知道大明帝国的伟大，而这个伟大是出自大明大帝之手。

大明帝国，从来都没有像今天那样光彩夺目，永乐大帝，从来都没有像今天那样洋洋得意。

朱棣看来，编撰《永乐大典》的主意由他而出，但为《永乐大典》成书而付出心血的应该是解缙，这个事要让天下人都知道。

因此，他才要为《永乐大典》成书办一个庆功宴，这个庆功宴既可对解缙和他带领的这支二千多号人的队伍三年来的辛苦有个说法，更可以炫耀自己，可谓两全其美。

《永乐大典》宴庆，自然解缙要唱主角，他计算得很准确，在《永乐大典》庆宴的头一天从吉水赶回了京城。

《永乐大典》宴庆，朱棣有意选在文渊阁，他要让所有人都知道，我朱棣虽为一介武夫，但我却惜文如命。

几经数日的颠簸，解缙回到应天府。

永乐六年正月十六，一个由朱棣筹划已久的《永乐大典》庆功宴正在进行。

正午，宴庆开始。

朱棣望着满座的文武官员，望着那些曾经为撰写《永乐大典》而付出辛劳的文官、书吏，更望着《永乐大典》的总撰解缙。他举起酒杯，摆出一副大国大帝的模样，呵呵一笑说："《永乐大典》功盖千秋，大明帝国，光耀于世。来，为《永乐大典》成书，干杯！"

从来不下桌敬酒的朱棣，也许是因为连日来为大典成书的好心情，这回他又破例了。

朱棣来到解缙跟前说："解爱卿，大典成书，你功不可没，朕敬你一杯。"

"万岁，万万不可，微臣实在不敢当，受之有愧，微臣只有先喝为敬了。"解缙说。

朱棣带了这个敬酒的头，其他的大小官员，还有那些和解缙并肩战斗三年的撰书人也学着万岁爷一一来到解缙桌前举杯道贺。

如此之大的酒宴场面，大家都朝解缙走去，敬酒的人络绎不绝，此时的文渊阁引起了一阵阵人潮的涌动。时下的解缙，他一心只想着如何应付敬酒人，却忽略了一个致命的现象：解缙的酒桌旁被闹得热火朝天，而朱棣那头却冷冷清清。

朱棣倒没觉得什么，还是笑呵呵地看着这热闹的场面。他心里想着，大明帝国就该像今天这样永远沸腾，只有这样才称得上大国大气，只有这样才称得上大明永乐。

文渊阁笑声、贺声、喝酒声闹得不可开交，朱棣风趣地说："众卿，你们看看，一个个都想把解学士喝醉哟。"

朱棣又是一声哈哈大笑，这笑声突然被一个很低沉的声音打住。

"父皇，不对劲呀，怎么一个个都给解缙敬酒，难道他们不知道这上边还坐着父皇吗，怎么君臣不分呢，你再看看解缙那副得意样，他倒像个主子了。"朱高煦脱口而出。

"哎，皇儿呀，解缙为大明修书辛苦三年，大家敬他一杯酒，何尝不可呀。"朱棣说。

朱高煦觉得他这些话对朱棣根本不管用，他便使出了最厉害的一招。

自从朱高煦没当上太子，总把这笔账记在解缙身上，解缙一天不除，朱高煦就寝食不安。

他早已开始拉开一张大网，令死党纪纲为首，在解缙身边安插眼线，盯着解缙的每一个行动，调查了解缙的前前后后，只是没有合适的机会说给朱棣听，他在等待每一个时机，今天可是时候了。

朱高煦终于出手。

他开始了有生以来与朱棣最长的一次谈话。

"父皇，对解缙你有所不知，朝廷上下，谁不在说朝士半江西，翰林多吉水，谁不在说解缙一手遮着半边天。这些都是解缙想取父皇而代之埋下的伏笔啊。"朱高煦说。

"皇儿，你多心了，解缙还不至于这样吧。"朱棣说。

朱高煦接着又说："父皇，早在洪武年间，先帝对解缙很是看重，就因为他有才，先帝又不得不防，他在看重解缙的同时也对他看得很紧，因此解缙没敢在先帝面前做什么手脚。

到了朱允炆年代，那就不同了。解缙觉得朱允炆乳臭未干，就打起了他的主意。

从此，解缙开始培植亲信，结盟死党。建文二年朝廷大比，由于解缙一手操办，吉水人统揽状元、榜眼、探花。如果不是解缙从中设了机关，天底下哪有这么神奇的事情发生，如此之大的大明帝国，三项桂冠怎么就都落在吉水人头上。"朱高煦编得有板有眼，心想这回扳不倒解缙，恐怕是没有时候了。

朱高煦接着又说："这里我还有事禀报父皇，胡广、王艮、李贯三人虽都是解缙的同乡，但胡广是解缙之父解开的学生，众所周知，王艮的才学自然高胡广一筹，可解缙为了其父的名分，在殿试时，有意安排胡广与王艮以《百首梅花诗》较真。解缙且设下一个局，即两个人的梅诗必须是同韵而作，而《百首梅花诗》其韵又是解缙所定。父皇有所不知，胡广的《百首梅花诗》乃解缙而作也……"

朱高煦说到这里，朱棣突然打断了他的话。

"皇儿，佛归佛，道归道，不能把解缙所做的事跟一些'莫须有'的东西牵扯进去。你又是怎么知道胡广的《百首梅花诗》是出自解缙之手呀？"朱棣问着说。

"父皇，解缙为胡广作《百首梅花诗》朝廷上下早有传闻。起初儿臣也有些不信，之后，儿臣把胡广的《百首梅花诗》看了一遍，才真相大白。胡广的《百首梅花诗》与解缙的笔风如一娘所生，更不能容忍的是那首《矮梅》，完全就是在赞美解缙自己，父皇若不信，请听儿臣慢慢读来：

婆娑一树矮风神，竹里松间浅露真。

傀儡乍疑粉妆面，侏儒可作折花人。

过桥无分横清影，近地何由避俗尘。

赖得东风仗公道，不论高下一般春。

父皇，别下中间四句不说，儿臣单说说前后四句，前两句为：'婆娑一树矮风神，竹里松间浅露真。'解缙天生矮小，儿臣可解为我虽然像矮小的梅花树一样，但我婆娑有致，我有别样的风采和神态。正如宋王谠在《唐语林·豪爽》一文中赞美当朝皇上所曰：'上为皇孙时，风神异秀，英姿隽迈。'父皇大明只有你才有资格用风神呀，他解缙怎么能称风神呢。再说'竹里松间浅露真'一句，自古竹、梅、松称岁寒三友，唯有矮梅深藏在竹、松间从不露真，可想解缙用心叵测。再来看看他写的后两句：'赖得东风仗公道，不论高下一般春。'解缙从来都没有把父皇放在眼里，他总觉得这一人之下、万人之上的位子是上天的照应，上天的公道，却把父皇的恩赐搁在一边。因此儿臣认为胡广这百首有辱皇威的《百首梅花诗》完全是出自解缙之手。"

朱棣说："皇儿，这梅花诗是建文年间的东西，与父皇沾边不上吧。"朱高煦见朱棣不信，又来一招说：再就是永乐二年的大比，这次大比更为蹊跷，是一次继建文二年之后解缙又用同样的方法做了手脚的大比。他仗着自己大权在握，再次准备把状元、榜眼、探花的名额安排给吉水人，这三人是刘子钦、周述、周孟简。

但一件意想不到的事出现了，开考前一日，永丰举人曾棨邀刘子钦去拜见解缙，好求得这次大比解缙有个照应。但刘子钦仗着自己才高八斗，不吃这一套，竟口出狂言说：'状元必是刘子钦，何以拜会解缙绅。'曾棨无奈，只有邀了其他几个老乡去拜会解缙。后来，也不知是谁把刘子钦说的话传到解缙耳里，这样刘子钦不但没中状元，就连榜眼、探花也没沾到边，状元落到了曾棨头上，榜眼、探花乃吉水周述、周孟简。

之后，刘子钦不服，要求皇上复议。于是解缙又设了一局，仍要父皇令他俩各写梅诗一百首。"

朱棣插嘴说："皇儿，是马是骡这梅花诗可以见分晓呀。"

"梅花诗写得好与不好都不重要，重要的是谁是主考官。所以先前儿臣说过，解缙是一手遮住半边天。父皇，庆父不死，鲁难未已啊！"朱高煦说。

朱高煦这回不但说了很多，且有声有色，有板有眼。转眼间，刚才还在呵呵笑着的朱棣收起了一脸笑容。

文渊阁热闹继续。

"解大人，《永乐大典》成书，您是第一功臣。"

"解大人，您为大明帝国做了一件大好事，可谓功盖千秋，名垂青史。"

"解大人，了不起呀，能为大明撰书者，只您一人呀。"

……

一个个阿谀逢迎的笑脸冲解缙而来，解缙人醉了，心也醉了。

此时，又有一个人端着酒杯慢慢向朱棣走去。

此人是锦衣卫帅纪纲，他给朱棣敬酒后便说："万岁，微臣总觉得这场面有些反常了，《永乐大典》成书，功该万岁您呀，怎么一个个都在给解缙道贺呢，万岁，不要弄成功高盖主哇。"

纪纲的这句"功高盖主"，朱棣把这话与刚才朱高煦对解缙的说事连在一起，想想还真是这么回事。若不是朱高煦的这番话，若不是纪纲的到来，朱棣还准备在酒宴上赐解缙二品纱罗衣，后来朱棣也就将这事搁了下来。

喝得有几分醉意的解缙，此刻才想起了上面还有一位天下至尊，他赶忙来到朱棣身旁，双手捧起酒杯说："万岁，微臣不是第一功臣，万岁您才是大明的第一功臣，微臣敬您一杯。"

朱棣没了先前的笑容，他话里夹着另一层意思说："解爱卿，你醉了，该休息喽。"

朱棣的这句"该休息喽"便意味着他要对解缙做动作了。朱棣很聪明，这个动作自己不能亲手去做，得找个替身去完成，不然，有人会说他过了桥就拆板，赔本的买卖他从来不干。

很有心计的朱棣一不做、二不休，第二天，朱棣私下交给解缙一份朝廷大臣名单，令解缙对各大臣论其长短。

这些大臣是：

蹇义

夏原吉

刘俊

郑赐

李至刚

黄福

陈瑛

宋礼

……

此时的解缙，还沉浸在昨天的宴庆中，满以为朱棣要他对各大臣品头论足是对他的器重，他根本没想到，这些人都是得罪不起的朝中大臣，便一发不可收拾。

他接过朱棣的这份名单，按名单排位，一一列出：

蹇义：天资重厚，中无定见。

夏原吉：有德量，不远小人。

刘俊：有才干，不知顾义。

郑赐：可谓君子，颇短才干。

李至刚：诞而附势，虽才不端。

黄福：秉心易直，颇有执守。

陈瑛：刻于用法，尚能持廉。

宋礼：直戆而苛，人怨不恤。

朱棣看过解缙的奏疏，再想想平常众臣们的言行，还真是这么回事。解缙说人论事不偏不倚，若不是怕他功高盖主，若不是后生可畏，若不是他有啥说啥这个直性子，朱棣一时间还真不想对解缙出此下策。

朱棣一个不测的用心正在向解缙袭去，解缙却一点也没察觉到。他将解缙这份奏疏故意交给一个多嘴多舌的太监转送太子，他料到这太监一定会偷着看一遍，然后，他会一一告知这些被解缙品头论足的官员，然后，获取重大消息的官员会给他重重的赏钱，再然后那就是朱棣的目的达到了。

太子朱高炽看了这份奏疏，打心里钦佩解缙的洞察力。一天，朱高炽来到解缙住处，问起一事。

"解大人，你对尹昌隆、王汝玉如何评说呀？"朱高炽问。

"太子殿下，昌隆君子，而量不宏，汝玉文翰不易得，惜有市心耳。"解缙直言不讳。

这话说到了太子的心头上，他看着解缙，脸上露出了微笑。

朱棣怕有人说《永乐大典》大功告成就把解缙丢在一边，又怕有人说解缙没犯错，怎么能把他距朝廷之外……因此，他必须借人之手。

朱棣的这一招果然显灵。

解缙对各大臣的说长论短，消息不胫而走。

又是一个早朝开始了，朱棣很得意地接受文武大臣的朝拜后，他坐在龙椅上仿佛在等候什么。

刘公公在朝堂高呼："有事即奏，无事退朝。"

"万岁，臣有事要奏，有人看见解大人将朝廷机密传至廷外（泄禁中语）。"李至刚说。

"万岁，解大人身为历次廷试主考官，有泄考题之嫌，且读卷不公，偏袒同乡。"郑赐说。

"万岁，解大人倚仗修《永乐大典》之功，目无君主。"宋礼说。

……

这一个个如刀光剑影的声音，让解缙感觉有些措手不及。

就在有大臣嫁祸解缙时，朱高煦在朱棣耳旁再添一把火："父皇，儿臣在宫中也听到过类似议论，解缙就是功再高也不能欺主呀。"

解缙正要澄清，却被朱棣的话打断。

"解爱卿，这事朕会派人调查清楚，会给你个说法。"朱棣装着没事一样地说。

解缙清楚记得，那些个在宴庆会上为自己举杯道贺的人怎么突然间就变脸了，就算是世态炎凉，也不会在顷刻之间吧，莫非这就是天威莫测。

夜深，解缙独自坐在油灯下，重读李白的一首《行路难》，他苦苦地想着，天下道路千万条，唯独仕途路难行。

读着李白的一首《行路难》，解缙思绪万千，随即照李白的《行路难》写下了自己的《行路难》：

听歌《行路难》，
倚剑且莫叹。
世途反复多波澜，
焦原九折未为艰。
君不见，
汉谣斗粟歌未阑，
长门潇潇秋草残。
骨肉之间尚如此，
何况他人方寸间。
又不见，
绛侯身荣转系狱，
贾生空对长沙哭。
功成更觉小吏尊，
才高宁避谗言逐。
所以赤松子远避中林期？
谁能江吴上，
见笑鸱夷皮？
骊龙有珠在沧海，
对君逆鳞无浪批。
子推介山下，
屈原湘水湄，
当时凿枘一不量，
至今憔悴令人悲。
行路难，
难为言沧浪一曲，
且归去，
长安大道横青天。

解缙把写好的诗读了一遍，他走到窗前，一声叹息："世道难，官道更难兮。"

打 道 桂 林

又是一年花落时。

朱高煦来到西宫，见过朱棣。

一心想当太子的汉王，仍然贼心不死。就因为朝廷有了解缙，才使得他没能如愿以偿。解缙一日不除，汉王一日不快。

眼看父亲在解缙身上降温了，汉王感觉时机已到，他悄悄地在朱棣耳边火上再加油。

在朱棣眼里，解缙天性秉直、刚毅，虽然解缙没有像其他大臣这么好使唤，甚至有时还会冲撞皇上，但要像汉王说的那样置解缙于死地，眼下朱棣还没这么想。这位大明奇才恐怕今后还会有用得着的时候。

朱棣喝了一口茶，两手捧着茶杯，慢慢地说：

"皇儿，解缙虽然有过，但也不至于罪不可诛。治解缙父皇自有办法。"

"父皇，朝廷的内阁，江西人就占了一半，还有那个翰林院吉水人占了一半多，这些人一个个都和解缙打得火热，父皇，就怕后院起火呀！"朱高煦说。

"皇儿，你放心，天底下的玩家谁玩得过父皇。"朱棣说。

话虽这么说，但解缙对朱家而言，历代是食之苦涩，弃之可惜。朱元璋如此，朱允炆如此，朱棣亦如此。

朱棣想来想去，解缙这个直性子，怎么就不学学其他的大臣呢，我朱棣指鹿为马，你就偏偏说它是鹿不是马。这回《永乐大典》成书，你抢了个头功，今日我不整整你，你还真是不知天高地厚了。

在高度集权的明王朝，朱棣不征求任何人的意见，不和任何人商量，他要给解缙一点颜色，让他一朝被蛇咬，十年怕井绳。

永乐五年，朱棣一道圣旨，解缙被挪到广西任布政使司参议。

解缙无奈，只有按照朱棣指着的路线，打道桂林。

一路上，在京城和妻儿话别的情景又映入眼底，船舱内解缙提笔给远方的友人写信，也把他此时的心情一并向朋友倾诉：

……

稚子知我去，寤寐牵裳衣。

小妾夜中泣，为言何时归？

丈夫志四方，离别何足悲。

今逢天子圣，底定如京坼。

数天后，解缙抵达桂林。桂林府衙金知府早在城门外恭候。

在京城时，就得知桂林山水甲天下，解缙有意在桂林小住几日，看看桂林山水，也好解解心中的忧闷。

金知府心里清楚，这位大明才子下派到广西任职只是暂时的，朱棣哪离得开他。因此，金知府不敢怠慢。

才子佳人总爱山水，何况这里的山水甲天下，金知府自然对解缙投其所好，这是做官的学问。

次日早饭后，金知府请解缙游览七星岩，解缙也就高兴地答应了。

七星岩，天造一个溶洞。洞内石笋、石塔、石钟、石柱林立其中，解缙在金知府的陪同下，这些大自然的遗产，解缙一饱眼福。

中午，两人进了洞边一个小餐馆。叫来几个小菜，便喝了起来。

"金大人，桂林不但山水好，这漓江酒也不差呀。"解缙说。

"解大人，再好的酒也好不过你家乡的田心酒哟。"金知府说。

"哎呀，金大人真是眼观六路，耳听八方，你是怎么知道我家乡的田心酒呢？"解缙惊奇地问。

"解大人，双园茶、田心酒，栗头广柑最抢手，宫里早就传到本府喽。"金知府打趣地说。

解缙忙说："来，我为金大人懂我家乡敬一杯。"

解缙与金知府你一句，我一句，一边喝，一边谈。两人喝得差不多了，金知府一摸身上，出门竟忘记了带银两，便私下轻轻地问解缙说："解大人，下官一时疏忽，身上没带银两，解大人身边可有纹银？"

"糟糕，我也不曾携带。"解缙说。

店家见二人喝得热闹，又听得解缙一口外地口音，便有意走过来搭讪。

店家说："听口音，这位客官可不是本地人吧。"

这一问，金知府来劲了，他大声说："这是本朝解大人，《永乐大典》总撰官，还不快快见礼。"

解缙的传闻店家早就听说，今日能亲眼见到解缙，自然欣喜若狂。

店家捧起双手说："解大人，你编撰的惊世大典《永乐大典》小民早有耳闻呀。只怪小民有眼无珠，还请解大人见谅。今日能拜会解大人，真是三生有幸呀。解大人，小民有一事相求，解大人若不见外，可为七星岩赋诗一首，这酒钱就算我请客，大人你看如何？"

听店家这么一说，解缙和金知府乐坏了，天底下就是有这么巧的事，喝了人家的酒，没付酒钱，人家还低三下四求着我们。

金知府乐呵呵地说："解大人，真是不怕没有钱，就怕没学问，这事要是撞到我头上，那还真没辙了。"

解缙冲着金知府一笑说："金大人，说句家乡的俗语，这叫一个担柴卖，一个买柴烧。"

说着便答应了。店家忙找来笔墨，解缙一挥而就：

游七星岩偶成

早饭行春桂水东，野花榕叶露重重。
七星岩窟暴灯火，百转萦回径路通。
右流滴涂成物象，古洞深处有蛟龙。
却归为恐衣沾湿，洞口云生日正中。
就日门前春水生，伏波岩下钓船轻。
漓江倒影山如画，榕树交柯翠平城。
村店午时鸡乱叫，游人陌上酒初醒。
殊方异俗同熙皞，欲进讴谣合颂声。
度水穿林访隐君，七星岩畔鹤成群。
犹疑仙李遗朱实，几见蟠桃结绛云。
石乳悬岩金灿灿，瀑泉瞪洞雪纷纷。
流莺满树春风啭，共坐高吟把酒闻。
桂水东边度石桥，酒旗村巷见渔樵。
葭祠歌吹迎神女，野庙苹蘩祀帝尧。
附郭有山皆积石，仙岩无路不通霄。
日长衣绣观民俗，行乐光辉荷圣朝。

永乐戊子五月十一日

解缙给店家读了一遍后说："店家，这诗我免费相送，可这酒不能白喝，今日忘带银两，明日午时定差人将酒钱送上。"

"二位大人说哪里话，酒钱我已说了不收。"店家说。

解缙说："店家，你可不要让我们犯朝纲呀。"

"我活了六十多岁，还从没见过这样的官，好官呀！"店家望着解缙和金知府徒步回府衙的身影，肃然起敬地说。

次日，解缙和金知府说好，今日不需任何人陪同，他独自一人观赏市景。

解缙漫步街市中心，忽见一布庄门前吵吵闹闹，许多人围着看热闹，便上前问了个仔细。

原来是一老汉打早进城挑粪，不小心脚下滑了一下，把桶里的粪溅在了布庄门前。布庄贾老板见状骂了一声说："混账东西，粪洒我店前，坏我生意，还不赶快给我擦干净。"

老汉不敢怠慢，看见布庄门口有把笤帚，忙去拿笤帚清扫。不料，老板上前阻止说："你洒落的粪，还用我的笤帚。"

老汉说："老板，不用笤帚打扫，你说用什么扫呀？"

贾老板说："今天的秽气有碍本店的生意，这事由你而起，得用你身上穿的棉袄擦。"

老汉正想与他理论，只见布庄又出来几个人，老汉只有强忍着寒风脱下棉袄，周围的人一个个都敢怒不敢言。

"且慢！"说话的正是解缙。

就在老汉脱下棉袄的这一刻，解缙突然接住了老汉脱下的棉袄说："老大爷，天寒地冻，当心冻坏身子骨，您老穿上吧。"解缙一边说一边帮老汉穿上棉袄。

老汉惊呆了，在场的人也惊呆了。贾老板见解缙一身布衣，上前大声说："你算哪根葱，敢在老子面前耍威风。我今天就要他给我擦干净。"

"好！"解缙说着走进布庄，顺手拿了一匹布交给老汉说："你就用这布来擦，擦得不够再拿一匹，都记我的账。"

贾老板带着几个人围住了解缙，他们仔细地看着解缙，此人衣着像民，谈吐却像官，也就不敢轻易动手。

快到吃午饭时候了，金知府还不见解缙进回府，便打轿上街四处寻找。

突然，不远处响起了一阵阵鸣锣开道声，这锣声让贾老板听着乐了，他知道是府台大人驾到。贾老板与桂林知府有一面之交，便立马拉起了一副不可一世的架势，放大嗓门叫着："都给我让开，府台大人驾到。"

金知府下了轿，不高兴地说："今日解大人光临本府，你们在此吵吵闹闹，成何体统。"

贾老板指着解缙说:"金大人,就是这个刁民在此聚众闹事。"

金知府定神一看,对着贾老板说:"大胆,这位就是解大人。"

解缙说:"金大人,这位贾老板你还得多加管教,不然,他真拿老百姓不当回事呀。"

金知府说:"解大人所言极是,日后一定多加管教,还不给解大人赔罪。"

听说是解缙,贾老板吓得全身发抖,忙跪下说:"解大人,小人真该死,你大人不记小人过,还请您恕罪。"

解缙走到挑粪的老汉跟前说:"大爷,真不好意思,你挑粪为城里人种菜,还受城里人的刁难,这都怪我们管教不严,本官给你赔个不是。"

挑粪老汉得知是解缙,便想起了《永乐大典》,他忙在解缙跟前深深鞠躬说:"解总撰官,小民打搅您了。"

随着一声锣声,金知府陪着解缙向桂林府衙方向走去。

解缙在桂林小住两天,离开桂林时,金知府徒步相送。贾老板憋着一肚子气,他知道解缙只是过山虎,便在布庄门口写下五个大字:"虎走山还在。"

金知府送解缙路过布庄,解缙突然说:"金大人,我这里写了五个字,请你贴在他写的五个字旁。"

金知府照着解缙的吩咐把五个字贴在布庄大门口,贾老板一看:"山在虎还来。"

望着五个大字,贾老板眼傻了。

按照常理,一个落魄之人,哪有心思去管这些个烂事。但祖先传给他的秉性他无法更改,真是哪里不平哪有我。

第二十四章　致命的错误

有人说解缙是在错误的时间，错误的地点，参加了一场错误的赌局，才沦落到囚徒。

话要说回来，就算没有这三个错误，解缙同样避免不了这场厄运。他才子的疏放，做事不瞻前顾后。他敢说敢谏，对人不投其所好。也许，这些才是最致命的。

话又要说回来，如果解缙是个循规蹈矩的人，小心行事的人，那他也就不是那个名震千古的惊世怪才了，所谓成功的官僚往往做不了成功的文人，成功的文人往往做不了成功的官僚。

私 闯 东 宫

永乐八年。

一日，朱棣突然扳起手指自言自语说了一句："都快三年了。"

他曾经说过："天下不可一日无朕，朕则不可一日无解缙。"想想解缙离朝后，朝廷许多事让朱棣感觉有些棘手，若身边有个解缙，就该省心多了。

再想想当年他把解缙挪到南边，看上去是朱高煦等对解缙说事，其实不是。朕乃一国之君，难道能听人其言而行事吗，如果是这样，那朕该叫昏君了。之所以把解缙弄到广西，后又派往交趾（今越南），让他一苦再苦，是因为这块铁太硬了，必须打磨。可不是嘛，父皇为了这块硬铁，用十年时间想他变软一些，都没成功。这是父皇放错了地方，做爹做娘的对子女爱都爱不完，还能更改他的秉性，更何况江山易改，本性难移。只有环境，才能造改人。交趾，这个极其贫困的角落，解缙总会不想起都市的繁华，不会不想起每天吃香喝辣的皇城根下。在交趾，就算你是块钢，也同样把你磨成形状。

三年的磨炼，朱棣想看看结果怎样，他毅然下旨，诏解缙进京奏事。

解缙接过入朝汇报督饷情况的圣旨，他几乎要疯了。天生我材必有用，上天是不会抛弃我的。这句经常在他脑子里想着的话今日觉得最合适不过。

解缙背起行囊，重返京城。

他坐在船舱里，再没有心思去一览两岸的层峦叠嶂。一心只想着到了京城如何向朱棣述职，指不定朱棣一高兴，自己就可重返文渊阁，继续做着自己的右春坊大学士。

想着想着，慢慢入睡了。

"万岁有旨，解缙觐见。"只见刘公公突然一声呼唤。

解缙快步走进奉天殿，两边的文武大臣一个个笑脸相迎。朱棣穿着一身金黄色大龙袍，坐在大龙椅上，像是在等候解缙的到来。

朱棣笑呵呵地说："解爱卿，三年了，想死朕了，朕不能没有你呀。"

解缙说："万岁，我在交趾也想您呀，我想万岁是英明的，您不会不管我呀。"

朱棣又说："解爱卿，你走后，文渊阁的位子就一直空着，朕特意给你留着呀，你这次回朝就别走啦，继续统领文渊阁吧。"

解缙说："万岁，微臣领旨谢恩，我这就去文渊阁。"

朱棣说："解爱卿，有一事朕先要和你说清楚，往后你那倔强的秉性可得改一改哟。"

"这……这……"解缙犯难了。

"解大人，这……这离京城还远着呢？"船家还以为解缙在问他这是什么地方。

听得是船家的声音，解缙才知道自己刚才是做了一个梦。不祥之兆，不祥之兆呀。在家乡时就常听人说梦则其反……

解缙乘坐的帆船继续向京城驶去。

突然，北疆（蒙古）的阿鲁台在闹事。早在做燕王时朱棣就驻守北疆，他很看重这个地方。朱棣的地盘能容得你乱来。朱棣带上五十万大军，远征蒙古（鞑靼），让那些个想捣乱、想另立山头的人看看朱棣的威风，看看大明帝国是可欺的吗。

一个戎马疆场的武夫，当了皇帝后，却在皇宫待了九年，憋得像一只关在笼中的老虎，总想破笼而出，这回机会来了，你们想闹事，而我也正想动动筋骨，看谁斗得过谁。

朱棣领着这支队伍来到了大草原，大明帝国的大草原。

大草原一望无际，朱棣顿时心旷神怡，不知有多高兴。他丢下皇车不坐，也顾不上边关吃紧，骑上一匹枣红马，带着一帮人，在辽阔的大草原策马扬鞭，朱棣似乎找到了当年挥戈沙场的感觉。

一阵清风吹过，草原上扬起绿波，朱棣骑在马背上，看着大草原，想起皇宫上朝——受拜——看奏折那个风水轮流转的陈规，他深深地吸了一口气说："众卿，还是当将军好呀，多自由自在呀，驾……"

此时的朱棣，他根本记不起来自己诏解缙入朝一事。

解缙踌躇满志来到京城，离开这地方已三年了，但他没有心思去回访京都的繁华，去探访亲朋好友，只是一个劲地朝皇城走去。

就在他踏进皇宫的这一刻，才知道朱棣的工作程序已经做了更改，他早已在北疆一览大草原的风光。

解缙在错误的时间觐见朱棣，但这个错误是朱棣造成的，也是时局造成的。

一腔热血的解缙，顿觉天昏地暗。皇上呀，你千里迢迢诏我而来，又千里迢迢离我而去，解缙想不通，皇上为何不守信呢？

这时他想起了太子，想起了这个如手足情般的朱高炽，太子殿下还好吗？他知道他父皇诏我回京吗？解缙没有多想，毅然走进了东宫。

朱高炽听说解缙来了，自然高兴。抛下解缙选太子立下的汗马功劳不说，单单阔别三年之久，朱高炽能不动情。

太子以较高的规格接待了解缙，这还不算，又大张旗鼓陪着解缙一道游应天。

太子与解缙如此亲近，被朱高煦看得清清楚楚。

东宫是什么地方，是谁都能随便进的吗？朱棣最忌讳的就是有人和他的接班人套近乎，是我儿子也不行，因为此事关乎到手中的权力，权力高于一切。

解缙在错误的地方拜谒太子，尽管解缙心无杂念，但这个错误是自己造成的，也是太子造成的。

解缙在京城等着朱棣，但就是不见朱棣回朝的消息，皇上说不定和阿鲁台要折腾些时间，也说不定皇上征服阿鲁台后在北边玩得开心，弄个一年半载也不是没有可能,日子还长着呢,下次再说吧。

解缙拜别太子后,打道回府。

但对朱棣而言,这叫不辞而别。朱棣既然叫你来,你就得在此等候,一年、两年……都要耐下心来。然而,你就这么走了,况且还是在拜谒太子后,太子他还不是皇上啊,你就顾此失彼,眼中还有朱棣大帝吗!

解缙的这个错误犯大了,但解缙还没察觉到。

朱棣的"请柬"

朱棣领着他的五十万大军,横扫大漠。带着他的大队人马又风光地回到应天。

冷清了一阵子的西宫又热闹起来。朱棣千里归朝,朱高炽、朱高煦……皇子们争先恐后来到西宫,为父皇接风洗尘。

朱棣接受一个个皇儿的拜礼,然后看着太子朱高炽说:"皇儿,你又胖了喔。"

"父皇,孩儿饱食终日,无所用心,自然心宽体胖。"朱高炽这句话听起来很有意思,也许,每个做接班人的皇子都会这么说,好让在位的父皇对他放心。

"哎……皇儿呀,这话朕不爱听,该说有所用心才是。"朱棣只是面子上这么说,可朱高炽的这句话他听着心里不知有多高兴。

看到父亲被朱高炽说得这么高兴,朱高煦在一旁早就耐不住了。

"父皇,皇兄岂能说是有所用心,恐怕是别有用心喽。"朱高煦很有心计地说。

"高煦呀,你皇兄一向宽容仁厚,不存二心,怎能这么说你皇兄呀,过了,过了。"朱棣慢慢地说。

朱高煦说:"父皇,孩儿一点也不过,不信你问问他自己吧。"

朱棣看着太子说:"皇儿,这是怎么回事呀。"

朱高炽只是在摇着头,他做梦也没想到,朱高煦会有这么一手。我视他为兄弟,他却对我使招。

朱高炽说:"父皇,您出征蒙古,恰逢解大人进京奏事,孩儿也只是替父皇见了解缙。孩儿与解缙是泛泛之交,见面时只是拉些家事,随便聊聊,不该说的,孩儿只字未提,请父皇明察。"

朱棣想起早年兄弟俩为着立储一事曾引起争端，这次朱高煦打他的小报告也是因此事留下的后遗症。他刚刚回朝，不愿意看到这些让他不高兴的事，便从中打了个圆场。

朱棣说："高煦呀，你皇兄早先与解缙有一面之交，解缙与他分别三年，这次见面拉拉家常，叙叙旧情也未尝不可，不必放在心上。好啦，听朕给你们说说大草原吧……"

朱棣说完后，父子间一个个都寒暄了一番，各自回到寝宫。只有朱高煦半路上又返回西宫，他必须抓住这个机会，以他的想法，此时不奏，待何时。

朱高煦在朱棣耳边，把解缙哪天进宫，到过几次东宫，每次和朱高炽谈到了什么时候，朱高炽又是如何款待解缙，如何陪解缙逛京城……朱高煦就像背书一样说得一清二楚。

朱棣一脸的好心情被朱高煦搅没了，他不高兴地说："快宣解缙前来见朕。"

"父皇，解缙私谒太子后，早就不辞而别了，他眼里哪有父皇啊。"朱高煦说。

同是一样的事，到了朱高煦的嘴里，自然就变味了。朱高煦心里想，你朱高炽能说得父皇心花怒放，我也能说得父皇火冒三丈。

朱棣咬牙切齿地说了一句："私谒太子，不辞而别。"

此刻，解缙行至赣南，他无论如何也没想到，自己将大祸临头。

一路上看到赣江两岸的稻田都干得开裂了，解缙心急如焚。船舱内，他提笔奏疏朝廷，请求朝廷下拨银两，开渠引赣，拯救赣南旱灾。朱棣收到解缙的奏折，是在他回朝后的第一个早朝上，解缙私谒太子不辞而别这档子气还未消的朱棣，刚上朝又看到解缙的开渠引赣的奏折，气还不打一处来。

这个解缙，旧账朕都还没来得及和你清算，你又到赣南去插一杠子。一个交趾的参议，却管到江西的赣南去了，看不出来，你还藏有狼子野心，今天朕不治治你，你还真把朕的话当东风吹马耳，朱棣越想越不对劲。

"解缙目无君主，私闯东宫，打入大牢，听候发落，家人发配辽东（今山东）。"朱棣发出了一声通令。

常侍朱棣左右的胡广，自然这个消息比解缙知道得更要早些。胡广看来，这回解缙完了，彻底完了。他要对此早做打算，不然这个株连九族的朝廷规则迟早会落到自己头上。

此时的胡广，他没有去想，解缙是他的同乡，是他的同窗，他今日的辉煌解缙曾为之付出甚多。他更多想到的是解缙是他的亲家，属于九族之内的亲戚，这不能闹着玩，弄不好是会掉脑袋的。

胡广匆匆回到家中，叫来果儿。

"果儿，你公爹解缙已是日落西山，皇上已发话把他打入天牢，且家人发配辽东，我看你还是趁早把这婚退了，免得惹火烧身。"胡广说。

"父亲，解家有难，我们本该帮他们一把才是，你今日不但不帮，反倒落井下石，你对得起解大人吗？"果儿说。

胡广急了，他说："不管你怎么说，父命不可违，这事我做主。"

一句"父命不可违"，果儿知道父亲是铁了心肠。此刻，无奈的果儿，一个年少的女子，竟做出了一个可怕的行动，她毅然割下自己一只耳朵，对着胡广说："父亲，我的婚事虽遇坎坷，但也是皇上指婚，你是答应过的，你怎么能出尔反尔呢，我宁死不从。"

远在交趾的解缙还在琢磨着皇上是如何读着他的奏折，又是如何夸他关心百姓疾苦，他相信这回朱棣一定会派人把他请回朝廷，官复原职。

他做梦也没想到这一个又一个的家事、国事将如何面对。

没过多久，朱棣果然派人前往交趾。

听说京城来人了，解缙喜出望外，皇上总算记起来我解缙，我终于深山见太阳。

"解缙听旨，查解缙趁皇上远征北疆，私谒太子，图谋不轨，押解回京，听候发落。"刘公公的声音突然变得声嘶力竭，显得很无奈。

面对朱棣发来的"请柬"，解缙感觉措手不及，但还是强忍着悲痛，硬着头皮说了声："罪臣领旨谢恩。"

永乐九年十二月七日，对解缙而言，一切都结束了。

这就是宿命吗？

第二十五章　春去春又来

　　他曾经是朱元璋身边走红的人，他曾经是朱允炆身边看好的人，他曾经是朱棣身边最得意的人，最后却被打入天牢。

　　他总在想，自己并不缺乏政治斗争的权谋手段，却为什么成为政治斗争的牺牲品，自己也没做错什么，却为什么落得如此下场。

　　但历史是公正的，还了他一生的清白；老天是公正的，用雪祭奠了他；他终于清清白白地来，清清白白地走。

雪　　祭

　　解缙，一生为大明帝国勤勤恳恳、忙忙碌碌，终于可以休息了。皇上不再找他议事，同僚不再找他论事，庶民也不再找他说事。从此，无官一身轻。

　　他坐在那个昼夜不分的房间里，静下来，开始问自己为什么。

　　回首自己的一生，是生不逢时，生又逢时。是这个帝国造就了他，也是这个帝国毁了他。

　　自己少年得志，平步青云。虽仕途多舛，但总能化险为夷。曾一人之下，万人之上，要风得风，要雨得雨，何等风光。

　　他闭着双眼，扪心自问：

　　洪武帝曾说："朕与尔义则君臣，恩犹父子，当知无不言。"可他为什么又令我归乡十年，去接受父亲的再教育。

　　建文帝曾说："雅闻缙名，其文雅劲奇古，逼司马子长，韩退之。"可他又为什么把我贬谪河州。

　　永乐帝曾说："天下不可一日无朕，朕则一日不可无解缙。"可他又为什么把我打入天牢。

解缙看了一眼身上的镣铐，他想不通，为什么会这样？自己并不缺乏政治斗争的权谋手段，却成了政治斗争的牺牲品，是上天注定自己一生就是这个结局吗？

自己今天锒铛入狱，看起来是因去了东宫私谒太子，没等朱棣回朝就不辞而别，但里面更有没按朱棣的意图把朱高煦扶上太子的座椅，更有朱高煦、纪纲等奸党的陷害……

自己一生为朝廷忠心耿耿，为大明的江山社稷呕心沥血，自己对得起大明帝国。

还是这句话，君要臣死，臣不得不死啊。但自己不怪罪皇上，万岁创立的盛世帝国，不容易啊，只是奸党不除，我心不安。

他想起了南宋末期右丞相文天祥，这位老乡官职与自己不相上下，结局也与自己不相上下，他可是大宋的忠良啊！难道忠臣都该如此。解缙苦苦地想着，他毅然提笔，发出了一声共鸣：

崖山云寒海舟覆，六载孤臣老燕狱。
东风杜宇三月三，五陵望断春芜绿。
墨花皇皇五十六，写出江南愁万斛。
当时下笔眼如虎，日落天低鬼神哭。
扬帆昔走仪真船，手持鳌柱擎南天。
间关岭海血沾檄，回首家国随飞烟。
六宫粉黛黄埃里，汉火无光吹不起。
全躯肯学褚渊生，嚼舌甘为杲卿死。
蓟门凄凄芳草色，柴市春深血同碧。
堂堂忠义行宇宙，白日青天照遗墨。
落花寒食风雨时，展卷如对龙虎姿。
再拜酬公金屈卮，有酒不读兰亭诗。

解缙一首长诗，与其说是对文天祥悲惨命运的感慨，还不如说是他发自内心的呐喊。可此时，你声音再大也不管用了。

狱中的解缙什么也没去想，只想着有朝一日太子登基，自己才可重见天日，东山再起。

解缙耐心地等着……

一年、两年、三年……过去了，解缙的等待仍在继续，家乡不是有这么一句俗语么："等得久，自然有。"朱棣老了，该让座了。太子很快就会登基，他不会不管我。

也许是多年的牢狱生活，使得解缙不知道外面的世界，这个不以人的意志为转移的世界。就在他还在眼巴巴地等着太子上座的这一刻，一个厄运正向他悄悄临近。

永乐十三年，纪纲拿着一本厚厚的囚犯名册簿递给了朱棣，朱棣打开一看，囚犯目录上有这么几行字：

姓名：解缙。

性别：男。

出生：洪武二年。

原职务：右春坊大学士。

犯罪类型：私闯东宫，图谋不轨。

入牢时间：永乐九年。

朱棣看完后，便问了一句："解缙还在呀！"心想，解缙还真是个硬骨头，这个人从来秉性刚毅，我行我素，敢说敢谏，甚至不听使唤，朱棣最恼怒这种人。况且，他没有事先与自己打招呼，就与太子私下来往。你们想干什么，结成死党，抢班夺权？

但反过来想，汉王说解缙私谒太子、图谋不轨，又没找到任何证据，更重要的是解缙在大家眼里一贯忠君爱国，自己若下旨杀了他，日后会不会落个滥杀无辜，甚至是滥杀忠良的名声，何况自己还说过："天下不能一日无朕，朕不能一日无解缙"。这么一个大学士，也许今后还用得着。

纪纲一个心眼在琢磨朱棣这句话，解缙还在吗？难道朱棣要解缙死吗？

此时，纪纲又想起了一件事，早在永乐七年朱棣就说过类似一句话，他在翻阅官员名录时曾说："平安还在吗？"

平安得知这句话后便自杀了。

不管朱棣这句话是何用意，纪纲都把这句话与平安的死连在一起，然而他更多的是想把这句话当作除掉解缙的理由。纪纲也是个官场老手，要除掉解缙不那么容易，弄不好朱棣怪罪下来，他会遭同样下场，因此，纪纲在这场政治游戏上要比朱棣做得更聪明。

纪纲，一场杀人不用刀的游戏正在上演：

永乐乙未正月十二日上午，牢门内，解缙正在提笔给几年未见面的妻儿写信，忽听得牢门打开，进来了两个面熟的狱役，所不同的就是他们没了往日的横行无忌，狱役很有礼貌地说："解大人，纪大人请你去喝酒。"

听说纪纲请他喝酒，解缙一愣，心想要么就是皇上想要他归队，纪纲趁此想献媚一番，要么就是鸿门宴。不管它，先喝了酒再说，我已是四年都没有闻到酒香了。

老天，慢慢下起鹅毛大雪。

"解大人，这么多年，你受苦了，我这也是无奈啊。皇上准备接你回朝，下官在这略备酒菜，为你送行。"纪纲一把眼泪一把鼻涕说。

"纪大人，谈不上受苦，皇上也有皇上的难处，既然皇上还没忘记我，我先在此谢主隆恩。"说着扑通的一声跪下了。

"解大人快快请起，这礼到朝廷再施也不迟，来，下官为解大人东山再起，先敬你一杯。"纪纲说。

解缙端起酒杯一饮而尽，说了声："好酒哇！"

"解大人，那你就喝个痛快吧，你看，万岁就要让你官复原职，过几天又是元宵节，说不定你又要陪着万岁元宵赏月了，来，为着解大人这一茬又一茬的大好事，下官再敬你一杯。"纪纲说。

解缙一杯一杯地喝着，他恨不得把这四年来未喝的酒一饮而尽，过足酒瘾。一旁的纪纲看着解缙，心里在说，喝吧，老解，这最后的晚餐不喝白不喝。

"纪大人，我的冤案终于像外面的大雪一样大白了。万岁，一代明君啊！飞雪从天上来，它就是万岁，看，万岁在召唤我。我本号春雨，这雪为我而下，飞雪迎春到啊！"解缙半醉半醒地吟。

纪纲忙接话说："解大人，既然是万岁在召唤你，你该为万岁再喝几杯，以谢天恩。"

"我喝……喝……"解缙有点咬字不清了。

纪纲可称得上是个耍阴谋的行家，他把解缙可以喝多少酒，喝完酒后能走多少步都算计好了。

纪纲很有礼貌地对解缙说："解大人，你不能再喝了，万岁还等着迎接你哟，快去牢房收拾一下东西，大轿在外面等着呢。"纪纲使出了他干特务工作的鬼蜮伎俩。

解缙在朦胧中似懂非懂，纪纲扶着解缙站起来，走出大门。他慢慢松开解缙的手，望着他的背影还不断地招手，心里在说，老解，你就要走到头啰。

这还不够，他抑制不住此刻的心情，对着解缙大呼一声："解大人，一路走好！"

这话是在什么场合都能喊的吗。让人听着心寒。

解缙跌跌撞撞地走着，眼前一片白茫茫，似路非路。就在他走到离牢房不远的那棵老松下，突然，什么也看不清了，他仍在尽力支撑着身体，又向前移了几步，地上厚厚的积雪，他再也无法前行了。

永乐十三年正月十二日，子时。

一个洁白的灵魂，一个洁白的身躯，扑通的一声，倒在了那棵苍松下的雪床中。雪越下越大，解缙像是在一床棉被中安然地睡着了。

大雪遮盖了他的整个身躯，老天对解缙肃然起敬，为了他的清白，一场大雪祭奠了他。

永乐十三年正月十三日，辰时。

大明奇才、一代文坛巨匠、右春坊大学士、内阁首辅解缙，永远离开了他为之奋勉的大明帝国。

只有香故如

永乐十三年正月十六日。

这规矩不知从什么时候开始，过年，硬要等到过了元宵节才算个了断。

解缙去世的消息在纪纲肚子里憋了几天，他怕犯大忌，不敢把这个"死"字在元宵节前说给朱棣听。

总算把年过完了。纪纲早早来到朝堂，把解缙去世的消息告诉了朱棣。

他皱起眉头对着纪纲说："解缙怎么就死了？"

"禀万岁，正月十二日一场大雪，解缙跌倒在雪地，冻死了。至今仍埋在雪里，是老天雪葬了他。"纪纲说。

纪纲与解缙的恩怨朱棣早有耳闻，原本就想在纪纲身上找碴的朱棣，这回纪纲又坏了朱棣准备启用解缙的大事，真是气不打一处来。这回总有了把柄，他故意当着满朝文武无比愤怒地说了一声："纪纲，你目无国法。"

纪纲虽然与朱家走得很近，可朱棣还是没给他"面子"，今天轮到纪纲了。

突然，有近臣对朱棣说：纪纲近日与汉王频频相会，会不会对万岁搞什么小动作，告诉朱棣要多加小心。这话对朱棣而言十分敏感，因为他的这个皇位也是靠搞小动作再发展成为大动作而得来的，他不得不防。

只要是涉及皇权，朱棣绝不手软。

自从朱高煦没当上太子，他的心变得更黑了，不当太子也同样要做皇上。他依仗着"靖难"有功，又有一帮"靖难"党扶着他，何况身边还有一个死党纪纲。

朱高煦虽不是太子，可他的待遇、礼遇与太子不相上下，甚至在某些方面远远超过太子。只是太子一贯宽厚仁慈，不与他计较。

可朱棣就不是这么想了，你今天手中的权力超过太子，明天就可以超过朕。当然，朱高煦是他的骨肉，他不会像对待其他内臣一样对待朱高煦，要么就是对他来个敲山震虎说上几句。然而，你纪纲另当别论了，你与朕非亲非故，想在我的眼皮底下搞团团伙伙，做梦吧。你可知道，我的眼睛和我父皇一样容不得沙子，在我前行的道路上更容不得挡道的。

之前你很巧妙地杀了解缙，今天我可要借解缙对你说事了。

就在纪纲等着朱棣用他的右手摸着小胡子（朱棣高兴时的习惯）对他论功封赏时，朱棣的右手却没有去触摸自己的小胡子，这只天下无比高贵的手向着纪纲的衣襟伸去，朱棣一把抓起纪纲，愤怒地说："混账东西，解缙虽然有过，他也不至于死呀，谁叫你把解缙弄死，这死了还不算，还让他在雪地里冻上三天，纪纲，你太残忍了。"

纪纲没有丝毫准备，他怎么也不会想到他的主子会来这么一手。说我残忍，比起你常用的剐刑，灭九族，甚至十族，这算什么，你装得倒很像，是谁要解缙死你还不清楚吗？纪纲欲言又止，他全身在发抖，想想自己就是有一万个理由能与这张金口玉牙理论吗？

"万岁，微臣罪该万死。"纪纲无奈地说。

"既然如此，你好自为之吧。"朱棣说完背着一双手离朝而去。

再说纪纲也不是省油的灯，既然你朱棣对我"另眼相看"，我不得不考虑我的下一步棋，纪纲已经没有退路了。

趁朱棣还没有免他的职，纪纲开始亮出大动作。这回他并不是要扶汉王上马，而是要亲自上马，纪纲终于要实话实说了。

早在永乐五年，纪纲就开始做着皇帝梦，他把抄查已故吴王的冠服私藏家中。在一次家宴中，纪纲穿上吴王的冠服，令其左右高呼他万岁。因他大权在握，他的倒行逆施，竟没有一人敢吭声。

纪纲知道朱棣的厉害，害怕夜长梦多，他加紧了逆谋活动，一边招兵买马，一边制造兵器，企图谋反。

我朱棣就是二郎神，比常人要多一只眼睛，谁在做什么瞒得过我！

朱棣自从浙江按察使周新谋反事件发生后，他就开始在考虑如何处置纪纲。有趣的是，就在这时，朱棣的一个贴身太监在一次早朝后，当着文武百官告发纪纲图谋不轨。这太监说得还真是时候，早不告，晚不告，偏偏告在朱棣准备对纪纲下手时。是太监亲眼看到还是朱棣有意在演戏，谁也说不清，谁也不敢说。

朱棣还未对他下最后通牒，纪纲在家中和几个同党策划起兵谋反，此时，他无论如何也没想到朱棣会动手在他前头，纪纲住处被御林军围了个水泄不通。

老太监带着几个侍卫来到纪纲跟前说："纪纲听旨：查纪纲假传圣旨，滥杀无辜，贪污索贿，蓄养亡命之徒，私造铁甲弓弩数以万计，妄图起兵造反。打入天牢，听候发落。"这声音虽然有些娘娘腔，但让纪纲听得发寒。

虽然这些罪证都有"莫须有"的成分，但朱棣对这案件本身并不感兴趣，因而对纪纲没有做任何调查，就对他进行关押，送交都察院审讯。

朱棣下令都察院调查纪纲谋反一事，很快，纪纲的罪状就整理成案。

令人震惊的是，都察院对纪纲的审讯不到一天就草草结案。

几天后，都察院把案件宗卷交到朱棣手中，朱棣根本没看，就做出了一个令纪纲可怕的决定。

朱棣当着纪纲说了一声："纪纲，你该千刀万剐。"

不久便赐给纪纲一个极其残忍的行刑——凌迟。

如此迅速处置纪纲，不仅不符合当时的法律程序，就是在整个明代历史上也是独一无二的。

纪纲死得惨不忍睹，但他该。

永乐二十二年冬。

阿鲁台收敛了十三年后，又重蹈覆辙。

朱棣为什么要迁都北京，不就是冲着北疆的阿鲁台。阿鲁台又为什么偏要选在这个时候大打出手，不就是他认为朱棣已是命约黄昏，可以对他动手动脚了。

朱棣是好欺负的吗？就算不为自己，也要为儿子留个太平日子吧。他必须为朱高炽扫除前行中的障碍，使太子在后来的日子里一马平川。有句话叫："可怜天下父母心呀。"做父亲的朱棣他做到了。也许，这世界上为帝为民的父爱，都这样。

在朱棣看来，此事关系重大，容不得他反复思考，朱棣准备又一次出征。

他大步走到了那匹高大的战马旁，一侍卫跪在马身边，让朱棣踩着他的身子上马。

朱棣却说了声："我老了吗？用不着！"

就在他一跃上马的那一刻，朱棣才发现自己的手脚没有像十三年前那么利索了。

这位从来用性命赌帝国的朱棣，他顾不得自己已是六十有四，一声令下，出征北疆。

六月，朱棣领着军队行至达兰纳木尔河。

皇家军队大兵压境，阿鲁台早已闻声而逃。朱棣令军队四处搜寻，还是不见阿鲁台的踪影，可朱棣的身体却一天不如一天。

这次出征虽然没有动刀动枪，但一路折腾，已过花甲的朱棣终于扛不住了，他似乎意识到了什么，便对杨荣说了声："回家吧。"

一天，朱棣的大队人马到达翠微冈，重病中的朱棣把杨荣叫到身边，朱棣与杨荣说了一次自己实在不愿说而应该说的话。

"太子跟在我身边这么多年，他可以称帝了。我回去后就把玉玺交给他，帝国就由他来打理。从此，我也可以静下心来安度晚年，过几天省心的日子。"朱棣无奈地说。

杨荣心里自然高兴，万岁爷呀，这话你早就该说，太子早已能当家做主人了，你放心吧，他一定会把这个家守好。

朱棣迷迷糊糊地想着，太子凭着他的宽厚仁慈，这个帝国一定能在他手中变得强大，我可以安心了。

突然，一种从未有过的难受触撞着朱棣的整个身躯，使他感觉自己离生命的终点不远了。

人的一生怎么如此短暂，我就要为我拼死拼活得来的江山撒手而去，这也是天意吗？

他轻轻说了一句："还是解缙慧眼识才呀，当初我若不是听了解缙的劝谏，立长子为太子，指不定今天会闹成个什么样子。解缙倘若能活到今天，把他留在太子身边，那该多好。"

人越是接近生命的终点，人性越是浓烈到极致，而极致就是回归本真。这位大权在握的枭雄，一生波澜壮阔，在他生命的最后时刻，却说出了一句他称帝以来最歉疚的话，也许，这才是人性啊！

但一切都晚了，解缙已经走了。

戎马一生的朱棣，最终没有倒在那座被他看好的皇宫里。老天爷给他开了一个天大的玩笑：你既然当了皇帝还忘不了挥戈沙场，那你就在沙场结束自己的一生吧。

永乐二十二年八月十二日，这位曾被人赞曰顶天立地的君王，也曾被人骂曰杀人不眨眼的恶魔、中国的好皇帝——朱棣终于客死翠微冈。

"幅陨之广，远迈唐汉！成功骏烈，卓乎盛矣！"这十六个字，是对这位不是个好人、却是个好帝的年终总结。

朱棣的年代结束了，他留下了一生最有价值的遗产——皇位。

这个害死多少人的皇位，就因为它的诱惑力太强，使得多少人为之玩火。朱元璋如此，朱棣如此，朱高煦更加如此。

朱高炽宽厚仁慈，所谓谋事在人，成事在天，朱高炽成功了。而朱高煦在靠谋反起家的朱棣面前似乎道行太浅，他未能如愿，这也是命。

朱高炽终于按程序登上皇位，称帝洪熙。

当朱高炽来到这象征着皇位的椅子旁，他想起了解缙，这个皇位是解缙用生命替他换来的。当初，只要解缙稍稍为朱高煦说上几句话，这太子位就不可能是他朱高炽的了。况且朱棣当时也看好朱高煦，只是解缙冒着掉脑袋的危险才把朱棣说服了。朱高炽一声令下：

赐陈秀儿纹银三千两，以作十年来朝廷对解缙家眷的补偿及解缙移葬之用。

解贞亮任职，朝廷择日下旨。

令礼部护送解缙遗骸回吉水。

洪熙元年二月十六日，天气突然放晴，应天府大码头，一艘巨大的虎头帆船，站着几个配刀的侍卫，让人感觉威严肃然。船上装着解缙的灵柩，陈秀儿、解贞亮、胡果儿守在灵柩旁，他们伴着帆船慢慢向吉水方向驶去。

几天后，船行至吉水城郊的坝溪村边，陈秀儿突然对护送的大臣说："大人，解缙生前曾多次对我说：'坝溪依山傍水，好地方呀。'读书人一生就爱着山水，况且这地方又是解缙的外婆家，倘若大人不介意，我看就把解缙安葬在坝溪吧。"

眼见坝溪这地方前临文江，后靠东山，是一块风水宝地，礼部随行官员也就依了陈秀儿。

归来吧，别再四处漂泊，解缙又像当年随母亲来到外婆家一样，所不同的就是这次有人鸣锣开道，有配刀侍卫护卫。排场之大，规格之高，这些都是朱高炽的安排。

解缙，终于魂归故里。

朱高炽他没有将解缙的落葬与解缙盖棺定论同时并举，当然自有他的理由：解缙一生忠君爱国，护民安邦，却死得不明不白，因此必须对解缙重新评价。要把这事情办好，第一件事就得找准人。而这些可为解缙鸣冤的人至今还关在牢里，朱高炽必须先着手释放那些因解缙受牵连而蒙冤入狱的大臣。

那些蒙冤大臣又是他父亲把他们打入大牢，朱高炽必须顾及这点，他要做到既要放人，又要做到不损朱棣。

不久，朱高炽下旨，令杨溥、杨士奇与杨荣组成三杨内阁。

朱高炽为解缙平冤分几部走，第一步他要让身边的大臣知道他是要给解缙重新评价，第二步才是如何为解缙平冤昭雪。

一日，朱高炽把杨士奇叫到身边，他将当年向解缙询问尹昌隆、王汝玉两人情况的事说给杨士奇听。

"解缙说：'昌隆君子，而量不宏。汝玉文翰不易得，惜有市心儿。'此话不偏不倚。人言缙狂，观所论列，皆有定见，不狂也。"朱高炽说。

朱高炽没有说朱棣对解缙如何不公，只是说解缙有定见，不狂妄，让杨士奇听得心知肚明。这番话为后来解缙平冤可是举足轻重，这就是朱高炽的智慧。

朱高炽不愧是个好皇帝，他在短时间内，做了许多常人不敢想不敢做的事。他在短时间内，把他父亲交给他的这个大家打理得有板有眼。

可惜，好人连阎王爷都喜欢……

洪熙元年五月，只做了十个月皇帝的朱高炽，他还没来得及给解缙彻底平冤，便病入膏肓。弥留之际，他把朱瞻基叫到跟前，稍稍地说了几句关乎解缙的话。朱瞻基在一旁不住点头。

正统元年八月，朱祁镇下旨归还当年解缙蒙冤抄家所有家产。

成化元年朱见深下旨恢复解缙官职，赠朝议大夫，谥"文毅公"。

"文毅"二字，是朝廷对解缙一生的浓缩，这里边不仅是因为他的才华，还有他的坚挺。

……零落成泥碾作尘，只有香如故。

五十年前盖在解缙身上的那场大雪，还了解缙一个清白。终于在这个世界，解缙清清白白而来，也清清白白离去。

附 录：

解缙诗选

松

石山青松百尺长，松花落涧水生香。
叮咛樵斧休戕伐，留得他年作栋梁。

寄孟链

每到秋时只忆家，鉴湖秋水浸明霞。
湖中莲子秋成实，粒粒凉心滴露华。

游洞岩观

独向山中觅紫芝，山人勾引住多时。
摘花浸酒春愁尽，烧竹煮茶夜卧迟。
泉落林梢多碎滴，松生陌上是旁枝。
明朝却欲归城市，问我来时总不知。

早发文江

北寒吹冷薄寒裘，万里遥怜上国游。
雪色迷人明泊岸，江声入夜到孤舟。
春归忽听云霄雁，昼卧惟闻渚水鸥。
不为浮名相击绊，故园花木兴悠悠。

游东华观

山踞东华虎势雄，俯看城廓笑谈中。
楼台影倒一江月，松桧声传万壑风。
宾馆茶烟凝座紫，仙房丹火隔窗红。
素疑弱水回蓬岛，今日方知有路通。

夜雨泊江西

扁舟日泛水云乡，夜雨秋风宿豫章。
预恐寒惊慈母线，起来先看旧衣裳。

庐山歌

昔年拄玉杖，去看庐山峰。
远山如游龙，半入青天中。
四顾无人独青秀，五老与我同春容。
手弄石上琴，目送天边鸿。
二仪自高下，吴楚分西东。
洪涛巨浪拍崖下，波光上与银河通。
吸涧玄猿弄晴影，长松舞鹤号天风。
天风吹我不能立，便欲起把十二青芙蓉。
弱流万里可飞越，因之献纳蓬莱宫。
羲娥倏忽遂成晚，往往梦里寻仙踪。
如今不知何人采此景，树下一老与我襟裾同。
披图题诗要相赠，气腾香露秋濛濛。
子归烦语谢五老，几时白酒再熟来相从。

菖 蒲

三尺青青古太阿。

舞风斩碎一川波。
长桥有影蛟龙惧。
流水无声昼夜磨。
两岸带烟生杀气。
五更弹雨和渔歌。
秋来只恐西风起。
销尽锋棱怎奈何。

中秋不见月

吾闻广寒八万三千修月斧，暗处生明缺处补。
不知七宝何以修合成，孤光洞彻乾坤万万古。
三秋正中夜当午，佳期不拟姮娥误。
酒杯狼藉烛无辉，天上人间隔风雨。
玉女莫乘鸾，仙人休伐树。
天柱不可登，虹桥在何处？
帝阍悠悠叫无路，吾欲斩蜍蛙磔冥兔。
坐令天宇绝纤尘，世上青霄粲如故。
黄金为节玉为辂，缥缈鸾车烂无数。
水晶帘外河汉横，冰壶影里笙歌度。
云旗尽下飞玄武，青鸟衔书报王母。
但期岁岁奉宸游，来看《霓裳羽衣》舞。

斧

斫削群才到凤池。
良工良器两相资。
他年好携朝天去。
夺取蟾宫第一枝。

桑

一年两度伐枝柯，万木丛中苦最多。
为国为民皆丝汝，却教桃李听笙歌。

题文山上巳诗

崖山云寒海舟覆，六载孤臣老燕狱。
东风杜宇三月三，五陵望断春芜绿。
墨花皇皇五十六，写出江南愁万斛。
当时下笔眼如虎，日落天低鬼神哭。
扬帆昔走仪真船，手持鳌柱擎南天。
间关岭海血沾檄，回首家国随飞烟。
六宫粉黛黄埃里，汉火无光吹不起。
全躯肯学褚渊生，嚼舌甘为杲卿死。
蓟门凄凄芳草色，柴市春深血同碧。
堂堂忠义行宇宙，白日青天照遗墨。
落花寒食风雨时，展卷如对龙虎姿。
再拜酹公金屈卮，有酒不读兰亭诗。

答胡光大

去年雪中寄我辞，一读一回心转悲。
结交谁似金兰契，举世纷纷桃李姿。
我观百岁须臾尔，人在乾坤犹酿器。
清醴糟粕总成空，四海滔滔岂知醉。
我似浮云与世乖，醉醒自是难相谐。
天地悠悠尚应尽，百年草草为形骸。
吟诗作赋愁肝肾，绝颖屠羊争笔阵。
劳筋苦骨竟何为，一榻清风万年尽。

襄阳太守何其愚，沉碑水底夸龙鱼。
至今人笑陵谷改，亡吴帝晋今何如。
我有穷愁何日宽，醯鸡起灭闲独看。
痴儿细子能蒌斐，毁誉荣辱吾何干。
今年春到花应早，预拟南园踏芳草。
细看春色天上来，万树芳花照晴昊。
庄生久矣喜逍遥，陶令何曾恨枯槁。
啜醨不醉也徒然，一笑千金永相保。

赴广西别甥彭云路

多情为我谢彭郎，采石江深似渭阳。
相聚六年如梦过，不如昨夜一更长。

送刘绣衣按交

虬髯白舄绣衣郎，骢马南巡古越裳。
城郭新开秦郡县，山河元是汉金汤。
天连铜柱蛮烟黑，地接朱崖海气黄。
莫说炎荒冰雪少，须令六月见飞霜。

锯　子

　　曲邪除尽不疑猜。
　　昔日公输巧制来。
　　正是得人轻借力。
　　定然分别栋梁材。

题吴山伍子胥庙

　　朝驱下越坂，夕饭当吴门。

停车吊古迹，霭霭林烟昏。
青山海上来，势若游龙奔。
星临斗牛域，气与东南吞。
九折排怒涛，壮哉天地根。
落日见海色，长风卷浮云。
山椒载遗祠，兴废今犹存。
香残吊木客，树古啼清猿。
我来久沈抱，重此英烈魂。
吁嗟属镂锋，置尔国士冤。
峨峨姑苏台，荆棘晓露繁。
深宫麋鹿游，此事谁能论。
因之毛发竖，落叶秋纷纷。

怨 歌 行

弦奏钧天素娥之宝瑟，酒斟流霞碧海之琼杯。
宿君七宝流苏之锦帐，坐我九成白玉之仙台。
台高帐暖春寒薄，金缕轻身掌中托。
结成比翼天上期，不羡连枝世间乐。
岁岁年年乐未涯，鸦黄粉白澹相宜。
卷衣羞比秦王女，抱衾谁赋宵征诗。
参差双凤裁筠管，不谓年华有凋换。
楚园未泣章华鱼，汉宫忍听长门雁。
长门萧条秋影稀，粉屏珠级流萤飞。
苔生舞席尘蒙镜，空傍闲阶寻履綦。
宛宛青扬日将暮，惆怅君恩弃中路。
妾心如月君不知，斜倚云和双泪垂。

戏笔卖鱼歌为陈检讨题

长廊翠壁春风香，千丝绿玉垂青杨。

沉沉雨湿鸳鸯瓦，飞絮无声吹嫩凉。
百战健儿花刺身，雕龙缬锦青作鳞。
蛇子锁甲蛛网结，甘作中年无事人。
鬓髭未受霜华染，回首前年如过险。
厌说乱离欣太平，短短衣裳骭不掩。
织成蕲竹黄琉璃，两笘添檐铅粉朱。
椎油熟纸细熨帖，追逐儿童行卖鱼。
小鱼泼剌金棱碗，围围红黄云满满。
坐柈儿戏未论钱，斜阳欲落篱根浅。
一儿欺之掩其目，故故痴痴屡回嘱。
两儿挈楬窥其鱼，窃得欣奔踬而哭。
后来二女褰绣帘，扶出细儿求乞添。
坐闹少妇意尤美，如此九子皆纤妍。
画工画得无穷意，纷纷百事皆如戏。
造化徒劳作弄儿，只许买鱼翁自知。

挽筠涧先生

逐鹿兵还郊鼎移，故家风节似君稀。
山河百二还真主，泉石东南隐少微。
黄菊花时高士醉，青门瓜熟故侯归。
九原若遇余蘭国，犹话孤城未解围。

苍 梧 即 事

苍梧城北系龙洲，水接南天日夕流。
冰井鳄池春草合，火山蛟室夜光浮。
千家竹屋临沙觜，万斛江船下石头。
伏枕梦回霄汉远，珮声犹在凤凰楼。

苍梧即事

梧州旧治扶桑国，虎圈山名记大园。
蜑户举罾看水影，舟人移楔认潮痕。
贫婆果熟红包圻，荔子花开绿萼繁。
北望九疑云尽外，重华端拱太微垣。

苍梧即事

桂岭东来下恶滩，苍梧细柳彩云间。
拍天二水通交广，聿日高城跨北山。
茅屋竹牌依古濑，筒槽渔艇满江湾。
驿亭茄鼓中宵发，又报南天使节还。

回朝即事

赤阑红映夕阳齐，蹀躞天骐度不嘶。
近侍报来应锁阁，乘舆又过御桥西。

早朝

骢马五更寒，披衣上绣鞍。
东华天未晓，明月满阑干。

过全州

陶生岩畔草青青，唐介坟前江水声。
两岸鸥鹭啼不尽，画船挝鼓过全城。

行　路　难

听歌《行路难》，
倚剑且莫叹。
世途反复多波澜，
焦原九折未为艰。
君不见，
汉谣斗粟歌未阑，
长门潇潇秋草残。
骨肉之间尚如此，
何况他人方寸间。
又不见，
绛侯身荣转系狱，
贾生空对长沙哭。
功成更觉小吏尊，
才高宁避谗言逐。
所以赤松子远避中林期？
谁能江吴上，
见笑鸱夷皮？
骊龙有珠在沧海，
对君逆鳞无浪批。
子推介山下，
屈原湘水湄，
当时凿枘一不量，
至今憔悴令人悲。
行路难，
难为言沧浪一曲，
且归去，
长安大道横青天。

游七星岩偶成

早饭行春桂水东，野花榕叶露重重。
七星岩窟爇灯火，百转萦回径路通。
右流滴涂成物象，古潭深处有蛟龙。
却归为恐衣沾湿，洞口云生日正中。
就日门前春水生，伏波岩下钓船轻。
漓江倒影山如画，榕树交柯翠平城。
村店午时鸡乱叫，游人陌上酒初醒。
殊方异俗同熙皞，欲进讴谣合颂声。
度水穿林访隐君，七星岩畔鹤成群。
犹疑仙李遗朱实，几见蟠桃结绛云。
石乳悬岩金灿灿，瀑泉瞪洞雪纷纷。
流莺满树春风啭，共坐高吟把酒闻。
桂水东边度石桥，酒旗村巷见渔樵。
葭祠歌吹迎神女，野庙苹蘩祀帝尧。
附郭有山皆积石，仙岩无路不通霄。
日长衣绣观民俗，行乐光辉荷圣朝。

图书在版编目（CIP）数据

解缙 / 曾经著. -- 北京：中国文史出版社，2021.11
（历史文化名人传记小说丛书）
ISBN 978-7-5205-3338-6

Ⅰ.①解… Ⅱ.①曾… Ⅲ.①传记小说－中国－当代 Ⅳ.①I247.5

中国版本图书馆 CIP 数据核字(2021)第 221044 号

责任编辑：全秋生

出版发行：	中国文史出版社
地　　址：	北京市海淀区西八里庄路 69 号　邮编：100142
电　　话：	010－81136602　81136603　81136606（发行部）
传　　真：	010－81136655
印　　装：	廊坊市海涛印刷有限公司
经　　销：	全国新华书店
开　　本：	787×1092　1/16
印　　张：	18　字数：280 千字
版　　次：	2022 年 3 月北京第 1 版
印　　次：	2022 年 3 月第 1 次印刷
定　　价：	58.00 元

文史版图书，版权所有，侵权必究。
文史版图书，印装有错误可与发行部联系退换。